DIE ASCHEBRUT

Moritz Böger

DIE ASCHEBRUT

Chronik der Söldner

Roman

Ventura Verlag
Werne
2021

Bibliographische Information der Deutschen Nationalbibliothek
Die Deutsche Nationalbibliothek verzeichnet diese Publikation in der Deutschen Nationalbibliographie; detaillierte bibliographische Daten sind im Internet über http://dnb.ddb.de abrufbar.

Diese Buchprojekt wurde gefördert vom NEUSTART KULTUR des BKM für Kultur und Medien.

Besuchen Sie uns auch auf Facebook und Instagram:
https://www.facebook.com/VenturaVerlag2.0
https://www.instagram.com/ventura.verlag

1. Auflage 2021
Ventura Verlag Magnus See
Carl-von-Ossietzky-Str. 1 | 59368 Werne
Tel.: +49–(0)2389–6896 | www.ventura-verlag.de

Herstellungsleitung und Lektorat: Magnus See, M.A.
Covermotiv und Illustrationen S.9, 141, 247: Dorothee Wittstock
Illustration S. 341: Saskia Böger
Illustration S. 345: Michael Kirschner
Druck und Bindung: PRESSEL Digitaler Produktionsdruck
Olgastraße 14-16 | 73630 Remshalden-Grunbach
ISBN: 978-3-940853-79-0
Printed in Germany

Für Saskia

WILLKOMMEN IN DEN KONFÖDERIERTEN KÖNIGREICHEN

Dies ist eine düstere, dreckige Welt, eine Welt, in der Helden nicht alt werden.

Die Menschheit lebt in einem Zeitalter der Gewalt, das beherrscht wird von 47 namhaften Klans, die nichts mehr lieben als Gold, Macht und den Lärm der Kriegshörner. Sie gehorchen nur einem Mann, ihrem gemeinsamen Hochkönig.

Vilhelm XVI. regiert ein Reich von nie da gewesener Größe, ein Land einsamer Fjorde, finsterer Wälder und schroffer Bergketten. Mit Blut und Eisen schmiedete er sein Reich und zwang vier vormals unabhängige Königreiche zu einem in der Geschichte beispiellosen Bündnis:

Valkenrath – die Kornkammer im Zentrum des Kontinents.

Aerwinkel – ein Land voll Bildung und Gelehrsamkeit.

Skarsgart – im gebirgigen und heiß umkämpften Osten.

Steinthor – das raue Inselkönigreich der Nordleute.

Seit der Wahl von Vilhelm XVI. zum Hochkönig sind die Probleme nicht weniger geworden. Die Erfolge der Gründerjahre sind längst vergessen und die Menschen leben in ständiger Furcht vor Kriegen, Seuchen und Hexerei. Hunderte sterben täglich an der umkämpften Grenze im Osten und an einer mysteriösen Seuche, die als der ›Rote Tod‹ bekannt ist. Das einfache Volk betet für die Errettung der Menschheit, doch Tod und Verderben greifen weiter um sich.

Die Zauberer dieses Zeitalters sind die königlichen Techniker, Büchsenmacher und Alchemisten, die dem sich ausbreitenden Chaos den Kampf angesagt haben. Schwarzpulver ist dabei der Kitt, mit dem der Hochkönig versucht, sein Reich zusammenzuhalten. Doch zur Herstellung des explosiven Pulvers ist Schwefel unersetzbar, von dem ein großer Anteil auf *Skelt* abgebaut wird, einer Insel im hohen Norden, am äußersten Rand der bekannten Welt.

Die Bedeutung von Schwefel erhöhte sich in jüngster Zeit weiter, da Forscher entdeckten, dass Bestandteile des Schwefels vor der Seuche schützen können. Doch als der Schwefel knapp wird, weil alle Lieferungen von *Skelt* ausbleiben, steht der Fortbestand der Konföderierten Königreiche auf Messers Schneide.

TEIL I
AUFSTIEG

1 AM HAFEN

Der alte Morten hatte in seinem Leben schon viele tote Menschen gesehen. Erstochen, erschlagen, erstickt, verhungert. Tote Männer, tote Frauen und tote Kinder. Doch das hier war anders. Auf verstörende Weise anders. Fünf Männer standen im Halbkreis um die Leiche. Sie hatten schwere Klingen geschultert, Dolche steckten in ihren Gürteln. Einer hielt eine Muskete in den Händen. Die Gesichter waren im Halbdunkel nicht zu erkennen, da kaum Licht in die stickige Kammer fiel. Zwei Männer hatten sich Tücher über Mund und Nase gezogen. Es stank nach verwestem Fleisch.

Das am Boden liegende Mädchen war wohl schon zu Lebzeiten mager und dürr – fast ausgemergelt – gewesen. Im Vergleich zu den schwer gerüsteten Männern wirkte sie winzig wie eine Puppe. Sie trug nur ein zerrissenes Nachthemd, welches offenbarte, dass tiefe Wunden ihre Schultern und Arme verunstalteten. Die Haut des Mädchens glich Pergament und spannte sich über ein blasses Gesicht. Bei dem Loch in der Stirn hatte Morten den Eindruck, er könne in den Schädel hineinsehen.

Was ihn aber wirklich verstörte, war ihr Mund, denn zwischen den Zähnen klemmte ein Daumen. Nicht etwa ihr eigener, sondern ein großer, breiter Männerdaumen, an dem noch fleischige Fetzen der Handfläche hingen. Das Mädchen hatte sich anscheinend kurz vor dem Tod wie ein wildes Tier in die Hand des Angreifers verbissen.

Kjell, der Anführer der Söldner, murmelte mit fast tonloser Stimme: »Verdammt guter Schlag … Würde ich sagen, wenn hier kein Kind läge.«

Der Mann neben ihm beugte sich über die gezackte Öffnung im Schädel. Er hieß Veit und hatte als Feldscher große Erfahrung mit vielen Arten von Wunden. »Wahrscheinlich mit einem Hammer. Möglicherweise auch mit einem anderen Werkzeug«, stellte er fest.

Morten räusperte sich und deutete auf den linken Arm des Mädchens. Der deutlich jüngere Veit nahm jetzt auch die Arme näher in Augenschein: »Erst hielt ich es für Schnittverletzungen. Doch ich denke, jemand hat sie in den Unterarm gebissen, vermutlich mehrmals.«

»Scheiße«, entfuhr es den beiden Männern, die sich Tücher über die Nase gezogen hatten.

Veit blies die Backen auf. »Ich frage mich: Wo ist der Kerl ohne Daumen? Und was machte sie hier? Ein zehnjähriges Mädchen in der Baracke der Arbeiter. Die Kleine war die Tochter des Hafenmeisters, oder?«

Die Umstehenden sahen Veit ratlos an, während sich dieser erhob. Angespanntes Schweigen breitete sich aus. Morten dachte darüber nach, unter welchen Umständen ein Kind die Beißkraft eines Raubtiers entwickeln konnte. Die Frage behielt er jedoch lieber für sich.

In der Stille hörte man den Wind, der mit Macht durch jede Ritze blies und an der Holzbaracke zerrte. Regentropfen trommelten vor das einzige Fenster des Raums.

Abrupt beendete Kjell das Schweigen. Seine Kommandos gab er mit befehlsgewohnter Stimme: »Veit, Sten, Stellan, ab nach draußen. Holt Jördis und die anderen! Klärt, ob sie außer dem Mädchen irgendjemanden gefunden haben. Ich bleibe mit dem Alten noch einen Moment.« Als die drei den Raum verließen, folgten ihnen Mortens Augen mit verstohlenem Blick. Na endlich, dachte er.

Und mit geübten Fingern zog er ein silbernes Fläschchen aus einer verborgenen Tasche. Schwere Entscheidungen sollte man nie ohne Alkohol treffen, da war sich Morten sicher. Schließlich erwarteten Jördis und die anderen Söldner klare Anweisungen, kein Zögern, kein Zaudern. Unter diesen Umständen erschien ihm ein kleiner Schluck mehr als gerechtfertigt.

Jördis war die einzige Frau in der Söldnertruppe und ihre Stimmung war noch schlechter als das Dreckswetter, das *Skelt* an diesem Tag heimsuchte.

Es goss in Strömen und dunkle Wolken dominierten den grauen Himmel. Sie tauchten die Arbeiterbaracke, das Wohnhaus des Hafenmeisters und das angrenzende Lagerhaus in schmutziges Zwielicht. Die Bucht, an der die Söldner an Land gegangen waren, war schmal. So schmal, dass hier nur die drei Gebäude sowie ein Bootssteg Platz fanden. Die Mehrzahl ihrer Kameraden war vor dem bitterkalten Wind ins Innere des Wohnhauses geflohen, doch Jördis stand im Türrahmen und blickte zur Anlegestelle. Dort dümpelte ein Dampfschiff des Hochkönigs auf dem Wasser. Mit dem eisernen Kesselhaus, den rauchenden Schloten und den mächtigen Schaufelrädern wirkte es wie ein aufgedunsenes Untier. Plötzlich begann der Koloss zu ächzen und zu schnauben, während er Qualm aus seinen Schlothälsen pumpte. Die Schaufelräder erwachten zum Leben und der Koloss nahm Fahrt auf.

Vor diesem Schauspiel wirkten die zwei Gestalten auf dem Bootssteg fast bedeutungslos. Dennoch verzog Jördis beim Anblick der beiden Männer abfällig das Gesicht.

Linkerhand stand dort Kjell Blutzopf, der als Anführer der Söldner auch ›Rottmeister‹ genannt wurde. Das blutrote Haar, das in seiner Familie verbreitet war, klebte ihm regennass am Kopf. Jördis mochte ihn, denn er war ein guter Rottmeister – stets auf der Suche nach leicht verdientem Gold und ohne Hemmungen, sich die Finger schmutzig zu machen. Kjell war gerecht und wurde respektiert. Ein Anführer, der seinen Gefolgsleuten an vorderster Front beistand und nach dem Gefecht alle unter den Tisch saufen konnte.

Sein Verhalten in den letzten Wochen war ihr jedoch ein Dorn im Auge. Nachdem die Truppe drei gute Männer verloren hatte, musste Ersatz gefunden werden. Und da wählte er ausgerechnet zwei absolute Grünschnäbel und – als wäre das nicht schlimm genug – dieses Fossil von einem Söldner, dieses

Wrack von einem Mann, das in den Sturmböen schwankend auf dem Bootssteg stand.

Morten, den die Söldner meist ›den Alten‹ nannten, hatte sich der Insel zugewandt, sodass Jördis trotz des Schmuddelwetters sein Gesicht sehen konnte. Seine knochigen Züge stachen heute besonders deutlich hervor, weil der Regen sein Resthaar weggewaschen zu haben schien. Wie die anderen Söldner trug er eine nietenbeschlagene Lederrüstung, deren Gewicht ihm bei dem nassen Wetter etwas zusetzte. Am Gürtel hing eine schmucklose Steinschlosspistole. Das Kurzschwert mit abgewetztem Knauf steckte in einer verschlissenen Lederscheide. Seine gesamte Erscheinung erweckte den Eindruck langsamen Verfalls. Morten war fast so groß wie Kjell, doch es sah aus, als drücke eine unsichtbare Last auf seine Schultern.

Jördis wusste, dass er ein Drecksack war. Sie kam, genau wie Morten, aus *Zwei-Stein*, der Hauptstadt des Königreichs *Steinthor*. Dort galt er schon fast als Legende: ein Söldner vom alten Schlag, der sich kein Stück um den Kodex scherte, ein Kämpfer ohne Moral, der sich von jedem mieten ließ, der genug zahlte. Die Spelunken der Stadt kannten ihn als exzessiven Trinker von zügellosem, wenn nicht gar bösartigem Charakter. Hinter vorgehaltener Hand wurde sogar gemunkelt, er sei ein kaltblütiger Mörder, ohne Skrupel, für eine Handvoll Münzen zu töten. Es gab Leute in *Steinthor*, die pissten sich ein, wenn dieser Kerl den Raum betrat.

Was sie am meisten ärgerte, war nicht einmal die Aufnahme dieses Säufers in die Truppe. Es war das Gefühl, dass der Alte zu großen Einfluss auf den Rottmeister hatte.

In der Vergangenheit hatte Kjell entweder Jördis um Rat gefragt – was selten vorgekommen war – oder seine Befehle stur durchgesetzt. Doch seit Morten Teil der achtköpfigen Söldnereinheit war, die man in Militärkreisen als ›Rotte‹ bezeichnete, hatte sich das geändert. Und Jördis fragte sich: Was brachte den ältesten Sohn des Blutzopf-Klans dazu, auf einen Trinker zu hören? Wie gelang es Morten bloß, den Rottmeister von seinem Geschwätz zu überzeugen?

Die Tatsache, dass sich das Dampfschiff auf den Rückweg zum Festland begab, empfand Jördis als Bestätigung ihrer Bedenken. Das konnte nur auf dem Mist des Alten gewachsen sein!

Hätte sie gewusst, was die Insel noch für die Söldner bereithielt, hätte sie dem Dampfschiff nicht hinterhergeschaut. Sie hätte alles getan, um die Insel an Bord des Schiffs schnellstmöglich wieder zu verlassen.

Morten fühlte sich alles andere als wohl, als er das Dampfschiff am Horizont verschwinden sah. Er versuchte, das Gefühl niederzukämpfen, ihre Mission stände unter einem schlechten Stern.

Der Rottmeister hatte das Schiff nach *Zwei-Stein* zurückgeschickt und eine Selbstsicherheit ausgestrahlt, die Morten nicht nachvollziehen konnte.

Was wäre, wenn sie auf Schwierigkeiten stießen? Ohne das Dampfschiff saßen sie jetzt auf der Insel fest, egal was die Söldner erwartete. Es hatte den Alten viel Energie gekostet, Kjell zu überzeugen, dem Kapitän ihre Bitte um Verstärkung mitzugeben. Kjell hatte sich dem nur widerwillig gefügt. Und das nicht ohne Grund. Was hatten sie schließlich gefunden? Blutrote Spritzer in der Wohnstube des Hafenmeisters, vertrocknete Blutlachen im Lagerhaus und die Leiche einer Zehnjährigen in der Arbeiterbaracke. Natürlich gab das Anlass zur Sorge. Es war verdammt noch mal klar, dass hier etwas nicht stimmte. Für acht kampferprobte Söldner erwuchs daraus aber kein Grund, die Insel fluchtartig zu verlassen.

Als junger Mann hätte Morten solche Überlegungen als Ausdruck von Feigheit verspottet. Doch die Erfahrung hatte ihn gelehrt, auf sein Bauchgefühl zu hören. Und in Bezug auf die Insel hatte er ein ganz übles. Aber davon wusste der Rottmeister anscheinend nichts. Stattdessen befahl er zu packen, um ins Innere der Insel vorzustoßen, die man unter dem Namen *Skelt* in Karten des Nordens finden konnte.

Während das Marschgepäck verteilt wurde, warf Morten einen Blick auf den vor ihnen liegenden Weg, der sich vom kleinen Hafen ausgehend steil bergauf wand. Von der Insel war kaum etwas zu erkennen. Das lag nicht am Regen, der immer dichter fiel, sondern daran, dass der Großteil der Insel mehrere hundert Schritt höher lag als die Anlegestelle. Sie würden sich einige Zeit bergauf kämpfen müssen, um einen Blick auf den berüchtigten Schwefelberg zu erhaschen.

»Der verfluchte Wind«, knurrte Morten, »reißt mir jedes Wort von den Lippen.«

Kjell rieb sich den Bart und fragte: »Wo bleibt dein Kampfgeist, alter Knaster?«

Morten wollte etwas erwidern, schwieg dann aber. Söldner galten oft als schweigsam und Morten war keine Ausnahme. Es brachte nichts, mit Kjell zu diskutieren. Ohnehin ahnte der Alte, unter welchem Druck Kjell als Anführer der Rotte stand. Im Laufe seines Lebens hatte er schon verflucht viele Männer in die Schlacht und manche auch in den Tod geführt.

Morten wusste: Es war eine Zeit großer Umbrüche und diese wurden mit Blut und Eisen erkauft, mit dem Leben junger Rekruten, die dem Hochkönig ungefähr so viel wert waren wie Pickel an seinen königlichen Arsch.

Und er kannte die Verantwortung, die schwer wie Blei wiegen konnte, nur zu gut. Er hatte sich damals geschworen, diese Bürde nie wieder zu tragen. Den Siegesjubel hatte er schnell vergessen. Das Röcheln und Ächzen der Männer, die unter seinem Kommando verreckt waren, verfolgte ihn jedoch bis heute.

Zusätzlich zur Bürde jedes Befehlshabers trug Kjell aber noch eine andere, eine Bürde, die Morten schwer einschätzen konnte, da sie dem Adel vorbehalten blieb. Kjell musste sich nämlich mit der Tatsache abfinden, dass jeder Misserfolg nicht nur auf seine Person, sondern auch auf seinen Familienklan zurückfiel. Das hatte Kjell auf der Seereise so oft betont, dass Morten es kaum ertragen hatte. Es war auch unnötig, denn alle Welt kannte Kjells Sippe, in dessen Auftrag sie hier waren.

Der Blutzopf-Klan zählte zu den berühmtesten Klans im Norden und zu denen, die am meisten gefürchtet wurden. Er hatte den Ruf, seine Ziele mit gnadenloser Härte – und notfalls mit der nötigen Brutalität – zu verfolgen. Als junger Söldner hätte Morten gut in diese Sippe gepasst. Im Alter sah er die Sache anders. Für kein Geld der Welt wollte Morten jetzt in der Haut des Rottmeisters stecken, denn sollte Kjell versagen, würde seine Familie weder Geduld noch Nachsicht kennen.

»Schwefel!« Als Veit es plötzlich aussprach, klang es fast wie eine Anklage. »Alles nur wegen Schwefel.«

Jördis, die sich schnaufend hinter ihm bergauf mühte, brummte zustimmend. »Ohne Schwefel kein Schwarzpulver. Der Hochkönig ist ganz verrückt danach.«

»Und seine Armee erst! Hab gehört, seine verfluchte Armee braucht es zentnerweise. Hab gehört, ohne den Schwefel von *Skelt* wären die Konföderierten bald am Arsch.«

»Das sind wir bald auch, wenn du so weiterredest. Verdammt, guck auf deine Füße!«

Sie quälten sich einen unebenen Pfad hinauf, der parallel zur Küstenlinie verlief. Auf der einen Seite des Pfads ragte eine schroffe Felswand auf, auf der anderen Seite ging es senkrecht bergab. Die Söldner wirkten wie auf einer Schnur aufgereihte Perlen, die einer hinter dem anderen durch die ausgetretene Rinne kraxelten. Davon, dass alles wie am Schnürchen lief, konnte jedoch nicht die Rede sein. Durch das Gepäck und den regennassen Untergrund war Veit schon mehrmals ins Straucheln geraten, einmal sogar fast vom schmalen Steig geglitten. Jördis blickte besorgt auf Veits Schritte. Obwohl der Feldscher schon seit Jahren zur Rotte gehörte, hatte er sich nie an das Marschieren in schwierigem Gelände gewöhnt.

»Schwefel«, brummte Veit erneut, während Jördis nach oben blickte. Vor ihnen kletterten die Brüder Sten und Stellan zügig bergauf. Jördis dagegen musste erneut innehalten und warten, während der Feldscher seinen Gürtel richtete.

Er wollte wohl verhindern, dass ihm sein Säbel zwischen die Beine geriet. Die Mühe blieb ohne Erfolg, was sie am gelegentlichen Fluchen des Feldschers erkannte.

Ganz vorn – noch vor Sten und Stellan – kletterten die beiden Grünschnäbel, welche großkalibrige Donnerbüchsen geschultert hatten. Die Neulinge waren erst vor einer Woche dazugestoßen und Jördis wusste von ihnen kaum mehr als ihre Namen: Jasper und Kimi.

Der letzte Auftrag der Blutzopf-Rotte war gewaltig schiefgegangen und hatte drei langjährige Kameraden das Leben gekostet. Man hatte die Söldner dafür bezahlt, einen Hexenzirkel zu zerschlagen, der einen Dämon in diese Welt gerufen hatte, dessen Anblick Jördis immer noch bis in ihre Albträume verfolgte. Das Ganze war in einem Blutbad geendet. Und trotz seiner medizinischen Ausbildung hatte Veit keine Chance gehabt, jemanden zu retten. Jördis glaubte, dass ihn das innerlich quälte, auch wenn er es nicht zugab. Auch sie erinnerte sich ungern an das Fiasko. Doch jeder Blick auf die Grünschnäbel führte wieder zur Erinnerung an die Toten. Und jeder Gedanke an ihre toten Mitstreiter führte wieder zurück zu der Nacht, die sie unbedingt vergessen wollte, jene Nacht, in der messerscharfe Dämonenkrallen drei Leben ausgelöscht hatten.

Je furchtbarer eine Erinnerung, desto kostbarer erscheint das Vergessen. Doch in ihrem Gedächtnis saßen Bilder fest, die so grauenhaft waren, dass Jördis sie am liebsten für immer ausgelöscht hätte.

Die zwei Anfänger und den Alten sah Jördis daher nicht als Bereicherung für die Truppe. Der Rottmeister hatte sie vermutlich nur in die Rotte aufgenommen, weil ihn sein Vater zum Aufbruch gedrängt hatte. Jördis wusste genau: Obwohl die Rotte mittlerweile von Kjell ins Feld geführt wurde, behielt sein Vater die oberste Befehlsgewalt. Schließlich war Ansgar Blutzopf der Kriegsherr des Klans.

Vor ihr blieb der Feldscher erneut stehen, um Atem zu schöpfen und einen Blick nach hinten zu werfen. In Veits intelligenten Augen sah Jördis nichts als Freundschaft und

Zuneigung. Die Narben in ihrem Gesicht erweckten bei vielen Männern Abscheu, dann das verbrannte Gewebe zog sich ausgehend von der linken Wange quer über den Nasenrücken bis zum rechten Mundwinkel und war damit unübersehbar. Doch Veit schien die Wundmale gar nicht wahrzunehmen. Auch wenn sich Jördis meist unnahbar gab, hatte der Feldscher bei ihr einen Stein im Brett, auch wenn er ein Weichei war. So machte es ihr wenig aus, gelegentlich auf ihn Rücksicht zu nehmen.

In den letzten Jahren hatte sie sich eine Art Schutzpanzer zugelegt und kaum Gefühle zugelassen. Für eine Söldnerin nahezu die einzige Überlebensstrategie. Manchmal fragte sie sich, was geschähe, wenn sie den Panzer eines Tages fallen ließ. Als Kämpferin kannte sie den ganzen Ich-bin-ein-harter-Kerl-Scheiß und sie mochte es, dass Veit das gar nicht erst versuchte. Aber diesen Gedanken zu verfolgen, gestatte sich Jördis nicht.

Als Veit weiterging, schüttelte sie den Regen aus ihrem wilden braunen Haarschopf. Dabei fiel ihr der alte Morten auf, der sich weit hinter den anderen mit steifen Schritten die Steilwand hinaufmühte. Morten war geradezu ein Musterbeispiel für diesen Ich-bin-ein-harter-Kerl-Scheiß. Daher hatte sie für ihn keinerlei Mitgefühl, ganz egal wie schwer ihm die Kletterei fiel.

Der Aufstieg war zum Kotzen! Doch Morten war zu zornig, um aufzugeben. Er würde sich eher die Sackhaare ausreißen als vor diesen Halbwüchsigen Schwäche zu zeigen. Sie widerten ihn an, wie sie leichtfüßig bergauf kletterten. Für ihn waren sie wie junge Hunde: neugierig, blauäugig, von dem kindlichen Willen beseelt, ihre Kraft zur Schau zu stellen.

Während Morten für dieses Gehabe noch Verständnis entwickeln konnte, brachte ihn jeder Blick auf den Feldscher zur Weißglut. Diese Witzfigur von einem angehenden Quacksalber hatte nicht mal den Anstand, die Arschbacken zusammenzukneifen und dem Berg allein die Stirn zu bieten. Oh nein, dieser Veit ließ sich bei gefährlichen Stellen sogar helfen. Und das noch von einer Frau! Was für ein Schwächling! Bei dem Gedanken durchzogen tiefe Zornesfalten Mortens verknittertes Gesicht.

Morten spuckte aus und schüttelte den Kopf.

»Was für eine Pfeife«, brummte er und ergänzte: »Mann oder Memme?«

Da ihn weder jemand hörte noch beachtete, legte er eine Pause ein und zog das Silberfläschchen aus der Tasche. Ein guter Schluck war bei solch einem Anblick durchaus angebracht. Seine Gedanken drohten abzuschweifen: Vor vierzig Jahren wäre er nicht so aufgetreten wie Veit, er hätte dagestanden wie Jasper oder Kimi. Beide wirkten stolz, Söldner zu sein. Beide strahlten eine gewisse Männlichkeit aus, obwohl Morten wusste, dass diese im Gefecht oft schneller verdunstete als der Schnaps in seiner Flasche. Dies bekräftigte er dadurch, dass er sich erneut einen Zug von dem Hochprozentigen gönnte.

Schließlich quälte er seine Glieder Schritt für Schritt weiter den Hang hinauf, obwohl das Stechen in seinem schlimmen Knie kaum noch zu ertragen war. Vor zwei Jahrzehnten – als es noch kein Bündnis der Königreiche gab – hatte er gegen die wilden Skar gekämpft. Die Skar waren damals echte Barbaren und auch heute noch ein unbezähmbares Bergvolk, das seine alten Bräuche bewahrte.

Ein Skar-Krieger hatte ihm zu jener Zeit das rechte Knie zerschmettert. Er hatte dem Bastard darauf zwar den Schädel zerschmettert und beide Hände abgehackt, das hatte seinem Knie aber nicht mehr geholfen, und so verfluchte Morten den toten Barbaren bis heute. Sehnen und Bänder waren nie mehr richtig zusammengewachsen, wodurch seine Kniescheibe bei jedem Schritt knirschte, besonders an kalten Tagen. Morten wollte den Schmerz ignorieren, wenigstens für einen Augenblick.

Sein Versuch blieb ohne Erfolg. Die Elemente der Insel hatten sich gegen ihn verschworen. Diese Küste, so schien es Morten, kannte nur Wind, Nässe, Härte und eine alles durchdringende Kälte.

»Ich hätte *Skelt* niemals betreten sollen« schnaufte er.

Nach einer Ewigkeit schien der Regen ein wenig nachzulassen. Morten hob den Kopf, wischte sich die Augen und begriff, dass er den steilen Küstenpfad endlich überwunden hatte. Nun konnte der Alte den Blick auf die gebirgige Insellandschaft richten.

Fast das gesamte Inselinnere bildete eine zerklüftete Hochebene, die mehrere hundert Schritt über dem Meeresspiegel lag. Vor den Söldnern führte ein unbefestigter – aber viel benutzter – Weg in eine wilde Heidelandschaft, die von Kiefern, Wacholder und anderen struppigen Gewächsen geprägt war. Trotz der Unebenheit des Landes war klar, dass das Gelände nach Norden hin anstieg. Erst nur langsam, dann – in weiter Ferne – immer stärker. Es war schwierig, die Entfernung zu schätzen, aber ganz im Norden, dort lag er, auf dem Zenit der Steigung. Der berühmte Schwefelberg, für den die Menschen hier einen unheilvollen Namen gefunden hatten: *Gaahls Galgen.*

Wie der Berg hieß, wusste Morten. Aber erst jetzt, als er ihn als dunklen Schemen in den Himmel ragen sah, dämmerte dem Söldner, wie der ferne Bergkegel auf Sterbliche wirkte: majestätisch, bedrohlich, schicksalsträchtig.

Seine grauen Hänge waren lang, zerklüftet und steil. Der gezackte Krater, welcher den Gipfel krönte, war im schwindenden Sonnenlicht nur zu erahnen. Über dem Berg hielten sich schmutzige Rauchwolken aus Gasen und grauer Asche. *Gaahls Galgen* war sowohl Segen als auch Fluch: Er versorgte die Konföderierten mit Schwefel, doch stellte er für die Menschen – im Moment auch für Morten – eine unberechenbare, tödliche Bedrohung dar.

Der Anblick dieses Mahnmals für die menschliche Vergänglichkeit machte ihn seltsam schwermütig. Vor diesem Hintergrund erschien ihm das Interesse an den Schätzen des

Giganten wie ein schlechter Scherz. Ein Witz, der einem über kurz oder lang im Halse stecken bleiben musste.

Morten überfiel mit einem Mal eine unerwartete Melancholie. Was wollte er eigentlich hier? Er war ein alter Mann mit müden Knochen und schlechten Augen. All sein Streben schien mit einem Mal vergebens. Es führte stets nur zu noch mehr Leid. Das hatte ihm sein Lebensweg längst bewiesen. Warum konnte er das immer noch nicht begreifen?

Veits Überlegungen waren ganz anders als die des alten Morten. Er war nicht melancholisch, sondern eher pragmatisch veranlagt. Daher interessierte ihn das Bauwerk, das direkt vor ihnen lag, viel mehr als der Vulkan am fernen Horizont. Es ähnelte einem hölzernen Langhaus und war nach Art der Nordleute mit Grassoden gedeckt. Laut der Karte, die Veit auf der Hinreise studiert hatte, musste es sich um ein Lagerhaus handeln. Hier wurden Waren – in erster Linie Schwefel – zwischengelagert, bevor sie von Trägern den Steilhang hinab gebracht werden konnten, um sie zu verschiffen. Dort sollten sie einen guten Schlafplatz finden. Und der war nötig, da es von Minute zu Minute dunkler wurde, der Regen jedoch nicht enden wollte.

Veit fror. Der Wind biss ihm in die Wangen. Er schlug den Kragen hoch und stapfte voran. Veit wollte endlich Antworten, etwa auf die Frage, was für ein Unglück sich am Hafen ereignet hatte.

Plötzlich vernahm er eine Bewegung. Der Rottmeister ballte die linke Hand zur Faust und gab der Rotte das taktische Zeichen zum schnellen Vorrücken.

»Ihr wisst, was zu tun ist. Vorsicht ist oberstes Gebot«, sagte Kjell leise.

»Wir sind nicht hier, um euch Dummköpfen beim Sterben zuzusehen, also Augen auf«, knurrte Morten, als wären dies Worte der Motivation. Dann folgten sie dem Pfad, der sich immer weniger vom Rest der Landschaft unterschied, je dunkler es wurde. Zum Bauwerk, dem sie sich näherten, gehörte neben der langen Scheune eine kleine Blockhütte, die sich wie ein hilfesuchendes Kind an das größere Gebäude drückte.

Rund um die beiden Gebäude herrschte Stille. Veit sah kein Licht, keine Bewegung, kein Zeichen von Leben. Als sie das Gelände vor dem Haus erreicht hatten, gab der Rottmeister erneut ein Handzeichen. Sten und Stellan entzündeten sofort ihre Laternen. Veit merkte, dass der Rottmeister sein Kampfmesser zog: schnell, geräuschlos, mit einer geübten Bewegung. Die Klinge war nicht sehr lang, aber rasiermesserscharf und so geformt, dass sie leicht in die Lücken einer Rüstung gleiten konnte. Nicht unbedingt die typische Waffe eines Nordmannes, dafür äußerst tödlich.

Flüsternd gab Kjell Kommandos: »Sten bleibt draußen, zusammen mit den Neuen. Ihr drei sichert das Gelände. Alle anderen folgen mir hinein.«

Morten ergänzte: »Keine Zeit für dumme Fragen, zu spät für Gebete. Auf geht's.«

Veit war nicht begeistert, dass er zu dem Teil der Rotte gehörte, der ins Langhaus eindringen sollte. Lieber wäre er draußen geblieben. Doch Befehl war Befehl. Und so folgte er Kjell mit gezogenem Säbel und ging auf das Scheunentor zu, das ihn wie ein schwarzes Loch zu verschlucken schien.

Er war kein Feigling, zumindest sagte sich Veit das immer wieder. Aber im Augenblick fühlte er sich dennoch ziemlich unbehaglich. Die seltsamen Bissspuren im Arm des toten Mädchens gingen ihm nicht aus dem Kopf. Waren es menschliche Zahnabdrücke gewesen? Waren einzelne Menschen der Insel zu Kannibalen geworden? Lauerte hier jemand, der perverse Rituale an Kindern vollzog? Der Anblick der pergamentartigen grauen Haut des Mädchens wollte ihm nicht aus dem Kopf gehen. Veit erinnerte sich daran, dass er seit jeher zu viel Fantasie gehabt hatte. Er kannte dieses Übermaß an finsteren Gedanken. Es war sein persönlicher Fluch, hatte aber hoffentlich nichts damit zu tun, was ihn tatsächlich auf der Insel erwartete. Doch Veits Magen sah das anders und rumorte.

Als er Kjell ins Gebäude folgte, gelang es ihm nur mit Mühe, aufkommende Blähungen zu unterdrücken. Er konnte es nicht ändern. Sobald es zur Sache ging, übermannte ihn die Angst ums Überleben. Und mit dieser psychischen Unsicherheit kam dann auch das körperliche Unwohlsein.

Mit feuchten Händen fasste er den Säbel fester und warf einen Blick auf das Innere des Schuppens. Das Dach war hoch und ruhte auf schweren Balken aus Kiefernholz. Im Licht von Stellans Laterne erkannte er eine Zweiteilung des Innenraums. Auf der linken Seite – in der sie sich befanden – sah er Kisten und Säcke, alle mit einer gelben Staubschicht überzogen. Bei den gelb-orangenen Brocken in den Kisten handelte es sich um Schwefelbarren, die für die Weiterverarbeitung in einer Schwarzpulvermühle bestimmt waren. Die Säcke enthielten wohl kleinere Splitter oder feinkörniges Schwefelpulver. Im Laternenlicht erkannte er außerdem Tragekörbe und Brechstangen, die gängigen Gerätschaften der Schwefelarbeiter von *Skelt*.

»Warum ist es hier so tierisch muffig?«, fragte Stellan und Veit staunte, wie leise Stellan sprechen konnte.

Der Feldscher murmelte: »Wie ein Hauch aus der Hölle, der …« Dann brachte Morten ihn mit einem Blick zum Schweigen.

»Psst«, zischte der Alte. Und Morten schien mit seiner Vorsicht richtig zu liegen, denn die rechte Hälfte des Schuppens war im trüben Licht so schwer einzusehen, als wolle sich etwas den Blicken der Söldner entziehen. Als Veit den anderen folgte, pochte sein Herz bis zum Hals. Dunkle Schatten und diffuse Formen nahmen im Laternenlicht Gestalt an.

Genutzt wurde dieser Gebäudeteil als Unterstand für Pferde. An der Wand waren Eisenringe befestigt, um Tiere anzubinden. Zerwühltes Heu lag herum. Die Futterkrippe war zerbrochen. Es roch faulig und klebrig, beinahe metallisch. Fette Fliegen hingen in der Luft.

Auf dem Boden befand sich ein wirres Durcheinander aus weißen Knochen, roten Klumpen sowie Streifen aus bräunlichem Brei. Veit erkannte den Brustkorb eines Pferdes. Die zersplitterten Rippen traten überdeutlich hervor, wie gebrochene Messerklingen. In den Augenhöhlen des Pferdekopfes sah er Maden, die sich durch das Innere des Schädels fraßen. Stellan ging mit der Laterne zwei vorsichtige Schritte voran, um den grausigen Fund besser zu beleuchten. Als er in Gedärme trat, erzeugte das ein widerlich schmatzendes Geräusch, bei dem Veit eine Gänsehaut bekam. Obwohl ihm als Feldscher der Anblick von Blut, Knochen und Organen vertraut war, erschien die vor ihm liegenden Szenerie wie etwas, das es nur in Albträumen geben sollte.

Um sich zu beruhigen, zählte Veit zunächst die Kadaver: Es handelte sich anscheinend um fünf tote Pferde, unter Umständen auch sechs. Er konnte nicht ausschließen, dass unter den Kadavern ein Esel oder ein Maultier sein könnte, dafür waren Haut und Knochen der Tiere zu stark zerfetzt.

Veit stellte fest, dass ein Großteil des Fleisches und der Gedärme fehlte. Für die Insekten, die sich auf den toten Tieren niedergelassen hatten, war es zwar ein Festmahl, dennoch waren für sie nur Reste geblieben. Die Mehrheit des Fleisches hatten wohl größere Raubtiere gefressen, denn Veit konnte erkennen, dass dieses Blutbad nicht das Werk eines Metzgers gewesen sein konnte. Knochenspuren und Hautreste gaben Hinweis darauf, dass das Fleisch mit Zähnen oder Klauen herausgerissen worden war.

Erinnerungen überfielen ihn schlagartig. Es schien wie ein alptraumhaftes Wiedererleben, das durch seinen Geist raste. Veit wollte die Anblicke nicht wachrufen, doch der Gestank, der ihn umgab, war wie ein Schlüsselreiz für sein Gehirn: Veit sah lange Krallen, die seinen Mitstreitern das Fleisch von den Knochen schnitten. Es war ein Zirkel aus Kultisten gewesen, welcher Dämonen aus einer anderen Welt beschwören wollte. Veits damaliger Versuch, diese drei Männer, die er Freunde nannte, am Leben zu erhalten, führte nur dazu, ihr Leid zu verlängern. So hatte es sich bei der letzten Mission der Söldner gestaltet und ihm graute vor einer Wiederholung dieser Schande.

Falls es gelingen sollte, dass insbesondere Kimi und Jasper am Leben blieben, dann ergab vielleicht eines Tages alles wieder Sinn. Das Nachdenken über den letzen Auftrag machte ihm zudem bewusst: Das, was er jetzt sah, vor Ort, war sicherlich nicht das Werk von Menschen, und so schob er diese Überlegungen beiseite.

Er konzentrierte sich auf die Frage, welcher Zusammenhang zwischen den abgeschlachteten Tieren und dem toten Mädchen am Hafen bestehen konnte. Hatte die Bestie, welche die Pferde zerfleischt hatte, vielleicht versucht, auch das Mädchen zu fressen? Er hatte viel Fantasie, doch Veit konnte sich nicht ausmalen, welch ein Teufelswerk auf *Skelt* im Gange war.

»Wir sind auf einer Insel der Todgeweihten«, entfuhr es ihm. Dann blickte Veit zu den anderen. Jördis und Kjell sahen entsetzt auf die toten Tiere herab. Die Hand, in der Stellan die Laterne hielt, zitterte ein wenig. Nur der alte Morten wirkte seltsam gefasst, im Grunde teilnahmslos. Veit fragte sich, was man alles erlebt haben musste, bis man so abgestumpft war, dass einen solch ein Massaker kaltlässt.

Eine Stunde später saß Jördis zusammen mit den anderen in der Blockhütte, die direkt an die Scheune grenzte. Sie versuchte zu verdrängen, dass sie nur dünne Holzwände und etwa zehn Schritte von den zerfetzten Kadavern trennten. Schaurige Bilder schienen in ihrem Kopf erneut aufzuflackern. Um sich abzulenken, blickte Jördis in die Runde. Alle Söldner saßen dicht gedrängt um einen eisernen Ofen. Nachdem sie weder in den Gebäuden noch in der Umgebung irgendein lebendes Wesen gefunden hatten, hatte der Rottmeister Befehl gegeben, für die Nacht in der kleinen Hütte Schutz zu suchen.

Jördis nahm die Anspannung der Männer wahr, die sich auf unterschiedliche Art zeigte. Der rothaarige Rottmeister hatte seine Muskete auseinandergenommen, um den Lauf, den Abzugsbügel und die anderen Bauteile zu reinigen. Jördis wusste, dass er die Bestandteile seiner Waffe stets in derselben althergebrachten Reihenfolge reinigte, die er von seinem strengen Vater gelernt hatte. Dies war typisch für Kjell: Wenn er etwas machte, tat er dies gründlich und streng nach Vorschrift.

Sten und Stellan sprachen über ihre Bedenken gegenüber Feuerwaffen. Als altgediente Recken des Klans vertrauten sie im Gefecht lieber auf die Wirksamkeit ihrer Klingen, statt auf Schusswaffen. Jördis konnte das verstehen. In ihren acht Jahren als Söldnerin hatte sie nicht nur einmal in der Klemme gesteckt, weil Musketen oder Pistolen aufgrund von nassem Pulver nicht gezündet werden konnten. Die Brüder schärften deshalb auch an diesem Abend die Schneiden ihrer Schwerter sorgfältig. Die Bewegungen ihrer Schleifsteine wirkten synchron, wodurch ersichtlich wurde, dass sie nicht nur im Kampf wie eine Einheit agieren konnten. Die Brüder hatten buschige Schnauzbärte, das blonde Haar war zu Zöpfen geflochten. Sie trugen diese Tracht, um zu zeigen, dass ihre Heimat nicht die Städte, sondern die einsamen Fjorde von *Steinthor* waren, wo Traditionen noch in Ehren gehalten wurden. Kurzum, stellte Jördis schmunzelnd fest, sie sahen aus wie man sich im Süden wohl ›echte Nordmänner‹ vorstellte, obwohl sich die jüngeren Generationen von diesem Brauchtum längst getrennt hatten.

Neben den Brüdern blätterte Veit in einem alten Folianten, im ›Handbuch der militärischen Arzneikunde‹, aus dem Veit während der Schiffsreise mehrfach Ratschläge und Lehrsätze zitiert hatte. Sie kannte niemanden, der so viel las wie der angehende Militärarzt. Nicht nur deshalb galt er unter den Männern als Sonderling. Hinzu kam, dass er als Einziger nicht auf *Steinthor* geboren war, sondern aus dem im Süden gelegenen Königreich *Valkenrath* stammte. Menschen aus *Valkenrath* galten zwar als fortschrittlich, hatten jedoch auch den Ruf dekadenter Bücherwürmer. Dadurch hatte es Veit in einer kriegerischen Gesellschaft, wie sie auf *Steinthor* vorherrschte, nicht leicht. Manchmal fragte sich Jördis, warum er die Rotte nicht längst verlassen hatte, denn Veit war für Gewalt und Grausamkeit, für das Hungern und Frieren, kurzum für ein Leben als Söldner eigentlich zu zart besaitet.

Morten saß neben dem Feldscher, auf dem Platz am nächsten zum Ofen. Der Alte wirkte auf den ersten Blick entspannt. Doch Jördis stellte fest, dass er gelegentlich nach einem Gegenstand in seiner Tasche griff, um diesen dann verstohlen wieder loszulassen, als habe man ihn bei etwas Verbotenem erwischt.

Jasper und Kimi, die Jüngsten in der Runde, hatten eine ganz andere Art, mit der Anspannung umzugehen. Gleich nachdem das Feuer im Ofen entfacht worden war, hatte Jasper seinen Rucksack geöffnet und eine Pfeife hervorgezogen, welche die zwei nun hin und her reichten. Sie war abgenutzt, das Mundstück voll schwarzer Flecken. Der charakteristische Geruch von schwarzem Bilsenkraut erfüllte mittlerweile die ganze Hütte.

Jördis ärgerte das. Bilsenkraut war nicht verboten, sie hatte jedoch schon zu viele Männer gesehen, denen die nächste Pfeife wichtiger war als die Kameraden. Zudem hatte sie selbst erlebt, was das Zeug aus einem Menschen machen konnte: Ihr Vater hatte manchmal tagelang nur auf seiner Pritsche gelegen, bis die Gier nach neuen Träumen wieder erwacht war. Das Verlangen nach dem schwarzen Kraut, das immer schönere Träume versprach, hatte ihn nicht nur sein Erspartes, sondern schließlich auch seinen Verstand gekostet. Bis er irgendwann nicht mehr aufgestanden war. Krautrauchern war nicht zu trauen.

Ohnehin musste sie ihren ersten Eindruck von den beiden Jungspunden korrigieren, zumindest teilweise. Denn anscheinend war von den beiden nur Kimi ein echter Grünschnabel, der viel in den Armen hatte, aber wenig im Kopf. Ein naiver Frischling, der glaubte, das Kaliber seiner Büchse sei wichtiger als eine ruhige Hand am Abzug. Jasper war irgendwie anders. Jedenfalls seit er die Pfeife angezündet und mit gierigen Zügen ihre Dämpfe eingesaugt hatte. Er hatte begonnen, mit kalten Augen die anderen Söldner zu mustern: prüfend, berechnend, abwägend. So als wolle er einschätzen, wer welchen Wert hatte. Dabei bewegte sich seine Unterlippe, als würde er in Gedanken tatsächlich etwas abzählen.

Nun war anscheinend sie an der Reihe. Sein harter Blick taxierte sie. Seine Augen wanderten über ihren Körper, begutachteten Füße, Beine, Becken, Taille, Brustkorb, Hals, Kopf und Haare. Jördis hatte das Gefühl, dass er insbesondere ihr Becken sowie ihre Brüste intensiv beäugte und sah angewidert weg. Mit der Bilsenkraut-Pfeife in der Hand kam Jasper langsam näher.

»Na, meine Kleine?«

»Hm.«

»Irgendwo unter all diesen Narben könntest du ein verflucht hübsches Mädchen sein. Das würd' ich gern mal rausfinden.«

Jördis schwieg und sah Jasper zornig ins Gesicht. Die vom Rauchen braunen Zähne ragten ihm über die blasse Unterlippe. Er roch nach altem Schweiß. Die anderen Söldner sahen zu ihnen hinüber. Kimi mischte sich ein: »Wieso ärgerst du das kleine Narbengesicht? Solche wie sie neigen manchmal dazu zu beißen.«

Jasper kam noch näher. Er legte eine Hand auf ihre Schulter. Sein Mund näherte sich ihrem. Sein ranziger Atem war kaum noch zu ertragen. Seine rauchige Stimme war jetzt ganz nah.

»Stimmt das? Beißt du gern? Denn ein bisschen Beißen kann ganz geil sein.«

Alles an ihr war plötzlich in Bewegung. Ihr Kopf schoss vor und krachte mit der Stirn auf Jaspers Nase. Blut spritze und die Pfeife entglitt seinen Fingern. Jasper krümmte sich nach vorn und sackte unfreiwillig zusammen. Jördis hämmerte ihm mit Wucht ein Knie ins Gesicht. Er war wesentlich schwerer als sie, doch der Moment der Überraschung war auf ihrer Seite.

Sie war niemand, die man herumschubste. Sie war eine Frau, die Männern wehtun konnte, insbesondere solchen, die Frauen wehtaten. Sie war eine Kämpferin und ihr Zorn ohne Grenzen. Als Jasper zu Boden ging, begann Jördis, seinen Kopf mit harten Tritten zu bearbeiten, bis sich Sten und Stellan dazwischenwarfen.

Nur mit großer Mühe schafften sie es, Jördis wieder auf ihren Platz zu drängen. Die Brüder redeten auf sie ein, doch Jördis war so zornig, dass sie ihr Geschwätz kaum wahrnahm. Sie würde diesem Lustmolch schon zeigen, an wen er da geraten war! Jördis blickte in die Runde, Wut in den Augen und im Herzen. Der alte Morten blickte zum Rottmeister hinüber und murmelte etwas, worauf Kjell breit grinsen musste. Das war zu viel. Jördis stieß die beiden Brüder zurück und schrie so sehr, dass Speichel durch die Luft spritzte: »Der alte Drecksack soll mir seine Meinung gefälligst ins Gesicht sagen. Oder hat der Bastard keine Eier in der Hose?«

Das war das erste Mal, dass sie Morten lächeln sah. Seine Augen blitzten schelmisch. Er sah Jördis tief in die Augen und wiederholte seine Worte mit erstaunlich sanfter Stimme: »Die Frau ist aus dem rechten Holz geschnitzt. Wenn wir auf das Biest stoßen, das in der Scheune gewütet hat, hätt' ich gern mehr von deinem Schlag an meiner Seite.«

2 KAMMER DER LEERE

Svea hatte in ihrem jungen Leben schon oft tote Menschen gesehen. Zuckend, zitternd, zappelnd, schnappend. Männer und Frauen und Kinder. Doch im Moment sah Svea gar nichts. Nichts außer tiefster Schwärze.

Die Novizin befand sich in einer winzigen quadratischen Kammer ohne Licht. Sie saß auf steinernem Boden und hatte die Knie angezogen, damit sie diese mit den Armen umfassen und das Kinn darauflegen konnte. Die Haltung war unbequem. Mit der rechten Schulter lehnte sie an einer rauen Steinwand. Die Zelle war so klein, dass Svea ihre Beine nicht ausstrecken konnte. Auch nach oben gewährte ihr die Kammer keinen Platz zum Aufrichten.

Svea roch modrige, abgestandene Luft mit einem Hauch von Urin. Sie trug nur ein durchsichtiges Hemdchen und spürte die Enge der Kammer überdeutlich, wie eine knochenharte Umarmung. Sie hörte nichts außer ihrem eigenen Atem, fühlte sich mutterseelenallein, denn die Kammer war fest verschlossen und es gab kein Entrinnen. So eng war es, dass ihre Waden begannen, sich schmerzhaft zu verkrampfen.

Das war aber nicht ihre einzige Sorge. Zum hundertsten Mal fragte sie sich: Wie lange reicht die Luft noch zum Atmen? Schon seit einer gefühlten Ewigkeit war sie hier eingesperrt. Hatte man sie vielleicht vergessen?

Verstärkt wurde ihre Beklemmung noch durch die Stille, die sie umgab. Diese war so schwer, so drückend, dass Svea meinte, sie müsse daran ersticken.

– Doch Zeloten kennen keine Furcht! Nein, Zeloten fürchten sich nie.

Das hatte man ihr zumindest in den letzten Jahren eingeschärft. Doch an Tagen wie diesen erschien ihr die Lehre zweifelhaft, denn Svea fürchtete sich sehr. Sie fürchtete nicht nur die Kammer an sich, sondern auch den Mann, der sie hineingeschickt hatte, sowie die Möglichkeit, wieder hineingeschickt zu werden.

Seit zehn Jahren lebte Svea im Kloster des Ordens. Davon hatte sie schon einige Zeit an diesem Ort verbracht. Mehr als ihr lieb war. Dennoch verlor die ›Kammer der Leere‹ – wie die Zelle genannt wurde – nie ihre furchteinflößende Wirkung auf die Novizin. Insbesondere in Sveas Zustand.

Die Novizin war unendlich müde. Sie sehnte sich förmlich nach Schlaf, aber er kam nicht. Wie sollte er auch? Die Zeit dehnte sich zu einer gefühlten Unendlichkeit. Plötzlich ein Kribbeln im Nacken. War da was? Krabbelte dort irgendetwas durch ihr zerzaustes Haar? Egal, was es war, sie konnte es nicht sehen. Die Kammer blieb schwarz. Ganz gleich, ob man die Augen öffnete oder schloss.

Die Ungewissheit verlieh ihrer Fantasie Flügel. Svea stellte sich vor, wie Spinnen durch ihre Haare krochen. Sie konnte die dünnen Spinnenbeinchen förmlich spüren. Die Vorstellung widerte sie an, ließ sie innerlich erschauern. Langsam begann ihre Kopfhaut zu jucken. Immer intensiver wurde das Gefühl. Es dauerte nicht lange, bis es sich auf den ganzen Körper erstreckte. Sie atmete schwer. Angst kann sich in die Seele hineinfressen, kann einen Menschen innerlich aushöhlen.

– Verdammt, reiß dich zusammen!, dachte Svea.

Verbargen sich tatsächlich Spinnentiere in der Dunkelheit? Oder waren es innere Dämonen, die sie in den Wahnsinn trieben? Sie fröstelte und schwitzte gleichzeitig. Es war kalter Schweiß, Angstschweiß!

Svea begann, allmählich an ihrem Verstand zu zweifeln. Je länger man in der Kammer festsitzt, desto schwieriger wird es, zwischen Fantasie und Wirklichkeit zu unterscheiden. Das wusste sie aus Erfahrung.

Svea war unter normalen Umständen alles andere als schreckhaft. Sie war kein Kind mehr, sondern schon fast eine Frau. Eine, die den Gebirgswind liebte und die Schlagübungen mit dem Kampfstab. Eine, die schneller rennen konnte als alle Novizen des Klosters.

»Jetzt nur nicht die Nerven verlieren«, flüsterte sie. Svea musste Klarheit gewinnen. Sie brauchte eine Strategie, um sich zu beruhigen. Falls es ein Insekt war, das sie berührt hatte, würde sie es finden und zerquetschen. Sie begann, mit kaputten Fingernägeln alle Ecken und Winkel zu betasten. Ihr Herz raste. Der Mund war ganz trocken. Dennoch konzentrierte sie sich voll und ganz auf ihre Fingerspitzen. Nachdem sie einmal angefangen hatte, konnte sie mit dem Umhertasten gar nicht mehr aufhören. Es war wie ein Zwang, eine unabwendbare Mutprobe, die sie bis zum Ende durchziehen musste.

Unerwartet löste sich etwas von der Decke. Es war klein, glatt und hart wie der Panzer einer Kakerlake. Es glitt über ihre nackten Füße. Sie stieß einen Schrei aus. Schrill, spitz. Bemerkte die Verzweiflung, die in ihrer Stimme mitschwang. Wellen der Panik türmten sich über ihr auf und brandeten auf sie nieder. Sie musste hier raus. Musste. Musste. Musste. Doch es gab keinen Ausweg!

Sie hätte ihren Kopf am liebsten vor die Wand geschlagen, doch die Angst lähmte sie. Zu vernünftigem Handeln war sie kaum noch in der Lage. Sie war am Ende. Nur noch eine verzweifelte kleine Göre, die bei jeder Gelegenheit feuchte Augen bekam. Ihre Unterlippe begann unkontrolliert zu zittern und sie biss darauf, so fest, dass sie das Blut im Mund schmecken konnte.

Ein Druckgefühl breitete sich hinter ihren Augen aus. Der Druck kündigte die Tränen an, die jetzt kommen würden. Sie hasste sich selbst für diese Schwäche. Alles in ihr versuchte, sich dagegen zu sträuben. Vergeblich! Svea fing an zu weinen.

3 TRAUM UND REALITÄT

Morten lag auf dem Boden des Blockhauses und träumte. In seinem Traum war er wieder in der Baracke am Hafen. Diesmal jedoch allein. Ganz allein mit der Leiche. Das Mädchen trug in seiner Traumwelt kein dünnes Nachthemd, sondern ein himmelblaues Kleid und die wilde Lockenmähne leuchtete so golden, als lebte das Kind noch. Die Kleine sah aus wie Finja, seine Tochter. Plötzlich bewegten sich die Wimpern. Finja klimperte, hob den Kopf, öffnete die Augen. Doch es waren nicht die Augen seiner Tochter, sondern tiefliegende, schwarze Augäpfel. Der Blick war leer und kalt, wie der eines toten Fisches. Er jagte Morten einen Schauer über den Rücken. »Was ist mit dir?«, wollte er fragen, doch kein Wort kam über seine Lippen. Er sah sich um, doch ihn umgab nur Finsternis. Das Mädchen gab ein Stöhnen von sich. Oder war es ein Wort? Hatte sie »Papa« gesagt?

Morten sah der Kleinen ins Gesicht, konnte den Anblick der toten Augen kaum ertragen. Für einen Moment blieb das Kindergesicht bewegungslos, eingefroren wie ein Gemälde, dann wurde es zur abscheulichen Fratze. Der Mund öffnete sich und entblößte ein Maul voll nadelspitzer Zähne. Das war nicht seine Tochter, das war nicht mal ein Mensch! Morten versuchte aufzuwachen, doch es gelang nicht. Das flößte ihm ungeheure Furcht ein.

Regungslos musste er ansehen, wie sich die Kinderärmchen ausstreckten und an ihm zerrten. Das kleine, hässliche Geschöpf schien stärker zu sein als zehn Männer. Es zog Morten näher und näher zu sich heran. Wie ein Raubtier schnappte das Mädchen nach ihm und rasiermesserscharfe Zähne bohrten sich in seinen Hals. Schmerzen schossen durch seinen Leib und ließen nur Raum für eine Erkenntnis:

– Ich muss das Kind erschlagen, bevor es mich zerfleischt!

Bei dem Gedanken riss er die Augen auf. Morten erwachte endlich und sein altes Herz hämmerte in der Brust. Die schweißnasse Wolldecke klebte an seinen Beinen. In der Hütte war es bis auf ein Glimmen im Ofen ziemlich finster. Das Blockhaus kam ihm plötzlich viel zu eng vor. Jemand schnarchte und röchelte. Die Luft schien stickig, verbraucht. Er musste raus. Schnell. Mit ungelenken Schritten bahnte er sich einen Weg durch die Schlafenden und entfloh der Enge. Die Kühle der Nacht beruhigte seine Nerven. Vor der Blockhütte stand ein Hauklotz, auf dem lange niemand Holz gehackt hatte. Morten setzte sich darauf. Er dachte an die Leiche in der Baracke am Hafen. Egal, was für eine harte Haut man sich anschafft – manche Vorstellungen kann man nicht ausblenden. Es schien wie eine Gedankenspirale. Und so sinnierte er über seine kleine Tochter Finja, die er zusammen mit ihrem Zwillingsbruder Fin in *Zwei-Stein* zurückgelassen hatte. Die Kinder liebten es, ihrem Vater beim Holzhacken zuzusehen. Beide waren bei der alten Tomke hoffentlich gut aufgehoben. Hoffentlich! Denn es war so, dass er der guten Frau zu wenig Geld gegeben hatte, um zwei Zehnjährige durchzufüttern. Morten fragte sich, ob Fin und Finja Hunger leiden würden. Er hatte versucht, seine Kinder auf anständige Weise zu ernähren. Hatte es versucht als Zimmermann, als Seiler und als Fischer. Er war immer wieder gescheitert, obwohl er sich alle Mühe gegeben hatte. Doch es gab leider nur ein Handwerk, auf das er sich wirklich verstand: das Töten. Dennoch war Morten unsicher, ob seine Entscheidung, ein letztes Mal zu den Waffen zu greifen, richtig gewesen war. Schließlich wuchsen seine Kinder seit ihrer Geburt ohne Mutter auf und jetzt – bis auf weiteres – ohne Vater. Er tat dies alles nur für seine Kinder, sagte er sich.

– Nur für die Kinder? Nicht auch für dich?

Morten schüttelte den Kopf, um den Gedanken zu vertreiben. Diese Wahrheit hatte er so gut es ging vor sich und den anderen verborgen. Hatte sich eingeredet, er wollte nicht beweisen, dass er noch nicht zum alten Eisen gehörte. Hatte sich eingeredet, die Nächte in *Zwei-Stein* nicht als Probeliegen für den Sarg empfunden zu haben.

Alles nur für die Kinder und ihre Zukunft, sagte er sich immer wieder. Dabei trank er von Zeit zu Zeit einen Schluck aus dem silbernen Fläschchen und beobachtete die ersten Bruchstücke des beginnenden Tages. Als langsam Schwarz zu Blau wurde, bewegten sich düstere Silhouetten am Horizont. Die Gestalten glichen Jägern auf der Pirsch. Sie waren weit entfernt und mit bloßem Auge schwer erkennbar. Ein junger, nüchterner Mann hätte sie wahrscheinlich bemerkt. Morten war keines von beidem.

Zurück in der Blockhütte erfasste Morten Neid auf mehrere seiner Mitstreiter, die gemütlich vor sich hinträumten. Er schritt auf Jasper zu und trat den am Boden Liegenden mit der Stiefelspitze.

»Los! Aufstehen, du Drecksack! Der Klan bezahlt dich nicht fürs Rumliegen.«

Jasper erhob sich in eine sitzende Haltung. Schlecht gelaunt befühlte er sein geschwollenes Gesicht. Als Jasper bei der Nase ankam, zuckte er zusammen. »Scheiße«, jammerte er wehleidig.

Der Alte baute sich vor Jasper auf und sah ihn von oben herab an. »Stell dich bloß nicht an. In der guten alten Zeit haben Neulinge ständig aufs Maul bekommen. Sei froh, dass nur die Nase gebrochen ist! Jetzt bleibt dir zumindest dein Gestank erspart. Junge, weißt du überhaupt, wie du riechst? Du stinkst nach Pferd, als hättest du einen der verwesten Gäule gerammelt.«

»Kümmer dich um deinen eigenen Scheiß, Opa!«

Morten fasste Jasper am Kragen. Er riss ihn hoch, um ihn dann mit Wucht von sich zu stoßen. Jasper taumelte rückwärts durch den Raum, knallte vor die Holzwand und fiel wie ein nasser Sack zu Boden. Der Alte war erstaunt, welche Kraft noch in ihm steckte. Er sprach Jasper erneut an und diesmal lag Eiseskälte in seiner Stimme: »Noch so'n dummer Spruch, dann wird's richtig hässlich! Dann zeig ich dir mal, was echte Prügel sind. Und danach wird dir nicht nur die Nase wehtun. Das garantier' ich dir, du vorlautes Arschloch!«

Das saß. Jasper war sichtlich eingeschüchtert und Kimi sah Morten an wie ein Rekrut seinen General.

»Mein Vater ist auch so«, stammelte Kimi, »so geradlinig und so direkt. Ich glaube, ich vermisse ihn manchmal.«

»Dein Ernst?«, fragte Morten mit gerunzelter Stirn.

Kimi zögerte: »Diese Teufelsinsel schweißt uns schon noch zusammen. Wir alle brauchen den Sold. Unsere Familien zählen auf uns.«

Morten nickte. Kimis letztes Argument war schließlich nicht von der Hand zu weisen.

Kjell Blutzopf war ein Mensch, der das Warten hasste. Kaum etwas nervte ihn dermaßen, als auf andere Menschen zu warten. Daher war er froh, dass er sich nicht lange gedulden musste, bis sich Jasper wieder aufrappelte. Kjell gab anschließend den Befehl zu packen und zwar so schnell wie möglich.

In seiner Funktion als Rottmeister trug er die Verantwortung für ihren Erfolg. So gönnte er seiner Truppe nur wenig Zeit, um etwas Roggenbrot und Dörrfleisch hinunterzuschlingen.

»Zeit ist Geld«, rief Kjell, »also esst schneller, ihr Halunken!«

Kimi wollte gehorchen und stopfte sich Fleisch und Brot gleichzeitig in den Mund. Er kaute und schmatzte heftig.

»Aber verschluck dich nicht, Bübchen«, scherzte Kjell, drängte dann aber erneut zum Aufbruch: »Los! Abmarsch! Wir haben bisher nichts erreicht. So werden wir nie zu lebenden Legenden!«

Morten fügte hinzu:»Und achtet gefälligst darauf, wie Kjell euch gleich einteilen wird. Wer nicht aufpasst, dem mache ich Beine.«

Die Söldner schulterten die Rucksäcke und Kjell bildete wie angekündigt eine feste Marschordnung. Er rechnete nicht direkt mit Schwierigkeiten, aber Disziplin war ihm auch außerhalb von Gefechten wichtig.

»Durch Zucht und Ordnung erzielt man Erfolge«, zitierte er, »nicht durch Tapferkeit oder durch Heldentaten Einzelner.« Das hatte Kjells Vater ihm viele Male eingetrichtert und so stand es im Kodex der Söldner.

An der Spitze marschierte natürlich er selbst neben Morten. Sie hatten zusammen die meiste Erfahrung und dies war wichtig, falls es Schwierigkeiten geben sollte. Dabei war es Kjell gleichgültig, was die anderen von dem Alten hielten. Morten war ein mit allen Wassern gewaschener Veteran, der in seinem Leben schon alles gesehen hatte, was schiefgehen konnte. Mit der Tatsache, dass ihn der Alte faktisch gezwungen hatte, ihn in die Rotte aufzunehmen, wollte sich Kjell im Moment nicht beschäftigen.

In der zweiten Reihe marschierten die Brüder Sten und Stellan. Sie waren hervorragende Schwertkämpfer und trugen in der Rotte die wirksamsten Nahkampfwaffen. Sie konnten mit ihren Klingen großen Schaden anrichten, sollte sich ihnen jemand in den Weg stellen. Kjell kannte die beiden schon zehn Jahre und hätte ihnen, ohne zu zögern, sein Leben anvertraut. Sie konnten zwar weder lesen noch schreiben, hatten jedoch scharfe Augen und eine schnelle Auffassungsgabe.

Viele konnten die Brüder kaum auseinanderhalten, doch für Kjell war es ein Leichtes. Ohnehin unterschied sich Sten von seinem Bruder durch den schwarzen Lederhandschuh, der seine Rechte immerzu umschloss. Vor vielen Jahren hatte eine Pistolenkugel die Hand des Schwertkämpfers durchschlagen. Seitdem trug er stets den Handschuh aus steifem Leder, welcher die Hand im Kampf stabilisieren sollte. Sten war ihm zudem besonders ans Herz gewachsen, da er ein echter Familienmensch war. Er hatte am Lagerfeuer schon oft Anekdoten von seinen frechen Töchtern erzählt, die er liebevoll seine drei ›Walküren‹ nannte.

Hinter den Brüdern war der optimale Platz für Kimi und Jasper. Neulinge wie sie wurden meist nervös, wenn es zur Sache ging. Durch diese Position konnten sie sich an den Männern vor ihnen orientieren, denn Kimi und Jasper brauchten ruhige Hände, um ihre Donnerbüchsen sinnvoll einzusetzen.

Ohne die nötige Kaltschnäuzigkeit war das Kaliber ihrer Feuerwaffen nämlich keinen Pfifferling wert.

Das Schlusslicht bildeten Veit und Jördis. Veit war ein ausgezeichneter Militärarzt, jedoch am leichtesten bewaffnet und nicht unbedingt der Mutigste der Truppe. Außerdem war er körperlich nicht sehr robust und hatte eher die Statur eines Fechters als die eines Nordmanns. Jördis hingegen war als Nachhut unersetzbar. Sie war intelligent, verlässlich und loyal, was in dieser Kombination unter Söldnern so selten war wie eine Jungfrau im Hurenhaus. Die narbige Säbelfechterin trug als Einzige einen Schild, weshalb sie eine hervorragende Rückendeckung abgab. Außerdem hatte sie die Rotte schon mehrmals vor Gefahren gewarnt, bevor diese überhaupt sichtbar wurden. Manchmal glaubte Kjell, sie habe einen sechsten Sinn für so etwas.

Die Rotte kam gut voran, was – nach Kjells Ansicht – auch am Wetter lag, welches sich etwas gebessert hatte. Es wehte zwar immer noch eine steife Brise, doch der Regen hatte aufgehört. Gegen Mittag gelang es der Sonne sogar, vereinzelte Strahlen durch die dichte Wolkendecke zu zwängen, sodass sich Kjell ein genaueres Bild von der Insel machen konnte. Das Heideland, das sich vor ihnen erstreckte, war nicht nur von Kiefern und dornigen Sträuchern geprägt, sondern auch durchzogen von Grasflächen.

Den Horizont dominierte der Vulkan. In der unmittelbaren Umgebung des Gipfels existierte kaum Vegetation. Ganz oben befand sich der zentrale Hauptkrater, welcher kontinuierlich Rauch ausstieß. Vom Gipfel ausgehend, zogen sich graubraune Rinnsale die Bergflanken hinab. Die kegelartige Form des Feuerbergs hatte jedoch einen Schönheitsfehler: Am östlichen Hang befand sich eine unregelmäßige Ausbuchtung, die aus der Ferne wie ein Buckel oder Geschwür wirkte. An dieser Stelle war ein Nebenschlot, aus dem es gelegentlich qualmte. Und genau das war ihr Ziel.

Die Karte seines Klans hatte den Punkt *Rauchender Zinken* genannt und die enorme Wichtigkeit der Stelle betont, denn hier gewannen sie Schwefel. Der Rohstoff, der für das

Schwarzpulver der Konföderierten so wichtig war. Das Material, weswegen der Hochkönig sie losgeschickt und gutes Gold versprochen hatte.

Die einzige Siedlung der Insel befand sich unterhalb des *Rauchenden Zinkens* und damit am Fuß des Bergkegels. Hätten sie Pferde gehabt, so wäre der Ort namens *Schmelztiegel* noch heute erreichbar. Doch ohne Pferde würden sie wohl die nächste Nacht draußen verbringen müssen. Und bei diesem Gedanken hatte Kjell alles andere als ein gutes Gefühl.

Als die Sonne unterging, taten Morten die Beine weh. Vor allem Füße, Waden und Hüfte schmerzten. Auch die kleinen Schlucke, die er aus dem Silberfläschchen genommen hatte, linderten seine Schmerzen kaum. Die Rotte war den ganzen Tag ohne nennenswerte Pausen marschiert und dies war sein Körper schon lange nicht mehr gewohnt. Er schätzte, dass sie die halbe Strecke bis zu dem Ort zurückgelegt hatten, bei der es sich – laut Kjell – um die einzige Ansiedlung der Insel handelte.

Die kommende Nacht würden sie draußen verbringen müssen, doch zum Glück hatte der Rottmeister einen akzeptablen Lagerplatz ausgemacht, einen verwitterten Steinkreis, der sich direkt neben dem Weg befand und auf einer natürlichen Erhebung errichtet worden war. Genau das war der Vorteil, denn durch die leicht erhöhte Lage war der Boden an dieser Stelle nicht so feucht und matschig wie das umliegende Areal.

Fünf mannshohe Steinblöcke, die Morten an Grabsteine erinnerten, waren hier ringförmig um eine zentrale Säule angeordnet. Sie waren von der Zeit glattgeschliffen und wirkten so altehrwürdig, als lägen sie hier seit Ewigkeiten. Die steinerne Säule in der Mitte des Kreises überragte die fünf Blöcke wie eine Mutter ihre Kinder. Eingefasst war sie von einem Kranz aus Unkraut und Dornenpflanzen. Morten bewunderte die Kunstfertigkeit des eingearbeiteten Steinreliefs, welches die vier Gesichter des Erbauers zeigte.

Das Relief war so gestaltet, dass sich die Gesichter rund um die Säule verteilten, als sehe der Erbauer gleichzeitig in alle vier Himmelsrichtungen. Nach Osten blickte eine Variante des Erbauers als junger Mann, bartlos und kindlich. Auf der nach Süden gewandten Seite der Säule waren seine Züge erwachsen und kriegerisch, sein Haar eingefasst von einer schmalen Krone. Ein stark gealterter Erbauer blickte in Richtung der untergehenden Sonne, sein Gesicht eingerahmt in zottige Haarzöpfe. Dort, wo nie die Sonne schien, sah man die vierte Darstellung des Erbauers. Sie war dem Alten von allen die liebste: der Erbauer am Galgen. Der gedrehte Knoten und das Seil waren formvollendet in den Stein gehauen. Mit herabhängender Zunge und heraustretenden Augen zeigte dieses Abbild das Ende des legendären Weltenschöpfers. Aufgehängt von der eigenen Schöpfung. Das war etwas, das Morten immer wieder zum Schmunzeln brachte.

Der Glaube an den Erbauer hatte sich in den letzten Jahrzehnten so stark verbreitet, dass er alle anderen Glaubensrichtungen verdrängt hatte. Morten hielt jedoch wenig von der Vorstellung eines allmächtigen Schöpfers, der die Welt so konstruiert hatte, dass sie für jeden ein vorherbestimmtes Schicksal bereithielt.

Erste Zweifel waren ihm schon als junger Mann gekommen, als ihm seine niedere Geburt verwehrt hatte, mit der Frau seiner Träume zusammenzuleben. Denn nicht jeder wurde so wie der Rottmeister in einen namhaften Klan hineingeboren. Nicht jeder gehörte zu einer Familie, die von einem der 47 legendären Krieger abstammte, welche vor Urzeiten zur Leibgarde des ersten Königs gehört hatten. Noch heute beriefen sich die 47 Klans auf ihre kriegerischen Urväter und zu den Prinzipien dieser erblichen Kaste gehörte es, lieber untereinander zu heiraten als Abschaum aus dem einfachen Volk in ihrer Mitte willkommen zu heißen.

Das letzte Bisschen an Glauben hatte er schließlich verloren, als seine zweite große Liebe – die Mutter von Fin und Finja – direkt nach der Geburt ihrer Kinder gestorben war. Wenn es in der Welt eine gütige Macht gab, hätte Edda nicht sterben dürfen. Nicht die Frau, die als Einzige in ihm etwas

Besonderes gesehen hatte. Nicht die Eine, die ihn völlig selbstlos aus der Scheiße gezogen und wieder auf Kurs gebracht hatte. Ihr Tod war für Morten einfach nicht mit der Lehre eines allmächtigen Erbauers vereinbar. Seitdem betrachtete er die Gläubigen sowie die Kirche des Erbauers mit Geringschätzung, wenn nicht gar Verachtung.

Aus diesem Grund war für ihn die Übernachtung an solch einem Platz kein göttlicher Fingerzeig, kein gutes oder schlechtes Omen, sondern einfach eine pragmatische Entscheidung.

Der Himmel war tiefschwarz. Keine Sterne waren zu sehen. Zwischen den steinalten Blöcken saßen die Männer um eine Feuergrube, in der es knisterte und knackte. Funken stoben daraus hervor wie kleine Glühwürmchen.

Jördis saß ein wenig abseits und hatte sich eine Decke um die Schultern gelegt. Gern hätte sie mit in der Runde gesessen und mit den anderen gescherzt oder diskutiert. Doch sie wahrte stets Abstand, zeigte sich kühl und unnahbar, denn als Frau in einem Männerberuf war das richtige Auftreten überlebenswichtig. Obwohl sie zum festen Kern der Rotte gehörte, hatte sie nach wie vor die Sorge, andere Söldner könnten den Respekt vor ihr verlieren, wenn sie zu viel Nähe zuließ.

In dieser Hinsicht beneidete sie Kjell, der gerade witzelte: »Erinnert ihr euch noch an den Großtöner, den mit Doppelaxt und Gabelbart? Macht erst auf dicke Hose, scheißt sich aber die Hosen gestrichen voll, als die ersten paar Pfeile auf uns niedergehen!«

Die Männer grölten und Jördis freute es, wie leicht es Kjell fiel, Kontakt zu seinen Gefolgsleuten aufzubauen, ohne an Achtung zu verlieren.

Sten und Stellan versetzte das Lagerfeuer wie so oft in eine nostalgische Stimmung. Sie sprachen über ehemalige Kampfgefährten, die längst unter der Erde lagen, und mit einem Mal – erst nur ein Bruder, dann auch der andere – begannen sie zu singen, untermalt von nichts anderem als dem Knacken brennender Holzscheite:

LAUTES GESCHREI BIS IN DIE NACHT.
WO NIEMAND SCHLÄFT UND JEDER WACHT,
LAUFEN WIR AUF, OFTMALS ZU HAUF,
FÜR GUTEN SOLD GEHT'S IN DIE SCHLACHT.

DER GANZE REICHTUM UNSRER ZEIT,
IST NICHT GENUG, DIE WELT IST WEIT.
KRIEGSHÖRNER SCHRILL, DAS WAS ICH WILL,
DIE GIER DER SÖLDNER MACHT SICH BREIT.

SELBST WENN DIE GANZE ROTTE FÄLLT,
AUCH TODGEWEIHTE WOLLEN GELD,
DER MÜHEN LOHN, DER FEINDE HOHN,
DER RUHM UND EHRE UNS ERHÄLT.

Beim ›Lied der Söldner‹, das jeder Nordmann kannte, fühlte Jördis, wie die Sehnsucht nach Gold und Ruhm auch sie erfüllte, ein Verlangen nach einem besseren Leben, das ihr – wenn auch unbewusst – schon immer zu eigen war. Sie blickte in die Flammen und erschauerte. Sie sprach kein Wort, ließ ihren Gedanken freien Lauf, so wie es auch die anderen Söldner für einige Zeit taten.

Und einen winzigen Augenblick fühlte sich Jördis wie der Teil von etwas Großem. Sie war dort, wo sie hingehörte. Sie stellte sich der Hässlichkeit dieser Welt, wagte die Konfrontation mit der Dunkelheit und unbekannten Tieren.

– Ist dies das Gefühl, das die Menschheit seit Äonen ausmacht?, fragte sich Jördis.

Erst allmählich kam das Gespräch wieder in Gang und es wurden oberflächliche Prahlereien ausgetauscht. Kimi tat sich wichtig:»Seit Jahren bereite ich mich auf den Fronteinsatz vor. Ich kann besser mit Feuerwaffen umgehen als viele der Soldaten des Königs. Ha! Wir sind zu acht und zum Hauen und Stechen geboren! Komme, was wolle!«

Morten grinste, bevor er antworte:»Übertreib nicht so, Junge. Man müsste schon aus Stahl sein, um die verfluchte

Insel ohne Narben zu verlassen. Ich bin zu alt für diesen Dreck.«

»Du bist zu zäh«, konterte Kimi, »um schon zum alten Eisen zu gehören. Wir brauchen dich in guter Form. Meine Familie braucht Geld, für Essen, für Miete, für Kleidung. Ich werde als Held zurückkehren und es ihnen überreichen.«

Jördis überlegte, einen Witz zu machen, etwa ›Du willst wohl am besten noch ein Krönchen, eine Goldmedaille und einen roten Umhang?‹, aber es schien ihr unangebracht, Kimis gute Laune zu zerstören. Ohnehin lachten Sten und Stellan schon hinter Kimis Rücken über den Grünschnabel. Zum Glück wendete sich die Unterhaltung wenig später dem Thema Schwefel zu, denn Kimi hatte den Wert des Rohstoffs immer noch nicht begriffen, wie er so dasaß mit seiner einfältigen Mine. Sein blasses Gesicht wirkte auf Jördis in diesem Moment sehr bäuerlich. Direkt neben ihm saß Veit, der nicht nur der Gelehrteste unter den Söldnern war, sondern auch die Gelegenheit genoss, sein Wissen zur Schau zu stellen.

»Schau her, Kimi! Wir leben in dunklen Zeiten. Kriege, Seuchen und Hexerei versetzen die Menschen in Angst und Schrecken. Wilde Horden aus dem Osten attackieren unsere Grenzen. Und Schwarzpulver ist der Kitt, mit dem der Hochkönig versucht, alles zusammenzuhalten. Er will so viel Schwefel wie möglich, um den Bedarf an Schwarzpulver auch nur ansatzweise zu decken. Holzkohle ist zwar auch nötig und etwas Salpeter, aber ohne Schwefel … Tja, ohne den knallt's eben nicht. Verstehst du?«

Kimi blickte ungläubig, als sei sein Verstand zu schwerfällig, um das Thema zu begreifen. Er kratzte sich nachdenklich an der Nase. Veit fuhr nach einer kurzen Pause fort.

»Die Kanonen und Feuerwaffen sind doch das Einzige, was die Grenzen im Osten noch aufrecht hält. Der Hochkönig rekrutiert immer mehr Söldner zur Verteidigung von *Skarsgart*, doch letztlich sind es unsere überlegenen Schusswaffen, welche die dreimal verfluchten Wilden in Schach halten. Fast das Gleiche gilt für die Ländereien im Westen, denn die so genannte Bruderschaft der Kaperfahrer schickt jeden Sommer neue Schiffe, um die Küsten von *Valkenrath* zu überfallen. Ohne die erfahrenen Büchsenmeister und die Brandmischungen unserer Alchemisten wären wir längst geliefert.« Man konnte im Licht des Feuers sehen, wie es in Kimis Schädel arbeitete. Dann riss er die Augen auf, als sei er selbst überrascht von der Idee, die ihm gerade gekommen war.

»Wenn das Schwarzpulver nur für *Skarsgart* und *Valkenrath* wichtig ist, dann könnten wir uns hier im Norden doch entspannt zurücklehnen und uns die Eier schaukeln. Ist doch scheißegal, wer da unten wen umbringt. In *Steinthor* sind wir sicher.«

Veit runzelte die Stirn. Auch Jördis schüttelte unwillkürlich den Kopf. Dieser Grünschnabel war wirklich schwer von Begriff. Veit unternahm einen letzten Versuch, den Wert des Schwefels zu erklären.

»Pass auf! Hier im Norden müssen wir keine Kriege fürchten, auch keine Piraten, dennoch sind schon Hunderte am Roten Tod gestorben. Die Seuche wird ganze Landstriche entvölkern, wenn sich nichts ändert. Schwefel ist kein Allheilmittel, soll aber vor Krankheit und Fäulnis schützen. Viele Alchemisten meinen, dass Schwefel schlimme Krankheiten verhindert, wenn er, eingenäht in ein Säckchen, am Körper getragen wird.«

Jasper nahm einen Zug aus seiner Pfeife. Der Pfeifenkopf zischte und glühte rot auf. Dann spuckte Jasper ins Feuer und fuhr Veit von der Seite an: »Bei allen Heiligen! Spar dir den Unsinn! Der Rote Tod ist eine Strafe des Erbauers. Dafür, dass wir Nordmänner zu weich geworden sind. Der König von *Steinthor* lässt doch mittlerweile jeden auf seine Insel. Tagediebe aus *Aerwinkel*, Galgenvögel aus *Skarsgart*, sogar verweichlichte Pinkel aus *Valkenrath*!«

Veits Miene wurde todernst. Düstere Linien zeichneten sich in seinem Gesicht ab, während eine Hand zum Knauf seines Säbels wanderte.

Jördis hielt den Atem an, denn Veit war am Lagerfeuer der Einzige, der aus *Valkenrath* stammte. Eine solche Beleidigung konnte den Feldscher kaum kalt lassen, auch wenn er oft als Hasenfuß betrachtet wurde.

Wie zu erwarten, sprang Veit auf und zischte:»Zumindest bin ich kein Höhlenmensch, der allmorgendlich mit Arschtritten geweckt wird!«

Jasper ballte die Hände zu Fäusten und verzog das Gesicht zu einer Fratze, doch ehe es zu einer Konfrontation kommen konnte, erhob sich der Rottmeister mit einer geschmeidigen Bewegung. Im Vergleich zu den anderen Männern, die auf dem Boden saßen, ragte seine Gestalt bedrohlich auf. Jördis wurde bewusst, was für ein angsteinflößender Gegner Kjell sein musste. Seine Augen leuchteten im Feuerschein wie glühende Kohlen. Das Haar von der Farbe geronnenen Blutes wurde von einem plötzlichen Windstoß aufgepeitscht. Kjell verschränkte die Arme vor der Brust, während sein Kampfmesser am Gürtel aufblitzte.

»In drei Teufels Namen! Was stimmt mit dir nicht?«, donnerte er in Jaspers Richtung. Jördis merkte, wie Jasper misstrauisch aufschaute, die vom Krautrauchen geröteten Augen zu Schlitzen verengt.

»Du hast keine Ahnung, Junge! Du weißt nicht einmal, dass Veit aus *Valkenrath* stammt. Deine Worte haben ihn verflucht noch mal beleidigt! Also schweig jetzt. Und ab sofort wählst du deine Worte mit Bedacht – oder es setzt was!« Kjell wandte sich Veit zu. Sein Gesichtsausdruck wurde milder. »Sieh über seine Worte hinweg. Dieses eine Mal! Es hat genug Streit innerhalb der Rotte gegeben. Zum Teufel, das ist gegen den Kodex!«

Schließlich breitete Kjell die Arme aus, als wollte er nun alle einbeziehen. Er entblößte dabei tätowierte Arme, die Seeschlangen, Drachen und andere Ungeheuer zierten.

»Ich denke, jeder fragt sich, was uns morgen erwartet. Vielleicht nichts, gottverdammt! Aber vielleicht verrecken wir hier auf der Insel, wenn wir nicht auf der Hut sind. Also begrabt das Kriegsbeil. Ist das klar? Und richtet euch für die Nacht ein, ihr Drecksäcke! Ihr werdet eure Kräfte noch brauchen.«

4 IN DER KLOSTERFESTUNG

›Jene, die in die Fußstapfen des Erbauers treten, sollen von ihm belohnt werden. Jene, die sich von seinen Lehren abwenden, müssen bestraft werden. Jene, welche in der Rangfolge aufsteigen, sprechen mit der Stimme des Erbauers. Ihnen nicht zu gehorchen, heißt dem Erbauer selbst nicht zu gehorchen.‹

Svea schrieb diese Worte abermals auf das Pergament, welches vor ihr auf einem staubigen Pult lag. Es war vier Stunden nach Mitternacht und – wie sie wusste – draußen noch finster. Sie unterdrückte ein Gähnen und warf einen Blick durch die Schreibstube. Hier fühlte sie sich natürlich wohler als in der winzigen ›Kammer der Leere‹. Dennoch erfüllten beide Räume den gleichen Zweck: Ihren ungebundenen Geist zu brechen und ihr den Willen von Bran-Magnus – dem Abt des Klosters – aufzuzwingen.

In ihrer Nähe befanden sich weitere Zeloten, welche die gleichen Worthülsen niederschrieben wie sie. Svea hörte das rhythmische Kratzen von Federkielen auf Pergament, sah müde Gesichter im Kerzenschein. Es gehörte zu den Grundlagen des Ordens, über die eigenen Grenzen hinauszuwachsen. Zeloten strebten ihr Leben lang danach, vollkommene Instrumente des Erbauers zu werden. Und der Erbauer war für die Zeloten alles, er war der erste Ursprung, der Schöpfer, der Gestalter der Wirklichkeit. Er sah alles, herrschte im Diesseits und im Jenseits. Alle Sterblichen, alle Geister und Dämonen dieser Welt waren wie Staubkörner in seinem Angesicht.

Doch die Zeloten hatte er auserwählt. Das besagte die Lehre des Ordens. Und geistige sowie körperliche Perfektion gehörten zu seinen Zielen. Doch der fehlende Schlaf, die harte Arbeit und die zahlreichen Lektionen hatten einige Ordensmitglieder in den letzten Wochen so ausgelaugt, dass sie trotz ihrer Robustheit auf Svea schlaff und kraftlos wirkten.

Und obwohl alle schweigend schrieben, spürte sie die unterschwellige Nervosität, die in der Schreibstube herrschte. Svea bemerkte diese Anspannung wie ein Prickeln in der Luft, unsichtbar, aber allgegenwärtig.

Jeder versuchte krampfhaft, die Geräusche jenseits der Klostermauern auszublenden. Man bemühte sich, nicht zu hören, was jede Nacht zu hören war: Schlurfen, Kratzen, Poltern, Stöhnen. Besonders laut kamen die dumpfen Geräusche aus der Richtung des Torhauses. Hier drängten jede Nacht Massen von Leibern gegen die uralten Pforten und wollten hinein. Hinein, um zu fressen, zu fressen, zu fressen.

Bran-Magnus sprach wohlmeinend von der ›Aschebrut‹ und lehrte, die Wesen seien Gesandte des Erbauers. Gesandt, um die Insel und das Kloster zu schützen. Svea wusste jedoch auch, wie die Kreaturen hinter seinem Rücken genannt wurden: Hautfresser.

5 SCHMELZTIEGEL

Der Boden, auf dem Jördis lag, erbebte plötzlich, als würde die ganze Insel zittern. Sie riss benommen die Augen auf. Die Steinsäule knirschte hörbar. Decken und Felle raschelten, als sich die anderen von ihren Lagern erhoben. Metallische Geräusche waren zu hören, als die Söldner ihre Klingen bereit machten, zu sehen war jedoch wenig. Das Feuer schien erloschen und die glimmende Asche spendete kein Licht. Auch der Himmel war noch schwarz. Es gab nur einen Punkt in ihrem Blickfeld, der etwas heller wirkte: der Himmel über dem Gipfel des Vulkans. Aus dem Hauptkrater schien ein rötliches Glimmen, das von den darüberhängenden Aschewolken gespenstisch zurückgeworfen wurde.

Jördis wurde langsam bewusst, dass es sich um eine Erschütterung handelte, die von *Gaahls Galgen* ausging.

»Habt ihr das auch gespürt?«, fragte jemand, vermutlich Kimi.

»Wahrscheinlich eine Art Erdstoß«, mutmaßte Jördis, denn von solchen Phänomenen hatte sie schon gehört.

Als ihre Kameraden das vernahmen, wurde auch dem Letzten klar, dass sie nicht angegriffen wurden.

»Ich dachte, endlich tut sich mal was. Ich wollte endlich mal wen angreifen«, erschallte erneut Kimis Stimme aus der Dunkelheit. Er klang enttäuscht.

Dann hörte Jördis das Knarzen von Leder, als die Männer ihre Waffen wegsteckten und sich auf den Boden setzten. An Schlaf war nicht mehr zu denken, da alle angespannt wirkten. Niemand sprach oder nahm zu Kimis Geplapper Stellung. Die Rotte war ein schweigsamer Haufen, was durch die aktuelle Situation nur noch verstärkt wurde.

Jördis saß eine ganze Weile nachdenklich da, bis sie merkte, dass am Horizont die ersten Anzeichen der aufgehenden Sonne sichtbar wurden.

Der Einzige, der ausgeruht zu sein schien, war Kjell. »Auf, auf! Entzündet die Laternen. Erledigt, was erledigt werden muss.«

Morten murrte: »Für ein Testament ist es wohl zu spät.« Jördis nervten diese Sprüche: »Jetzt übertreibst du es mit deinem Alter aber. Du bist doch noch keine neunzig.« »Ich fühle mich im Moment wie hundert«, blaffte der Alte zurück. Er schien unverbesserlich. Jördis ließ ihn daher in Ruhe und schnürte im Schein der Laternen ihr Bündel zusammen. Sten, Stellan und Veit wirkten beim Abbruch des Lagers mürrisch. Das kalte Frühstück verschlechterte die Stimmung weiter.

»Was für ein Fraß!«, klagte Kimi. »Mir fehlt der süße Brei, den meine Mutter morgens kocht. Und der Käse ist auch alle.«

Jördis erinnert es an die Quengelei eines Kleinkinds und sie war froh, dass niemand diese Einladung nutzte, den Neuling zur Schnecke zu machen. Sie selbst hatte gar keinen Appetit, zwang sich jedoch, einige Stücke trockenen Brots hinunterzuwürgen. Es würde ein harter Tag werden!

Schmelztiegel hatte der Rottmeister das Ziel des heutigen Tages genannt. Jördis fand, dies war ein passender Name für eine Siedlung, die sich am Fuße des Feuerberges befand. Sehen konnte sie ihr Ziel natürlich nicht, denn die Vegetation war im Zentrum der Insel üppiger als im Süden. Wacholdersträucher wuchsen dicht an dicht und die sich ineinanderschiebenden Äste der Kiefern bildeten an vielen Stellen ein Dach über dem schmalen Pfad. Der erdige Geruch von Rinde und Pilzen lag in der Luft. Abseits des Weges war der Boden von einem struppigen Moospolster bedeckt, welches dem Waldgebiet einen urzeitlichen Charakter verlieh. Die Sicht wurde dadurch noch weiter verschlechtert, dass seit Tagesanbruch ein grauer Nebel über die Insel kroch. Dieser war so undurchdringlich, dass Jördis das Gefühl hatte, es werde niemals richtig Tag.

Der Pfad, dem die Söldner folgten, wand sich in ständigem Zickzack durch hügeliges Gelände bergauf. Wie Blinde tappten sie zeitweise voran, durch Nebelbänke und Waldschatten. Wieder und wieder meinte Jördis, sie hätten den Aufgang zur Siedlung endlich erreicht, doch nach jeder Biegung lag nur ein weiterer Abschnitt des scheinbar endlosen Waldwegs vor ihnen. Der Nebel dämpfte alle weiter entfernten Töne, wodurch ihr das Geräusch der eigenen Schritte unangenehm laut vorkam.

Doch irgendwann, als Jördis schon davon überzeugt war, sie würden ihr Ziel niemals erreichen, tauchte plötzlich ein windschiefer Schutzwall vor ihnen auf. Die Befestigung bestand aus langen, oben zugespitzten Pfählen, die man in dichter Reihe in den Boden eingegraben hatte. Aufgenagelte Holzlatten hielten die Konstruktion zusammen.

Die Söldner folgten der Palisade ein kleines Stück, bis sie ein Tor erreichten, das aus glattgeschliffenen Baumstämmen bestand und breit genug gewesen wäre, um es mit einem Karren zu passieren. Mit Unbehagen stellte Jördis fest, dass das Tor offenstand, jedoch keine Menschen zu sehen waren. Zudem konnte sie keinerlei Geräusche aus dem Ort hören. Ob die geisterhafte Stille am dichten Nebel lag?

Kjell hob routiniert eine Hand und forderte die Rotte mit einer Bewegung des Zeigefingers dazu auf, sich um ihn zu sammeln. »Macht euch kampfbereit. Seid so leise wie möglich«, flüsterte er. Kjell, Morten und die beiden Neulinge luden ihre Waffen. Die anderen zogen ihre Klingen. Jördis streifte sich zusätzlich ihren Rundschild – lederbezogen und mit Eisenbändern verstärkt – über den linken Arm. Das Gewicht des Schildes war ihr vertraut und versprach ein Gefühl der Sicherheit. Die Rotte bildete eine Formation mit Kjell und Morten an der Spitze. Angespannt folgte Jördis den Männern durch das geöffnete Tor.

Auf der anderen Seite der Palisade erwartete die Söldner ein Platz, der gesäumt war von niedrigen Gebäuden und schlecht zusammengezimmerten Blockhütten. Durch dicke Nebelschwaden war die Sicht auf etwa zehn Schritte begrenzt, weshalb sich die Gesamtgröße von *Schmelztiegel* kaum abschätzen ließ. Ihre Nackenhaare stellten sich auf, weil sich auch im Innern der Palisade nichts regte. Keine Menschenseele war zu sehen, niemand in der Nähe, der die Ankunft der Rotte bemerkt hätte. Kein Hundegebell, kein Kindergejohle. Nichts. Jördis kam sich vor wie in einer Geisterstadt. Ihre Hände, die sich an Säbel und Rundschild festklammerten, waren eisig und gefühllos. Kjell gab erneut das Handzeichen zum Sammeln und teilte anschließend die Rotte auf.

»Sten, Kimi und Jördis folgen mir«, raunte er. Obwohl er leise sprach, klangen seine Worte verboten laut in diesem Reich der Stille. »Wir folgen der Palisade nach links. Die anderen gehen rechts. Morten hat dort das Kommando.« Diese Taktik zur Erkundung von Siedlungen war den Söldnern vertraut und galt als bewährt. Also folgte Jördis auf leisen Sohlen dem Rottmeister, während die von Morten geführte Gruppe vom Nebel verschluckt wurde.

Der Rottmeister und Sten schlichen voran. Sie bewegten sich mit der Geschmeidigkeit jagender Raubtiere. Stens Langschwert glänzte im Nebel. Die Muskete hielt Kjell in ruhigen Händen. Kimi dagegen wirkte hektisch und unruhig. Er riss den Lauf seiner Donnerbüchse immer wieder hin und her, so als wolle er alle Himmelsrichtungen zugleich im Auge behalten. Sein unschuldiges Gesicht passte so gar nicht in die düstere Umgebung.

– Er sollte nicht hier sein, dachte Jördis.

Der Palisade folgend passierten sie weitere Blockhütten. Auf Jördis wirkten die Behausungen armselig und primitiv. Einige waren kaum mehr als grob zusammengehauene Bretterbuden oder Holzverschläge. Die Ortschaft machte auf Jördis einen abweisenden Eindruck, als wäre jede Bewegung eines lebenden Menschen hier ein störender Fremdkörper.

Sie entdeckten weit und breit kein Lebenszeichen. Doch plötzlich hob Kjell warnend eine Hand und stoppte mitten in der Bewegung. Jördis blieb stehen. Sie hörte keinen Laut, doch schlagartig wurde ihr bewusst, worauf der Rottmeister aufmerksam machen wollte: In der Luft lag ein unangenehmer, rauchiger Geruch. Er erinnerte Jördis an fettiges Fleisch, das über dem Feuer gegrillt wird, bis es schwarz ist. Langsam setzte sich Kjell wieder in Bewegung und führte die Gruppe um eine weitere Hütte.

Als Jördis den Männern um die Ecke folgte, wurde sie von dem erbärmlichen Gestank beinahe überwältigt.

Kimi schnaufte: »Es stinkt hier nach ... Tod und nach Verwesung ... wie irgendein totes Viech.«

»Bereust du jetzt, dich auf die Mission eingelassen zu haben?«, fragte ihn Jördis von der Seite, hielt aber ihre Stimme gedämpft.

Kimi schüttelte den Kopf: »Nein, das nicht, aber ich muss zugeben ... Ich hatte es mir anders vorgestellt. Ich hätte mit mehr Beute gerechnet, mit großen Schätzen, Heldentaten und so etwas.«

Die Söldnerin sah Kimi in die Augen, mit einem Blick, der sagte: Wie kann man nur so naiv sein? Damit brachte sie den Neuling endlich zum Schweigen. Im selben Augenblick gelangten die Söldner auf einen Hinterhof, in dessen Mitte sich die Quelle der Ausdünstungen befand.

Umgeben von versengtem Erdboden erblickte Jördis einen mannshohen unförmigen Haufen aus verbranntem Holz und verkohlten Leichen. Bei dem verrußten Brennmaterial handelte es sich wohl um Bestandteile einiger Blockhütten. Jördis erkannte dicke Balken, Dachlatten, sogar eine halbierte Tür. Die Leichen waren in unterschiedlichem Zustand. Von einigen waren nur poröse Knochen und Asche übrig. Bei anderen war die Haut schwarz und an vielen Stellen aufgeplatzt. Viele hatten seltsame Körperhaltungen, so als hätten sich die Körper im Feuer gewunden und verkrampft.

Der Leichenberg qualmte noch ein wenig. Und als sich Jördis dem grauenerregenden Fund näherte, spürte sie, dass auch Restwärme von ihm ausging. Sie vermutete, dass das Feuer vor Kurzem noch gebrannt hatte. Nur: Wer hatte es entzündet?

Sten, der in Bezug auf tote Menschen keine Berührungsängste kannte, stocherte mit seinem Schwert in der Anhäufung aus menschlichen Überresten. »Bei allen Schrecken der Hölle«, murmelte er, mehr zu sich selbst als zu den anderen. Mit einer Drehung seines Schwertes zog er einen pechschwarzen Totenschädel aus dem Durcheinander. Jördis war irritiert bis Sten mit der Spitze der Klinge auf ein Loch im Schädel deutete. »Genau wie bei dem kleinen Mädchen am Hafen«, stellte Kjell überrascht fest. Mit dem Langschwert suchte Sten weiter und beförderte noch einen Schädel aus dem unförmigen Haufen. Dieser rollte ein Stück über den Boden, bis er liegen blieb. In der Stirn steckte eine abgebrochene Messerklinge.

»In drei Teufels Namen …«, entfuhr es dem Rottmeister. Seine Pupillen waren vor Erstaunen geweitet und blickten erschrocken zu den verbrannten Leichen. Jördis wurde bewusst, dass fast alle Schädel im Scheiterhaufen eingeschlagen oder zertrümmert waren.

»Dieser verfluchte Ort … Was für ein kranker Scheiß hat hier stattgefunden?«, fragte Jördis und dachte dabei an das tote Mädchen, das Kjell am Hafen gefunden hatte.

»Vielleicht werden wir es bald herausfinden«, flüsterte Kimi, der den Leichenberg bereits umrundet hatte. »Dort steht etwas.«

Jördis traute ihren Augen kaum. Da hatte tatsächlich jemand eine Art Schild an die Hauswand genagelt. Vier Wörter und einige Zeichen waren ins Holz geritzt. Sie trat näher. Jördis konnte die Schrift lesen, doch das, was dort stand, ergab auf den ersten Blick keinen Sinn:

IHR ENTKOMMT MIR NICHT!
///// ///// ///// /////
///// ///// ///// /////
///// ///// ///// /////
///// ///// //

Jördis war nicht klar, was das genau bedeuten sollte. Daher fragte sie in die Runde: »Ist die Botschaft als Warnung oder Drohung zu verstehen?«

Sten ergänzte: »Falls es eine Drohung ist, an wen richtet sie sich?«

Kimi versuchte einen Scherz: »Vielleicht hat jemand verdammt viele Weiber abgeschleppt.«

Das war so dumm, dass Jördis ihn am liebsten geohrfeigt hätte.

»Lass gut sein, Kleiner«, warnte ihn Sten, »und benimm dich jetzt mal wie ein Erwachsener.«

Die Warnung klang irgendwie väterlich und zeigte Wirkung. Kimi sah kurz zu Boden und murmelte: »Ich wollte bloß einen Witz machen, tut mir leid.« Sten wollte wohl etwas entgegnen, doch Kimi fuhr fort: »Bin etwas nervös. Ist hier alles ganz schön beängstigend. Zum Umkehren ist es wohl zu spät, oder?«

Als Jördis den Kopf schüttelte, erkannte sie aus dem Augenwinkel, dass für solche Diskussion keine Zeit blieb. Kjell, der Rottmeister, hatte etwas entdeckt.

»Da hinten sind Spuren zu sehen. Los jetzt, folgt mir«, befahl er mit gedämpfter Stimme.

Die genannten Spuren stammten augenscheinlich von einem einachsigen Karren, mit dem man die Leichen herangefahren hatte. Einige Abdrücke verliefen kreuz und quer über den Hof, aber eine tief eingefahrene Rinne führte nach Norden.

Zusammen mit den drei Männern folgte Jördis der Spur. Sie passierten weitere Blockhütten sowie einen Schweinepferch, der genauso ausgestorben war, wie die ganze Ortschaft. Durch dichte Nebelschwaden führte sie die Fährte weiter, bis vor ihnen eine Steilwand aufragte, welche den nördlichen Rand der Siedlung umschloss. An der Stelle, an welcher die Spur endete, ragte ein Wohnturm in die Höhe. Direkt davor stand ein leerer Handwagen, dessen Ladefläche mit geronnenem Blut beschmiert war.

Den Wohnturm hatte man so aus dem dunklen Gestein der Felswand herausgehauen, dass er sich ganz natürlich in die vor ihnen liegende Steilwand einfügte. Das Bauwerk war sichtlich in die Jahre gekommen und dem Zerfall nahe. Auf halber Höhe erblickte Jördis schmale Schießscharten, die wie zwei schwarze Augen auf die Söldner herabblickten. Die Pforte aus fleckigem Holz, die sich am Fuße des Turms befand, wirkte verschlossen. Das Gelände rund um die steinerne Warte war frei und mit Kies bedeckt.

Mit seitlich ausgestreckter Faust signalisierte Kjell den anderen, in einer lockeren Reihe langsam vorzurücken. Abgesehen vom Knirschen der Söldnerstiefel auf dem Kies herrschte Grabesstille. Die Luft roch feucht und kalt. Jördis spürte das beruhigende Gewicht des Rundschildes am Arm. Augen und Ohren waren konzentriert auf den Turm gerichtet.

Die knirschenden Laute von rechts kamen völlig unerwartet. Sie riss ihren Schild herum und starrte angestrengt in den Nebel. Auch der Rottmeister schwenkte augenblicklich nach rechts und richtete seine Muskete auf die Quelle des rhythmischen Knirschens. Als eine dunkle Gestalt aus dem Nebel auftauchte, ließ Jördis' Anspannung nach, da sie Morten an seinen knochigen Gesichtszügen sofort erkannte. Mit gezogener Steinschlosspistole trat er näher, während sich jetzt auch die Umrisse der anderen Söldner aus dem Nebel schälten. Sie lockerte ihre verkrampften Finger und ließ den Schild ein wenig sinken.

Obwohl sich ihr Körper entspannen wollte, schlugen ihre Instinkte plötzlich Alarm. Intuitiv spürte sie eine drohende Gefahr. Jördis schaute sich hastig um und erkannte, dass sich Kimi weiter dem Turm näherte. Schneller als das Auge sehen konnte, zuckte etwas kleines Schwarzes durch ihr Blickfeld und Kimi stieß ein gurgelndes Ächzen hervor. Ein gefiederter Armbrustbolzen ragte Kimi aus dem Hals. Die Augen in seinem blassen Gesicht blickten ungläubig, während die Donnerbüchse seinen Fingern entglitt.

»Deckung suchen!«, rief Veit.

Gleichzeitig bemerkte Jördis eine schattenhafte Bewegung hinter einer der Schießscharten, die wohl auch Kjell nicht verborgen blieb. Geistesgegenwärtig zielte er mit der Muskete auf die Öffnung über ihren Köpfen. Die langläufige Muskete knallte ohrenbetäubend, doch ein Schmerzenslaut aus dem Turm blieb leider aus. Durch den sich verziehenden Pulverdampf sah sie Kjells enttäuschtes Gesicht, denn ihm war klar, dass er nichts getroffen hatte.

»Feuer!«, brüllte Morten. Zum ersten Mal seit vielen Monaten fühlte er sich wieder lebendig. Vitalisierendes Feuer pulsierte durch seine Adern. Er riss die Steinschlosspistole hoch, feuerte in Richtung der Schießscharten und genoss das Geräusch detonierenden Schwarzpulvers. Es ging ihm nicht darum, den Schützen tatsächlich zu treffen, denn dafür war die Reichweite seiner Pistole zu gering. Es ging ihm darum, diesen Dreckskerl einzuschüchtern, um näher an den Turm heranzukommen. Angriff war in dieser Sekunde die beste Verteidigung!

Neben sich hörte er das Klacken einer Fehlzündung. Jaspers Schießpulver war entweder feucht geworden oder dieser Anfänger hatte seine Büchse nicht korrekt geladen.

Ohne inne zu halten, verstaute Morten seine Pistole und stürmte voran. Er rannte zu Kimis Leiche, den Blick starr auf die am Boden liegende Donnerbüchse gerichtet. Hinter sich hörte er die Warnrufe der anderen Söldner und spürte gleichzeitig den Luftzug eines Bolzens, der ihn nur knapp verfehlte.

Morten griff sich die Donnerbüchse und stürzte dabei fast. Schnaufend taumelte er weiter auf den Eingang des Turms zu. Mit dem großkalibrigen Vorderlader zielte er im Laufen auf die vor ihm liegende Pforte. Er betätigte den Abzug und durch den Rückschlag wurde ihm der Kolben der Waffe vor die Schulter gehämmert.

Donnerbüchsen werden mit vielen kleinen Eisenkügelchen geladen. Durch das große Kaliber sind gezielte Schüsse über große Entfernung kaum möglich, auf kurze Distanz entfaltet die Büchse jedoch eine massive Zerstörungskraft, die nun die Pforte auf Brusthöhe traf und krachend das morsche Holz durchschlug.

Der Alte grunzte zufrieden, als er das Einschussloch erreichte. Er hatte bewusst auf diesen Punkt der hölzernen Pforte gezielt, denn er kannte die Schwachstellen alter Wehrtürme genau. Befestigungen wie diese hatte er schon viele Male angegriffen oder verteidigt, manchmal aus guten Gründen, manchmal auch aus schlechten, meistens für Geld.

An der Tür angekommen, zwängte er seinen Arm durch die gezackte Öffnung. Lange Holzsplitter bohrten sich schmerzhaft in seinen Unterarm. Doch der Alte ignorierte den stechenden Schmerz und begann, die Innenseite des Portals zu betasten. Blut rann an seinem Arm herab, während er wie ein Besessener nach dem Riegel suchte, welcher den Eingang von innen verschließen musste. Hinter sich hörte er die anderen Söldner, die seinen Plan durchschaut hatten und sich für die Erstürmung bereit machten. Sekunden dehnten sich gefühlt zu Stunden und Verzweiflung machte sich in Morten breit, da er keinen Riegel ertasten konnte. Was, wenn er falsch lag und die Eingangstür auf ganz andere Art verschlossen war?

Mit einem Mal bekam er den eisernen Riegel zu fassen. Morten streckte den Arm unter Schmerzen, soweit es ging, durch die scharfkantige Öffnung und zerrte mit zusammengebissenen Zähnen an dem Riegel, so fest er konnte. Ein Stöhnen entfuhr seinen Lippen, als der Riegel nachgab und sich die Tür öffnen ließ.

Voraus war es stockdunkel. Nie hatte er das Innere eines Gebäudes als so finster empfunden. Doch er wollte sich seinen Erfolg nicht nehmen lassen und stürmte mit gezückter Klinge in das Gemäuer.

Er sollte nicht weit kommen. Schon nach zwei Schritten blieb der Alte mit dem Fuß an einem verborgenen Draht hängen. Morten knallte mit dem Gesicht voran auf den Steinboden, und um ihn herum war nur noch Schwärze.

»Folgt mir, aber seid vorsichtig!«, befahl Kjell als er über Morten stieg. Er hätte dem Alten gern geholfen, aber er musste sich erst um den Schützen kümmern, der einen seiner Leute ohne Vorwarnung getötet hatte. Außerdem war dies seine Gelegenheit, endlich zu erfahren, was auf der Insel passiert war. Durch Mortens Kühnheit waren sie in den Turm gelangt, in dem sich mindestens einer dieser verdammten Inselbewohner aufhielt. Jetzt würde er seiner Familie beweisen, dass er ein würdiger Sohn des Klans war.

Obwohl es im Innern düster war, gewöhnten sich seine Augen langsam an die Lichtverhältnisse und erspähten eine Wendeltreppe. Sie führte steil nach oben. In regelmäßigen Abständen befanden sich Spalten in der Außenwand, die den Aufgang in unheimliches Zwielicht tauchten. Das ihn umgebende Gestein roch muffig und feucht. Der Rottmeister bewegte sich vorsichtig, versuchte jedoch zugleich, keine Zeit zu verlieren. Konzentriert setzte er einen Fuß vor den anderen und erklomm die ausgetretenen Stufen, während er nach Stolperdrähten und anderen Fallen Ausschau hielt.

Schließlich erreichte er eine Tür ohne Schloss oder Klinke. Das lange Kampfmesser hielt er in der Rechten, während er vorsichtig versuchte, die Tür zu öffnen. Am Widerstand spürte Kjell, dass sie verbarrikadiert war. Nun drückte er umso fester, und sie öffnete sich ein wenig. Er schob die Messerklinge ein Stück durch den Spalt.

Auf einmal ertönte ein Laut wie ein Peitschenknall und die Spitze eines Bolzens ragte durch das Holz der Tür. Der Rottmeister verharrte. Er lauschte. Er hörte das mechanische Rattern einer Armbrust, die gespannt wurde. Kjell witterte seine Chance und trat einen Schritt zurück.

Mit aller Macht warf er sich gegen die Tür. Er war ein hochgewachsener Mann von der Statur eines Bullen. Unter Kjells Gewicht gab die Barrikade hinter der Tür nach und es entstand ein Durchgang, der breit genug war, um sich hindurchzuzwängen. So schnell er vermochte, drängte er sich in den Raum.

Kjell erblickte einen rotgesichtigen Mann, der damit beschäftigt war, die Sehne einer Armbrust mit Hilfe einer aufgesetzten Winde wieder einsatzbereit zu machen. Während dieser gehetzt aufsah, war Kjell schon über ihm und schmetterte ihm den Knauf seines Kampfmessers so heftig auf den Schädel, dass der Mann kraftlos zusammenbrach.

6 VERBLENDUNG

Kurz nach Sonnenuntergang versammelten sich die Zeloten in der Kapelle des Klosters. Svea saß zusammen mit den anderen Novizen ganz vorn. Wie in den anderen Bankreihen herrschte in der Reihe der Novizen diszipliniertes Schweigen. Auch die Menschen aus *Schmelztiegel*, die in den letzten Reihen saßen, blieben stumm. Alles wartete. Wartete nur auf ihn.

Bran-Magnus – der Abt des Klosters – betrat den Raum als Letzter. Hinter ihm schlossen sich die schweren Eisentüren, um die nervenaufreibenden Laute, die nach Sonnenuntergang ertönten, auszusperren: den dumpfen Tumult vor dem Tor, das Ächzen und Grunzen der Hautfresser.

Würdevoll betrat Bran-Magnus die Kanzel. Sein Schatten glitt wie ein langer Mantel hinter ihm her. Und wie jedes Mal überkam Svea bei dem Anblick ein Frösteln. Seine Robe war weißgrau wie die Asche des Berges. Er war uralt, spindeldürr und vertrocknet. Die Haut erweckte den Eindruck von hartem Leder und erinnerte Svea an einen Leichnam. Nur seine geröteten Augen glänzten feucht und schienen wie immer zu tränen.

Den Abt umgab eine Aura spiritueller Kraft. Körper und Geist waren eins. Er war ein Instrument der Macht des Erbauers. Und diese Macht führte dazu, dass er trotz seines Alters nicht nur mental, sondern auch körperlich über unermessliche Stärke verfügte.

Bran-Magnus sprach zur Gemeinde. Seine Stimme war leise, drang aber mühelos in jeden Winkel der Kapelle. Der Abt sprach mit der Selbstsicherheit eines Mannes, der es gewohnt war, über andere zu herrschen. Wie am Tag zuvor begann er mit dem alles bestimmenden Thema: der so genannten Aschebrut, die jeden Abend vor dem Kloster auftauchte, um die Festigkeit der Mauern auf eine harte Probe zu stellen.

»Brüder und Schwestern! Einige von euch machen sich immer noch Gedanken wegen der Wesen, die nachts in der Nähe des Klosters zu sehen sind. Doch seid ohne Furcht vor der Aschebrut!

Die Aschebrut beschützt uns und die Insel, denn die Ungläubigen schaden der Heimstatt des Erbauers. Sie vernichten die Wälder mit Äxten und Feuer. Sie jagen und töten die Tiere der Insel. Sie schlagen Wunden in den heiligen Berg und rauben der Insel ihren althergebrachten Reichtum. Ohne die Hilfe der Aschebrut wären wir längst verloren, denn die Brut bringt Verderben über unsere Feinde, verschont jedoch die Rechtschaffenen. Und rechtschaffen, das sind wir, die wir als Einzige dem Ort seiner erhofften Rückkehr huldigen. Wir, der Orden der Zeloten, der als einziger Orden der Kirche wahrhaftige Nähe zum Erbauer sucht.

Lange habe ich gebetet, um den Plan des Erbauers zu begreifen. Am Tage überlässt er uns die Insel, um uns von ihren Früchten zu ernähren und uns an seiner Nähe zu ergötzen. In der Nacht gehört die Insel seinen ergebenen Dienern, deren Handeln wir zwar noch nicht gänzlich verstehen, welche jedoch alles vernichten, was nicht in seinem Sinne geschieht. So kann unsere Zuflucht unbefleckt bleiben von der Verdorbenheit des Festlands.

In der Heiligen Schrift steht geschrieben: Jene, welche das Gleichgewicht stören, sollen für ihre Verblendung zahlen. Und diese Schuld treibt die Aschebrut ein mit Zins und Zinseszins, und wird dafür vom Erbauer belohnt. Ihr Lohn ist die heilige Asche, mit der er sie salbt, als Zeichen seiner Macht auf Erden. Die heilige Asche ist es, die seiner Schöpfung ihren Namen gab.

Lasset uns jetzt dem Erbauer danken, dass er uns die Aschebrut schickte, um alles Sündige und Lasterhafte hinwegzufegen. Lasset uns gemeinsam dafür beten, dass die Insel vom Schmutzigen und Unreinen verschont bleibt, solange wir und die Aschebrut in friedlicher Gemeinschaft leben. Denn ihr seid meine Gemeinde! Ihr seid meine Werkzeuge, um den Ruhm des Erbauers zu mehren.«

Als die Gemeinde sich erhob, um gemeinsam zu beten, beteiligte sich Svea mit lauter Stimme. Sie wollte den Worten der Predigt glauben, doch es fiel ihr schwer, denn sie hatte schon mit eigenen Augen gesehen, wozu die Kreaturen der Nacht fähig waren. Außerdem beschlich sie insgeheim das Gefühl, dass der Abt seiner Gemeinde nicht die ganze Wahrheit sagte.

7 MESSER-PEER

Ein Schluck aus dem Silberfläschchen! Das war der erste Gedanke als Morten erwachte. Sein Schädel dröhnte fürchterlich. Der rechte Knöchel fühlte sich an, als hätte man ein glühendes Eisen hineingerammt, das beständig in der Wunde gedreht wurde. Er öffnete die Augen. Langsam, zögernd. Er lag ausgestreckt auf dem Boden. Den rechten Fuß hatte man mithilfe seines Rucksacks hochgelegt. Zu den alten Schmutzflecken auf dem langjährigen Gefährten waren neue Blutflecken hinzugekommen. Veit kniete neben ihm und war damit beschäftigt, seinen Knöchel mit einem Verband zu umwickeln.

Mortens Kehle war trocken. Er spürte Durst. Einen Durst, den Wasser nicht stillen konnte.

Erst prüfte er beide Hosentaschen, dann den Beutel am Gürtel, konnte das Silberfläschchen aber nicht finden. Wo war es nur? Verflixt! Es konnte doch nicht weg sein.

Misstrauisch sah er sich um. Jördis stand neben ihm. Ihre Blicke trafen sich. Dann reichte sie es ihm, das Objekt seine Begierde. Worte schienen überflüssig. Mit gierigen Schlucken trank er den Schnaps, bis die Flasche leer war – restlos leer, bis auf den letzten Tropfen. Die Tatsache, dass die anderen seine Trunksucht so offen sahen, erschreckte Morten für einen Wimpernschlag. Er musste sich zwingen, die Fassung zu wahren.

»Gegen den Schmerz, versteht sich …«, brummte er, während Veit und Jördis milde lächelten.

»So müsste es gehen, alter Mann«, meinte Veit und vollendete sein Werk mit einem strammen Knoten, der Morten das Gesicht verziehen ließ. Damit erhob sich der Feldscher zufrieden und begab sich, gefolgt von Jördis, zum anderen Patienten, der am Ende des Turmzimmers am Boden lag – gefesselt und bewusstlos.

Als sie sich entfernten, konzentrierte sich Morten darauf, seinen Aufenthaltsort in den Blick zu nehmen. Die Decke des Raumes war niedrig und wurde von Öllampen erhellt. In den Felswänden befanden sich eiserne Halterungen, an denen Schwerter, Speere und Armbrüste hingen und daneben – in ordentlichen Reihen – einfache Holzschilde, die das Wappen des Königs von *Steinthor* zeigten: den schwarzen Torbogen auf grünem Grund. Anscheinend diente der Turm als Kaserne für königliche Soldaten. Die meisten Wände bestanden aus unbearbeitetem Fels und erinnerten mehr an eine Höhle als an eine von Menschen geschaffene Behausung. Lediglich die Südwand – in die man Schießscharten eingearbeitet hatte – war gemauert. Durch die Schlitze blickte Morten nur Schwärze entgegen, wodurch ihm bewusst wurde, wie lange er ohnmächtig gewesen sein musste.

In der Mitte des Raums sah er eine Holztreppe, welche der Rottmeister soeben hinabstieg. Er nickte Morten zu, klopfte ihm anerkennend auf die Schulter. Kjell blieb nicht bei ihm. Er wollte wohl nach dem Mann sehen, der Kimi getötet hatte, eiskalt, mit einem Armbrustbolzen.

Morten war von Kimis Tod nicht wirklich betroffen, nicht innerlich. Das sagte er sich. Mehrmals. Er hatte im Lauf des Lebens so viele Weggefährten verloren, dass ihn ein weiterer Todesfall kaum noch kümmerte. Oder doch? Er wusste es nicht. Es war kein Kummer, den er spürte, eher ein Gefühl der Leere, das Kimis Ende bei ihm hervorgerufen hatte. In Mortens Gedanken wurde der Verstorbene zu einem zerbrochenen Spielzeug. Er dachte an eine leere Hülle, die bald zu Staub zerfallen würde. Waren die Reichtümer der Insel es wert, das Leben junger Menschen so sinnlos zu vergeuden?

Er bemühte sich halbherzig, die Augen offen zu halten, doch der Alkohol und die melancholische Stimmung machten ihn schläfrig. Und Schlaf umfing ihn wie eine lang ersehnte Umarmung.

Nachdem er Jasper davon abgehalten hatte, Kimis Mörder zu erdolchen, hatte Kjell ihn unter der Aufsicht von Sten und Stellan in die oberen Turmkammern geschickt, bei denen es sich um Wohn- und Schlafräume handelte. Den toten Kimi zu begraben, fiel Kjell schwer und zwar nicht körperlich, sondern psychisch. Veit unterstützte ihn tatkräftig. Es gab keinen Priester, keinen Sarg, keine große Zeremonie, und doch bemühte sich der Rottmeister um ein paar passende Worte.

Kjell kniete sich hin, blickte auf Kimis Leichnam und sagte: »Diese Mission hat uns miteinander verbunden, stärker als beste Freunde miteinander verbunden sind, denn wir kämpften gemeinsam um unser Leben und gegen den Tod. Ein Söldner zu sein, bedeutet, ein Todgeweihter zu sein, der nur mit Glück seinem Schicksal entrinnen kann.«

Auch Veit ging in die Knie und ergänzte: »Hier auf der Insel ballt sich alles so dicht zusammen, dass Tod und Leben näher beieinanderliegen als jemals zuvor. Du wurdest ein Söldner aus freien Stücken und hast es so entschieden. Deine Sehnsucht nach Geld, nach Gold, nach Abenteuer brachte dich weiter weg von deiner Familie als jemals zuvor. Wir hätten dich besser beschützen sollen.«

Darauf schwieg Kjell eine gewisse Zeit. Lange blickte er Kimi einfach ins leichenblasse Gesicht. Dann kamen doch noch einige Worte über seine Lippen: »Ich weiß viel zu wenig über dich. Ich kenne nur die Oberfläche. Wir haben zusammen trainiert, aber nie viel geredet und auch nur über das Gegenwärtige. Wir schwiegen zu viel, aufgrund der Gefahren der Insel. Ich habe kaum Wissen über dich, Kimi, und das tut mir unendlich leid.«

Kjell biss die Zähne zusammen. Schließlich erhob er sich und Veit tat es ihm gleich. Die Augen des Feldschers schienen gerötet und er stammelte: »Kimi starb unter meinen Händen weg wie ein Fremder. Das fühlt sich alles so falsch an.«

»Ich weiß«, entgegnete Kjell, »aber jetzt müssen wir uns darauf konzentrieren, den Zugang zum Turm wieder zu verschließen.«

Und das taten sie mit großer Sorgfalt, auch wenn Kjell Kimis tote Augen immer noch vor sich sah. Dann war es irgendwann an der Zeit, nach dem Gefangenen zu sehen, der allmählich wieder zu Bewusstsein kam.

Der Kahlkopf trug wollene Beinlinge und eine dicke Lederweste. Seine bloßen Arme waren von roten Linien übersät, bei denen es sich um Selbstverletzungen handeln musste. Die Söldner hatten dem Gefesselten zahlreiche Messer abgenommen, mit denen er sich wahrscheinlich in die Arme geritzt und die Haut völlig zerschnitten hatte. Über der hakenförmigen Nase öffneten sich nun zwei schwarze Knopfaugen, die Kjell argwöhnisch anfunkelten. Der Blick wirkte lauernd, wie bei einem in die Enge getriebenen Wildtier. Obwohl ihm als Anführer der Tod seines Schützlings naheging, schluckte Kjell seinen Zorn hinunter und bemühte sich um einen sachlichen Tonfall. Dennoch hatte er beim Reden einen Kloß im Hals, da er immer wieder an den Toten denken musste.

»Mein Name ist Kjell vom Blutzopf-Klan. Ich bin Anführer einer Söldnereinheit aus *Steinthor*. Der König hat uns hierhergeschickt, weil die Insel keinen Schwefel mehr liefert. Wie ist dein Name?«

»Meine Kameraden nannten mich Messer-Peer. Doch die sind längst tot oder haben sich gegen mich gewandt. Die Einzigen, die mir geblieben sind, sind meine Messer. Sie spenden mir Trost in einsamen Nächten, in denen ich hier Wache halte. Und die Nächte sind wirklich einsam, denn ich bin der letzte Soldat auf dieser verfluchten Insel.«

Kjell strich sich nachdenklich über den kurz geschnittenen Vollbart. Was auch immer hier geschehen war, es schien dem schwachen Geist des Mannes nicht gut getan zu haben.

»Wir haben den Scheiterhaufen gesehen. Der Leichenkarren steht direkt vor dem Turm. Auch das Schild hab ich gelesen. ›Ihr entkommt uns nicht‹ … Was hat das zu bedeuten?«

Der Kahlkopf begann zu flüstern, als habe er Angst, jemand könnte ihn belauschen.

»Ich hab sie verbrannt. Ganz allein. Aber erst, nachdem ich auf Nummer sicher gegangen bin. Hab ihre hohlen Schädel zertrümmert. Hab ihre Hirne gemessen. Und meine lieben Messer, die haben mir geholfen.«

Kjell schüttelte entnervt den Kopf. Er musste anders versuchen, an diesen Mann heranzukommen.

»Erzähl mir von Anfang an, was hier passiert ist.«

»Sie sind zurückgekommen, um ihr Werk zu vollenden.«

»Wer ist gekommen?«

»Die Teufel! Die Teufel mit unersättlichem Hunger.«

Kjell musste sich beherrschen, um nicht nach Messer-Peer zu greifen und ihn zu schütteln.

»Sprich nicht in Rätseln, Mann. Was für Bastarde sind schuld daran, dass *Schmelztiegel* jetzt völlig ausgestorben ist?«

»Wandelnde Teufel aus der blutigen Welt des Chaos. Sie kamen, um alles Menschliche von der Insel zu tilgen. Am Ort der Sünde. Nichts außer Habgier … Gewalt … Wollust, wohin man auch sah. Sie griffen uns an, haben uns bedrängt, wieder und wieder. Sie wollen nichts als fressen, fressen, fressen.«

»Kerl, du redest im Wahn. Ich bin Söldner, kein Seelsorger! Sag mir doch einfach: Wo hat diese Plage angefangen?«

»Ich weiß nicht. Auch meine Messer wissen es nicht. Aber einer meiner Kameraden, einer, dessen Seele in der Hölle schmort. Er sagte, die Teufel sind zuerst an dem Ort aufgetaucht, an dem das gelbe Blut fließt. Das Blut des Berges.«

»Meinst du den *Rauchenden Zinken*? Der liegt im Nordwesten von hier. Das ist nicht mal einen Tagesmarsch entfernt.«

»Bitte! Geht nicht dorthin«, heulte Messer-Peer furchtsam auf. Er war einer Panik nahe. Er zerrte an den Fesseln, zappelte mit Armen und Beinen. Erst als er sich wieder beruhigt hatte, sprach er in leisem, beschwörendem Ton weiter.

»In meiner armen Seele fühle ich großes Unheil. Tod und Verderben hängen über euren Köpfen, wie eine dunkle Wolke. Der Erbauer sagt, ich komme vielleicht noch davon, aber für euch … da sieht er keinen Ausweg.«

Kjell wurde zornig.

»In drei Teufels Namen! Quatsch nicht so ein dummes Zeug. Das bringt Unglück. Was weißt du schon über uns?«
»Söldner sind meist nicht mehr als Diebe, Mörder und Verbrecher. Doch da ist einer unter euch, der noch viel schlimmer ist. Ein Dämon in Menschengestalt. Du kannst ihm nicht trauen. Es gibt einen, der zu schwach ist, um treu zu sein. Er wird dir noch zum Verhängnis, früher oder später.«
»Schweig, du Bastard. Ich muss jetzt nachdenken und entscheiden, ob morgen eine Exekution stattfindet oder nicht. Im Moment bin ich noch zwiegespalten. Also lass diese Schwarzseherei, denn das könnte dein Leben verlängern. Behalte den Irrsinn für dich. Schluss jetzt! Ende!«

Nach diesen Worten verfiel Messer-Peer in Schweigen. Zähneknirschend erklärte Kjell das Gespräch für sich als beendet, und obwohl er glaubte, dass Messer-Peer bloß abergläubische Fantasien daherredete, gab ihm die letzte Bemerkung zu denken. Er dachte an Jasper, der nicht nur Jördis belästigt, sondern auch Veit beleidigt hatte. Unfreiwillig kam ihm auch Morten in den Sinn. Die Art, wie der Alte ihn in *Steinthor* erpresst hatte, bedrückte Kjell nach wie vor, auch wenn er den Gedanken so oft wie möglich verdrängte. Morten hatte vor der Abreise gezeigt, dass Begriffe wie Ehre und Anstand keine Bedeutung für ihn hatten. Um seine Ziele zu erreichen, war dem skrupellosen Alten wohl jedes Mittel recht. Ob es sich noch rächen würde, dass er sich hatte einschüchtern lassen?

Der Nebel löste sich langsam auf und hielt sich nur noch in Form vereinzelter Fetzen, die im Mondlicht silbrig schimmerten. Der Nachtwind klang wie ein gespenstisches Säuseln, wenn er durch die leeren Gassen von *Schmelztiegel* wehte. Veit konnte nicht schlafen und stand einsam vor einer der Schießscharten. Die anderen hatten es sich in den oberen Turmkammern einigermaßen bequem gemacht. Er hingegen war mit der Absicht losgezogen, nach dem Gefangenen zu sehen, der leise schnarchte. Der Blick auf die ausgestorbene, bewegungslose Siedlung hatte ihn aber in seinen Bann gezogen.

Kimis Tod hatte ihm den Schlaf geraubt. Die Tatsache, dass Söldner oft jung starben, war ihm als Feldscher nicht fremd. Dennoch plagte ihn die Sinnlosigkeit des Todesfalls. Ein Tod im Gefecht mit dem Feind, in dem sich die Kontrahenten Auge in Auge gegenüberstehen, das hätte Veit akzeptieren können. Aber dass Kimi hinterrücks erschossen worden war von einem unsichtbaren Schützen, der im Grunde gar keinen Groll gegen sie hegte, dagegen sträubte sich alles in ihm. Je mehr er darüber nachdachte, desto stärker erfasste ihn ein Gefühl der Niedergeschlagenheit.

Auch die Worte des mysteriösen Mannes, der sich Messer-Peer nannte, gaben ihm zu denken. Veit war stolz auf seine rationale Denkweise und überzeugt davon, ein aufgeklärter Mensch zu sein, doch die düsteren Reden hatten etwas in ihm berührt, das ihm eiskalte Schauer über den Rücken jagte. Die Beschreibung der Insel als Hölle auf Erden, in der das Böse hauste, erinnerte ihn an Schauergeschichten, die man erzählte, um Kinder zu erschrecken. Oder enthielten Peers abergläubische Vorstellungen vom Weltende doch ein Körnchen Wahrheit? Denn irgendetwas musste die Menschen der Insel tatsächlich vertrieben, vielleicht sogar in großer Zahl getötet haben.

Besonders das Gerede von Teufeln ging ihm nicht aus dem Kopf. Es passte auf beängstigende Weise zu dem Namen, den die Inselbewohner dem Vulkan gegeben hatten. Der Name *Gaahls Galgen* erinnerte an den Mythos von Gaahl, dem Sohn des Teufels. Dieser soll vor Jahrtausenden den Erbauer auf den Gipfel des Berges gelockt haben, wo bereits ein Galgenbaum stand. Anschließend habe Gaahl Menschen unter falschen Versprechungen dazu verführt, ihren eigenen Schöpfer aufzuhängen. Schließlich sei der Berg selbst in Zorn ausgebrochen und habe Feuer auf Gaahl und die verdorbenen Menschen geschleudert.

Gebildete Menschen wie Veit gingen davon aus, dass sich der Erbauer, Gaahl und alle anderen übernatürlichen Gestalten nach diesen Ereignissen in ein Jenseits zurückgezogen hatten, das vollständig von der Welt der Lebenden getrennt war.

Veit wäre nicht so weit gegangen, die Konstruktion der Welt durch den Erbauer in Frage zu stellen. Dennoch erschien es ihm als Fakt, dass Erbauer und Teufel den Menschen heute fern waren und ihnen eine echte Existenz abgesprochen werden musste. Einfache Menschen waren da anderer Meinung: Sie fürchteten sich vor Teufelswerk und Hexerei. Sie versuchten, alles Sündige zu vermeiden, um nicht den Zorn des Erbauers auf sich zu ziehen. Sie waren überzeugt, dass es eines Tages zum Endkampf zwischen Erbauer und Teufel kommen müsse. Einige Fanatiker gingen so weit zu glauben, der Erbauer schlummere im Innern des Vulkans und könne jederzeit wieder auftauchen, um den Feldzug gegen die Mächte des Teufels zu beginnen.

Von diesen Gedanken wurde Veit schlagartig abgelenkt, als er für einen Wimpernschlag meinte, draußen in der Siedlung etwas gesehen zu haben. Vor seinem inneren Auge entstand die Vorstellung von geisterhaften Phantomen, die durch dunkle Gassen krochen. Hektisch presste er seinen Kopf so weit wie möglich zwischen das kalte Gestein der Schießscharte, um besser sehen zu können. Bei einem weiter entfernten Blockhaus bewegte sich jedoch nur ein loser Fensterladen.

Bloß ein Schatten, sagte er sich. Dann nahm er die Öllampe und ging wieder hinauf.

8   IM ASCHEREGEN

»Nun lauf schon, Mädchen. Schau, ob alle ihren Posten eingenommen haben, und erstatte mir Bericht.«

»Jawohl, Herrin, wie Ihr befehlt.«

Während sich Svea auf den Weg machte, warf sie einen Blick zurück. Madah-Runa, die Herrin des Klosters, war für Svea eine ganz besondere Frau. Sie war eindrucksvoll, bewundernswert, geradezu faszinierend, obwohl ihre Robe denselben öden Grauton aufwies wie Sveas. Das Gewand der Herrin war enganliegend, ärmellos, sehr tief ausgeschnitten. Es offenbarte, dass ihr schlanker Körper über und über mit verschlungenen Hautbildern verziert war. Die in die Haut tätowierten Runen schimmerten im Licht der untergehenden Sonne, die blutrot hinter dem Horizont versank. Ihre Körperhaltung wirkte entspannt, zeugte zugleich von Lebenskraft und Energie.

Während der Herr über das Kloster eine Aura von Furcht und Unnahbarkeit verströmte, war Madah-Runa für Svea eine gute Seele, die stets ein paar warme Worte für die Novizen übrig hatte. Zudem hatte sie die Verteidigung so gut organisiert, dass das Kloster in den letzten Wochen kaum Verluste zu beklagen hatte. Das Einzige, was Svea an der Herrin seltsam vorkam, war die Tatsache, dass sie mit Bran-Magnus – dem Schrecken aller Novizen – zusammenlebte und sich mit ihm ein Schlafgemach teilte. Wie konnte eine Frau das freiwillig tun? Zwang er sie etwa, mit ihm das Bett zu teilen?

– Ekelhaft!

Diese Gedanken fortschiebend, begann sie ihren Rundgang. Ausgehend von dem mächtigen Wehrbau, der unmittelbar an das Torhaus grenzte, folgte sie der Schutzmauer des Klosters. Diese wirkte auf Svea wie ein Relikt aus einer früheren Welt. Sie hatte das Gefühl, dass die verwitterten Mauern schon alt gewesen waren, bevor die ersten Menschen die Insel betreten hatten.

Auf jedem der fünf in die Mauer eingelassenen Wachtürme standen gewaltige Kohlebecken, die in einer Stunde entzündet werden sollten, um die Dunkelheit der Nacht ein wenig zurückzudrängen. Zudem waren entlang der Brustwehr zahlreiche Fackeln angebracht. In der Mitte des Innenhofs ruhte der altehrwürdige Tempel, der von einem schlanken Glockenturm gekrönt wurde. In die Außenwände des Tempels hatten geschickte Hände kunstvolle Reliefs eingearbeitet. Svea liebte besonders die Darstellung der himmlischen Walküren. Sie liebte die geflügelten Boten des Erbauers, die seine Lehren unter den Menschen verbreiteten.

Der gesamte Gebäudekomplex befand sich im beständigen Ascheregen, wodurch alle Bauwerke die gleiche weißgraue Färbung hatten, die nun von der untergehenden Sonne rot übertüncht wurde. Den Ascheregen – unter dem sie als Kind so gelitten hatte – war Svea schon seit Langem gewohnt. Sie spürte ihn nur noch als leichtes Kribbeln in den Augen und als vertrautes Prickeln auf der Haut.

Die Menschen auf der Mauer wirkten müde und nervös. Sie waren entweder mit langen Stäben oder einfachen Speeren bewaffnet, um allzu aggressive Hautfresser vom Erklettern der Mauern abzuhalten. Zum Glück hatte Bran-Magnus es mittlerweile auch den Überlebenden aus *Schmelztiegel* gestattet, Wachdienste zu übernehmen.

Die Mönche vom Orden der Zeloten strebten danach, die ultimativen Streiter des Erbauers zu werden. Sie waren diszipliniert und sogar fähig, spirituelle Kräfte zur Verteidigung des Klosters einzusetzen. Doch es gab einfach zu wenige Ordensmitglieder, um Nacht für Nacht auf den langen Mauern Wache zu halten. Wie sollte es bloß weitergehen? Ihre Füße schmerzten, als sie stehen blieb. Jeder Tag wurde langsam zur Plage, jede Nacht zur Last. Der Wachdienst schien Svea mit einem Mal wie eine auslösbare Aufgabe, doch die Lehren des Ordens sagten: Die Schwierigkeiten wachsen, je näher man dem Ziel kommt. Daher biss sie die Zähne zusammen. Sie wollte keine Schwäche zeigen!

Als der Tag endlich anbrach, stand Svea immer noch an der Brustwehr. Sie stütze sich müde auf ihren Kampfstock, die traditionelle Waffe der Zeloten. Der Stab war über und über bedeckt mit Weisheiten, Symbolen und Runen des Ordens, welche in das Holz geschnitzt worden waren. Die sich ineinander windenden Schriftzüge und Zeichen sollten die Ordensmitglieder an die Grundlagen ihrer Lebensart erinnern: die disziplinierte Steuerung des Geistes, die vollkommene Beherrschung des Körpers und die absolute Hingabe zum Erbauer.

Svea hatte zusammen mit Achtfinger die ganze Nacht über auf dem Nordturm Wache gehalten. Achtfinger war eine wortkarge Frau, eine der Überlebenden aus *Schmelztiegel*. Bevor die Aschebrut kam, hatte sie in der Schwefeldestillation gearbeitet und bei diesem gefährlichen Handwerk zwei Finger verloren. Nun war sie eine der wenigen, welchen es Bran-Magnus erlaubt hatte, im Wehrkloster Zuflucht zu suchen. Achtfinger war zwar klein, aber äußerst zäh und murrte selbst bei harter Arbeit nie.

Das Mädchen mochte Achtfinger. Als die Kreaturen in dieser Nacht aufgetaucht waren, hatte sie genau die richtigen Worte gefunden, um Svea zu beruhigen. »Mach dir keine Sorgen«, hatte sie gesagt. »Sie sind stärker als wir und auch schneller, aber dumm wie Bohnenstroh. Sie werden es nicht über die Mauern schaffen.« Achtfinger war ein guter Mensch, dachte Svea versonnen.

Der Himmel war an diesem Morgen so unruhig und grau wie das Meer. Obwohl sich das Kloster nah am Gipfelkrater befand, aus dem es beständig rauchte, konnte Svea beobachten, wie Wolkenformationen in atemberaubender Geschwindigkeit über den Himmel jagten. Sie wusste, wie gefährlich stürmisches Wetter hier oben sein konnte und war froh über die dicken Klostermauern, die sie vor aufziehendem Unwetter schützen würden. Ohnehin hasste sie den Übergang von Herbst zum Winter, hasste den häufigen Regen, den Matsch und die feuchte Kälte, die diese Zeit mit sich brachte.

Der düsteren Wetterlage zum Trotz spürte Svea in ihrem Innern seit Langem wieder einen Hauch von Zuversicht. Die Hautfresser waren in dieser Nacht weniger zahlreich gewesen als in den Nächten zuvor. Egal, was der Herr über das Kloster predigte: Seine so genannte ›Aschebrut‹ bestand aus gnadenlosen Jägern, die alle Lebenden als Beute sahen und versuchten, diese zu fressen. Sie fragte sich, warum in dieser Nacht weniger Hautfresser als sonst aufgetaucht waren. Hatten sie etwa ein anderes Jagdrevier entdeckt?

9 GELBES GOLD

Als Veit die Augen öffnete, blickte er mit Schrecken direkt in den Lauf einer Feuerwaffe.

»Das wird dein neues Schätzchen sein!«, sagte der Rottmeister und grinste ihn über den Lauf der Donnerbüchse breit an. Der Feldscher rappelte sich schlaftrunken auf und sah Kjell verständnislos an. Der warf ihm den schweren Vorderlader, bei dem es sich um die Waffe des Toten handelte, in den Schoß und hockte sich im Schneidersitz neben Veits Schlafsack. Kjell wirkte irgendwie aufgedreht.

»Ich war schon früh auf und hab unser weiteres Vorgehen durchdacht. Es ist das Beste, wenn wir diesen Messer-Peer hier im Turm zurücklassen. Ihn ohne ein Tribunal zu erschießen, widerspricht dem Kodex. Und wenn man schon jemanden exekutieren will, dann müsste man es auch richtig machen. Würden wir ihn als Gefangenen mitnehmen, so wäre er nur ein Klotz am Bein und solange wir hier nicht wieder reinwollen, stellt er für uns keine Gefahr dar. Das Ganze schließt eine spätere Bestrafung für Kimis Tod natürlich nicht aus!«

Veit stimmte zu: »Exekutionen sind sowieso nicht nach meinem Geschmack. Besonders nicht am frühen Morgen.« Nachdenklich blickte er zu der Donnerbüchse herab. Sie war fast so lang wie der Arm eines ausgewachsenen Mannes und man erkannte bei genauem Hinsehen, dass die Mündung trichterförmig erweitert war.

»Kommen wir nun zu dir.« Kjell macht eine Spannungspause und fuhr dann erst fort. »Ich möchte gerne, dass du Kimis Waffe übernimmst und lernst, mit ihr umzugehen. Wenn es eng wird, kann ich jeden Mann mit einer Feuerwaffe gebrauchen. Und du bist für dieses Schätzchen genau der Richtige.«

Veit wirkte wenig überzeugt: »Die Waffe eines Toten ist alles andere als ein Glücksbringer. Und dennoch vertraue ich dir. Wenn du meinst, dass es das Richtige ist, dann will ich nicht versuchen, dich umzustimmen.« Veit kannte Kjell seit Jahren als hervorragenden Anführer, aber auch als Dickschädel.

»Die Donnerbüchse hat eine Reichweite von etwa zehn Schritten. Du musst also die Nerven behalten und den Feind richtig nah an dich ranlassen.«

Der Feldscher zog eine Augenbraue hoch, weil er nicht gerade für seine starken Nerven bekannt war. Fast jeder hielt ihn für einen Hasenfuß.

»Der trompetenförmige Lauf macht das Nachladen einfacher als bei der Muskete. Zuerst wird das Schwarzpulver eingefüllt. Die Ladung wird dann tief reingestopft und festgedrückt. Du kannst im Notfall sogar kleine Steine oder Metallreste als Ladung nutzen. Die Waffe wird mit einem Steinschlossmechanismus abgefeuert. Betätigt man den Abzug, dann schlägt der Feuerstein Funken in eine Pfanne mit Schießpulver und die Ladung explodiert. Genaues Zielen ist mit der Büchse übrigens kaum möglich. Du hältst die Mündung einfach in die richtige Richtung und dein Schätzchen wird alles wegpusten. Du musst also kein Meisterschütze sein. Kimme und Korn gibt es übrigens nicht. Deshalb feuert man die Donnerbüchse am besten aus der Hüfte ab.«

Während der Rottmeister die Handhabung des Vorderladers beschrieb, führte er das Laden und Ausrichten auch praktisch vor. Veit musste das Laden der Donnerbüchse mehrfach üben, bis Kjell endlich zufrieden war und die Rotte dann zum Aufbruch drängte.

Obwohl Veit die Handhabung der Feuerwaffe nicht allzu schwer fiel, fragte er sich, ob er das Richtige tat. »Ich bin Frontheiler, kein Frontkämpfer«, sagte er so leise, dass es niemand hörte. Mit der Büchse in der Faust sein Leben zu riskieren, war insgesamt gesehen nicht sein Ding. In solchen Momenten bereute er es beinahe, seine Heimat jemals verlassen zu haben. In *Vilhelmstad* hätte er, genau wie seine Eltern, eine Anstellung als einfacher Schreiber bekommen können: Es war ein schlecht bezahlter, eintöniger Beruf, doch völlig ungefährlich. Doch es war immer sein Traum gewesen, eines Tages an der anatomischen

Akademie von *Vilhelmstad* zu studieren. Für seine Eltern unbezahlbar! Die Arbeit als Feldscher einer Söldnerkompanie hatte er als notwenigen Umweg gesehen, doch heute fühlte er sich seinem Traum ferner denn je. Insgeheim fürchtete er, dass sein Erspartes für ein teures Studium niemals reichen würde. Veit erhob sich und folgte den anderen, doch seine Gedanken begannen, weiter abzuschweifen.

Morten verließ den Turm als Letzter. Und das aus gutem Grund: Ganz oben war von den Söldnern eine Vorratskammer entdeckt worden, in der sich haltbare Lebensmittel bis unter die Decke stapelten. Dort hatten sie ihren Proviant wieder aufgefüllt, vor allem mit Dörrfleisch. Morten hatte jedoch auch einen kleinen Vorrat an Hochprozentigem entdeckt, den er sich mittlerweile gesichert hatte.

Es war sogar ganz einfach gewesen, denn einer musste Messer-Peer die Fesseln abnehmen, sonst hätte man ihn gleich erschießen können. Und so hatte Morten alle hinausgeschickt und war – scheinbar heldenhaft – im Turm geblieben. Bevor er jedoch die Fesseln durchschnitt, war er hochgelaufen und hatte sich zwei Flaschen Schnaps eingepackt. Gut in seine Wechselwäsche eingerollt, würde es mit Sicherheit niemand merken.

»Schnaps stellt keine dummen Fragen, Schnaps versteht dich«, murmelte er, während er immer zwei Stufen auf einmal nahm. Unten angekommen, wurde der Alte von Jasper mit einem unverschämten Grinsen empfangen. Jasper wirkte heute besonders streitlustig, was aber nach Kimis Tod kein Wunder war.

»Da kommt ja unser Gutmensch. Hat das Alter dich weich gemacht? Bist wohl mittlerweile gar kein kaltblütiger, gemeiner Mörder mehr.«

Mortens Gesicht blieb ausdruckslos. »Vielleicht war ich nie einer«, knurrte er.

Jasper ging nicht weiter darauf ein und wies übertrieben lässig auf den Feldscher, der sich bemühte, eine Donnerbüchse mit Hilfe von Lederbändern an seinem Rucksack zu befestigen. »Sieh ihn dir an, unsern frischgebackenen Meisterschützen«, spottete Jasper. »Du hast dich gestern auch nicht mit Ruhm bekleckert. Kannst wohl deine Büchse nicht richtig laden!«

»Das Pulver war feucht, ich konnte nichts dafür«, brummte Jasper übellaunig.

Sten und Stellan mischten sich ein. »Tja! Wer sich auf Feuerwaffen verlässt, der ist verlassen«, meinte der eine. »So etwas braucht ihr«, sagte der andere und zog sein Langschwert gekonnt aus der Scheide. Morten konnte die schweigsamen Brüder immer noch nicht auseinanderhalten.

»Es kommt nur auf den Willen an«, ergänzte Morten, »und wer andere wirklich verletzen will, findet schon das passende Werkzeug.«

Jasper knirschte mit den Zähnen: »Du immer mit deinen Weisheiten. Wir wollen hier keinen Schulmeister.«

Kopfschüttelnd antwortete Morten: »Du wirst deine Lektion auch noch lernen.«

Jaspers Versuch, etwas zu erwidern wurde von Kjell unterbrochen. »Genug geplaudert, wir brechen auf«, befahl der Rottmeister und blickte zum Himmel, während sein rotes Haar von einer Sturmbö aufgewirbelt wurde. Der Wind rüttelte mächtig an den krummen Holzhütten von *Schmelztiegel*. Knarzen, Knacken und Klappern war zu hören. Morten setzte sich zusammen mit dem Rottmeister an die Spitze der kleinen Gruppe und gemeinsam verließen sie die Siedlung. Erst jetzt erkannte Morten tiefe Schneisen, welche die Menschen aus *Schmelztiegel* in das angrenzende Waldgebiet getrieben hatten. Hunderte von Bäumen waren abgeholzt worden, um genug Material für die Blockhütten zu gewinnen. Er fragte sich, wie viele Generationen es dauern würde, bis sich der Bestand wieder erholte.

Sie marschierten nach Nordosten. Mortens verletzter Knöchel schmerzte, sein Rücken ächzte unter der Last des Rucksacks.

»Der Morgen ist ungeheuer eisig«, rief Morten, denn er spürte die Kälte durch Leder und Wolle hindurch und kam sich sehr, sehr alt vor.

»Verflucht schutzlos sind wir hier oben«, antwortete Kjell und seine Worte ließen offen, ob er das Wetter oder die Gesamtsituation meinte.

Nach einiger Zeit betraten sie felsiges Gelände und begannen den Aufstieg zum *Rauchenden Zinken*. Je höher sie stiegen, umso schwächer wurde der Pflanzenwuchs. Kiefern gab es in der Höhe nicht mehr und auch Wacholdersträucher sah Morten nur noch vereinzelt. Gesprochen wurde kaum, denn der Bergwind war so stark, dass man brüllen musste, um sich zu verständigen. Die meisten belastete Kimis Tod wohl mehr als sie zugeben wollten. Morten versuchte sich einzureden, dass ihn das Ableben des Frischlings nicht berührte und sagte sich immer wieder: So ist das Leben eines Söldners. Es waren schließlich harte Zeiten.

Bis zum späten Nachmittag führte der Weg sie ununterbrochen bergauf. Dann erreichte die Rotte einen schroffen Gebirgskamm, der mühsam überquert werden musste. Auf dem Kamm waren sie dem Sturm schonungslos ausgeliefert. Gewaltige Böen rissen Morten hin und her, sodass er wie ein Betrunkener neben dem Rottmeister her torkelte.

Hinter dem Gebirgskamm führte der Felsensteig, dem sie folgten, leicht bergab. Der Wind hatte anscheinend ein Einsehen und ließ eine Spur nach.

Sie marschierten noch einige Stunden, bis Kjell verkündete: »Schluss für heute. Wir schlagen ein Lager auf. Wir teilen Wachen ein und dann war es das fürs Erste.«

Die Stimmung der Gruppe hob sich um ein Minimum. Zumindest die Zwillingsbrüder hatten ihre joviale Art nicht verloren und riefen: »Echte Kerle können Feuer machen.«

Morten sah, dass Jördis den Kopf schüttelte, er merkte aber auch, dass Sten und Stellan nicht prahlten, sondern tatsächlich geschickt darin waren, zügig ein Lagerfeuer zu entfachen.

Morten teilte sich die erste Wache mit den Brüdern. Sten und Stellan waren verlässliche Kampfgefährten, aber – vorsichtig ausgedrückt – alles andere als interessante Gesprächspartner. Sten erzählte von dem traditionellen Langhaus, das er eigenhändig am heimischen Fjord errichtet hatte. Morten vergaß viele Einzelheiten wieder, erinnerte sich aber an Beschreibungen wie:»Die Giebelwände habe ich natürlich mit großen Bruchsteinen verstärkt. Für das Dach kam selbstverständlich nichts außer Schilfstroh in Frage. Die Enden des Dachfirsts sehen fantastisch aus. Sie haben die Form von Drachenköpfen, das war uns wichtig.«

Inhaltlich hatte Morten dem Thema nichts beizutragen, daher ließ er sich von der Fachsimpelei berieseln. Er vertrieb sich die Zeit mit dem Fusel, den er Messer-Peer, dem armen Teufel, entwendet hatte. Die Zwillingsbrüder akzeptierten stillschweigend, dass er den Alkohol nicht teilte. Dafür war Morten dankbar und zitierte:»Es kommt nicht darauf an, mit wem du trinkst, sondern wie viel.«

Sten lachte laut und Stellan nickte und dem Alten wurde bewusst, dass es ihm endlich gelang, die Brüder voneinander zu unterscheiden. In der Nacht schlief Morten dank des Hochprozentigen tief, traumlos und ungestört.

Als sie sich am nächsten Tag dem Bergkegel weiter näherten, erspähte Morten zwischen ihrer Position und dem Gipfel eine Senke. Kjell zeigte mit dem Finger auf das Gebirgstal. Er brüllte etwas, doch der Wind brauste so laut, dass Morten nichts verstand. Offensichtlich war genau diese Senke – welche der Länge nach mehrere hundert Schritt maß – ihr Ziel. Von ihrem tiefsten Punkt ausgehend, zogen sich ungleichmäßige Schluchten durch die Gebirgslandschaft, die, vom Gipfel aus betrachtet, einen sternförmigen Grundriss ergeben mochten. Als sie weiter vorankamen, ging es zunehmend bergab und Morten spürte, dass der Wind seinen eisigen Biss verloren hatte.

Das Gestein in der Senke war von hellgelber Farbe. Die Färbung wurde von einem gelblichen Dampf erzeugt, der aus

Löchern und Spalten waberte. Kjell führte die Rotte direkt zum tiefsten Punkt der Senke. Als sie auf dem Weg dorthin eine qualmende Öffnung im Fels passierten, schlug Morten intensiver Schwefelgeruch ins Gesicht und seine Augen begannen zu brennen. Am Boden der Senke blieben die Söldner sprachlos stehen. So etwas hatte Morten noch nie gesehen! Über die sie umgebenden Felswände schlängelten sich zahlreiche rostige Eisenrohre. Die Röhren klebten am Berghang wie Würmer an einer Leiche und nahmen die Schwefeldämpfe des Berges in sich auf. Das Geflecht aus Leitungen mündete in zwei Endstücken, aus denen ein zähflüssiges honiggelbes Gemisch floss. Das Rinnsal lief dann langsam in ein Auffangbecken, in dem es sich zu einer klumpigen Masse verfestigte. Neben dem Becken lagen Brecheisen und Schaufeln.

»Wir sind am Ziel«, stellte der Rottmeister befriedigt fest. »Hier wird es geschürft, das gelbe Gold der Insel!«

10 FEUER UND EISEN

> K LANG!< >KLONG!< >KLANG!<
Mit ohrenbetäubendem Lärm knallte der Schmiedehammer auf die eiserne Speerspitze. Starke Arme hoben und
senkten sich mit der Kraft und Präzision eines mechanischen
Dampfhammers und bearbeiteten das glühende Metallstück so
kräftig, dass weiße Funken in alle Richtungen stoben. Schädel
und Wangen des Schmieds waren glattrasiert, sein Knebelbart
mit technischer Perfektion zurechtgeschnitten. Er trug schlich-
te schwarze Kleidung, die von einem Gürtel zusammengehal-
ten wurde, in welchem eine Taschenuhr steckte.

Svea sah dem arbeitenden Hünen beeindruckt zu. Beeindruckt war sie jedoch nicht nur von der urtümlichen Kraft
des Glatzkopfs, sondern auch von der merkwürdigen Klaue,
welche den linken Fuß des Mannes ersetzte.

Stahlfuß nannten die Überlebenden aus *Schmelztiegel* den
Mann, der sich diese Prothese geschmiedet hatte. Svea hatte
Geschichten gehört, nach denen er sich auch den Fuß oder
gar einen Teil des Beines ohne fremde Hilfe entfernt habe.
Dies war zwar in vielen Fällen die einzige Rettungsmöglich-
keit für jemanden, der von einem Hautfresser gebissen wurde.
Doch kaum jemand überlebte die Tortur und Svea kannte nie-
manden, der den Eingriff bei sich selbst durchgeführt hatte.

Der Prior behauptete, Stahlfuß sei zwar stark wie ein Och-
se, aber auch ebenso intelligent, doch Svea hielt den Schmied
nicht für dumm, denn in den Augen des schweigsamen Riesen
verbarg sich eine pragmatische Schläue, eine Findigkeit, die
nichts mit Bücherwissen oder Gelehrsamkeit gemein hatte. Es
war für Svea eine Intelligenz, die klar auf das eigene Überleben
gerichtet war, und einen Menschen befähigte, ohne Rücksicht
auf Verluste genau das zu tun, was getan werden musste. Die
Überlebenden aus *Schmelztiegel* sahen in Stahlfuß so etwas wie
ihren Anführer. Er war wahrscheinlich der Einzige, welcher

dem Herrn des Klosters die Stirn bieten könnte, wenn es um ihre Interessen ging. Stahlfuß hatte weder Rang noch Titel und war nicht von hoher Geburt. Doch sein Wort galt etwas bei den einfachen Leuten.

Nachdem Bran-Magnus einige Menschen, die es lebend zum Kloster geschafft hatten, in die Gemeinschaft aufgenommen hatte, war die Stimmung unter den Zeloten zunächst schlecht gewesen. Mehrere Ordensmitglieder sahen die Neuankömmlinge als Ungläubige, welche die Reinheit des Klosters durch ihre bloße Anwesenheit beflecken könnten. Besonders der Schatzmeister hetzte gegen die Überlebenden, welche er als lasterhafte Sünder verteufelte, die sich einer gerechten Strafe des Erbauers entziehen wollten. Als der Schatzmeister aber bei einem nächtlichen Abwehrkampf über die Mauer stürzte, verstummte die Kritik an den Neuankömmlingen. Der Prior hatte zwar angedeutet, dass Stahlfuß an dem tragischen Sturz nicht unschuldig gewesen sei, den Fall jedoch nicht weiterverfolgt. Dass dies damit zusammenhing, dass Prior Kaltstein schließlich selbst das Amt des Schatzmeisters übernahm, wusste Svea nicht. Gleichzeitig sagte ihr ein untrügliches Bauchgefühl, dass ›Kaltstein‹ ein passender Nachname war für einen Prior, der eiskalt kalkulierte, was ihm wann genau die größten Vorteile einbrachte.

Nach einem letzten Blick auf den metallisch glänzenden Klauenfuß verließ Svea den Unterstand, in dem der Schmied seiner Arbeit nachging. Ziellos schlenderte sie über den Innenhof des Wehrklosters und genoss es, endlich wieder einmal Zeit für sich zu haben. Madah-Runa hatte sie heute von ihren täglichen Lektionen befreit, da sie sich als einzige Novizin regelmäßig an der Nachtwache beteiligte.

Die Erholung war nach der anstrengenden Wache auch nötig, denn die spirituellen und körperlichen Übungen des Ordens waren hart und verlangten seinen Novizen alles ab. Als Zelot musste man nicht nur in der Lage sein, durch Meditation die eigene Geisteskraft zu fokussieren. Man musste auch den Umgang mit dem Kampfstock sowie den Kampf ohne Waffen perfekt beherrschen. Nur durch intensives Training waren die Mitglieder des Ordens dazu fähig, ihre mentale Stärke zur Steigerung ihrer Leistungsfähigkeit zu nutzen.

Svea beobachtete bei ihrem Gang über den Innenhof zwei der jüngeren Novizen. Sie fütterten die Ziegen, welche im Innern der Klostermauern gehalten wurden, seit die Hautfresser Nacht für Nacht das Kloster belagerten. Über dem Ziegenpferch waren schmutzige Planen gespannt, um die mageren Tiere vor dem Ascheregen zu schützen. Die beiden jungen Frauen wirkten auf Svea unglaublich klein und unglaublich kindlich. Sie war siebzehn und fühlte sich als älteste Novizin oft einsam, trotz der beengten Lebensbedingungen im Kloster. Schließlich gab es seit dem letzten Winter niemanden mehr, der annähernd in ihrem Alter war. Anja und Ögmundur fehlten ihr!

Hinter dem Gehege mit den Ziegen lag der Klostergarten, in dem schrumpeliges Gemüse angebaut wurde. Dort wuchs ausreichend Nahrung, um nicht zu verhungern. Es war jedoch zugleich niemals genug, damit sich jeder satt essen konnte. Gedankenverloren ging Svea durch den Garten zu den behelfsmäßigen Unterkünften der Überlebenden. Die in aller Schnelle errichteten Behausungen aus Stoffbahnen, Seilen und Brettern klebten an der südlichen Klostermauer, um zumindest den Anschein von Stabilität zu wahren.

In der Mitte der Südmauer blieb jedoch stets ein schmaler Streifen frei, sodass es wirkte, als würden die zeltartigen Lagerstätten von diesem Ort furchtsam zurückweichen. Denn an der Stelle stand ein hölzerner Pfahl, den kaum jemand gern wahrnahm, weder die Zeloten, noch die Neuankömmlinge aus *Schmelztiegel*. Denn der Pfahl war ein Zeichen der harten Hand und der gnadenlosen Herrschaft des Abtes: Spätestens nach der zweiten Hinrichtung war jedem klar, welche Folgen es hatte, gegen die Regeln von Bran-Magnus zu verstoßen.

Der Pfahl war zudem der Grund für Sveas letzten Aufenthalt in der ›Kammer der Leere‹. Im Vertrauen hatte sie Madah-Runa gefragt, ob es wirklich nötig sei, dieses Mahnmal stehen zu lassen, da sich die Neuankömmlinge seit der zweiten Hinrichtung an alle Regeln gehalten hatten. Doch irgendjemand musste dem Herrn des Klosters von ihrer Frage berichtet haben und so folgte die Strafe auf dem Fuß. Daher konnte Svea den Anblick des Pfahls kaum ertragen, da er unerwünschte Erinnerungen heraufbeschwor.

Die Novizin legte den Kopf in den Nacken und blickte zum Himmel. Die Wetterlage hatte sich weiter verschlechtert: Graue Wolken tobten über den Horizont. Milchige Formationen jagten einander durch die Lüfte. Unwetterwolken vermengten sich mit dem Qualm des Vulkans, sodass die Grenzen zwischen dem aschfahlen Kloster und dem grauen Horizont kaum noch zu erkennen waren. Svea war klar: Ein gewaltiges Unwetter zog auf.

11 WENN ES NACHT WIRD

Der Ort, an dem die Schwefelarbeiter ihrem Tagewerk nachgegangen waren, kam Jördis vor wie eine gelbe Hölle. Giftige Dämpfe erzeugten ein unangenehmes Kribbeln auf der Haut, ihre Augen begannen zu jucken. Die Söldner hatten sich Tücher über Mund und Nase gezogen, bevor sie das merkwürdige Auffangbecken umrundeten. Auf der anderen Seite lag einer der Schwefelstecher in scheinbar entspannter Körperhaltung. Von einem Schlafenden unterschied den Arbeiter jedoch die traurige Tatsache, dass ihm der Kopf fehlte. Zudem waren seine Hände von äußerst ungesunder Farbe. Anscheinend lag er hier schon länger.

Ratlos hielt Jördis nach dem Kopf des Unglücklichen Ausschau, konnte ihn aber nicht entdecken. Möglicherweise war er vom Schwefelgemisch eingeschlossen worden, bevor es sich zu einer harten Masse verfestigt hatte. Sie würden es nie erfahren.

Jördis beobachtete unauffällig den Rottmeister, welcher zerknirscht den Kopf schüttelte. Kjells Freude über das Erreichen der Schwefelquelle war verflogen und Ernüchterung gewichen. »Was nun?«, sprach sie ihn direkt an. Ein kurzes Schweigen folgte.

»Wir müssen weiter.«

»Weiter? Wohin weiter?«

»Es müsste hier in der Nähe einen Lagerplatz der Schwefelstecher geben. Die armen Teufel haben wohl kaum direkt neben diesem stinkenden Pfuhl geschlafen. Und auch wir sollten hier nicht übernachten.«

Jördis wusste genau, was er meinte. Die Nähe zur Schwefelquelle erzeugte ein pelziges Gefühl auf der Zunge und einen Geschmack, als hätte man faule Eier gegessen. Angewidert spuckte sie aus.

»Kommt«, murmelte er niedergeschlagen. Die Rotte folgte ihm nach Norden. Wegen des Schwefelstaubs, der das

Gestein bedeckte, war es leicht, den Weg zum Lagerplatz der Arbeiter zu finden. Der häufig benutzte Pfad zog sich wie ein graues Band durch die gelbliche Felslandschaft. Das Lager selbst bot ein Bild der Zerstörung. Zerbrochene Holzteile und schmutzige Stofffetzen bedeckten den Ort, an dem sich der Schlafplatz der Schwefelstecher befunden haben musste. Der Boden war versenkt und von Ruß geschwärzt. In der Luft lag der Geruch von verbranntem Menschenfleisch, der Jördis unangenehm vertraut vorkam. Zwischen den Resten der Unterkünfte entdeckte Jördis eine Schwertklinge und einen zum Großteil verbrannten Schild, vom dem kaum mehr als die eiserne Umrandung übrig war. Nach einigem Suchen fanden die Söldner verschiedene Hämmer, Äxte und andere improvisierte Waffen. Jördis fielen zudem rotschwarze Flecken am Boden auf, bei denen es sich um eingebrannte Blutlachen handelte. Allen Söldnern war bewusst, dass an dem Ort ein Kampf stattgefunden hatte. Es war ein Ort des Todes.

»Hier sind wir richtig«, stellte Kjell fest.

»Hier werden wir unsere Antworten bekommen, egal ob sie uns gefallen oder nicht. Sammelt alles ein, was noch brennbar ist. Wir entfachen Feuer und dann schlagen wir ein Lager auf.«

Jördis sah den Rottmeister ernst ins Gesicht.

»Bist du sicher?«

Er nickte bedeutungsvoll. Sein Gesicht bildete eine ausdruckslose Maske. Jördis hatte ein ganz ungutes Gefühl.

Kjell wusste selbst nicht warum, aber etwas sagte ihm, dass er an diesem Ort Antworten bekommen würde. Denn bisher hatte die Reise immer nur neue Fragen geliefert: Wo steckten die Bewohner der Insel? Wo waren die Arbeiter, Soldaten, Krämer, Holzfäller und Handwerker mit ihren Familien? Und wer waren diese verfluchten ›Teufel‹, von denen Messer-Peer gewarnt hatte?

Der Rottmeister hatte seinen Leuten Befehl gegeben, aus den Holzresten und Stofffetzen große Wachfeuer zu entfachen. Es war eine spontane Eingebung gewesen, die ihn veranlasste, den Befehl zu geben ohne vorher das Für und Wider abzuwägen. Doch Kjell vertraute seiner Intuition.

Außerdem hatte er jeden, der eine Öllampe bei sich trug, aufgefordert, diese zu entzünden. Schließlich hatte Kjell die Lampen in gleichmäßigen Abständen rund um das Nachtlager der Söldner aufgestellt. Dem Rottmeister war durchaus bewusst, dass ihre Position schwer zu verteidigen war. Sie befanden sich am nördlichen Rand des felsigen Tals, von wo aus verschiedene Schluchten in die zerklüftete Landschaft führten. Sollte in der Umgebung noch jemand am Leben sein, so würde er ihren Standort ohne Probleme entdecken. Genau das war sein Plan. Er bot seinen Trupp möglichen Angreifern dar wie ein Händler seine Waren, denn manchmal musste ein Anführer gewisse Risiken eingehen, um ans Ziel zu gelangen.

Kjell lud seine Feuerwaffe und wies Morten, Jasper und Veit an, es ihm gleich zu tun. Der Rottmeister achtete vor allem darauf, dass die Donnerbüchsen ordnungsgemäß mit Pulver und Kugeln geladen wurden. Anschließend prüften die Söldner den Sitz ihrer Rüstungen und Klingenwaffen. Sollte es zu einem Angriff kommen, würde dieser die Rotte nicht unvorbereitet treffen.

Als die Sonne vollständig untergegangen war, ertönte ein lang gezogenes Kreischen, das Morten durch Mark und Bein drang. Es war etwas Unirdisches an dem Laut. Ob ein Mensch oder ein Tier den schrillen Schrei ausgestoßen hatte, konnte der Alte nicht mit Sicherheit feststellen. Die Söldner erhoben sich. Morten griff nach seiner Pistole und hörte, wie scharfe Klingen aus ihren Scheiden gezogen wurden. Der Mond stand fast voll am Himmel und Morten suchte konzentriert die umliegende Felslandschaft ab.

Plötzlich entdeckte er eine menschliche Gestalt, die über einen Gebirgskamm kletterte. Die Person war weitgehend unbekleidet, ihre Haut so blass, dass sie im Mondlicht zu leuchten schien. Ob es sich um einen Mann oder eine Frau handelte, war auf den ersten Blick nicht zu erkennen. Der Anblick war schaurig.

»Dort!«, flüsterte Morten und deutete mit der Pistole auf die Person. Diese schien die Söldner erst zu mustern und stieß dann ein triumphierendes Heulen aus. Als aus der entgegengesetzten Richtung ähnliche Laute ertönten, brachte dies Morten unfreiwillig zum Frösteln. Er spürte Nervosität, aber auch Entschlossenheit. Dies war ein entscheidender Moment.

»Macht euch bereit«, befahl der Rottmeister mit lauter Stimme. Kaum hatte Kjell das gesagt, stürzte das Wesen auch schon auf die Söldner zu. Beim Näherkommen konnte Morten erkennen, dass die dürren Arme der Kreatur in langfingrigen Händen endeten, welche fast wie Klauen geformt waren. Kopf und Körper waren auf unanständige Weise völlig haarlos. Lippen sowie Zahnfleisch wirkten zurückgebildet und entblößten spitze Zähne.

Der Alte atmete durch, presste Ober- und Unterkiefer fest aufeinander. Die Gefahr war groß, doch er war im hier und jetzt und wusste, was zu tun war. Dann sah er aus dem Augenwinkel, wie die Donnerbüchse in Veits Händen zitterte. Veits Atem klang panisch. Manche Menschen waren zum Helden geboren, doch der Feldscher gehörte wohl nicht dazu.

Morten wollte gerade etwas sagen, als Veit seine Büchse krachend abfeuerte. Viel zu früh! Ein großer Teil der Ladung flog wirkungslos durch die Luft, nur ein kleiner Teil traf die Kreatur, die ihren Lauf nicht verlangsamte. Sie kam jetzt auf etwa zehn Schritte heran.

– Scheißegal, dachte Morten, wir dürfen jetzt nicht lockerlassen.

Er wollte sich Mut machen, da er schier unersättlichen Hunger in den blutunterlaufenen Augen sah.

Jasper und Morten feuerten ihre Schusswaffen gleichzeitig ab. Der Alte hatte aufgrund der schlechten Lichtverhältnisse direkt auf die Brust gezielt, da es sich um das größtmögliche Ziel handelte. Durch den Schwarzpulverdampf konnte man

sehen, wie die Kreatur getroffen und von der geballten Feuer-
kraft zurückgeschleudert wurde. Der Pistolenschuss des Alten
hatte in der Höhe des Herzens ein Loch in den Brustkorb
gebohrt. Und Jasper hatte mit der Garbe seiner Büchse den
rechten Arm zerfetzt, sodass von der Schulter nur noch fleischige Streifen herabhingen.

Dennoch regte sich die Kreatur benommen und erhob
sich langsam, wie ein Betrunkener. Dickflüssiger Speichel
tropfte vom Kinn herab. Das Maul öffnete sich, doch es kam
kein Ton aus der Kehle. Das Wesen sah für einen Moment
wirklich leidend aus. Morten realisierte, wie stark er schwitzte
und dass es den Atem anhielt.

Kjell trat selbstbewusst einige Schritte vor. Aus unmittelbarer Nähe zielte er mit der Muskete direkt auf die Stirn
und betätigte den Abzug. Die Ladung explodierte und trieb
die Kugel mitten durch den Schädel des Geschöpfs. Das Geräusch des berstenden Schädels fuhr allen durch Mark und
Bein. Als Kjell sich zur Rotte umwandte, funkelten seine Augen im Feuerschein.

»Egal, wer oder was uns hier angreift. Zielt auf die Köpfe.
Und jetzt nachladen! So schnell wie möglich.«

Als drei weitere Bestien aus der Dunkelheit auftauchten, konnte Veit nicht verhindern, an die Worte von Messer-Peer zu
denken. Von wandelnden Teufeln hatte der Soldat gesprochen.
Von Teufeln aus einer Welt des Chaos. Und diese Wesen wirkten mit ihrer kränklichen Hautfarbe und ihren krallenartigen
Fingern auf Veit tatsächlich wie Teufel in menschenähnlicher
Gestalt. Die Laute, die diese Ungeheuer produzierten, hatten
etwas unaussprechlich Verbotenes an sich.

Während die Kreaturen auf mageren Gliedmaßen auf die
Gruppe zustürmten, bildete er zusammen mit Jasper, Kjell und
Morten eine geschlossene Reihe, die geladenen Feuerwaffen
im Anschlag. Auf das Kommando des Rottmeisters wurden
die Ladungen mit ohrenbetäubendem Donnern abgefeuert.
Der Ansturm schien zwar ungelenk, war jedoch zugleich un-

menschlich schnell. Deshalb fiel es dem Feldscher schwer, auch nur annähernd auf irgendeinen Kopf zu zielen. Zwei Kreaturen blieben nach dem konzentrierten Feuer regungslos liegen. Wer sie letztlich gefällt hatte, konnte Veit wegen des dichten Gewehrrauchs nicht erkennen. Die dritte Kreatur jedoch – ein besonders mageres Exemplar mit einem abnorm verkrümmten Buckel – setzte ihren Angriff fort. Sie trug noch Fetzen zerrissener Kleidung. Veit merkte, dass die Kreatur mal eine Frau gewesen war, weil die Kleidungsfetzen ihre schlaffen Brüste kaum verdeckten.

Bevor sie jedoch die Söldner erreichen konnte, stürmte Sten vor und trieb ihr sein Langschwert mitten in den Leib. Als sie versuchte, mit ihren Krallenhänden Stens Arme zu zerkratzen, war schon sein Bruder Stellan neben ihm und hieb mit seiner Klinge auf ihren Schädel, der dadurch fast gespalten wurde. Knochensplitter sowie Gehirnmasse spritzten in alle Richtungen und das Geschöpf fiel zu Boden.

Der Feldscher blickte fassungslos auf die vor ihm liegenden Körper. In der Entfernung erkannte er schattenhafte Bewegungen. Seine Knie zitterten.

»Wir müssen hier weg«, flüsterte Veit. Er konnte nicht mehr, fühlte sich am Ende. Die Mordlust dieser Brut jagte ihm eine Heidenangst ein. Hatte man diese Aggressivität den Kreaturen irgendwie antrainiert? Sie dressiert? Veit spürte, wie ihm der Gedanke die Eingeweide zuschnürte.

Er sah zu Morten, der mit knorrigen Händen anfing, seine Pistole erneut zu laden. Veit konnte sich jedoch nicht rühren. Er fühlte sich wie betäubt. Wie zur Salzsäule erstarrt. Wie in Trance. Auf einmal war Jördis ganz nah neben ihm. Ihre Wange berührte fast die seine. Er hörte ihre vertraute Stimme.

»Wir schaffen das. Wir müssen nur ruhig bleiben.«

Veit schwieg. Er musste sich zusammennehmen. Er ohrfeigte sich, um nicht völlig durchzudrehen.

»Du musst jetzt nachladen«, sagte Jördis milde und ergänzte: »Wir sind eine Rotte und gehen gemeinsam durch dick und dünn.«

Mechanisch nahm er den Beutel mit Schwarzpulver vom Gürtel. Er bezweifelte, dass er diese Nacht überleben würde.

Jördis verlor allmählich jegliches Zeitgefühl. In der Finsternis waren immer mehr der hungrigen Bestien aufgetaucht, die sich völlig unbewaffnet – nur mit Zähnen und Krallen – auf die Rotte stürzten. Alle Söldner hatten längst zu ihren Klingen gegriffen, da keine Zeit mehr zum Nachladen der Feuerwaffen geblieben war. Sie hatten eine kreisförmige Abwehrformation gebildet, weil die Rotte von allen Seiten massiv bedrängt wurde.

Ihre Kräfte ließen nach. Jördis konnte den Schild kaum noch heben, als erneut eine Hand mit dicken gelben Fingernägeln auf sie zuschoss. Auch die anderen wirkten ermattet. Besonders Stellan, der direkt neben ihr kämpfte, keuchte und stöhnte bei jeder Bewegung. Sein Schwertarm blutete aus zahlreichen Wunden. Die Rüstung war an der Seite aufgerissen und schränkte seine Beweglichkeit ein.

Jördis war selbst in arger Bedrängnis und konnte ihm nicht rechtzeitig helfen, als eine der Kreaturen blitzschnell unter einem Schwerthieb abtauchte und sich auf ihn stürzte, um spitze Zähne in sein Gesicht zu bohren. Brüllend stürmte Jördis vor, hackte nach dem Angreifer, doch es war zu spät.

Stellan brach zusammen und die ganze Meute stürzte sich wie von Sinnen auf ihn, um ihren Hunger an seinem Fleisch zu stillen. Mit Klauen und Zähnen zerrten sie an seinem Körper. Die Brut zerfetzte das Leder seiner Rüstung und Blut strömte aus zahllosen Wunden. Für eine Rettung war es zu spät, denn alleine der Blutverlust wäre für jeden Menschen tödlich. Stellans Körper wurde nicht nur aufgeschlitzt, sondern samt Ausrüstung regelrecht in Stücke gerissen. Und so grausam dies auch war, verschaffte Stellans Tod der Gruppe eine kleine Atempause.

Auf das Kommando des Rottmeisters zogen sie sich einige Schritte von dem grausigen Mahl zurück. Dabei fiel Jördis nur am Rande auf, dass Kjell mit einem Bein kaum Auftreten konnte, denn der Tod eines langjährigen Kampfgefährten lastete bleischwer auf ihrer Seele! Sten und Veit hatten Tränen in den Augen. In ihren Gesichtern erblickte Jördis pure Verzweiflung. Zu sehen, wie Sten um seinen Bruder weinte, traf Jördis bis ins Mark, denn sie hatte Sten bisher niemals in so einem Zustand gesehen.

»Oh, Bruder, mein Bruder«, schluchzte er.

Jördis war übel, sie hatte einen ekligen Geschmack im Mund und dennoch machte sie zwei Schritte, um Sten ein wenig zu stützen. Die sechsköpfige Gruppe stand jetzt Rücken an Rücken ganz eng beieinander. Die Klingen nach außen gerichtet. Ein letztes Aufbäumen wider die Finsternis. Jördis war bewusst, dass sie sterben würde, wenn die Geschöpfe ihren Kameraden verspeist hatten. Es gab keinen Ausweg. Die schmatzenden und reißenden Laute, die aus dem Knäuel um Stellans Leichnam ertönten, waren kaum zu ertragen. Sie wandte ihre Augen angewidert ab. Trauer, Hass und Frucht drohten, sie zu überwältigen.

»Ich kann nicht mehr«, entfuhr es ihren Lippen, doch es waren keine klaren Worte, sondern mehr ein Aufheulen. Sie spürte, dass sie aufpassen musste, nicht den Verstand zu verlieren.

Auf einmal wurde Jördis' Blick von einer einsamen Gestalt auf einem Felsvorsprung angezogen. Sie wirkte im Vergleich zu den spindeldürren Kreaturen breit gebaut. Dunkles Fell bedeckte Schultern und Arme. Sie fragte sich, ob es sich um eine Art Alphatier handelte, denn oberhalb der Felsnase konnte man weitere Gestalten erkennen.

Er, sie oder es setzte sich abrupt in Bewegung und landete mit katzenhafter Gewandtheit auf steinigem Boden, was wohl ein geheimes Signal für die anderen Kreaturen darstellte. Wie ein Mann erhoben sie sich. Von Stellans Leichnam war nichts mehr zu sehen. Mit atonalem Grunzen stürmten sie auf die verbliebenen Söldner zu. Gleichzeitig ging auch der Angreifer vom Felsvorsprung zur Attacke über und jagte von der anderen Seite aus in ihre Richtung. Hinter ihm kletterten weitere

Schemen den Hang hinab. Diesen Vorstoß von beiden Seiten konnten sie nicht überleben.

Und als wäre das bevorstehende Ende nicht schon fatal genug, fielen in diesem Moment die ersten Regentropfen auf die Köpfe der Söldner.

12 HAHNENKAMPF

Den ersten Tropfen folgte eine wahre Sintflut. Während der Regen immer heftiger wurde, hatte Svea nach den Ziegen gesehen und war nun auf dem Rückweg zum großen Wehrbau, in dem sich die Schlafzellen des Ordens befanden. Sie lief über den Innenhof des Klosters, der sich allmählich in eine Schlammgrube verwandelte. Sveas Kleidung war durchnässt und schien beim Gehen förmlich an ihr zu kleben. Wie durch einen Schleier aus Bindfäden sah sie vor dem Haupteingang des Gemäuers eine Menschentraube, die anscheinend am Betreten gehindert wurde.

Es handelte sich um ein Dutzend der Überlebenden aus *Schmelztiegel*, unter ihnen gebeugte Alte und zerlumpte Kinder. Angeführt wurden sie von Stahlfuß, dem Schmied, welcher dem Eingang am nächsten war und ein kleines Kind im Arm hielt. Die Flüchtlinge durften ihre Zelte zwar im Inneren der Klostermauern aufschlagen, es war ihnen jedoch verboten, das Wohngebäude des Ordens zu betreten.

Im Türrahmen des Bauwerks hatte sich daher der Prior des Klosters aufgebaut, dem feuchte Haarsträhnen ins Gesicht hingen. Den Kampfstock – die traditionelle Ordenswaffe – hielt er wie eine Barriere zwischen sich und die kleine Prozession. Er schien außer sich und bereit, Gewalt anzuwenden.

Stahlfuß, sein Gegenüber, war dagegen ein Inbegriff der Geduld und Beharrlichkeit. Wie der sprichwörtliche Fels in der Brandung fixierte er den Prior mit ruhigem Blick, während sich vom Himmel ein Sturzbach auf ihn ergoss.

»Ihr habt hier nichts verloren«, keifte der Prior.

»Was bist du für ein Mann, der Alten und Kranken ohne Zögern jede Hilfe verwehrt?«

»Der Abt hat euch untersagt, dieses Gebäude zu betreten. Ich handle als Prior in seinem Namen. Ihr dürft im Schutz der Festungsmauern leben, aber in unseren Gemächern habt ihr nichts verloren. Wieso will das nicht in deinen hohlen Schädel?«

»Es geht nicht um mich. Es geht um die Kinder«, entgegnete Stahlfuß, während er mit tropfender Nase auf das Häufchen Elend deutete, das in seinen Armen lag. »In unseren Zelten gibt es keine trockene Stelle mehr. Seit Tagen ist es nass und kalt. Der kleine Erik wird heute Nacht sterben, wenn er nicht endlich ins Warme kommt", ergänzte er.

Svea trat näher, doch sie konnte nicht erkennen, ob der Knabe überhaupt noch atmete.

»Wenn du dich nicht fügst, werde ich dir unsere Regeln eigenhändig in deinen verfluchten Hirnkasten prügeln!« Das Geschrei des Priors übertönte das Prasseln des Regens.

Mit stoischer Ruhe trat Stahlfuß zwei Schritte zurück, um das Kind behutsam einer alten Frau mit schlechten Zähnen zu übergeben. Als er sich erneut dem Prior zuwandte, konnte man die Spannung zwischen den beiden Männern fast mit Händen greifen. Svea fühlte, wie sie von dem sich anbahnenden Duell in den Bann gezogen wurde.

»Nun komm schon«, forderte Stahlfuß mit einem bedrohlichen Ton in der Stimme. Die Umstehenden zogen sich einige Schritte zurück.

Obwohl Stahlfuß um die Taille etwas umfangreicher und nicht mehr der Jüngste war, wirkte er wie ein kampfbereiter Koloss, der breitbeinig im Regen stand, während seine Stiefel im Morast versanken. Mit einer Hand bedeutete er dem Prior, die Sicherheit des Türrahmens zu verlassen und näher zu treten. Dieser Herausforderung konnte sich der Prior – gerade vor Publikum – nicht entziehen. Sveas Herzschlag stoppte, als der Prior mit selbstsicheren Schritten und erhobenem Stecken auf den Schmied zuging.

Er war fast so groß wie Stahlfuß, aber schmaler gebaut. Wie viele andere Mönche setzte der Prior mehr auf Schnelligkeit und Präzision als auf rohe Gewalt. Bran-Magnus hatte es den Mönchen verboten, ihre spirituelle Energie bei Auseinandersetzungen mit den Überlebenden aktiv zu gebrauchen.

Doch auch ohne diese Kraft war der Prior ein gefährlicher Gegner. Dies hatte er bei den regelmäßigen Kampfübungen schon vielfach unter Beweis gestellt.

Er spuckte vor Stahlfuß auf den Boden, um ihm seine Verachtung zu zeigen, wenngleich es im Starkregen geradezu lächerlich wirkte. Das Gesicht des Schmieds blieb ruhig, doch sein Körper schnellte plötzlich vor. Obwohl der Prior ein agiler und erfahrener Nahkämpfer war, gelang es Stahlfuß, ihn mit dieser Aktion zu überraschen. Niemand hätte einem so massigen Mann eine solche Beweglichkeit zugetraut.

Mit einer Hand krallte sich Stahlfuß den Kampfstab, während er die andere wie einen Schraubstock um das Handgelenk des Priors schloss. Mit der unerbittlichen Gewalt einer Maschine begann er jetzt, das Handgelenk zu quetschen.

Der Prior befand sich unversehens in einer verzweifelten Lage. Er konnte sich unmöglich vom Gegner lösen, da er zu schwach war, seine Hand aus dem eisernen Griff des Schmieds zu befreien. Auch den Kampfstock konnte er nicht wirkungsvoll einsetzen, da er sich darauf konzentrieren musste, nicht entwaffnet zu werden. Stahlfuß hatte dem Prior durch das Manöver aller Möglichkeiten beraubt, Schnelligkeit und Körperbeherrschung gewinnbringend einzusetzen.

So blieb ihm wenig übrig als Stahlfuß mit harten Kopfstößen zu traktieren, die den Hünen präzise trafen. Das Gesicht des Schmieds war zwar nach kurzer Zeit rot vor Blut, die Attacken des Priors zeigten jedoch keine weitere Wirkung. Derart in die Mangel genommen, ging der Prior schließlich in die Knie, wobei er fauchte und zischte und Stahlfuß beständig beleidigte. Es war für Svea nur eine Frage von wenigen Wimpernschlägen, bis der Zorn des Priors so groß wurde, dass er seine spirituelle Kraft entfesseln und den Schmied damit niederwerfen würde. Die Novizin kannte die enorme Geistesstärke des Priors, Sie wusste, dass normale Menschen dieser nichts entgegenzusetzen hatten.

Madah-Runa tauchte so unerwartet auf, dass sich Svea ungläubig den Regen aus den Augen reiben musste. Svea hatte die Herrin nicht kommen sehen, dennoch stand diese jetzt unmittelbar neben den Kontrahenten. Ihr Haar schien zerzaust und die Robe derangiert, sodass Madah-Runa – für Svea – erschreckend viel Haut zeigte. Dass dies auf die streitenden Männer eine ganz andere Wirkung haben mochte, war der Siebzehnjährigen nicht bewusst.

Sanft löste Madah-Runa die beiden Gegner voneinander, während sie ihnen tief in die Augen sah. Die Symbole und Linien auf ihrer Haut schimmerten dabei geheimnisvoll, obwohl der Hof im Dunkeln lag. Dann strich sie dem Prior zärtlich über die Wange und raunte ihm – fast wie eine Geliebte – etwas ins Ohr, worauf dieser wie in Trance wieder im Gebäude verschwand.

Dann trat sie, scheinbar schüchtern, zum Schmied. Ihre zierliche Rechte legte sich dabei freundschaftlich auf Stahlfuß' muskulösen Unterarm. Die Herrin wirkte neben dem Hünen äußerst zerbrechlich, während der Regen unerbittlich auf das ungleiche Duo einprasselte.

»Mein lieber Stahlfuß«, sprach sie ihn an. »Du bist ein ehrbarer Mann und glaubst, richtig zu handeln. Dennoch kann auch ich die Gebote meines Gemahls nicht außer Kraft setzen. Doch ich habe ein Herz für das einfache Volk aus *Schmelztiegel*.« Madah-Runa seufzte theatralisch und Svea verstand diese Regung als echtes Mitgefühl. »Dies soll ein Zeichen setzen. Es soll euch den guten Willen des Ordens beweisen«, fuhr die Herrin fort und ließ sich mit großer Geste den kleinen Erik aushändigen.

»Wir werden den Jungen ins Warme bringen und für seine Genesung beten. Alles andere liegt in der Hand des Erbauers.«

Die anderen traten näher. Svea ebenfalls. Sie konnte nun das Gesicht des Schmieds aus kurzer Entfernung betrachten. Er schien hin und her gerissen zwischen Dankbarkeit und Ärger.

»Danke … Herrin. Aber … was ist mit den anderen?«, fragte er. Stahlfuß sprach langsam und stockend. Als habe er Schwierigkeiten, eine seltsame Benommenheit abzuschütteln.

»Auch für die anderen Kinder werden wir beten«, sprach sie und verschwand ebenso abrupt wie sie aufgetaucht war.

Das kleine Kind in ihren Armen blieb stumm, während Madah-Runa von der Dunkelheit des Gebäudes verschluckt wurde. Svea schaffte es gerade noch, hinter der Herrin hineinzuhuschen. Als die Tür von flinken Armen fest verschlossen wurde, überkam Svea ein Gefühl von Scham.

13 HAUTFRESSER

Dass unmittelbar auf die ersten Regentropfen ein wahrer Platzregen losbrach, war noch das geringste Problem der dezimierten Söldnereinheit. Während sich von der einen Seite eine Horde halbnackter Kreaturen näherte, kam von der anderen Seite eine bedrohliche Gestalt mit weiten Schritten auf sie zugeschossen, der mit etwas Abstand weitere Schemen folgten. Im Mondlicht wurde langsam deutlich, dass es sich bei der Gestalt um einen breitschultrigen Mann handelte, der Kleidung sowie Umhang aus Tierfellen trug und mit einer Axt bewaffnet war.

Da der Kämpfer – trotz seiner Bewaffnung – das kleinere Übel darstellte, fiel es Veit zu, diesem Angriff zusammen mit Jördis zu begegnen. Die anderen Männer hatten sich den bizarren Kreaturen zugewandt, obwohl es der Feldscher für aussichtslos hielt, sich dieser Meute entgegenzustellen.

Beim Anblick des auf ihn zustürmenden Angreifers krampfte sich Veits Magen zusammen. Die Haut des kleinen Mannes war unnatürlich weiß, wie Milch. Auch der Farbton der schulterlangen Haare war äußerst hell und erinnerte Veit an ausgeblichene Knochen. Die feuerroten Augen standen dazu in starkem Kontrast. Sie offenbarten ihn als Mensch mit Albinismus und verliehen ihm gleichzeitig etwas Diabolisches.

Der von breiten Schultern geprägte Körperbau des Angreifers erinnerte Veit in seiner sehnigen Härte an einen hungrigen Wolf. Der Eindruck wurde von den Tierhäuten, aus denen seine Kleidung gefertigt war, noch verstärkt. Seine Waffe hielt der Albino – trotz des Starkregens – locker in der linken Hand. Die Axt hatte nichts gemein mit den barbarischen Kriegsbeilen, die bei einigen Nordmännern beliebt waren. Sie besaß einen langen Holzschaft, nur eine Schneide und wirkte dadurch leicht und schlank. Der Feldscher musste beim Anblick der Waffe an eine blitzschnell zuschnappende Giftschlange denken, von der jeder Biss tödlich war.

Der Augenblick überdeutlicher Sinnesschärfe endete abrupt – ohne Vorwarnung – und Veit machte sich bereit, die Axt des Fremden zu parieren. Er spannte kampfbereit alle Muskeln und erwartete ängstlich den Aufprall von Stahl auf Stahl.

Doch kurz bevor der Kämpfer Veit erreicht hatte, schlug er einen Haken und vollführte mit der Waffe eine wirbelnde Bewegung, sodass Regentropfen von der Schneide in alle Richtungen spritzten. Während er die Söldnergruppe rennend umrundete und geradewegs auf die gefräßige Meute zusteuerte, rief er einen Schlachtruf, der noch lange ins Veits Ohren nachhallte: »Vernichtet die Hautfresser!«

Dann fuhr der Krieger wie ein Berserker zwischen die bösartigen Kreaturen und ließ seine Axt kreisen. Die seltsamen Wesen, welche der Fremde als ›Hautfresser‹ bezeichnet hatte, empfingen ihr vermeintliches Opfer mit lang gezogenen Kreischlauten. Doch er bewegte sich rasend schnell und wütete mit der explosiven Kraft eines Tobsüchtigen.

Veit war von der neuen Situation überrumpelt. Er war daher beinahe überrascht, als sich Morten in Bewegung setzte und die unerwartete Situation zum Vorteil nutzte. Im Windschatten ihres unerwarteten Helfers ging er zum Angriff auf die Hautfresser über. Sein Schwert schwang Morten wie eine Sense und zertrümmerte damit einer Kreatur das Schlüsselbein. Mit der Linken hatte er den Lauf seiner Pistole umfasst. Er setzte mit der improvisierten Keule sofort nach und schlug dem Scheusal ein Loch mitten in die Stirn.

Morten schien eine unermüdliche Ausdauer zu haben. Als sich die anderen Söldner ebenfalls auf die gefährlichen Kreaturen stürzten, hatte er schon zwei oder drei ins Jenseits geschickt. Der Alte vermied dabei jede unnötige Bewegung und führte sein Kurzschwert mit absoluter Effizienz. Er glich im Kampf einem langen, harten Winter, denn er war ebenso geduldig und genauso tödlich.

Schließlich überwand der Feldscher seinen Anflug von Lethargie und warf sich ins Gefecht.

Kjell war erleichtert. Der Mann mit Albinismus hatte das Blatt gewendet und der Rotte eine Atempause verschafft. Ohne jede Vorsicht hatte er sich zwischen die Schreckgestalten geworfen und eine nach der anderen niedergemetzelt. Wie der Albino-Berserker kämpfte nur jemand, der keine Angst vor dem Tod hatte, oder jemand, der sich den Tod erhoffte. Es blieb ein Mysterium. Die Söldner hatten ihr Übriges getan, um alle Kreaturen in der unmittelbaren Nähe zu erschlagen. Nun scharten sich seine Leute um ihren Anführer. Dabei fiel dem Rottmeister auf, dass Jasper ein Grinsen im regennassen Gesicht trug. Seine Mimik erweckte den Anschein, als habe ihm das Niedermetzeln ihrer Widersacher große Freude bereitet. Diese merkwürdige Regung war für den Rottmeister durchaus Grund zur Sorge. Die Freude über einen gewonnenen Kampf ist für Söldner völlig normal. Das sadistische Vergnügen, welches Jasper anscheinend empfand, war jedoch in den Augen des Rottmeisters eine ganz andere Sache.

Kjell hatte im Augenblick aber viel drängendere Probleme, denn es fiel ihm schwer, mit dem rechten Bein aufzutreten. Seine Wade schmerzte, doch durch das Adrenalin, welches momentan durch seine Adern strömte, war der Schmerz noch erträglich. Die anderen Söldner waren pitschnass vom beständigen Regen, sodass der Rottmeister nicht erkennen konnte, wer wie schwer verletzt war. Er registrierte zwar kleinere Wunden und Schrammen, doch keine lebensbedrohlichen Verletzungen. Der seltsame Helfer der Rotte war ebenfalls durch und durch nass vom anhaltenden Wolkenbruch, doch er wirkte völlig unverletzt. Er hatte sich jetzt über ein besonders widerwärtiges Exemplar der gefräßigen Geschöpfe gebeugt. Dieses am Boden liegende Ding hatte ein abnorm vergrößertes Gebiss und strampelte noch mit den Füßen. Mit einem mitleidigen Gesichtsausdruck köpfte der Mann das zappelnde Etwas.

»Ich nenne sie Hautfresser«, schnaufte der Krieger außer Atem. »Will man sie töten, muss man ihnen die Schädel spalten oder die Köpfe abschlagen«, ergänzte er und deutete auf eine Gruppe schattenhafter Gestalten, die sich in einiger Entfernung der Rotte näherte.

Der Weißhaarige sprach – wie die Söldner – Norsk, doch mit einem fremdartigen Akzent, den Kjell noch nie gehört hatte. Anscheinend war die vorherrschende Sprache der Königreiche nicht die Muttersprache des Fremden.

»Aber zum Töten ist jetzt nicht die richtige Zeit«, stellte er nüchtern fest. »Es ist Zeit zu fliehen. Folgt mir, wenn ihr leben wollt!«

Mit diesen Worten trabte der Fremde los, ohne auf die Reaktion der Söldner zu warten.

»Los!«, befahl Kjell, ohne inne zu halten, und folgte dem Mann mit zusammengebissenen Zähnen.

Die Rotte bahnte sich eilig einen Weg durch die erschlagenen Hautfresser. Im Licht der Laternen – die sie in der Eile zurückließen – warf der Rottmeister einen erneuten Blick auf den niedergestreckten Feind. Die Hautfresser waren wohl einst Menschen gewesen, doch jeder von ihnen war auf ganz unterschiedliche Weise entstellt: Kjell sah übermäßig spitze Zähne, kränkliche Hautverfärbungen, krallenartige Hände mit gelben Nägeln, dicke Furunkel und entzündete ockerfarbene Augen. Im Vergleich zu normalen Menschen waren Arme und Beine auffallend dürr. Wie zum Ausgleich für die mageren Gliedmaßen war das Rückgrat einiger Geschöpfe zu einem Buckel deformiert, andere wiederum besaßen ekelerregend aufgedunsene Bäuche. Einige stanken so sehr, dass Kjell hatte würgen müssen.

Auffällig war, dass eine feine Schicht Vulkanasche viele Wesen wie eine zweite Haut umhüllte. Die winzigen Flocken aus Asche erinnerten an Haut- oder Haarschuppen, welche die toten Körper über und über bedeckten. Gleichzeitig veränderte der Aschefilm die ehemals menschliche Hautfarbe zu einem schmutzigen Grauton.

Die abscheulichen Wesen hinter sich lassend, stürmte die nun siebenköpfige Gruppe – angeführt von dem geheimnisvollen Krieger – nach Norden. Kjell merkte, dass sie immer bergauf liefen. Der Regen prasselte weiter auf die Söldner hinab und sein Bein begann, beim Laufen fürchterlich zu brennen. Er musste sich alle paar Meter über die Augen wischen, da ihm unzählige Regentropfen geradewegs ins Gesicht getrieben wurden.

Hinter sich hörte Kjell nicht nur seine Mitstreiter, sondern auch das Tapsen und Stöhnen der Hautfresser, welche der Rotte dicht auf den Fersen waren. Der Mann mit Albinismus führte sie geradewegs durch eine enge Schlucht und tiefer hinein in die zerklüftete Felslandschaft. Der Canyon, dem sie folgten, wurde schmaler und schmaler. In der Dunkelheit verlor Kjell die Orientierung, denn der Boden war von losem Geröll übersät und er hatte Mühe, nicht ins Straucheln zu geraten. Die Verfolger konnte er zwar nicht mehr sehen, aber umso deutlicher hören.

Unerwartet hielt der Fremde an. Auf allen Seiten erkannte Kjell im Mondlicht zunächst nichts als steil aufragende Felswände. Als der Weißhaarige einen Schritt zur Seite trat, wurde aber ein Eisenrohr sichtbar, das sich nahezu lotrecht die Felswand hinaufschlängelte. Oben – über ihren Köpfen – konnte man einen höhlenartigen Einschnitt in der Felswand erkennen, den man nur erreichen konnte, wenn man diese Rohrleitung hinaufkletterte. Die in die Jahre gekommene, völlig verrostete Röhre schien bei genauer Betrachtung eine wenig vertrauenerweckende Kletterhilfe zu sein.

Der Albino betrachtete Kjell mit abschätzendem Blick, musterte ihn von Kopf bis Fuß und erkannte wohl auch die blutende Beinverletzung. Dann sagte der Fremde in völlig sachlichem Ton: »Du zuerst. Wenn das Rohr hält, haben die anderen nichts zu befürchten.«

Der Rottmeister blickte in die Runde. Er war tatsächlich der Schwerste der Gruppe, überragte sogar den groß gewachsenen Sten. Aber war es für einen Anführer angemessen, als

Erster zu flüchten? Wie hätte Ansgar Blutzopf – das Oberhaupt des Familienklans – wohl in dieser Situation gehandelt?

»Los«, schnarrte der alte Morten. »Sie kommen.«

Beherzt griff Kjell nach dem Eisenrohr.

Ohne zu zögern, begann er hinaufzuklettern.

Veit war nervös. Der Rottmeister hatte es zwar geschafft, die altersschwache Rohrleitung hochzuklettern, doch nachdem er die Höhle erreicht hatte, waren die Hautfresser aufgetaucht. Ihre Anzahl konnte der Feldscher im Mondlicht nicht erkennen. Vielleicht wollte er die genaue Zahl auch gar nicht wissen, denn eins stand fest: Es waren zu viele!

Die Schlucht, in der sich die Söldner befanden, besaß zum Glück nur eine Breite von zwei bis drei Schritten. An der schmalsten Stelle hatten sich Sten und der geheimnisvolle, weißhaarige Krieger postiert, um den Ansturm der Hautfresser aufzuhalten. Der Zorn über den Tod seines Bruders hatte bei Sten unglaubliche Kräfte freigesetzt, die er nutzte, um seinen Kameraden diese Bestien so lange wie möglich vom Leib zu halten. Auch der Fremde verteidigte den Durchgang tapfer, doch es war für Veit nur eine Frage der Zeit, bis die Hautfresser jeden Widerstand überrannten.

Während sich die beiden Männer im Nahkampf befanden, waren Jördis und Jasper am Rohr hochgeklettert und nacheinander in der Dunkelheit verschwunden. Auch der Alte hatte sich fluchend hinaufgeplagt. Morten war jetzt fast oben. Veit hatte eine Hand bereits auf die Rohrleitung gelegt und überlegte, wie er am besten hinaufklettern konnte. Der Feldscher spürte, wie die Metallröhre unter Mortens Kletterbewegungen litt, sie wackelte und rappelte merklich. Man hörte das durchdringende Quietschen der eisernen Konstruktion.

Als Morten oben ankam, blickte Veit hinter sich. Es war kein schöner Anblick. Die Hautfresser stürzten mit Zähnen und Klauen voran. Sten und der Fremde wurden zurückgedrängt. Sie teilten mächtig aus, konnten das Blatt aber nicht wenden. Fiel ein Monster, tauchten an seiner Stelle sofort zwei neue auf. So schien es Veit zumindest im Moment.

Hastig griff er nach dem Eisenrohr und zog sich das erste Stück hinauf. Durch den beständigen Regen war das Rohr nass und glitschig wie ein Aal, sodass es eine enorme Anstrengung darstellte, sich nur daran festzuhalten. Beunruhigt von dem Kampfeslärm unter ihm, versuchte Veit, mit den Füßen einigermaßen sichere Trittstellen zu finden und quälte sich weiter nach oben. Seine Kleidung war nass und schwer. Das Gewicht des Rucksacks – an dem auch noch die Donnerbüchse hing – zog ihn nach unten, doch er mobilisierte seine letzten Kräfte und zwang seinen Körper erneut ein kleines Stück nach oben.

Über sich konnte der Feldscher jetzt Kjells Gesicht ausmachen. »Nur noch ein kleines Stück«, rief ihm der Rottmeister zu. Es klang aufmunternd. Alle Muskeln und Sehnen protestierten, als sich Veit eine weitere Armeslänge hinaufzog. Er wollte schon erleichtert aufatmen, als er plötzlich mit dem rechten Fuß ins Leere trat. Eilig versuchte er seinen linken Fuß zwischen das Rohr und die Felswand zu klemmen, doch sein Stiefel wollte dort keinen Halt finden.

Ein Ruck ging durch seinen ganzen Körper als er abrutschte, denn sein gesamtes Gewicht hing jetzt an seinen Armen. Er strampelte mit den Beinen, klammerte sich mit den Händen panisch an die Metallröhre, die in diesem Moment knirschend nachgab und sich teilweise aus ihrer Verankerung löste. Das ganze Rohr geriet in Bewegung und verlor streckenweise den Kontakt zur Felswand. Veit spürte, wie sein Griff langsam nachgab, als seine kalten Finger wie in Zeitlupe abrutschten, bis er mit einem Mal spürte, dass seine Hände ins Leere griffen.

Der Feldscher fiel. Der Felsboden kam rasend schnell auf ihn zu und traf ihn mit der Gewalt eines Hammerschlags. Schmerzen durchfluteten ihn. Schmerzen, so stark, wie er sie nie zuvor gespürt hatte. Dann verschwamm alles um ihn.

In Veits Traumwelt hing ein hässlicher vernarbter Mond am Himmel. Das Licht war dünn und kümmerlich. Vor ihm stand ein gedeckter Tisch. Darauf waren enorme Mengen von Speisen aufgehäuft: Blutwurst, geräucherter Schinken, Braten, Pökelfleisch, Speck in Streifen, Sülze, Gegrilltes am Spieß. Fleisch soweit das Auge reichte. Im Traum fühlte Veit eine innerliche Leere. Er fühlte sich schwach und ausgehungert. Er war so hungrig, als habe er tagelang – vielleicht wochenlang – nichts gegessen. Und sein Magen knurrte erbärmlich. Am Ende der langen Tafel saß ein schmächtiges kleines Männlein mit geröteten Augen. Das uralte Gesicht blickte Veit an und nickte ihm aufmunternd zu.

Veit konnte der Verlockung in seiner Traumwelt nicht widerstehen. Gierig stürzte er sich auf das Fleisch. Mit beiden Händen schaufelte er sich wahllos alles in den Mund. Beißen und kauen und schlucken. Sein Hunger war groß, so groß, dass er zunächst gar nicht merkte, wie das Essen schmeckte: Kalt, fettig, sehnig, knorpelig, zäh, fad. Es knirschte kräftig zwischen den Zähnen. Doch seine Fressgier zwang ihn dazu, immer weiter zu essen. Er fraß wie ein Tier.

Mit einem Mal – wie es in Träumen so ist – bemerkte Veit, dass er immer noch zubiss und kaute und schluckte, obwohl der Tisch längst leer war. Erschrocken blickte er an sich herab: Von seinen Händen war nichts mehr zu sehen. Seine Unterarme waren in blutiges Rot getaucht, aus dem weiße Knochensplitter herausragten. Veit spürte sein eigenes Fleisch zwischen den Zähnen. Was tat er hier?

Voll Schreck und Scham übergab er sich würgend. Vom Ende des Tischs beobachtete ihn immer noch der uralte Mann mit dem ledrigen Gesicht.

Veit wachte auf. Er erwachte in einer Welt voller Schmerzen. Von seinen Armen und Händen gingen Höllenqualen aus. Gesicht und Körper waren ganz nass. Wovon diese Nässe kam, konnte er nicht sagen.

Im vorherrschenden Zwielicht erkannte er zuerst nicht, wo er sich befand. Sein träges, umnebeltes Hirn gaukelte ihm vor, er habe mehrere Tage verschlafen, obwohl er im Prinzip wusste, dass seit dem Sturz nicht viel Zeit vergangen sein konnte. Benommen richtete sich Veit auf und spürte heftige Stiche in der Brust.

Langsam dämmerte ihm, dass er auf dem Boden einer winzigen Höhle lag, zusammengekrümmt wie ein Fötus. Zu seinen Füßen befand sich eine Felswand, sodass er die Beine nicht ausstrecken konnte, was auch den Grund für diese lächerliche embryonale Haltung darstellte. Veits Kopf hatte Jördis – welche im Schneidersitz saß – in ihren Schoß gebettet. Die Söldnerin öffnete die Augen und streichelte zärtlich durch Veits Haar. Ihre Berührung war Balsam für seinen geschundenen Körper.

»Du bist endlich wach«, flüsterte sie sanft.

»Wo? ... Wo sind wir?«, krächzte Veit. Jedes Wort erforderte große Anstrengung.

»In einer Höhle. Wohl der Schlafplatz unseres geheimnisvollen Retters. Knochen nennt er sich.«

»Knochen?« Veit hatte Schwierigkeiten, den Sinn der Worte zu erfassen.

»Ja, Knochen. Sein Name ist Knochen. Ein komischer Name, aber durchaus passend, wenn man ihn anschaut.«

»Und das hier ist ... was? Sein Zuhause?«

»Zuhause ist vielleicht übertrieben. Es ist eine verdammt kleine Aushöhlung im Fels. Nicht viel größer als ein Mauseloch. Wie wir uns zu sechst hier reinquetschen konnten, ist mir ein Rätsel. Schau dich mal um!«

Und Veit sah sich um. Der Schlupfwinkel war tatsächlich extrem klein. Die Aushöhlung im Gestein war etwa eiförmig und hatte eine Tiefe von zwei Schritten. Der Ausgang – wenn man bei diesem Loch überhaupt von einem sprechen konnte – war mit Fellen verhängt. Veit fiel auf, dass er den Fellen so nahe war, dass sie wie eine stinkende Decke auf seinen Beinen lagen. Sie waren mit Blut und Exkrementen bedeckt und verströmten einen ekelhaften Geruch. Bei all seiner Abscheu vor dem abartigen Vorhang war ihm nicht bewusst, dass dahinter ein tödlicher Absturz lauerte.

Mitten im Eingang – nur einen Fingerbreit von den Fellen entfernt – saß Jördis und neben ihr schlief Knochen in sitzender Haltung. Jördis und Knochen saßen dicht beieinander wie Liebende, doch dies war nur der Enge der Höhle geschuldet, denn der Fremde schien zwischen Jördis und der Felswand geradezu eingeklemmt. Im Innern der Höhle schliefen Morten, Kjell und Jasper. Auch sie waren eingekeilt zwischen dem Gestein und hatten keinerlei Möglichkeit, sich auszustrecken. Sie schliefen mehr auf- als nebeneinander, was bei drei derben Söldnern ein geradezu grotesker Anblick war.

»Aber … Wo ist Sten?«, murmelte Veit schwach.

»Sten ist tot. Nachdem du abgestürzt bist, hat er stur weitergekämpft. Knochen hat dich auf seinen Rücken genommen und irgendwie hier raufgeschafft. Wie er das gemacht hat, ist mir ein Rätsel. Doch Sten hat es nicht geschafft. Obwohl wir ihn gerufen haben, hat er einfach weitergekämpft und immer wieder den Namen seines Bruders geschrieen. Irgendwann haben diese Hautfresser ihn dann überrannt.«

»Haben sie ihn etwa … auch gefressen?«

»Ich weiß nicht. In dem Gewühl hab ich ihn aus den Augen verloren. Du kannst dir nicht vorstellen, wie viele Biester unter der Höhle aufgetaucht sind. Es war eine einzige wimmelnde Masse. Sie sind übereinander geklettert, wie Ameisen, doch ohne Sinn und Verstand! Zum Glück haben sie in ihrem Irrsinn das Rohr völlig abgerissen und konnten uns nicht erreichen.«

»Und ich habe die ganze Zeit geschlafen?«

»Ich hab dich fast für tot gehalten. Wir hatten ja keinen Feldscher mehr, der dich hätte untersuchen können.«

Jördis lächelte müde. Auch Veit versucht es, brachte aber nur eine gequälte Grimasse zustande.

»Und ihr?«, fragte er unter Schmerzen.

»Wir haben hier ausgeharrt. Die ganze Nacht haben diese Viecher gestöhnt und gekreischt. Manche haben gegrunzt wie

Schweine! Ich hab vor Angst kaum ein Auge zugetan. Knochen hat mir erzählt, dass sie ihn wegen den Fellen vor der Höhle bisher nicht wittern konnten.«

»Wegen diesen abartigen Tierhäuten?«, fragte Veit.

»Wir haben viel geredet in der letzten Nacht. Er bezeichnet diese Biester als Hautfresser. Knochen sagt, er tötet so viele von ihnen wie er kann. Die Felle hat er wohl in ihr Blut getaucht. Und sie sogar mit Hautfresser-Scheiße beschmiert. Ekelhaft, aber wirksam, wenn man ihm glauben kann.«

»Aber wo sind diese Biester jetzt?«

»Kurz vor den ersten Sonnenstrahlen sind sie verschwunden. Knochen meint, sie vertragen kein Sonnenlicht. Sie jagen nur bei Nacht.«

»Und jetzt?«

»Wir haben die ganze Nacht beratschlagt. Genug Zeit hatten wir ja. Jetzt ruhen wir noch ein wenig und brechen dann auf. Noch eine Nacht in diesem Mauseloch kommt nicht in Frage. Knochen kennt sich auf der Insel aus und sagt, es gibt hier nur einen sicheren Zufluchtsort: Ein altes Kloster im Norden! Dort haben sich – abgesehen von Knochen – alle Überlebenden verschanzt. Es gibt bei der Sache nur einen Haken.«

»Und der wäre?«

»Wir müssen das Kloster heute erreichen oder wir sind tot. Sobald die Sonne untergeht, werden diese Hautfresser auf uns Jagd machen. Mitten im Gebirge sind wir leichte Beute. Knochen meint, der Weg zum Kloster ist hart, aber wir können ihn an einem Tag schaffen, wenn wir Glück haben.«

»Glück? Ich hab das Gefühl, dass wir kein Glück mehr hatten, seit wir diese verfluchte Insel betreten haben.«

»Was? Kein Glück?«

Jördis schüttelte den Kopf und fuhr dann fort: »Dein Glück ist, dass du noch lebst. Für mich ist unerklärlich, wie du den Sturz überlebt hast. Zudem ist es ein Wunder, dass Knochen es geschafft hat, dich in deinem Zustand hier raufzuschleppen.«

»Glück? Ein Wunder? Schau mich doch an.«

Als hätten die Worte einen magischen Bann gelöst, gelang es dem Feldscher endlich, sich auf seine Profession zu besinnen, um seinen Zustand zu begutachten. Drei Finger an seiner rechten Hand standen in einem unmöglichen Winkel zueinander und waren gebrochen. Die Stiche an der rechten Seite wiesen darauf hin, dass mehrere Rippen ebenfalls gebrochen waren. Zwischen seinen verklebten Haaren konnte er ferner eine schlimme Platzwunde ertasten, die genäht werden müsste. Nur seine Beine schienen zu seiner Überraschung unversehrt zu sein, auch wenn jedes Gelenk schon bei den kleinsten Bewegungen ächzte.

Mit Angst in der Stimme fragte der Feldscher: »Werde ich es überhaupt bis zum Kloster schaffen?«

Als habe er nur auf diese Frage gewartet, öffnete der leichenblasse Krieger seine roten Augen. Sein Gesicht wirkte ernst – fast melancholisch – als er antwortete: »Du musst es schaffen. Oder du wirst sterben.«

14 ERIK

Die morgendliche Brise brachte nur noch wenige Tropfen Regen mit. Svea war erleichtert über die Verbesserung des Wetters. Es schien, als habe der Regen alle Farbe aus dem Himmel gewaschen, der einem weißen Laken glich, das von unsichtbarer Hand über dem Kloster aufgespannt worden war. Gut geschlafen hatte sie nicht. Ein schlechtes Gewissen lastete bleischwer auf Sveas junger Seele. Hätte sie etwas gegen den strengen Prior unternehmen sollen? War es ihre Pflicht, sich für die Rechte der Überlebenden einzusetzen? Was hatte sie bisher getan, um diesen armen Menschen das Leben etwas leichter zu machen?

Das Mädchen stand auf der mächtigen Klostermauer und verfluchte ihre Ohnmacht. Svea blickte auf die Insel herab, doch sie sah nichts, denn Tränen nahmen ihr die Sicht. Als sie beim Frühstück vom Tod des kleinen Erik erfahren hatte, war sie kurzerhand hinausgelaufen. Sie konnte es nicht fassen. Madah-Runa hatte den Knaben doch mit in ihr Gemach genommen, dem wärmsten und gemütlichsten Raum des Klosters. Hatte das Kind überhaupt noch geatmet, als Stahlfuß mit ihm vor dem Wehrbau des Ordens aufgetaucht war? Hatte Madah-Runa ein totes Kind angenommen?

Der Abt predigte stets, der Erbauer schenke den Menschen Kraft und Hoffnung. Doch die Kraft des Jungen hatte nicht gereicht, um eine weitere Nacht zu überleben. Und Svea spürte in diesem Augenblick keinerlei Hoffnung für die Zukunft. War sie ein sündiger Mensch? Hatte sie sich versündigt durch ihre beständige Unzufriedenheit? Vielleicht wegen ihrer anhaltenden Sehnsucht nach Gleichaltrigen seit dem letzten Winter?

Sveas Gedanken wanderten wieder zu dem Kleinkind, das die Herrin in ihre Obhut genommen hatte, und sie fragte sich, ob hinter dem Tod des Kindes ein göttlicher Plan stecken konnte. Einige Zeloten hielten die Überlebenden aus *Schmelztiegel* für Ungläubige, die ihre Errettung nicht verdienten. Doch die Novizin konnte dieser Anschauung nichts abgewinnen. Es war nicht gerecht, dass die widerliche Aschebrut auf dem heiligen Boden von *Skelt* – auf der Insel des Erbauers – wandeln durfte, dies jedoch einem kleinen Jungen für alle Zeit verwehrt bleiben sollte.

Einmal mehr erschütterte sie das Wort ›Aschebrut‹. Bei dem Wort Brut dachte sie früher immer an das Ausbrüten von Eiern, die Wärme brauchten, damit sich der Nachwuchs gut entwickelt. Sie dachte dabei an Küken, die nach der Brutzeit die Eischale durchstoßen und ihrem Nest entschlüpfen. Daher begriff Svea nicht, wieso der Orden die Kreaturen der Nacht als ›Brut‹ ansah.

Auch der kleine Erik war quasi noch ein Küken gewesen. Hätte er nicht auch ein warmes Nest verdient? Und wie würde Stahlfuß auf den Tod des Jungen reagieren? Würde er aufbegehren gegen die Regeln von Bran-Magnus? Allein der Gedanke, jemand könne die Gesetze des Abtes in Frage stellen, erschien Svea verboten. Dies war etwas, dass man nicht denken, sich nicht einmal vorstellen durfte.

Svea hasste sich für diese Überlegung, doch sie fragte sich, wie sie sich verhalten sollte, wenn es zu einer Konfrontation käme. Würde sie in der Lage sein, ihren Kampfstock gegen die Menschen aus *Schmelztiegel* zu erheben?

Verteidigungsmanöver und flinke Schläge mit dem Stab hatte sie schon oft geübt. Wie alle Zeloten war sie fähig, ihre mentale Kraft notfalls auch im Kampf einzusetzen. Aber wäre es richtig, die Privilegien der Zeloten mit Gewalt zu verteidigen?

Die Lage der Flüchtlinge aus *Schmelztiegel* schien katastrophal und erschütterte Svea zutiefst. Sie hausten – fast wie Tiere – in einfachsten Verschlägen und zeltartigen Unterkünften. Einige Schlafplätze waren kaum größer als Hundehütten. Dagegen wohnten die Mitglieder des Ordens in dem geräumigen Wehrgebäude, das über und neben dem Haupttor des

Klosters errichtet worden war. Die burgartige Anlage wirkte alt, hatte jedoch nichts von ihrer Festigkeit eingebüßt. Im Innern war es trocken und durch den großen Kamin auch recht warm. Unter dem Gemäuer – in den Katakomben – gab es sogar die Möglichkeit, in warmem Wasser zu baden. In einem alten Hohlraum befand sich eine Zisterne, dessen Wasser von der Hitze des Vulkans erwärmt wurde. Der Besuch der Kaverne war zwar ein außerordentliches Privileg, doch Svea hatte schon die Gelegenheit bekommen, dieses Sonderrecht zu nutzen.

Den altehrwürdigen Tempel im Mittelpunkt der Klostermauern durften die Menschen aus *Schmelztiegel* zwar während der Predigt betreten, doch als Schlafplatz war er tabu. Doch warum eigentlich, fragte sich Svea voller Scham. Es gehörte doch zu den Lehren des Ordens, dass der Erbauer die Rechtschaffenen belohnte. Menschen wie Stahlfuß waren doch sicher rechtschaffen genug, um in eiskalten Nächten im Tempel Schutz zu suchen. Und für kleine Kinder müsste das erst recht gelten ...

Oder waren die Flüchtlinge aus *Schmelztiegel* tatsächlich verdorben? War es nur eine Frage der Zeit, bis der Erbauer alle außer den Zeloten von der Insel tilgen würde? War das vielleicht Sinn und Zweck der so genannten ›Aschebrut‹? Wenn ja, dann war die Brut eine göttliche Strafe, eine Geißel der Menschheit.

15 DAS TAL

Viele hielten Morten für herzlos, für völlig gefühlskalt. Doch so war er nicht. An diesem Morgen hatten zwei Gefühle sein Innerstes völlig durchdrungen: Trauer und Wut. Trauer empfand der Alte über den Verlust von Sten und Stellan. Deren Ableben unterschied sich so grundlegend vom Tod Kimis, dass Morten immer wieder darüber nachdenken musste. Kimis Tod hatte für ihn gewissermaßen eine Normalität dargestellt, denn er hatte in seinem Leben schon hundertfach erlebt, dass junge, unvorsichtige Grünschnäbel ins Gras bissen. Im Krieg unvermeidbar. Auch den Tod durch einen Armbrustbolzen hatte Morten schon etliche Male mit angesehen, mehrmals sogar selbst verursacht.

Doch Sten und Stellan waren erfahrene Kämpfer gewesen. Altgediente Recken des Klans, die wussten, was sie hier taten. Die Brüder waren ehrliche, gute Männer, die es – mehr als Morten selbst – verdient hätten, weiterzuleben. Wenn solche Kerle starben, dann stand die ganze Mission kurz vor dem Aus. Die ganze Sache auf der Insel war alles andere als ein seltsames Spiel, sie befanden sich im Krieg mit einer Macht, die fast völlig unbekannt war. Und gerade das machte den Alten wütend. Sie waren hier auf Skelt, um die Schwefellieferungen wieder in Gang zu bringen. Und dies erschien ihm momentan unmöglich. Morten blickte zu Kjell, dem das wohl ebenfalls klar war.

Der Rottmeister trottete mit hängenden Schultern hinter Knochen her. Kjell hatte der Gruppe nach Sonnenaufgang befohlen, das Loch im Fels zu verlassen und sich vorsichtig abzuseilen. Anschließend hatte er die Führung dem Fremden übergeben. Kjell war ein Schlappschwanz! Ihm fehlte die Abgebrühtheit für solch einen Auftrag. Sicher, die letzte Nacht war ein Rückschlag. Auch das verletzte Bein machte Kjell zu schaffen, doch gerade jetzt brauchte die Rotte einen Anführer mit dickem Fell, mit Eiern in der Hose, keinen, der zauderte und den Kopf in den Sand steckte. Und sie brauchten erst recht keinen komischen Vogel, der sich selbst ›Knochen‹ nannte. Knochen! Morten kannte unzählige Söldner mit Kampfnamen, doch dieser war einfach lächerlich! Auch die Aufmachung des Fremden empfand Morten als skurril. Um seinen Hals baumelten verschiedene Zähne und kleine Knochen, die möglicherweise nicht nur von Tieren stammten. Zudem waren an mehreren Stellen der Kleidung Federn und Pelzteile angebracht. Am Gürtel trug er neben einem Dolch mit sichelförmiger Klinge auch fremdartige Glücksbringer und Talismane. Diese betrachtete Morten jedoch nicht genauer, denn für abergläubischen Firlefanz hatte der Alte wenig übrig.

Wenn der Fremde über die ›Hautfresser‹ sprach, nahm er kein Blatt vor den Mund. Hätte Morten die nächtlichen Jäger nicht mit eigenen Augen gesehen, hätte er die Geschichten des Fremden niemals geglaubt. Die Ungeheuer der Insel erinnerten den Alten an archaische Blutsauger, die ganz anders waren als jene in den Vampir-Geschichten, welche in vielen Großstädten kursierten. Die Mission wurde immer komplexer und den Söldnern fehlte der Durchblick. Mortens Laune erreichte einen neuen Tiefpunkt, denn er traute dem in Felle gehüllten Krieger nicht. Gab es einen triftigen Grund ihm zu folgen? Was waren seine Motive? Warum half er den Söldnern und ließ sie nicht einfach verrecken? Morten war sicher, dass der Albino insgeheim vorhatte, die Rotte für seine Zwecke zu gebrauchen. Selbstlosigkeit war eine Illusion, von der er sich schon lange verabschiedet hatte.

Knochen führte die fünf verbliebenen Söldner nach Nordwesten und folgte dabei keinem sichtbaren Pfad. Der einzige für Morten erkennbare Orientierungspunkt war der Hauptkrater des Vulkans, der beständig zur Linken aufragte. Doch trotz dieses Bezugspunktes hatte die bucklige Felslandschaft vor ihnen etwas Labyrinthisches. Das Gestein war verwittert, zerklüftet und von unzähligen Spalten durchzogen. Laufen war schwierig, da man bei dem porösen Untergrund stets darauf achten musste, nicht umzuknicken oder mit den Stiefeln steckenzubleiben.

Der Mann mit Albinismus marschierte voran, ohne jegliche Zeichen der Ermüdung, ohne Pausen. Ihm folgten Kjell und Morten. Der Alte musste sich gelegentlich umdrehen, um sicherzugehen, dass der klägliche Rest der Rotte mithalten konnte. Insbesondere Veit war ein bemitleidenswerter Anblick: Er keuchte bei jedem seiner stolpernden Schritte und lief vorn übergebeugt. Eine Hand war ein in sich verdrehter Trümmerhaufen und hing schlaff herab.

Obwohl sich der käsebleiche Feldscher von Jördis manchmal stützen ließ, musste ihm der Alte seine Anerkennung zollen. Denn Veit war – trotz seiner mageren Statur – anscheinend zäher als Morten vermutet hatte. Ohnehin war ihm ein lebendiger Hasenfuß weit lieber als noch ein toter Kamerad.

Jördis wirkte müde, dreckig, hohlwangig. Ihre Rüstung völlig ramponiert. Dennoch hielt sie sich tapfer und durchquerte das schwierige Terrain mit sicheren Schritten. Diese Frau war aus dem rechten Holz geschnitzt.

Jasper blieb zwar für Morten menschlich gesehen ein absolutes Arschloch, war jedoch im Gefecht eine Bereicherung für die Truppe. Obwohl er – soweit Morten wusste – als Schütze aufgenommen worden war, beherrschte er den Umgang mit dem Säbel und hatte damit mehr als nur einen Hautfresser niedergemacht. Gegner aus unmittelbarer Nähe zu töten, schien Jasper sogar Spaß zu machen. Für Morten gab es unter Söldnern jedoch schlimmere Charakterschwächen als die Lust am Töten. Töten gehörte zum Beruf und man konnte niemandem vorwerfen, dass einem sein Handwerk Freude bereitete.

Insgesamt bot die Truppe also keinerlei Stoff für Heldensagen. Dennoch hatten die verbliebenen Söldner die letzte Nacht überstanden und würden wohl auch diesen Tag überleben.

Dieser Gedanke und ein Schluck aus dem Silberfläschchen führten dazu, dass Mortens Zorn über den mutlosen Kjell zumindest teilweise verrauchte. Wenn Kjell es nicht konnte, dann war es eben am alten Morten, den Blick nach vorn zu richten. Einer musste doch darauf achten, dass dieser weißhaarige Sonderling sie nicht geradewegs in eine Falle führte.

Nach einigen Stunden wurde aus der anstrengenden Bergwanderung eine quälende Kletterpartie. Trotz seines Alters befand sich Morten zusammen mit Knochen an der Spitze der kleinen Marschkolonne, um den Albino und das Gelände im Auge zu behalten. Seit Sonnenaufgang hatte es nicht mehr geregnet und das Gebirge wirkte karg und leblos. So nah wie jetzt waren die Söldner dem Gipfelkrater bisher nicht gekommen und die Atemluft war von schwefelhaltigem Rauch verunreinigt. Dunkle Flocken aus Ruß und Asche wehten umher. Die Flocken bedeckten den Boden und erinnerten Morten an schwarzgrauen Schnee, der unter den Stiefeln knirschte.

Er wollte ihren mysteriösen Gebirgsführer gerade fragen, wie gefährlich es so nah am Hauptkrater sei, als der Albino stehenblieb. Vor den Söldnern – und genauer gesagt etwa zwei Mannslängen unter ihnen – lag ein felsiges Tal. In dem Tal erkannte Morten zwischen losem Geröll ein Gewirr aus Ruinen, die zum Teil unter verfestigter Vulkanasche begraben waren. Die bis zur Unkenntlichkeit zerbröselten Gemäuer erinnerten ihn an gestrandete Wracks in einer aufgewühlten Meeresbucht. Es dauerte einen Moment, bis die anderen aufholten, und Morten überlegte, seit wie vielen Jahrhunderten dieser Ort wohl verlassen war. Vielleicht gar seit Jahrtausenden?

Als Veit, Jördis und Jasper dazustießen, ergriff Knochen das Wort: »Den Großteil der Strecke haben wir geschafft. Bis zum Kloster ist es nicht mehr weit. Das schwerste Stück liegt aber noch vor uns. Wir müssen uns abseilen und einen Weg durch die Ruinen finden.«

»Können wir in den Ruinen vielleicht rasten?«, fragte der zu Tode erschöpfte Veit.

»Keine gute Idee. Die alten Bauten sollten wir nicht betreten. Kein guter Ort für die Lebenden! Ich glaube, die Hautfresser suchen hier tagsüber Schutz.« Die Stimme des Albinos klang geduldig, als spräche er mit einem unwissenden Kind. »Zwischen diesen Mauern sollen die Viecher schlafen?«, fragte Morten kritisch. Knochens Behauptung überzeugte ihn nicht, denn die Ruinen, die unter Vulkanasche begrabenen waren, konnten nicht betreten werden und die restlichen Bauwerke wirkten zu klein für die Massen von Kreaturen, die sie gesehen hatten.

»Hm, das ist eine schwierige Frage«, gestand Knochen. »Vielleicht gibt es irgendwo auch andere Verstecke ... Oder Höhlen unter der Asche? Vielleicht haben diese Teufel auch Tunnel in den Berg gegraben. Wer weiß das schon.« Ins Tal blickend fuhr Knochen fort: »Solange die Sonne scheint, sind die Hautfresser ungefährlich. Viel gefährlicher ist das Tal selbst. Die Luft ist von unsichtbaren Dünsten erfüllt. Und von bösen Geistern. An manchen Stellen kann man kaum atmen.«

Der Alte blickte ungläubig ins Tal. Unsichtbare Dünste? Böse Geister? Morten sah davon nichts. Nur Stein und Vulkanasche. Der Albino lebte wohl schon zu lange allein in einem Felsloch. Dieser Unsinn erinnerte Morten an Messer-Peer, den die Einsamkeit völlig verrückt gemacht hatte. Hatten sie sich etwa der Führung eines Geisteskranken anvertraut? Waren vielleicht alle Überlebenden auf der Insel psychisch gestört?

Unbeeindruckt von zweifelnden Blicken band sich Knochen ein Tuch vor Mund und Nase. Anschließend befestigte er ein Seil an einer schmalen Felszinne und begann, sich abzuseilen. Und während sich die Männer noch fragende Blicke zuwarfen, tat es Jördis dem Albino gleich. Mit einem Tuch über der Nase hangelte sie sich hinab ins Ruinenfeld.

Morten folgte ihr mürrisch. Seine alten Knochen würden ihm die Kletterei nie verzeihen. Er wurde allmählich zu alt für den Scheiß.

Kjell kam ohne Probleme unten an. Dennoch betrachtete er sich als Versager. Sieben Söldner hatte er auf diese verfluchte Insel geführt und fast die Hälfte hatte er bereits verloren. Besaß er überhaupt noch das Recht, sich als Rottmeister anreden zu lassen?

Er musste an seine Eltern denken, für die der Erfolg des Klans alles bedeutete. Ihr Ehrgeiz hatte ihn nach *Skelt* geführt. Er dachte an die ruhmreiche Vergangenheit des Blutzopf-Klans. An die zahlreichen Trophäen in der heimischen Kriegshalle, die Zeugnis ablegten von der Macht seiner Familie. War denn nicht das Geringste vom starken Blut seiner Vorfahren in ihm? Alles, was auf *Skelt* passiert war, kam ihm falsch vor. Eigentlich sollte er seinen Untergebenen ein Vorbild sein, ein Beispiel in Bezug auf Mut und Tatkraft. Dennoch hatte er sich die Führung von Morten und dem Fremden aus der Hand nehmen lassen. Und ohne die Hilfe von Jördis würde der Feldscher als weiterer Verlust auf seinen Schultern lasten.

Aber noch war es nicht zu spät, Veit zum Kloster zu bringen und ihn damit zu retten. Gebeugt, aber nicht gebrochen, trat Kjell zu den anderen und gemeinsam begannen sie den Weg durch die Ruinen.

In dem Tal, das einem hundert Schritt breiten Graben glich, war es heiß und stinkend. Erhitzte Gase drangen aus dem Boden, als müsse die Insel Druck ablassen. Die giftigen Stoffe in der Luft waren nicht sichtbar, man spürte sie aber am ganzen Körper. Kjells Nase und sein Mund waren nach kurzer Zeit staubtrocken. Er hatte den unbestimmten Wunsch, vor Ekel auszuspucken. Ein widerlicher Geruch nach Faulschlamm lag in der Luft, als wandere die Gruppe durch eine Kloake.

Hustenkrämpfe raubten Veit die letzten Kräfte. Der Feldscher schien am Ende zu sein. Er war so geschwächt, dass Kjell und Jördis ihn schließlich eher trugen anstatt ihn zu stützen. Auch der Alte kroch beinahe auf allen Vieren und musste sich mehrmals von Knochen aufhelfen lassen.

Die Bauwerke in der Umgebung schienen vor Kjells Augen mit den natürlichen Felsformationen zu verschwimmen. Einmal hörte er Geräusche von hinten und drehte sich erschrocken um, bevor er feststellte, dass es nur ihre eigenen Echos in einer völlig deformierten Landschaft waren. Dann wurden die Halluzinationen schlimmer. Kjell war sicher, aus dem Innern eines der steinernen Monumente schwere Schritte zu vernehmen, so als ginge etwas Großes in seinem Gefängnis auf und ab. Die anderen Söldner bemerkten augenscheinlich nichts. Und da auch Knochen stoisch weiterging, hoffte der benebelte Rottmeister, dass es sich nur um Sinnestäuschungen handelte. Zum Kämpfen fühlte sich Kjell verständlicherweise auch nicht mehr in der richtigen Verfassung.

Als Veit völlig das Bewusstsein verlor, meinte Kjell, er müsse unter der Last zusammenbrechen. Er hatte höllische Kopfschmerzen, wollte sich nur noch hinlegen und die Augen schließen. Doch diesmal rettete ihn der Gedanke an seine Eltern.

Denn unverhofft glaubte er, sie vor sich stehen zu sehen, wie sie tadelnd auf ihn herabblickten. Ansgar und Irinja Blutzopf erschienen dem erschöpften Kjell wie eine perfekte Verkörperung seines Klans. Ansgar wirkte kampfbereit, kriegerisch. Durch den langen Bart und das wallende Haar der Inbegriff eines edlen Nordmannes. Irinja war hochgewachsen, elegant, nordisch nobel. Stolz trug sie das blutrote Haar zur Schau, wie ein Erbstück des Klans.

Lodernder Zorn durchdrang Kjell, da er seine Familie beinahe erneut enttäuscht hatte. Und dies brachte ihn dazu, seine körperliche Schwäche zu überwinden. Kjell biss sich auf die Lippe, bis es blutete, und kam wieder zur Besinnung. Energisch packte er den Feldscher, zerrte den schlaffen Körper neben sich her. Jördis hielt Schritt und gemeinsam kamen sie dem Ende des Tals näher.

Ohne dass irgendeine sichtbare Veränderung im Felslabyrinth auftrat, stellte Kjell unerwartet fest, dass sie den vergifteten Teil des Ruinenfelds durchquert hatten. Vorsichtig atmete er tief ein. Probeweise. Die Luft schmeckte rein, süß, frisch.

»In drei Teufels Namen! Wir sind durch!«, keuchte er.

Aus Respekt vor den giftigen Gasen schwankten die Söldner noch einige Schritte voran, bis sie erschöpft zu Boden gingen, um sich den Odem hustend aus den Lungen zu atmen. Sie hatten es geschafft und einem unsichtbaren – aber äußerst tödlichen – Feind die Stirn geboten.

Die Durchquerung des Ruinenfelds hatte etwas in Kjell verändert. Er hatte körperlich gelitten, hatte sich vorangequält, hatte Federn gelassen. Dennoch verspürte er jetzt eine geistige Klarheit, eine Reinigung von seinen Selbstzweifeln. Als habe er sich durch das Überschreiten der eigenen Schmerzgrenze ein Stück weit von seiner Niedergeschlagenheit befreit.

Am Ende des Tals rasteten sie. Veit sah aus wie ein lebender Leichnam, war jedoch immerhin wieder bei Bewusstsein. Morten, Jördis und Jasper wirkten erschöpft, aber gefasst. Knochen sah erstaunlich frisch und munter aus. Fast so, als sei er gar nicht durch das Gasfeld gewandert.

Kjell nutzte den Moment geistiger Klarheit, um Knochen darauf anzusprechen.

»Bereiten dir die giftigen Gase keine Probleme?«

»Doch.«

»Schau dir meine Leute an. Sie sind fast am Ende. Du wirkst ausgeruht. Wie machst du das?«

»Die Geister der Insel sind jederzeit bei mir. Sie weisen mir den Weg.«

Kjell war mehr als nur ein wenig irritiert.

»Die Geister der Insel? Das ist doch nicht dein Ernst.«

»Doch. Du kannst das nicht verstehen. Ich habe die Geister des Windes um Erlaubnis gebeten, das Tal zu durchqueren. Sie haben mich gelassen. Jetzt bin ich ihnen zu Dank verpflichtet.«

Der Rottmeister sah Knochen tief in die Augen. Sein Gesicht wirkte absolut ernsthaft. Das war kein Scherz. Der Weißhaarige schien tatsächlich zu glauben, was er sagte.

»Ich habe keine Geister gesehen. Noch nie.«

»Ihr könnt die Geister, die in allen Dingen wohnen, nicht sehen. Keiner auf der Insel. Es ist eine Gabe. Deswegen lebe ich auch nicht im Kloster. Dort wohnen böse Geister. Es ist kein guter Ort.«

»Und dennoch führst du uns dorthin?«

»Es gibt keine andere Wahl.«

»Was erwartet uns im Kloster?«

»Die Mönche vom Orden der Zeloten. Sie sind nicht von Grund auf böse, aber es sind seltsame Menschen. Eiferer! Sie wollen zu vollkommenen Anhängern ihres Gottes werden.«

»Ihres Gottes? Wie meinst du das?«

»Der so genannte Erbauer. Euer Gott. Ich halte nichts von ihm, denn Euer Gott ist fern.«

Kjell war schockiert. Kritik an der Kirche auf diese Weise auszusprechen, hätte den Fremden in *Vilhelmstad* oder *Zwei-Stein* in den Kerker gebracht. Es gab zwar durchaus Kirchenkritiker in den Königreichen, aber keine, die an irgendwelche Geister glaubten. Wer war dieser Mann?

»Woher kommst du eigentlich?«, fragte Kjell vorsichtig.

Knochen zögerte. Sein Gesicht blieb regungslos, wie das einer Statue. »Von einem weit entfernten Land. Du wirst es nicht kennen. Vielleicht werde ich dir einmal davon erzählen, aber nicht jetzt.«

Der Mann mit Albinismus schwieg und Kjell war sicher, im Moment nichts mehr über die Vergangenheit des Kriegers in Erfahrung bringen zu können. Dennoch hatte er noch eine drängende Frage.

»Vor fünf Tagen fanden wir am Hafen ein totes Mädchen. Sie hatte ein Loch im Schädel. Und Spuren von Bissen im Arm. War sie ein Opfer dieser Bestien?«

»Das könnte sein. Die Hautfresser machen keinen Unterschied zwischen Kindern und Erwachsenen oder zwischen Menschen und Tieren. Sie sehen alles als Beute.«

»Und das Loch im Schädel? Es sah aus wie ein Schlag mit einem Hammer.«

»Da war wohl jemand am Werk, der wusste, wie man vorgehen muss. Jemand, der wusste, dass sie verloren ist.«

»Wie meinst du das? Verloren?«

»Also … Wenn die einen beißen, dann wird man nach einiger Zeit auch zu …« Knochen geriet ins Stocken. Ein

Moment des Schweigens. Dann sprach er bedächtig weiter. »Dann bist du nicht mehr du selbst. Ein böser Geist ergreift von dir Besitz. Du willst nur noch fressen. Und zwar nicht irgendwas, sondern Fleisch, rohes Fleisch! Da gibt es keine Rettung. Nur Erlösung.«

»Du meinst ... Irgendjemand wollte sie erlösen? Vielleicht ihr eigener Vater? Oder die Mutter? Um sie von einem Dasein als Ungeheuer zu verschonen?«

Knochen nickte traurig.

Kjell kam ins Grübeln: »Hm, das Kind hatte einen Daumen zwischen den Zähnen. Hatte ihn wie ein Tier aus der Hand eines Mannes gerissen. Wie ist das möglich?«

»Du verstehst nicht. Es sind keine Menschen mehr ... Manche Hautfresser entwickeln große Kräfte. Einige sind viel stärker als wir. Andere unglaublich schnell. Sie werden nie müde. Sie denken und handeln nicht mehr wie Menschen. Du hast es selbst erlebt, letzte Nacht.«

Dem Rottmeister wurde nun einiges klar. Nicht nur, wer das Mädchen gebissen, sondern auch, was die Pferde im Süden der Insel zerfleischt hatte. Selbst die Ereignisse, die sich rund um die Schwefelquelle abgespielt hatten, konnte er sich jetzt ungefähr ausmalen. Kurzum: Das Ausmaß der Katastrophe nahm vor seinem inneren Auge langsam Gestalt an.

Der Blick zum Horizont riss ihn jäh aus seinen Überlegungen und erfüllte ihn mit Sorge. Die Sonne stand schon verhältnismäßig tief.

»Wenn die Sonne untergeht, ist das unser Todesurteil«, verkündete Kjell.

»Ich fühl mich hundeelend, aber wir ziehen das jetzt durch, oder?«, fragte Morten.

»Klar«, antwortete Kjell, »ob Selbstmordaktion oder nicht, wir ziehen es durch. Wir müssen jede Chance nutzen.«

Entschieden drängte Kjell die Söldner zum Aufbruch. Mit strengen Worten – die ihm innerlich leidtaten – zwang er den müden Feldscher dazu, sich erneut in Bewegung zu setzen.

»Wir sind aufgeschmissen«, sagte Veit und seiner Stimme war die innere Verzweiflung deutlich zu entnehmen. »Ich glaube, ich kann nicht einen Schritt weiter.«

Kjell blieb erbarmungslos: »Es wird uns nichts anderes übrigbleiben. Also reiß dich mal am Riemen, denn mit etwas Glück sind wir fast am Ziel.«

Veit stöhnte nur auf, was wohl seine Antwort sein sollte. Und auch Morten fiel es schwer, sich aufzuraffen. Dieser Tatsache zum Trotz machte sich der Alte mit zusammengebissenen Zähnen an den erneuten Aufstieg. Kjell verglich ihn in Gedanken mit einem alten Raubtier, das kurz vor seinem Ende noch einmal die Krallen zeigt.

Auch die anderen begannen nun mit der elenden Kletterei.

»Dieser Berg bringt uns um«, jammerte Jasper.

»Immer Schritt für Schritt«, kommandierte Kjell, »auch wenn der Körper nicht mehr will! Kämpft euch weiter bergauf. Bleibt immer in Bewegung, soweit die Füße tragen!«

So zwang sich die Rotte weiter dem Kloster entgegen. Und die Sonne schien am Himmel zu zittern, drohte hinabzusinken, wie das Fallbeil eines Henkers.

Nach einer Stunde begann sein rechtes Bein – das er sich im Kampf gegen die Hautfresser verletzt hatte – wieder zu schmerzen. Mit dem Schmerz überkam ihn auch nagender Zweifel. Existierte das Kloster tatsächlich oder nur in der Fantasiewelt eines verrückten Einsiedlers? Knochen führte sie querfeldein durch wegloses, unüberschaubares Gelände. Die Felsformationen, die sie passierten, sahen mit der Zeit alle gleich aus. Führte Knochen sie vielleicht im Kreis? Hatte die lange Zeit der Einsamkeit Knochens geistiger Gesundheit geschadet?

Als das Kloster vor ihnen auftauchte, hielt es Kjell zunächst für ein weiteres Trugbild oder eine Art Luftspiegelung. Es stand mitten im Nirgendwo und es war an keiner Stelle ein Pfad zu erkennen, der einen Unwissenden zu diesem Ort geführt hätte.

Wegen der langen Mauern glich der Gebäudekomplex auf den ersten Blick einer Festung. Die Front bildete ein riesiger, fast fensterloser Wehrbau, in dessen Zentrum sich das Haupttor befand. Von diesem Gebäude ausgehend, verliefen mächtige Mauern nach links und rechts, die von Wachtürmen unterbrochen wurden. Im Innern der Festungsmauern konnte man schon von Weitem den Tempel des Ordens erkennen, der mit einem kunstvollen Glockenturm gekrönt war. Kjell fiel auf, dass alle Gebäude die gleiche hellgraue Farbe aufwiesen. Dies lag wohl daran, dass der regelmäßige Ascheregen dem ursprünglichen Weiß der Gebäude seine eigene Färbung verliehen hatte.

Die Rotte näherte sich dem verschlossenen Haupttor mit Kjell an der Spitze. Knochen hatte sich unbemerkt ans Ende der Gruppe gesetzt und sein bleiches Haupt mit der Kapuze seines Umhangs verhüllt. Anscheinend wollte er die Führung des Trupps nun wieder Kjell überlassen. Vielleicht war er eher ein Mann der Wildnis als einer der Zivilisation?

Je näher sie dem Kloster kamen, desto größer wirkte es. Es war schwer abzuschätzen, aber Kjell war sicher, dass hinter den Klostermauern mehr als hundert Menschen leben konnten. Das Tor war breit genug, um eine Kutsche hindurch zu lassen, wenngleich dem Rottmeister klar war, dass dieser Ort für Kutschen jeglicher Art unerreichbar blieb.

Seit sie die Insel betreten hatten, waren sie nur zwei Einzelkämpfern begegnet: Messer-Peer und Knochen. Auf der Mauer erblickte Kjell nun zum ersten Mal eine große Zahl von Menschen, welche die Söldner von den Wehrgängen aus beobachteten. Oberhalb des Tors befand sich eine Wachstube, die mit hölzernen Läden verschlossen war. Eben diese Läden öffneten sich jetzt knarrend.

Kjell war nervös, denn die Sonne stand tief. Die Schatten wurden länger und immer dunkler. Es blieb vielleicht noch eine halbe Stunde bis Sonnenuntergang. Sollte es ihm nicht gelingen, seinen Leuten Zutritt zum Kloster zu verschaffen, war dies das bittere Ende der Blutzopf-Rotte.

16 AUF DER OSTMAUER

Svea hielt Wache auf der Klostermauer. Sie war dabei natürlich nicht allein. Die Wachschicht bestand aus zehn Personen, verteilt auf die Ost- und Westmauer. Die auf den Mauern befindlichen Wehrgänge waren durch das mächtige Bauwerk geteilt, in dessen Mitte sich das Tor befand. Jede der beiden Mauern begann bei diesem Wehrbau und endete an einer Steilwand, die das Kloster um hundert Schritt überragte und jeden Angriff von Süden verhinderte.

Auf der Ostmauer hielten an diesem Abend vier Personen Wache: Svea, Stahlfuß, Achtfinger und ein blonder Mönch namens Nisse, den Svea überhaupt nicht leiden konnte, denn er war ein Handlanger des Priors, ein rückgratloser Kriecher, ein wahrer Speichellecker.

Die Stunden vor Sonnenuntergang blieben für die Wachschicht in der Regel ereignislos. Das galt für diesen Abend jedoch nicht. Kurz vor Sonnenuntergang näherte sich eine sechsköpfige Gruppe dem Kloster. Svea zuckte vor Überraschung innerlich zusammen, denn schon seit Monaten hatte es niemand mehr lebendig bis hierhergeschafft. Beim Näherkommen wurde klar, dass die Neuankömmlinge bewaffnet waren, mit Klingen und Feuerwaffen. Bei dieser Entdeckung überkam die Novizin ein mulmiges Gefühl, weil sie ahnte, dass Bran-Magnus Soldaten verabscheute.

Svea wusste, dass der Abt bei Weitem nicht jeden in die schützenden Mauern ließ. Er nahm nur Menschen in die Gemeinschaft auf, bei denen anzunehmen war, dass sie sich seiner Führung beugten. Sie konnte sich noch genau an den Tag erinnern, an dem Bran-Magnus den Hauptmann der Garde abgewiesen hatte. Abgesehen von seinem Leibwächter hatte der Hauptmann der königlichen Soldaten alle Männer an die Hautfresser verloren. Dafür hatte Bran-Magnus jedoch kein Mitgefühl gezeigt und die zwei Männer eiskalt fortgeschickt.

Leichte Beute für die Hautfresser!

Als die Truppe das Haupttor erreicht hatte, beugte sich Svea so weit über die Zinnen, wie sie konnte, um einen Blick auf die Neuankömmlinge zu werfen. Voran schritt der Anführer der Gruppe, ein bulliger Mann mit roten Haaren und einer langläufigen Feuerwaffe, deren Bezeichnung Svea nicht kannte. Hinter ihm folgten ein älterer und ein jüngerer Mann sowie eine Frau. Der Ältere wirkte heruntergekommen und hohläugig, nur ein Schatten seiner selbst. Der Jüngere sah noch schlimmer aus. Er stand vornübergebeugt, anscheinend vor Schmerzen. Ein Arm hing leblos in einer Schlinge und war ganz dunkel von getrocknetem Blut. Aus der Nähe erschien der Jüngere wie ein verletzlicher Zivilist in der Aufmachung eines Soldaten. Die brünette Frau fiel auf, einerseits durch ihr vernarbtes Gesicht, andererseits durch ihren wilden Haarschopf. Zusammen mit dem Säbel am Gürtel hatte sie etwas Verwegenes an sich, das Svea auf Anhieb gefiel.

Die beiden Männer, welche das Schlusslicht bildeten, nahm Svea wahr, sie hatten jedoch nichts an sich, was ihr im Gedächtnis bleiben sollte. Der eine ein durchschnittlicher mittelgroßer Soldat ohne besondere Auffälligkeiten. Der andere eine kleine Kapuzengestalt, unauffällig verhüllt von einem Mantel aus Fellen.

Wie Svea wusste, befand sich der Prior mit einigen Zeloten in der Wachstube über dem Haupttor. Durch eine Fensteröffnung sprach er die Fremdlinge an und fragte sie wohl nach ihrem Anliegen. Weil der das Torhaus umgebende Wehrbau sehr breit war, konnte Svea den Wortwechsel von ihrem Posten aus kaum verstehen. Nur gelegentlich wehte der Abendwind einige Wortfetzen in ihre Richtung. So konnte sie aus dem Zusammenhang erschließen, dass der Anführer des Trupps zuerst seine Leute vorstellte. Dann bat er um Einlass. Er gestikulierte heftig, wodurch er einen nervösen aber auch entschlossenen Eindruck machte. Es entwickelte sich eine ausufernde Diskussion, während die Schatten immer länger wurden.

Die Novizin kannte den Prior. Er war ein Machtmensch mit dem Ziel, seine Umgebung zu kontrollieren und jegliches Geschehen an sich zu reißen. Und da er stetig bestrebt war, seinen Kompetenzbereich zu erweitern, schickte er augenscheinlich nicht nach Bran-Magnus, sondern versuchte sofort, die ungebetenen Gäste abzuwimmeln.

Die Sonne war längst nicht mehr als Ball am Himmel zu sehen, sondern nur noch ein diffuses Glimmen hinter dem dunkler werdenden Horizont. Svea wurde unruhig und hielt nach den ersten Hautfressern Ausschau. Nervosität machte sich breit. Sie würden in wenigen Minuten auftauchen. Sollte sie jetzt zu Bran-Magnus laufen? Oder zu Madah-Runa? Würde das helfen? Wie könnte sie den Unbekannten helfen? Waren sie es überhaupt wert, gerettet zu werden?

Während diese Fragen durch ihren Kopf kreisten, blieb sie äußerlich handlungsunfähig. Sie konnte nur fassungslos zusehen, wie der Prior dabei war, diese Menschen einem sicheren Tod auszuliefern.

Svea war völlig überrascht, als der bullige Anführer die Diskussion schlagartig abbrach und auf die Mauer unter ihren Füßen zustürmte. Seine Leute folgten ihm. Svea sah nach links. Nisse und Achtfinger schauten ebenso erstaunt wie sie selbst. Sie blickte nach rechts. Und was sie sah, verschlug ihr den Atem.

Dort stand Stahlfuß, der ein Seil von der Mauer geworfen hatte und im Begriff war, dieses an der Brustwehr festzuknoten. Anscheinend hatte der Schmied endgültig genug von den Richtlinien der Zeloten. Denn seine Aktion war in Bezug auf die Anweisungen von Bran-Magnus eine eindeutige Zuwiderhandlung. Und das war allen vier Personen auf der Mauer bewusst.

Stahlfuß und Achtfinger gehörten zu den Überlebenden aus *Schmelztiegel*. Svea und Nisse sollten als Ordensmitglieder den Willen des Abtes umsetzen. Aber war es nicht auch Pflicht, Hilfebedürftigen beizustehen? Stand das nicht in der Heiligen Schrift? War es ein Recht des Ordens, über Leben und Tod zu entscheiden?

Als Handlanger des Priors spielten diese Gedanken für Nisse natürlich keine Rolle. »Was soll das?«, schimpfte er und bewegte sich in Richtung des Schmieds. Svea trat ihrem Ordensbruder schweren Herzens entgegen. »Lass es«, murmelte sie. »Sie haben uns doch nichts getan.« Nisse antwortete nicht. Er schlug einfach zu. Nicht mit der Faust, sondern mit der flachen Hand. Die Siebzehnjährige wurde zurückgeworfen und ihr Kampfstecken fiel klappernd zu Boden. Doch Svea rappelte sich wieder auf und versperrte Nisse erneut den weg.

»Lass es!« Es waren die gleichen Worte, diesmal mit mehr Nachdruck gesprochen. Der blonde Zelot wurde ungehalten. »Aus dem Weg, Novizin, oder dich wird der Zorn des Ordens treffen.« Doch Svea wich keinen Fingerbreit.

Nisse griff nach seinen Kampfstock – der auf ganzer Länge mit Runenzeichnungen bedeckt war – und ging zum Angriff über. Svea hatten zwar gelernt, Stockschläge waffenlos abzuwehren, aber nur unter geregelten Übungsbedingungen. Die Hiebe, die jetzt auf sie einprasselten, waren etwas ganz anderes, sodass sie wie ein geprügelter Hund zurücktaumelte. Doch Achtfinger stand ihr plötzlich bei. Die ehemalige Arbeiterin war mit einem einfachen Speer bewaffnet, dessen stumpfes Ende sie Nisse in den Rücken rammte.

Wie von der Tarantel gestochen fuhr der Mönch herum und ging in Verteidigungshaltung. Svea nutzte den Moment, um ihren Kampfstab mit dem Fuß hochzuschleudern und ihn zu fassen.

Nisse war nun in einer ungünstigen Situation. Auf der einen Seite stand Achtfinger mit ihrem Speer, auf der anderen Seite Svea, jetzt nicht mehr waffenlos. Stahlfuß hatte das Seil endlich an der Brustwehr befestigt, sodass die Fremden mit dem Klettern beginnen konnten.

»Brüder! Schwestern! Hierher!«, brüllte Nisse. »Schnell! Sie stürmen die Mauer!«

Die Vier auf der Mauer beäugten einander: angespannt, lauernd, voller Ungeduld. Nisse würde das Kletterseil wohl gern lösen, da war sich Svea sicher. Doch sie stand dem Mönch im Weg und auch Stahlfuß baute sich jetzt vor der Zinne mit dem Seil auf. Gleichzeitig hätte er Achtfinger im Rücken, falls er zum Seil laufen würde.

Doch die Zeit arbeitete für den Mönch, denn schon sprinteten mehrere Zeloten über den Innenhof. Fast ein Dutzend. Und der Prior war unter ihnen. »Verdammt, sie kommen«, knurrte Stahlfuß. Er nahm seinen Hammer vom Gürtel.

Die Zeloten erklommen den Wehrgang im Eilschritt und stürzten sich zunächst auf Achtfinger, die ihnen am nächsten war. Unter dem Schlaghagel, der von allen Seiten auf sie niederging, brach die Frau nach wenigen Augenblicken zusammen.

Nisse gliederte sich in die Reihen der Zeloten ein und geführt vom Prior hasteten sie voran. Nur Svea und Stahlfuß trennten die Gruppe noch von dem Mauerabschnitt mit dem Kletterseil, als der Prior plötzlich stehenblieb.

Er erkannte erst jetzt, dass sich Svea gegen ihren eigenen Orden gewandt hatte. Die Stirn des Priors zog sich in Falten, als er sie voller Verachtung anschnauzte. »Was tust du hier, Mädchen?«

»Das Richtige«, antwortete Stahlfuß an ihrer Stelle.

Svea war für einen Moment sprachlos.

»Aus dem Weg! Sofort! Oder euch erwarten schwere Strafen.« Svea zögerte. Sie war unschlüssig.

»Wir werden nicht weichen«, brummte der Schmied.

Während Svea noch mit ihrem Schicksal haderte, zog sich hinter ihr einer der Fremden über die Brustwehr.

17 BRAN-MAGNUS

Morten hatte das Besteigen der Klostermauer nur unter Schmerzen bewältigt. Sollte denn diese Kletterei nie ein Ende finden? Er landete unsanft auf dem Wehrgang und rappelte sich auf. Unmittelbar neben ihm stand ein Mann mit der Statur eines Preisboxers, den er anhand seiner Kleidung als Schmied identifizierte. Ein Bein des Hünen endete in einer Prothese aus Stahl. Neben dem Mann war ein blasses Mädchen mit einem verwirrten Gesichtsausdruck und einem Kampfstab in Händen, die vor Aufregung zitterten. Von beiden ging keine Gefahr aus.

Dem Alten standen jedoch auch ein Dutzend grimmiger Mönche gegenüber, die aussahen, als würden sie ihn am liebsten über die Mauer werfen oder auf der Stelle totschlagen. Sie trugen graue Roben und hatten lange Stöcke kampfbereit erhoben. Morten wusste gleich, mit was für Menschen er es zu tun hatte: Religiöse Fanatiker, denen ihr Glaube mehr Wert war als andere Menschen.

Angeführt wurde der Pulk von einem hochgewachsenen Kerl mit schmierigen Haarsträhnen im Gesicht. Er hatte eine gelehrtenhafte Überheblichkeit an sich, die Morten gar nicht gefiel. Hinzu kam, dass dieses Arschloch ihnen von der Wachstube aus das Öffnen des Tors verweigert hatte! Morten zog seine Steinschlosspistole, spannte sie und zielte damit auf den Kopf des schmierigen Drecksacks. »Zurück, ihr Bastarde!«, grollte er, da er nie etwas von Diplomatie verstanden hatte.

Die Mönche und ihr Anführer wichen ein wenig zurück. Das war für den Alten verständlich. Niemals wollte jemand der Erste sein, der sich eine Kugel fing. Da bildeten selbst religiöse Eiferer keine Ausnahme.

Morten warf den Ordensbrüdern böse Blicke zu. Ihm war klar, dass er sie nur für den Moment in Schach halten musste.

Nur noch wenige Augenblicke! Jasper war hoffentlich direkt hinter ihm. Aber wo blieb dieser Grünschnabel nur? Ein junger Mann wie Jasper müsste doch schneller klettern als ein in die Jahre gekommenes Wrack wie Morten. Die Aussicht auf einen selbstmörderischen Kampf Einer-gegen-Alle beschleunigte seinen Puls. Morten war ein alter Mann, aber noch lange nicht bereit zu sterben. Was wäre dann mit seinen Kindern? Sie hatten doch niemanden mehr außer ihm.

Als er schon glaubte, ihm bliebe bald keine Wahl mehr, als es allein mit einem Dutzend Gegnern aufzunehmen, warf sich Jasper über die Brüstung. Er zog die Donnerbüchse vom Rücken und hob sie drohend.

»Wer von euch will als Erster sterben?«, sagte er herausfordernd, denn auch für den Grünschnabel war Verhandlungsgeschick ein Fremdwort. Jasper wirkte außer Atem, jedoch entschlossen, sich so teuer wie möglich zu verkaufen.

»Kommt bloß nicht näher«, blaffte Morten und die Mönche mussten zornig mit ansehen, wie auch Kjell den Wehrgang erklomm und seine Muskete schussbereit auf sie richtete. Den Alten überkam ein Anflug von Erleichterung. Gerade noch ein Patt!

Obwohl die Ordensbrüder in der Überzahl waren, herrschte für den Augenblick ein Gleichgewicht der Kräfte. Die Söldner hatten mit ihren Feuerwaffen ein wesentlich tödlicheres Arsenal in den Händen als die mit Stöcken bewaffneten Geistlichen. So konnten auch Knochen und Jördis unbehelligt auf den Wehrgang folgen.

Jördis hatte vor ihrem Aufstieg das Seil unter Veits Achseln festgebunden. Die Söldnerin und Knochen mussten den Verletzten wie einen nassen Sack an der Mauer hochziehen. Es war eine langwierige Prozedur, bis ihnen der Schmied zur Hilfe kam, der den Söldnern das Seil hinabgeworfen hatte. Der Mann besaß eine Zugkraft wie eine Dampfmaschine, sodass Veit endlich über die Mauerkrone gezerrt werden konnte. Der Feldscher war nach dieser Tortur nicht mehr bei Bewusstsein.

Als die Söldner begannen, rund um den Bewusstlosen eine Abwehrformation zu bilden, erklang plötzlich eine Stimme, die dem Alten durch Mark und Bein fuhr. Von der Stimme ging eine Macht aus, die ihren Sprecher von gewöhnlichen Menschen unterschied.

»Runter mit den Waffen!«

Ohne nachzudenken, verstaute Morten seine Pistole im Gürtel. Die reflexartige Bewegung war abgeschlossen, bevor ihm klar wurde, was er hier tat. Den anderen Söldnern erging es ähnlich. Kjell und Jasper sicherten und senkten ihre Feuerwaffen. Jördis ließ ihren Säbel klappernd fallen.

Auch die Kuttenträger erschraken wie auf frischer Tat ertappt. Einige blickten schuldbewusst zu Boden. Andere schienen enttäuscht, die Söldner nicht angreifen zu dürfen. Dennoch senkten sie sofort ihre Kampfstöcke und zogen sich vom Wehrgang zurück.

Erst jetzt wurde der Blick auf den Sprecher frei und Morten merkte sofort, dass dort ein Mann stand, wie er niemals einem begegnet war. Obwohl uralt und spindeldürr, erfüllte den Sprecher eine schwer zu beschreibende Energie, die selbst auf Morten eine einschüchternde Wirkung hatte. Sein Gesicht war ein Netzwerk aus Falten. Es zeugte von altehrwürdiger Weisheit.

»Brüder und Schwestern, lasst uns allein.«

Die Worte des spindeldürren Mannes klangen so selbstsicher und aristokratisch, als kenne er keinen Widerspruch. Die Kuttenträger verschwanden ebenso schnell, wie sie aufgetaucht waren. Die Hälfte von ihnen bemannte die Westmauer und verschwand damit aus dem Blickfeld der Söldner. Die restlichen verzogen sich in das zentrale Tempelgebäude. Dabei bemerkte Morten, dass unter den Geistlichen auch Frauen waren, die ihm in den Roben bisher nicht als solche aufgefallen waren.

Obwohl der Schmied mit der Fußprothese nicht zu den Geistlichen gehörte, entfernte er sich ebenso und stapfte zu einem provisorischen Zeltlager, das man innerhalb der

Klostermauern errichtet hatte. Er scheute wahrscheinlich die Konfrontation mit dem spindeldürren Mann und das wunderte Morten überhaupt nicht. Das blasse Mädchen blieb unschlüssig stehen. Sie trug die gleiche Robe wie die anderen Ordensmitglieder. Morten hatte bisher nicht die Muße gehabt, sich über diese Tatsache zu wundern.

»Kommt zu mir und vergesst den Verletzten nicht«, sprach der Mann, der anscheinend das Oberhaupt der Klostergemeinschaft war. Die Söldner setzten sich, ohne zu zögern, in Bewegung. Kjell und Knochen trugen den Bewusstlosen. Sie scharten sich um den spindeldürren Mann wie Schüler um einen bewunderten Lehrer. Alle schienen von ihm in den Bann gezogen. Es wirkte auf Morten, als blicke der Mann aus ehrwürdiger Höhe auf die Söldner hinab.

»Man nennt mich Bran-Magnus. Ich bin der Abt des Klosters und ihr seid meine Gäste«, sagte er mit absoluter Selbstverständlichkeit. Sogar der abgebrühte Morten war im Augenblick so ergriffen, dass er nicht auf den Gedanken kam, der Abt mache nur gute Miene zum bösen Spiel.

Der Rottmeister stellte sich etwas holprig vor: »Mein Name ist Kjell Blutzopf. Ich bin Söldner. Ich bin Rottmeister des Blutzopf-Klans. Und das sind meine Leute, Herr.« Er konnte seine Unsicherheit in der Gegenwart des Mannes kaum verbergen.

»Söldner.« Man hatte den Eindruck, der Abt lasse sich das Wort auf der Zunge zergehen. Dann wandte sich Bran-Magnus abrupt dem blassen Mädchen in der grauen Ordenskleidung zu.

»Svea, mein Kind, bring die Männer von Meister Blutzopf doch bitte in den Speisesaal. Sie sehen erschöpft aus.«

Das Mädchen schien irritiert.

»In den Speisesaal, Bran-Magnus? In unseren Speisesaal?«

Morten verstand nicht, weshalb sie das Wort ›unseren‹ so sehr betonte, doch der Herr des Klosters ging darauf nicht näher ein. »Ja, mein Kind, in unseren Speisesaal.«

Zögerlich machte sich das Mädchen – das wohl eine Novizin des Ordens war – auf den Weg zum Haupthaus der Klosterfestung. Morten folgte ihr. Kjell blieb zusammen mit dem Mann, der sich Bran-Magnus nannte, im Innenhof zurück. Morten beneidete ihn nicht. Ohne Zweifel strahlte der Mann Scharfsinn und Führungskraft aus, doch Morten blieb völlig unklar, auf welche Ziele diese Fähigkeiten ausgerichtet waren. Daher war er wirklich erleichtert, dem unergründlichen Blick des Abtes zu entkommen.

Kjell fühlte sich unwohl. Wenn man dem Herrn des Klosters ganz allein gegenüberstand, war seine einnehmende Persönlichkeit kaum zu ertragen, seine Präsenz fast mit Händen greifbar. Der Rottmeister wusste nicht recht, wo er hinschauen sollte. Die Haut des Mannes war bleich und ledrig, erinnerte an einigen Stellen beinahe an Holz. Das Gesicht wirkte verknöchert und trocken, abgesehen von den geröteten Augen, die ein wenig zu tränen schienen.

»Meister Blutzopf, seht euch um! Ihr habt auf der Insel den einzigen Ort gefunden, der sicher ist. Das Kloster gehört dem Orden der Zeloten. Ihr dürft den Schutz unserer Mauern genießen, wenn ihr euch an die Gebote des Erbauers haltet und an meine Regeln.«

Kjell nahm erst jetzt das Innere der Klosterfestung bewusst wahr: das Tempelgebäude, den überdimensionalen Wehrbau, das zusammengewürfelte Zeltlager.

»Das wichtigste Gebäude ist natürlich der Tempel des Erbauers, unser Heiligtum. Hier können die Menschen des Klosters jeden Morgen und jeden Abend an der Messe teilnehmen und dabei meiner Predigt lauschen.« Bran-Magnus wies mit einer leichenblassen Hand nach Süden und setzte seinen Monolog fort. »Dort haben Überlebende aus *Schmelztiegel* ihr Lager errichtet. Wir haben sie unter unsere Fittiche genommen. Einige haben noch nicht zum wahren Glauben gefunden, aber viele sind bereits auf dem rechten Weg dorthin.«

Die Worte klangen für Kjell wie eine Predigt. Anscheinend nahm der Abt seine Profession ernst.

»Kommen wir schließlich zum Hauptgebäude. Es ist quasi uneinnehmbar und bietet uns Schutz und Wärme. Es enthält die Wohn- und Schlafräume des Ordens. Da ihr und eure Männer rechtschaffen zu sein scheint, will ich euch das Privileg aussprechen, dort zu schlafen. Dies bleibt Laien sonst verwehrt, aber ich sehe es als ersten Baustein einer fruchtbringenden Partnerschaft.«

Kjell war überrascht und wusste nicht genau, was er entgegnen sollte. Gerade die Rede von einer ›fruchtbringenden Partnerschaft‹ irritierte ihn. Er war nicht sicher, was dieser Mann von ihm erwartete. Und so brachte er nur ein stummes Nicken zustande.

»Ich möchte euch jedoch um eins bitten.«

Der Söldner wusste sofort, dass das Folgende alles andere als eine Bitte sein würde. Bitten dieser Art kannte er bereits zur Genüge von seinem rücksichtslosen Vater.

»Ihr mögt alle ebenerdigen Räumlichkeiten zu gegebener Zeit betreten. Alles Weitere ist für euch und eure Leute aber tabu. Wir werden zwei Räume für euch zurechtmachen: Zunächst wäre da ein Kaminzimmer, in dem mehrere Personen schlafen können. Daneben befindet sich eine Novizenzelle, die seit dem letzten Winter nicht genutzt wird. Sie würde sich für den Verletzten eignen, denn das Bett ist trocken und recht warm.«

Trotz der Skepsis, die Kjell empfand, war er in diesem Moment überwältigt vom Entgegenkommen des Abtes und von den Annehmlichkeiten, die versprochen wurden. Vielleicht gab es doch noch Hoffnung für die Blutzopf-Rotte.

»Wie? Ich meine ... Wie können wir Euch danken?«, hörte sich der Rottmeister sagen. Seine Stimme klang so fremd, als gehöre sie jemand anderem.

»Durch Zurückhaltung, Meister Blutzopf. Ihr könnt mir danken, indem Ihr meinen Brüdern und Schwestern Zeit gebt, Euer Auftauchen zu verarbeiten. Ich muss Euch deshalb auffordern, die genannten Räume für einen Tag und eine Nacht nicht zu verlassen, egal, was passiert. Ruht Euch aus, leckt Eure Wunden. Wenn es so weit ist, werde ich nach Euch schicken. Dann werden wir sehen, wie Ihr Euch in die Gemeinschaft eingliedert.« Kjell nickte. Er hatte das unbestimmte Gefühl, ihm bliebe ohnehin keine andere Wahl.

»Doch nun folgt mir«, sprach Bran-Magnus und ging mit erhabenen Schritten voran, in Richtung des düsteren Wehrbaus. Ein Portal wurde von unsichtbaren Händen geöffnet, das Kjell wie ein schwarzes Loch vorkam, das direkt in die Hölle führte.

Die Worte, mit denen ihn der Abt im Innern empfing, gingen Kjell nie wieder aus dem Kopf: »Und vergesst nicht: Ihr lebt, weil ich beschlossen habe, Euch zu retten.«

TEIL II
ZENIT

1 UNTER FREUNDEN?

V om Regen in die Traufe. Das war das Sprichwort, das
Kjell durch den Sinn ging. Es kam ihm vor, als sei er
dem Fallbeil nur entwischt, um festzustellen, dass ihn jetzt der
Galgen erwartete. Der Tod kam nicht rasend schnell, aber er
würde kommen, langsam und unvermeidlich, denn trotz der
dicken Klostermauern, die seine Leute vor den Hautfressern
schützten, blieb unklar: War man hier tatsächlich sicher?
Kjell wünschte es sich, aber er konnte es nicht glauben.
Vieles sprach dagegen, dass man sie mit offenen Armen auf-
nahm. Insbesondere der Prior des Ordens musste einen Groll
gegen die Söldner hegen. Sonst hätte er nicht versucht, den
Zutritt zum Kloster zu verweigern, zumindest bis zum Machtwort des Abtes. Offen blieb, wie viel das Machtwort wert war.
Hatte man den Söldnern nur eine Galgenfrist eingeräumt?

Mit etwas Hoffnung erfüllte Kjell dagegen die Tatsache,
dass ihnen die versprochenen Zimmer prompt zugewiesen
wurden. Beide lagen im Hauptgebäude des Ordens.

Das eine Zimmer war eine winzige Klosterzelle. Darin nichts
außer Bett, Stuhl und Fenster. Es war der Ort, an dem Veit
Ruhe finden sollte, um sich von den Verletzungen zu erholen.
Das größere Zimmer besaß ein Fenster, aber keine Betten. Stattdessen war der Raum mit Möbelstücken förmlich vollgestopft:
ein Holztisch mit Sitzbänken, ein Schreibpult, eine Kommode,
eine schwere Truhe und zwei ramponierte Sessel. Die Möbel
waren wurmzerfressen, die Wandbehänge hatte jahrzehntealter
Staub ganz grau gefärbt. Abgetretene Teppiche bedeckten den
Steinboden. Es roch nach Moder und Schimmel.

Aber Gemütlichkeit spielte für Kjell ohnehin keine Rolle. Dem Schrecken der Insel war man nur um Haaresbreite
entkommen. Seit Sonnenuntergang erklang das Jaulen dieser
Teufelsbrut von allen Seiten. Jeder wusste, dass der Feind die
Klostermauern erreicht hatte.

Auf der Flucht hatte Kjell den Großteil seiner Ausrüstung verloren. So blieb keine Möglichkeit, den Kamin, der sich im größeren Raum befand, anzuzünden.

Es war schon Mitternacht als der Prior mit einem brennenden Kienspan auftauchte und ein Feuer entfachte, das beißenden Qualm verströmte. Er strich sein fettiges Haar zur Seite und verkündete:

»Alle Befehle des Abtes sind stets zu beachten. Einen Tag und eine Nacht dürft ihr die zugewiesenen Räume nicht verlassen. Jede Zuwiderhandlung sehen wir als Angriff auf die Klostergemeinschaft. Jede Abweichung wird mit harter Hand bestraft.«

Die Söldner blieben stumm, nur der alte Morten knurrte »Abgemacht!«

Es klang widerborstig, schien dem Prior jedoch fürs Erste zu genügen, denn er verließ die Stube ohne weitere Bemerkungen.

Eine Stunde später brachte ein Novize einen großen Nachttopf. Der ›Hausarrest‹ war damit unmissverständlich.

Kjell, Morten und Jasper setzten sich das Ziel, so viel Platz wie möglich zu schaffen. Jördis beteiligte sich nicht an den Arbeiten. Sie wollte nach dem Verletzten sehen, zu dem sie durch eine Verbindungstür gelangte. Knochen folgte ihr.

Die Granitwand, an der das Krankenbett stand, verströmte Wärme, da auf der anderen Seite der Kamin lag. Jördis fühlte sich unwohl, als sie vor dem Bett stand. Veit lag dort, regungslos, blass wie ein Toter. Vorsichtig zog sie ihm die Rüstung aus. Dabei öffnete er nicht einmal die Augen. Allerdings atmete er noch. Seine Kleidung war schmutzig und zerrissen.

Knochen hatte bisher meist mit Kjell geredet, jetzt sprach er sie zum ersten Mal persönlich an.

»Ich mache mir Sorgen um ihn. Als er gestürzt ist, passierte etwas, das ich bis jetzt nicht gesagt habe.«

»Hm, was ist passiert? Warum erzählst du es erst jetzt?«

»Ich habe das Gefühl, ich kann dir trauen. Zwischen dir und diesem Mann spüre ich eine Verbindung. Er bedeutet dir viel. Mehr als du zugibst!« Jördis runzelte die Stirn. Sie schwieg. Ihr war unklar, worauf Knochen hinauswollte. »Als Veit versuchte, zu meinem Versteck hochzuklettern, ist er abgestürzt. Mitten zwischen mich, euren letzten Kämpfer und die Hautfresser. Er lag dort, während wir kämpften. Lag dort, zwischen den erschlagenen Biestern. Zwischen all dem Blut und den Leichen.«

»Aber du hast ihn doch gerettet?«

»Vielleicht«, war Knochens ausweichende Antwort. »Der mit dem großen Schwert – ich glaube, er hieß Sten – hat gut gekämpft. Ich konnte mir Veit greifen, aber es war vielleicht zu spät. Es kann sein, dass sich sein Blut mit dem der Hautfresser vermischt hat. Er hatte offene Wunden. Verstehst du? Das ist nicht das Gleiche wie der Biss eines Hautfressers. Trotzdem ist es eine Gefahr für Leib und Seele.«

»Blut soll sich vermischt haben? Du meinst, Veit hat eine Art Vergiftung?«

»Ich weiß nicht. Ich weiß so wenig. Zu wenig.« Knochen versank in niedergeschlagenem Schweigen. Er schien dunklen Erinnerungen nachzuhängen. Jördis ließ ihm Zeit, seine Gedanken zu ordnen. »Also … Wenn dich eins dieser Dinger beißt, dann verwandelst du dich in kurzer Zeit selbst in ein Ungeheuer. Du kannst nicht mehr klar denken. Du würdest auf andere losgehen, wahnsinnig, gefräßig wie ein Raubtier. Veit wurde nicht gebissen, aber es kann sein, dass er sich verändert. Es mag nicht schnell geschehen, aber es ist möglich, dass er bald nicht mehr derselbe ist. Du musst ihn jeden Tag untersuchen.«

Jördis wusste zunächst nicht, was sie antworten sollte. Konnte das, was Knochen sagte, wahr sein? Hexerei? Schwarze Magie? Es klang nach Aberglauben. Veit war schwer verletzt, aber eine Verwandlung, eine Mutation des Körpers, konnte sie sich nicht vorstellen.

»Woher weißt du so viel darüber? Bist du dir überhaupt sicher? Und falls er krank wäre: Können wir ihn heilen? Heilige Scheiße! Warum hast du das Ganze nicht eher gesagt?« Die Fragen sprudelten nur so aus ihr heraus.

»Die Geister der Insel meinen, dieser Mann schwebt in Gefahr. Ich kann die Stimme der Insel hören, auch wenn du dafür taub bist. In meiner Heimat wurde ich als weiser Mann verehrt, hier behandelt man mich mit Verachtung. Falls er krank ist, kann ich ihn nicht heilen. Er kann sich nur selbst heilen. Stärke spüre ich in seinem Körper. Verborgene Stärke. Daher habe ich nichts gesagt. Außerdem will ich nicht, dass die Anhänger eures Gottes ihn töten, falls sie von seinem Unglück erfahren.«

Jördis war entsetzt. Sie spürte Hitze in sich aufwallen. »Du glaubst, sie würden ihn töten? Auch wenn er vielleicht gar nichts hat? Einfach so? Aufgrund einer Vermutung?«

»Ich weiß nicht«, sagte Knochen. »Die Mönche sind nicht von Grund auf böse, aber verblendet von ihrem Glauben. Wir sollten – nein – wir müssen vorsichtig sein.«

Jördis fühlte sich, als hätte man ihr den Boden unter den Füßen weggerissen.

»Veit darf nicht sterben! Allein beim Gedanken wird mir ganz schlecht. Kannst du denn gar nichts tun?« Während sie auf eine Antwort wartete, begannen ihre Hände zu zittern.

»Vielleicht«, murmelte Knochen und zog aus seiner Umhängetasche einen seltsamen Gegenstand. Es war ein kugelförmiges Objekt mit einem Dutzend Löchern und einer Art Mundstück. »Eine Okarina«, erklärte Knochen, ergriff die Gefäßflöte mit beiden Händen und begann zu spielen. Seine Finger tanzten über die kleinen Löcher und erzeugten eine Melodie, markant und unverwechselbar.

Die Musik erweckte in Jördis ein Gefühl der Sehnsucht und Nostalgie. Wie in Trance ließ sie sich auf den Stuhl fallen und lauschte. Ihre Augen blickten quasi ins Nichts und ihre Sorgen wurden leichter und leichter, als wären sie Wolken am Sommerhimmel. Jördis spürte, wie das Zittern nachließ. Sie wusste nicht, ob die Musik dem Verletzten guttat, sie wusste nur, dass sie nie zuvor solch wunderschöne Klänge gehört hatte.

Veit hörte Stimmen und Töne, spürte Bewegungen, Berührungen, konnte aber die Augen nicht öffnen. Seine Gedanken waren nicht im Hier und Jetzt, sondern wurden von Ereignissen seiner Jugend durchflutet. Bilder seines Heranwachsens in der größten Stadt der Welt.

Die Erinnerungen an *Vilhelmstad* waren diffus und nicht gerade positiv. Die Stadt erschien ihm als gewaltiger Oktopus, der mehr und mehr Menschen in seinen Bann zog, nicht Hunderte – Tausende! Ein Ort hektischer Betriebsamkeit, an dem Arbeiter, Kaufleute, Handwerker und Schreiber funktionieren mussten wie Maschinen. Eine graue Stadt, ewig verschleiert vom Qualm der Manufakturen und Fabriken. Eingehüllt in den Dunst von hunderttausend schwitzenden, atmenden Organismen.

Seine Eltern, fest im Griff der Metropole: Als einfache Schreiber mikroskopisch kleine Rädchen eines gigantischen Uhrwerks. Sie konnten lesen und schreiben, waren durchaus gebildet, aber nicht in der Lage, über den Tellerrand zu schauen. Sie entwickelten daher den Wunsch, Veit möge in ihre unbedeutenden Fußstapfen treten.

Träumend sah er sein jugendliches Ich, das Widerstand leistete, gegen ein scheinbar vorherbestimmtes Schicksal. Ein rebellischer Geist, der mehr Platz brauchte, sich nach frischem Wind sehnte. In der Traumwelt stand er seinen Eltern gegenüber, erlebte den Abschied von der Heimat aufs Neue, einer Heimat, die er nicht nur gehasst, sondern zugleich auch geliebt hatte.

Darauf folgten Stationen seines Lebens, die ihn immer weiter von *Vilhelmstad* fortführten. Er sah Szenen seiner Ausbildung zum Wundarzt, erlernte Aderlass, Zähne ziehen, Amputieren, Ausbrennen von Wunden. Vor seinem inneren Auge glitten die Gesichter von Verletzten vorbei: Soldaten, Söldner, Krieger und Seeleute.

Schließlich erinnerte er sich auch an seine erste Begegnung mit Jördis. Viele Jahre war es her, dass sie sich in einer von Freibeutern belagerten Hafenstadt getroffen hatten. Eine verrenkte Schulter hatte zur ersten Begegnung geführt. Sie, Jördis, war schon eine erfahrene Säbelfechterin und Veit nur ein Handlanger im Dienst eines zweitklassigen Wundarztes. Er mochte sie auf den ersten Blick, als er sie zwischen schmutzigen Soldaten und anderen Raubeinen erblickte. Auch sie schien eine gewisse Zuneigung zu ihm zu entwickeln, nachdem er ihre Schulter – mit mehr Glück als Verstand – eingerenkt hatte. Seitdem folgte er ihr wie einem Leitstern und wurde Söldner der Blutzopf-Rotte.

Auf die Idylle dieser schicksalhaften Begegnung folgte ein Kreislauf zahlreicher Situationen, die sich nur um Gewalt, Krieg und Fremdheit drehten. Die Traumbilder seines Söldnerdaseins waren dabei so wirr und zusammenhangslos, dass sich Veit später nicht mehr daran erinnern konnte.

Der erste Tag im Kloster war für Kjell zäh und unbefriedigend. Kleidung und Lederrüstung trockneten am Feuer. Nun war er mit der Reinigung seiner Habseligkeiten beschäftigt. Geblieben waren ihm Kampfmesser, Muskete, Kugeln, Schießpulver, Feldflasche sowie ein Geldbeutel mit einigen Münzen. Nicht viel, aber besser als nichts.

Zusammen mit Morten, Jasper und Knochen hatte er im Kaminzimmer übernachtet. Morten und Jasper in den Sesseln, Kjell und Knochen auf dem Boden, ohne Decken oder Kissen. Deutlich hatten sie den Lärm der Hautfresser gehört. Aber Kjell war Schlimmeres gewohnt. Ungewohnt war für ihn vielmehr das Nichtstun, zu dem er verdammt war. Jördis war weder in der Nacht noch am Morgen von Veits Seite gewichen. Ob sie geschlafen hatte, wusste Kjell nicht. Die einzige Begegnung mit der Klostergemeinschaft fand bei Sonnenaufgang statt: Ein Novize brachte wortlos einen Eimer Wasser und einen Topf Getreidebrei.

Kjell dachte viel nach an diesem Tag. Über seine Reise ans Ende der Welt. Über tote Menschen und tote Tiere. Das

Erdbeben, das sie am Steinkreis überrascht hatte. Kimis Tod durch einen Armbrustbolzen. Die Arbeitsstätte der Schwefelstecher. Den Angriff der Hautfresser. Stellan am Boden, zwischen rasiermesserscharfen Zähnen und schnappenden Kiefern. Eine in Felle gehüllte Gestalt, axtschwingend und kampfbereit. Stens Opferbereitschaft und Veits Rettung. Die Flucht zum Kloster der Zeloten.

Der Orden der Zeloten spielte eine besondere Rolle in seinen Überlegungen. Der Glaube an den Erbauer war in den Königreichen die verbindliche Staatsreligion. Die Zeloten waren aber innerhalb der Kirche eine so kleine Splittergruppe, dass Kjell bisher keinem persönlich begegnet war. Sie galten als religiöse Fanatiker, die mit der Waffe in der Hand für den Glauben eintraten, falls es die Situation erforderte. *Skelt* war das Zentrum ihres Glaubens und aus ihrer Sicht der Nabel der Welt. Kjell begriff den Orden als eine in sich geschlossene Gemeinschaft, die Teil der Kirche war, aber ihre eigenen Regeln aufwies. Fakt war, dass Jungen und Mädchen zu Zeloten erzogen wurden und dass im Orden beide Geschlechter gleichgestellt waren. Die grauen Kutten verbargen ohnehin den Unterschied von Mann und Frau. Dennoch waren die mächtigsten Zeloten, denen er begegnet war, Männer: Bran-Magnus, das Oberhaupt der Gemeinschaft, und der Prior des Klosters, ein Unsympath mit strähnigem Haar, der nicht mal seinen Namen genannt hatte.

Neben der großen Gruppe der Zeloten – die im Kloster offenbar die Oberhand hatte – gab es noch eine kleinere, weniger religiöse Gruppe. Kjell ging zum einzigen Fenster des Raums. Von hier aus konnte er diese Menschen gut beobachten: Ehemalige Arbeiter, Handwerker, Bauern, einfache Leute, die im Kloster Zuflucht gesucht hatten. Ob diese Gruppe für die Zeloten Konkurrenz darstellte, schien unwahrscheinlich. Kjell nahm sich jedoch vor, das im Auge zu behalten. Zumindest gab es eine Person, die den Zeloten Paroli geboten hatte: Den Hünen in der Kluft eines Schmieds. Es war Kjell ein Herzenswunsch, dem Mann mit dem stählernen Fuß seinen Dank auszusprechen, was seine Frustration über den Hausarrest noch weiter verstärkte.

»Es sind diese dicken Wände aus Stein«, murmelte er, »die vorgeben, uns zu schützen, und uns doch einsperren und uns die Kraft aus den Knochen saugen.«

Die Worte klangen bitter und auch der Blick in die Runde erfüllte Kjell mit maßlosem Verlustschmerz. Kimis Tod konnte er noch verarbeiten, aber der Verlust von Sten und Stellan hatte ihn tief getroffen. Tiefer als er zugab. Der Kampf ums eigene Leben führte oft dazu, Todesfälle rasch zu vergessen, doch mittlerweile konnte Kjell seine Trauer kaum noch im Zaum halten.

›Eine Kette ist nur so stark wie ihr schwächstes Glied.‹ Das hatte Ansgar Blutzopf stets gesagt, der Kriegsherr des Klans, der irgendwie auch sein Vater war. Kjell konnte ihn förmlich vor sich sehen mit empört geweiteten Augen und kritischen Fragen auf den Lippen. Hatte hier jemand versagt? Und wenn ja, wer? Einer der Toten oder einer der Lebenden? Unter welchen Umständen wären Sten und Stellan noch mit einem blauen Auge davongekommen?

Kjell machte sich bewusst, dass er es sein sollte, der Stens Frau die schreckliche Nachricht überbrachte. Auf dem schnellsten Weg würde er zu dem Langhaus reiten, das Sten mit eigenen Händen am heimischen Fjord erbaut hatte. Stens drei Töchter kämen aus dem Haus gelaufen, in der Erwartung, der Vater käme endlich heim. Der Gedanke an Stens Kinder erzeugte ein Gefühl der Leere in ihm. Kjell ließ sich in einen Sessel fallen, legte den Kopf in die schwieligen Hände und stieß ein leises Schluchzen aus.

Die Nacht hatte Jördis in der Klosterzelle verbracht. Erst saß sie lange auf dem harten Stuhl, bis sie sich irgendwann neben Veit ins Bett legte. Veit zitterte im Schlaf und am Morgen stellte Jördis fest, dass sich seine Stirn heiß anfühlte. Eine Stunde nach Sonnenaufgang tauchte Knochen im Zimmer auf und brachte ihr Getreidebrei. Mit einem Wassereimer füllte er die Waschschüssel, dann zogen sie den Verletzten gemeinsam aus. Sie wuschen Gesicht, Oberkörper, Arme und Beine. Jördis machte sich große Sorgen. Veits Brustkorb war auf der rechten Seite blau und grün von zahlreichen Blutergüssen. Zudem entdeckte Jördis im Bereich der Achseln dicke rote Pickel, die entzündeten Furunkeln glichen. Das Schlimmste war jedoch seine rechte Hand: Drei Finger waren gebrochen und aus den Gelenken gesprungen.

Knochen ergriff die Hand vorsichtig. »Ich bin kein Heiler, kein Arzt. Aber ich will versuchen, ihm zu helfen, wenn die Geister mir den rechten Weg weisen.«

»Hilf ihm, wenn du kannst«, erwiderte Jördis.

Knochen kniete sich neben dem Verletzten auf den Boden. Dann murmelte er mit verschlossenen Augen unverständliche Formeln in einer Sprache, die Jördis nie zuvor gehört hatte. Sie hatte das Gefühl, dass es sich weniger um ein Gebet als vielmehr um einen Singsang handelte, dessen Melodie an das Okarina-Lied erinnerte. Anschließend kramte er aus seiner Umhängetasche Verschiedenes hervor: Stoffstreifen, Lederbänder und drei Gegenstände, die von Größe und Form Hufnägeln glichen, jedoch von milchig weißer Farbe waren. Jördis vermutete, dass es sich um Gebeine von Nagetieren handelte.

Jördis biss die Zähne zusammen, als Knochen mit entschlossenen Bewegungen Veits Finger wieder in die richtige Position brachte. Bei den knackenden Geräuschen bekam sie eine Gänsehaut. Sogar Veit riss kurz die Augen auf und blickte mit glasigen Augen um sich, aber nur für wenige Wimpernschläge. Die Tierknochen benutzte der Albino zum Schienen der Finger und Jördis war beeindruckt wie gut sie sich dazu eigneten. Die geschienten Finger wurden schließlich mit Stoffstreifen und Lederbändern umwickelt.

»So hat er wenigstens eine Chance«. Knochen betastete sein Werk vorsichtig. Dann deckten sie den Feldscher zu und verließen das Zimmer.

Am Nachmittag versammelten sich alle bis auf Veit im Kaminzimmer. Gemeinsam saßen sie am großen Holztisch. Da die Söldner ohnehin nichts tun konnten, war endlich Zeit, Knochen weiter über die Insel zu befragen. Der Mann mit Albinismus schien froh zu sein, jemandem über die schrecklichen Ereignisse erzählen zu können. Als hätte er endlich Raum, sich etwas Belastendes von der Seele zu reden. »Habt ihr jemals davon gehört, dass eine ganze Insel in die Knie gehen kann? Nein? Dann hört zu, was ich erzähle.« Die Söldner hingen gebannt an seinen Lippen. »Vor zwei Jahren war hier auf der Insel noch alles in Ordnung. *Schmelztiegel* war eine lebendige Stadt. Einige beklagten sich zwar über Gewalt, Trunksucht und Hurerei, über schmutzige Straßen und schlechte Luft, aber die Menschen waren zufrieden, denn der Schwefel sicherte allen einen gewissen Wohlstand. Ich lebte in einer Blockhütte außerhalb der Siedlung, da ich bei den Menschen hier nicht gerade beliebt war. Die Zeloten sah man fast nie in *Schmelztiegel*. Nur ganz selten kam jemand aus dem Kloster, um Eisenwaren oder ähnliches zu kaufen.

Alles änderte sich vor einem Jahr. Ich war selbst nicht dabei, habe aber gehört, dass die Stadt mitten in der Nacht von Norden aus angegriffen wurde. Viele Menschen starben in dieser ersten Nacht, viele wurden schwer verletzt. Später kam heraus, dass es sich bei den Angreifern um Schwefelarbeiter handelte. Man redete von schlechter Bezahlung, über miese Arbeitsbedingungen, einer Revolte der Schwefelstecher. Die Soldaten des Königs taten wenig.

Die zweite Nacht war noch schlimmer. Diesmal war ich selbst vor Ort. Die Stadt wurde erneut angegriffen und die Angreifer waren tatsächlich einfache Arbeiter, aber sie kämpften wie wilde Tiere, nicht wie Menschen. In derselben Nacht erhoben sich die Verletzten des ersten Angriffs und gingen auf die eigenen Familien los. Eltern töteten die eigenen Kinder und Kinder versuchten, die eigenen Eltern zu verletzen. Es war schrecklich. Die Soldaten standen auf verlorenem Posten.

Da ich hier keine Familie habe, floh ich und verließ *Schmelztiegel*. Allein. Und niemand folgte mir.«

»Ganz allein?«, fragte Kjell. »Das klingt nach einem sehr gefährlichen Pfad. Hast du nie einen Blick zurückgeworfen?«

»Ja und nein«, erwiderte Knochen. »Als ich am nächsten Morgen zurückkehrte, war *Schmelztiegel* eigentlich schon am Ende, obwohl es natürlich noch andere Überlebende gab. Es war nicht mehr sicher, auch wenn die Straßen im Tageslicht leer wirkten. Die Insel war aus ihrem spirituellen Gleichgewicht geraten. In Hütten und Kellern, überall dort, wo es dunkel war, versteckten sich die, welche die Stadt angegriffen hatten. Damals war es mir noch nicht klar, aber mittlerweile weiß ich, dass sich die Menschen der Insel nach und nach in Monster verwandelten. Selbst die, welche tot sein sollten, kamen nicht zur Ruhe und erhoben sich, um Angst und Schrecken zu verbreiten. Wer gebissen worden war, biss wiederum andere, sodass sich diese Seuche immer weiter verbreitete, wie ein Flächenbrand. Die Gebissenen hatten unstillbaren Hunger und fraßen nicht nur andere Menschen, sondern auch Pferde, Schafe, Ziegen, Hunde, Katzen. Für die Überlebenden galt es, ihr Heil in der Flucht zu suchen. Die meisten versuchten, in Richtung Hafen zu fliehen, hatten jedoch keinen Erfolg. Einige wollten sich in den Wäldern verstecken, so wie ich. Andere flohen ins Gebirge. Manche schafften es bis zum Kloster, aber das wusste ich damals nicht.

Für mich begann darauf eine Zeit der Einsamkeit, obwohl ich zunächst in der Nähe der Siedlung blieb, um zu beobachten. Was mir besonders auffiel, war die Tatsache, dass seit den schrecklichen Ereignissen ein dichter Nebel über dem Ort liegt, der sich selbst zur Mittagsstunde nicht verzieht. Richtig schlimm wird es aber erst bei Nacht. Mehrmals habe ich menschliche Stimmen nach Verwandten und Freunden rufen hören. Stimmen, die verzweifelt versuchten, mich in den Nebel zu locken. Doch ich hielt Stand und mied den Ort. Es war mir nicht geheuer.

Erst nach einigen Tagen kam ich auf die Idee, dass die Verwandelten nicht mehr wie Menschen, sondern wie Raubtiere handeln. Gnadenlose Jäger, die jedes Mittel nutzen, um ihre Beute zur Strecke zu bringen. Deshalb nahm ich auch an, dass sie von größeren Gruppen in ihrer Nähe viel stärker angezogen werden als von einem einzelnen Mann in der Weite der Wildnis. Wie ihr mittlerweile wisst, lag ich dabei nicht falsch. Sonst wäre ich längst tot.

Und so hielt ich mich in den nächsten Monaten von allem fern. Ganz allein durchstreifte ich ohne Ziel den Westen der Insel. In dieser Zeit lernte ich, auf die Geister der Insel zu hören. Schon immer hatte ich ein Gespür für die Geister in allen Dingen, aber seit dieser Zeit kann ich ihre Stimmen *wirklich* hören. Als hätte ich die Brücke zwischen der dinglichen Welt und der Geisterwelt überquert.«

Bei den letzten Worten verdrehte Jasper missbilligend die Augen. Auch Morten wirkte genervt, blies die Backen auf und erwiderte:»Komm schon! Das kann doch nicht dein Ernst sein! Hattest du Giftpilze gegessen oder was?«

Knochen schüttelte den Kopf, strich sein weißes Haar zur Seite und fuhr unbeirrt fort:»Wochenlang begegnete ich niemandem und niemand begegnete mir. Mutterseelenallein streifte ich durch die dunklen Wälder im Westen, hörte nur gelegentlich die Stimmen der Insel, die mich mal hierhin, mal dorthin lotsten. Tags schlief ich, nachts blieb ich in Bewegung.

Eines Nachts spürte ich plötzlich, dass sich mir etwas näherte, obwohl kein Laut die Ruhe der Wälder störte. Der Mond schaute einem gelben Auge gleich durch das Gewölk. Ich befand mich auf einem Trampelpfad, umgeben von Bäumen, die sich wie schweigsame Riesen beiderseits des Weges aufgestellt hatten, um eine Gasse zu bilden. Kurzum: Der Pfad kam mir vor wie eine dämmrige Straße durch die Geisterwelt.

Den Pfad hinab kam ein Geschöpf, wie ich bisher keines aus der Nähe gesehen hatte. Die Körperform glich der eines Menschen, aber die Arme wirkten länger und endeten in knochig krummen Fingern. Die Haut grau und rau wie Vulkanasche. Keine Kleidung. Es war der erste Hautfresser, dem ich von Angesicht zu Angesicht begegnete.

Ich zog meine Axt und trat einen Schritt zur Seite. Denn ich wollte dem Wesen die Möglichkeit geben vorbeizuziehen. Doch das fremdartige Ding hatte nicht die Absicht, dies zu tun. Es kam direkt auf mich zu, schien es jedoch nicht eilig zu haben. Mit der Spitze meiner Axt stieß ich den Angreifer zurück. Einmal. Zweimal. Dreimal. Die Haut war dicker als Leder und das Wesen empfand wohl keinen Schmerz. Als es erneut nach mir greifen wollte, durchschlug meine Axt ein Bein der Kreatur. Sie fiel zu Boden und mit Schwung trieb ich ihr die Axt tief in den Rücken.

Doch dann stellte ich fest, dass dieses Ding selbst mit einer Axt im Kreuz weiter auf mich zu kroch. Ich sprang zurück, zog mein Messer. Das Ding kam näher, langsam aber sicher, versuchte nach meinem Fuß zu greifen. Ich trat zu, sprang weiter zurück. Ich weiß heute selbst nicht, warum ich nicht wegrannte. Als mich das Wesen erneut erreichte, stach ich zu, wieder und wieder. Erst als ich den Schädel durchbohrte, erschlaffte die Gestalt. Seitdem kenne ich die Schwäche dieser Schreckgestalten.«

Kjell, Morten, Jasper und Jördis nickten grimmig. Sie signalisierten schweigend ihre Zustimmung. Nach einer kurzen Pause setzte der Albino erneut an, um weiter zu berichten.

»Der Rest meiner Geschichte ist schnell erzählt. Nach einem Winter in den Wäldern hatte ich genug vom Alleinsein. Mich überfiel die Angst vor einem Dasein ohne Sinn. Ich fragte mich, ob mich die Geister zu einem bestimmten Zweck auf die Insel geschickt hatten. So begann mein Kreuzzug gegen die Hautfresser. Nach und nach erkundete ich fast die ganze Insel, vor allem das Gebirge rund um den Vulkan. Besonders im Norden der Insel sammeln sich die Hautfresser, weshalb ich dort so etwas wie ein Nest vermute. Um die Kreaturen besser im Auge zu behalten, errichtete ich meinen Schlafplatz in der Steilwand, von wo aus ich eines Nachts Kampfeslärm hörte, der mich zu euch Galgenvögeln führte. Den Rest der Geschichte kennt ihr ja.«

Knochen schien das Erzählen müde gemacht zu haben. Dunkle Schatten lagen unter seinen Augen und die feinen Linien in seinem Gesicht wirkten tiefer als sonst.

»Du hast uns viel Stoff zum Nachdenken gegeben«, versicherte Kjell. »Gäbe es ein Nest dieser Biester, könnte man es ausräuchern. Dann könnte der Schwefel vielleicht eines Tages wieder gefördert werden.« Kjell blickte mit der Ernsthaftigkeit eines Feldherrn in die Runde. »Doch genug für heute«, bestimmte er. »Morgen ist auch noch ein Tag und ich werde vom Herrn des Klosters erwartet. Ich werde all meine Wachsamkeit brauchen, das Gespräch könnte über unsere Zukunft entscheiden.«

2 ALPHA UND OMEGA

In einer Höhle im Norden der Insel befand sich ein Geschöpf ohne Gesicht. Es atmete nicht, aß nicht, trank nicht, es hockte einfach dort. Geduckt, wie ein grauer Geist, der auf Beute lauert. Dieses Geschöpf hatte seinen Namen schon vor langer Zeit vergessen, bezeichnete sich in Gedanken aber manchmal selbst als ›Alpha‹.

Alpha saß zusammengekauert auf dem Boden, mit geschlossenen Augen. Sie musste die Augen auch nicht öffnen, denn sie kannte die von silbernen und goldenen Adern durchzogenen Höhlenwände und ihren Glanz genauestens. Ebenso das andere Geschöpf an der gegenüberliegenden Höhlenwand, genannt Omega.

Alpha sprach niemals mit dem anderen Geschöpf. Denn sie konnte seit Langem nicht mehr sprechen, wusste dafür aber stets, was Omega gerade dachte und umgekehrt. Omega dachte ohnehin wenig. Noch weniger als Alpha. Denn die gemeinsame Lebensaufgabe war simpel: Wache halten bis ans Ende aller Tage und die neugierigen Menschendinger jagen, die sich ihrer Höhle näherten. Doch es war schon Wochen her, seit sie zuletzt das warme Blut und das süße Fleisch der weichen Menschendinger gekostet hatte.

Alpha fühlte sich sicher. Das lag nicht nur an der panzerartig harten Haut und der unglaublichen Stärke ihres sehnigen Körpers. Es lag vor allem an der Nähe ihrer Brut. Sie fühlte sich verbunden mit allen Nestlingen in den Höhlen und Felsgängen. Alpha hasste zwar das Sonnenlicht, mochte aber die Tatsache, dass sich tagsüber ein Großteil des Rudels in den gemeinsamen Bau zurückzog. Sie mochte diesen Ort, an dem das Rauschen des Meeres und der beständige Wellengang gut zu hören waren.

Das gesichtslose Geschöpf, das zusammen mit Omega an der Spitze der Rangordnung stand, war innerlich völlig ruhig. Vollkommen entspannt, beinahe schläfrig. Zugleich war ihr aber bewusst, wie unruhig manche ihrer Kinder waren. Ja, ein quälender Hunger peinigte sie so stark, dass sie kaum schlafen konnten. Die Beute war in der letzten Nacht knapp entwischt, hatte sich als flinker herausgestellt als erwartet. Doch die Gemeinschaft war zahlreich und ausdauernd. Sie fraßen oft und hungerten selten. Waren jedem Wetter gewachsen. Fürchteten keinen Schmerz. Lebten dicht beieinander und zogen daraus Stärke. Alpha war sicher, dass ihre Brut bald wieder fressen würde.

3 AUDIENZ

>KLOPF!< >KLOPF!< Es war der Morgen des nächsten Tages und Kjell wusste sofort, was ihn erwartete: Seine Audienz beim Herrn des Klosters. Der Rottmeister war bewusst vor Sonnenaufgang aufgestanden, hatte seine Lederrüstung angelegt, seine Kleidung so gut wie möglich hergerichtet. Ein Frühstück hatte es nicht gegeben. Vielleicht wollte man den Söldnern dadurch ihre Stellung verdeutlichen.

Mit leerem Magen öffnete er die Tür. Ihm gegenüber: Der Prior des Ordens. Ein Sinnbild steifer Unnahbarkeit. Seine Eskorte. »Los! Mitkommen! Der Herr will dich sehen. Dich und den Albino.«

Kjell wunderte sich, versuchte dies jedoch zu verbergen. Doch Knochen war schon an seiner Seite und gemeinsam folgten sie dem Prior durch die dunklen Flure des Ordensgebäudes. Eine Treppe mit kunstvoll gedrechseltem Geländer stiegen sie hinauf und erreichten am Ende weiterer Flure eine mit Runenzeichen bedeckte Tür aus schwarzem Holz.

»Du wartest hier«, kommandierte der Prior und Knochen blieb im Flur.

Die Tür wurde geöffnet und Kjell betrat die Schreibstube von Bran-Magnus, gefolgt vom Prior, welcher die Tür hinter sich wieder verschloss. An einem wuchtigen Schreibtisch saß Bran-Magnus, spindeldürr, altehrwürdig, aristokratisch, mit gravitätischer Miene. Der Prior nahm neben ihm Aufstellung, glich jedoch an der Seite dieser charismatischen Führungsperson eher einem schäbigen Schoßhund. Seitlich des Tisches stand eine Bank, auf der ein Mann und eine Frau saßen, die gegensätzlicher nicht hätten sein können. Er war groß und schlank, sie dagegen zwergenhaft und dick. Sein Gesicht schmal geschnitten mit langer Nase und spitzem Kinn. Ihr Gesicht weich, rund, mütterlich. Er trug kurzes, borstiges Haar, das neben ihren goldblonden Locken schwarz wie Tinte wirkte. Auch der Altersunterschied war erheblich.

Die Frau mochte Mitte Fünfzig sein, der Mann sicherlich unter Dreißig. Auffällig jung, falls er tatsächlich zu den Obersten des Ordens zählen sollte, dachte Kjell.

»Meister Blutzopf, da seid Ihr ja!«

Der Abt schob das Kinn vor und glättete die Vorderseite seiner weißgrauen Robe. »Ich möchte gleich zur Sache kommen«, ergriff er das Wort. »Das sind die Obersten meines Ordens. Ich möchte sie Euch gern vorstellen.«

Kjell nickte. »Gern.«

»Zunächst Prior Ingvar Kaltstein.« Gewichtige Pause. »Ingvar ist meine rechte Hand. Er organisiert für mich die Messe, den Tagesablauf, die Versorgung der Überlebenden und ist nicht zuletzt unser hochgeschätzter Schatzmeister.«

Kaltstein. Den Familiennamen kannte Kjell nur zu gut. Einer der 47 namhaften Klans. Ein Klan aus *Steinthor*, wie der Blutzopf-Klan. Das, was der Blutzopf-Klan für das Militär war, stellte der Kaltstein-Klan für die Kirche dar. Einen Stützpfeiler der Macht. Beide Klans verband eine alte Feindschaft. Zu oft schon hatten sich ihre Interessen überschnitten, zu viele Streitigkeiten waren blutig geendet. Ein häufiges Problem in den Konföderierten Königreichen: Staat, Kirche und Militär schienen für das Volk wie zu einer Einheit verwoben, hinter den Kulissen herrschte aber hartnäckige Rivalität.

Kaltstein. Kjell fiel es jetzt wie Schuppen von den Augen. Das Verhalten des Mannes passte zum Auftreten des Kaltstein-Klans: Arrogant, herrschsüchtig, von oben herab. Kjell Blutzopf und Ingvar Kaltstein fixierten sich mit Blicken. Beide waren im gleichen Alter. Jeder ein vielversprechender Spross seines Klans. Wie zwei Seiten einer Medaille.

Kjell schaute dem Prior wissend in die Augen.

»Blutzopf nennt sich mein Klan. Kjell mein Name.«

Der Prior blickte grimmig zurück. »Ein Blutzopf ... Oder besser ein Blutwurm. Ein Mann fürs Grobe, für die Drecksarbeit des Königs«, knurrte er abfällig. Es klang nicht nur unfreundlich, es klang bitterböse. Ein hämisches Grinsen verzerrte Kaltsteins Gesicht zur Fratze.

»Besser als eine Made im Speck der Kirche. Mit soviel Courage wie ein Sack alter Würste«, konterte der Rottmeister und sein verbaler Hieb saß. Wenn Kaltsteins Blick hätte töten können, Kjell wäre wohl tot umgefallen.

»Meine Herren! Schluss damit«, fuhr Bran-Magnus dazwischen. »Ich habe meine Führungsspitze noch nicht ganz vorgestellt.« Wie eine Marionette, die an unsichtbaren Fäden gezogen wurde, wandte Kjell seinen Blick widerwillig vom Prior ab und dem jungen Mann zu, der auf der Bank saß. »Das ist Raik, unser oberster Schreiber.« Bran-Magnus deutete auf den schlanken Mann mit dem spitzen Kinn. »Raik ist sozusagen Buchhalter und Bibliothekar in einem. Er verwaltet die Rationierung der Lebensmittel, verzeichnet wie ein Zeugwart all meine Besitztümer und führt neben der bescheidenen Bibliothek auch die Chronik des Ordens. Er ist, wie Ihr seht, noch recht jung! Doch der Orden hat in letzter Zeit einige Verluste hinnehmen müssen, was mich zu seiner Berufung bewegte.«

Raiks Gesicht blieb ernst. Die Bemerkung zu seinem Alter überhörte er wohl bewusst. Er sah Kjell an und nickte kaum merklich. Raik schien sparsam mit Worten und Emotionen umzugehen. Als wären auch Gefühlsregungen etwas, das man streng rationieren müsse. Seine Sitznachbarin war da ganz anders. Als sei sie Kjells Lieblingstante, lächelte sie ihm herzlich entgegen, ihre Augen funkelten voll Wärme.

»Mirte ist ihres Zeichens Apothekaria«, stellte der Abt sie vom Schreibtisch aus vor. »Unsere Mirte ist eine Koryphäe auf den Gebieten Heilkunst, Alchemie und Pflanzenkunde. Ohne ihre tatkräftige Unterstützung wäre der eine oder andere Ordensbruder nicht mehr unter uns. Ich selbst habe mich schon oft …«

»Das ist doch zu viel des Lobes«, fuhr sie ihm ins Wort. »Es freut mich, dass endlich wieder junges Blut den Weg zum Kloster gefunden hat. Mein lieber Herr Söldner, es freut mich wirklich sehr. Oder darf ich Kjell sagen? Mit Doppel-L, nicht wahr? Kjell! Was für ein flotter, frecher Name. Und Ihr habt diese Leute hierhergeführt? Wie viele eigentlich? Sechs! Einfach klasse! Ihr seid ein toller Kerl, ein Teufelskerl! Ha! Aber bitte setzt Euch doch, ja bitte, dort. Bitte seid doch nicht so schüchtern.«

Ihren Redeschwall fortsetzend, sprang die Apothekaria auf und komplimentierte Kjell zu einem Schemel, direkt gegenüber von Bran-Magnus. »Na? Bequem? Wie gefällt es euch im Kloster? Ist doch ganz gemütlich, oder nicht? Aber natürlich, draußen war's kalt! Regen! Wind und so weiter. Ha! Aber hier machen wir's uns gemütlich, nicht wahr? Das sind doch tolle Aussichten.« Der Rottmeister saß bereits und Mirte klopfte ganz mütterlich imaginäre Staubflocken von seinen Schultern. Sie roch nach Lavendel.

»Habt Ihr schon nach unserem Verwundeten gesehen?«, warf Kjell mit fester Stimme ein.

»Aber nein, mein Lieber! Nein! Wo ist er denn? Hier? Ein Verwundeter in unserem Hause? Ja. Das kann doch nicht wahr sein. Ja, das geht doch nicht. Gut, dass Ihr es mir sagt. Ich sehe schon. Ha! Ihr seid ein aufmerksamer Junge! Stets bemüht, sogar besorgt und so weiter. Wo mag der Verwundete denn sein?! Unten? Natürlich. Ich laufe. Ich eile!«

Sie raffte ihre graue Robe zusammen, sodass man ihre stämmigen Waden sehen konnte. War schon halb zur Tür heraus, als sie sich noch einmal Bran-Magnus zuwandte. »Werter Abt, ich eile zum Kranken. Ihr entschuldigt mich doch? Aber natürlich entschuldigt Ihr mich. Oder? Und bitte, seid doch nicht so streng zu ihm. Zumindest noch nicht heute. Er ist doch ein braver Junge, dieser Kjell. Ein Teufelskerl! Ha!« So sauste sie davon, ohne auf eine Antwort zu waren. Und Krach fiel die Tür hinter ihr ins Schloss.

»Mirte ist manchmal etwas zu lebhaft. Die Pferde gehen einfach mit ihr durch«, ergänzte der Abt nachsichtig. »Nun kennt Ihr fast alle Obersten. Fehlt nur noch meine Gemahlin.«

Bran-Magnus nahm eine kleine, goldene Glocke vom Pult und läutete. Wie bei einer Theatervorführung teilte sich ein schwarzer Vorhang im hinteren Teil des Raums und die Herrin des Klosters trat ein. Kjell wurde von ihrer weiblichen Ausstrahlung sofort in den Bann gezogen. Ihre vollen Lippen formten ein vollkommenes, einladendes Lächeln. Sie trug eine ärmellose Robe, die eng anlag und entlang der Gürtellinie mit Lederbändern straff umwickelt war. Die schmalen Schultern und die grazile Taille wussten auf Anhieb zu gefallen. Schultern, Arme und Hände waren mit faszinierenden Hautbildern verziert. Ihre Haltung zugleich herrisch und anmutig.

»Madah-Runa nennt man mich«, strahlte sie ihn an. Ihre Stimme klang einnehmend und angenehm wie flüssiger Honig. »Mein Metier ist die Ausbildung der Novizen. Doch meine Leidenschaft gilt Athletik und Kampfkunst.« Die Zähne waren weiß und sauber. Die Lippen rot. Das Alter unmöglich zu bestimmen.

»Da ist ja schon meine Frau«, ergänzte der Abt überflüssigerweise. »Einige Novizen nennen sie auch Runenmutter, da sie sich als Einzige auf die Erschaffung unserer heiligen Runenstöcke versteht.«

Kjell betrachtete den Kampfstock, den die Runenmutter in Händen hielt. Er war vollständig mit verschlungenen Symbolen und feinen Schriftzügen bedeckt, die wahrscheinlich eine besondere Bedeutung für den Orden der Zeloten hatten.

»Ingvar, Raik und Mirte sind Eure wichtigsten Ansprechpartner. Ihr Wort ist hier Gesetz. Gleiches gilt natürlich für das Wort meiner Gemahlin.«

Madah-Runa setzte sich neben Raik auf die Bank. Elegant schlug sie ein Bein über das andere. Die schlanken Waden waren kunstvoll tätowiert und vollendet geformt.

»Also sind die vier sozusagen meine Vorgesetzten?«, fasste Kjell nüchtern zusammen.

»Korrekt. Sie weisen Euch in den Klosterbetrieb ein. Der Winter kommt, sehr bald. Ihr werdet Euch hier nützlich machen. Die Verantwortung für Eure Leute obliegt euch, Blutzopf. Wiederholt das.«

»Ich trage die Verantwortung für meine Leute«, versicherte Kjell unumwunden.

»Schreibt Euch das hinter die Ohren, denn ich bin, das muss ich bei aller Bescheidenheit eingestehen, zurzeit der mächtigste Mann auf *Skelt*. Kein anderer Souverän hat überlebt. In letzter Zeit gab es einige Probleme, aber mittlerweile hat sich alles zum Guten gewendet.«

»Zum Guten gewendet?« Kjell war fassungslos. Sein Gesicht finster wie eine Gewitterwolke. Wie konnte eine gelehrte Führungsperson vom Format des Abtes die desolate Lage der Insel nicht erkennen? Konnte der Abt tatsächlich so verblendet sein?

»Die Insel wurde geheilt«, fuhr Bran-Magnus den Rottmeister an, schien dabei plötzlich von fanatischem Eifer beseelt.

»Die Siedlung am Fuß des Berges war ein Krebsgeschwür, das ausgebrannt wurde. Die Reinigungswelle, die *Skelt* erfasste, ein Fingerzeig des Erbauers. Die Insel ist seine Heimstatt. Hier erwarten wir seine Rückkehr seit Jahrhunderten. Hier war kein Platz für Habgier und Hurerei, Glücksspiel und Gewalt. *Schmelztiegel* war der Sünde anheimgefallen. Und der Erbauer hat in seiner Weisheit das Leben auf der Insel nicht mit Feuer und Schwefel einfach vernichtet. Weit gefehlt! Die Aschebrut hat die Schuldigen von der Sünde erlöst und die Unschuldigen verschont.«

»Moment. Ihr glaubt, diese Kreaturen unterscheiden zwischen gut und böse?«

»Natürlich. Deswegen hat Euch die Aschebrut verschont. Ihr scheint durchaus ein guter Mann zu sein.«

»Aber wieso nennt Ihr sie Aschebrut?«

»Wegen der heiligen Asche, mit der er sie täglich salbt, wie der Vater seine Kinder. Habt Ihr es nicht gesehen? Die Aschebrut lebt so nah an der Heimstatt des Erbauers wie niemand sonst. Feuer und Schwefel können ihr nichts anhaben. Sie ist perfekt an den Lebensraum angepasst. Geschaffen für die Nähe zum Erbauer. Es hat etwas Heiliges, nicht wahr?«

Der Rottmeister schwieg. Ernüchtert. Wo war er hier gelandet? Der Abt wirkte absolut überzeugt, sodass Kjell alle Argumente, die ihm im Kopf herumschwirrten, nutzlos erschienen. Während Kjell nachdachte, wandte sich Bran-Magnus dem Prior zu.

»Ingvar, sei so gut und schicke jetzt den Albino herein. Ich will mit ihm ganz allein sprechen. Für alle anderen ist die Audienz beendet.«

Raik, Ingvar und Madah-Runa verließen zügig die Schreibstube. Der Rottmeister folgte ihnen. Knochen stand im Flur und wirkte blasser als jemals zuvor. Ohne Worte betrat er langsam das Amtszimmer des Abtes. Kjell fragte sich, ob Knochen wohl wusste, was ihm nun bevorstand.

»Verdammt, das hat aber lange gedauert.«

Kjell saß in einem Sessel des Kaminzimmers, das man der Rotte zugeteilt hatte. Nervös hatte er auf den Albino gewartet. Knochen sank in den anderen ramponierten Sessel. Seine roten Augen matt und müde. Er machte ein Gesicht, als läge ihm ein Pfund Glasscherben im Magen.

»Was hat er gewollt?«

Knochen schwieg, den Kopf gesenkt, strich sich weiße Haare aus dem Gesicht. Der Albino schien für einen Moment völlig teilnahmslos. Als habe er gar nichts gehört.

»Knochen?«

Plötzlich straffte er die Schultern und blickte Kjell in die Augen. »Hat mich ausgefragt. In die Mangel genommen. Seine Kräfte benutzt … Er hat mich immer wieder gefragt, was für ein Mensch ich bin.«

»Was hast du geantwortet? Was bist du für ein Mensch?«

»Ein wilder Wolf, der gerne Lämmer reißt und seinen Schafspelz längst abgelegt hat, im Gegensatz zu dem alten Kuttenträger da oben.«

»Was meinst du damit? Kennt ihr euch?«

»Ja und nein. Wir sind uns nie persönlich begegnet, doch ich bin – oder war – auf der Insel bekannt. Ich bin der Einzige auf der Insel, der nicht an den Erbauer glaubt. Trotzdem achtete man mich in *Schmelztiegel*, auch wegen meiner Heilkunst. Vielleicht sehen mich die Kirchenmänner als eine Art ... wie heißt das Wort in eurer Sprache?«

Kjell dachte kurz nach. »Als Konkurrent? Als Ketzer?«

»Ja, so muss es wohl sein. Bran-Magnus sagte, er würde mich am liebsten sofort verbannen, nannte mich eine ›persona non grata‹, was auch immer das heißt. Wieder und wieder hat er mich auf meine Habseligkeiten angesprochen. Er meinte, es sind Dinge, die nicht von dieser Welt stammen.«

Der Albino wies auf die exotischen Glücksbringer und Talismane sowie den fremdartigen Dolch an seinem Gürtel. Interessiert deutete Kjell auf die Waffe. »Zeig mal her«, forderte der Rottmeister.

Widerstrebend reichte ihm Knochen den leicht gebogenen Dolch. Die Klinge war zweischneidig: Auf der einen Seite glatt und auf der anderen Seite mit einer markanten Sägezahnung versehen. Der Dolch war so kurz, dass er kaum für den offenen Kampf taugte, sondern eher dazu, einem Schlafenden heimtückisch die Kehle durchzuschneiden oder zum Aufbrechen von erlegtem Wild. Zudem erinnerte Kjell diese Waffe beinahe an einen rituellen Gegenstand.

»Es sind Dinge aus meiner Heimat. Ich werde mich nicht von ihnen trennen«, sagte Knochen als ihm Kjell den Dolch zurückgab.

»Du gehörst jetzt irgendwie zu uns«, stellte der Rottmeister nachdenklich fest. »Ich kenne dich zwar kaum, aber ich vertraue dir immerhin mehr als diesen Kuttenträgern. Sie scheinen etwas zu verbergen, obwohl ich noch nicht weiß, was es ist. Dennoch sollten wir bis auf Weiteres hier bleiben. Vielleicht können wir mehr über diese Hautfresser herausfinden. Die Mönche müssen irgendetwas wissen. Außerdem wird es von Tag zu Tag kälter. Wenn die See zufriert, wird für viele Wochen niemand vom Festland hierher kommen. Wir sind wohl oder übel auf uns allein gestellt.«

4 KRANKES BLUT

Das Aus-Sich-Herausgehen war eine Fähigkeit, die Madah-Runa schon seit Jahrzehnten beherrschte. Auf dem Festland hätte man sie allein für diese Fähigkeit schon längst als Hexe verteufelt und hingerichtet – in der Abgeschiedenheit der Insel hatte sie jedoch die Gelegenheit gehabt, diese Gabe mehr und mehr zu verfeinern.

Beim Aus-Sich-Herausgehen ging es darum, mit dem Geist den Körper zu verlassen, nicht mehr und nicht weniger. Und genau das tat Madah-Runa auch diese Nacht. Nachdem sie sich im Schlafgemach zur Ruhe gelegt hatte, konzentrierte sie sich und fühlte, wie sich ihr Geist von der leiblichen Hülle löste. In diesem Zustand spürte sie eine überwältigende Freiheit und Leichtigkeit, als habe man sie von den starren Fesseln des Fleisches befreit.

Von oben herab schaute sie auf ihren eigenen Körper, welcher allein und reglos in dem breiten Himmelbett lag. Sie zögerte nicht, ihren Körper hier zurückzulassen, denn schon oft hatte sie diesen Schritt gewagt, ohne es bisher zu bereuen. Keiner konnte sie in diesem Zustand sehen, hören oder riechen. Wie ein Geist vermochte Madah-Runa sich jetzt durch das Kloster zu bewegen, unsichtbar und – wenn sie wollte – schnell wie der Wind.

Auf direktem Weg verließ ihr Geist das Wohngebäude und flog zum Tempel, welcher das Zentrum der Klosteranlage bildete. Ohne Widerstand bewegte sie sich durch das geschlossene Haupttor des Heiligtums, in dessen Mitte die kolossale Statue des Erbauers stand, welche jeden Menschen um ein Vielfaches überragte. Sie hielt kurz Inne, um sich an den vier Gesichtern ihres Gottes zu erfreuen und sich anschließend dem rechten Arm des Standbildes zu nähern. In dieser Hand hielt die Statue ein Trinkhorn aus Bronze, welches jedes Jahr mit heiligem Met gefüllt wurde. Mit kundigem Blick kontrollierte Madah-Runa den Füllstand und die klare Farbe des Honigweins, denn eine Eintrübung oder ein sinkender Füllstand verhießen großes Unheil.

Beruhigt schwebte ihr Geist weiter, passierte zahlreiche Bankreihen und erreichte eine Wendeltreppe, die steil nach unten führte. Weil Madah-Runa ihren Körper zurückgelassen hatte, flog sie die Treppe unbeschwert in Windeseile herab und erreichte ein aus dem Fels gehauenes System dunkler Gänge, das zu unterirdischen Kammern, Kulträumen und Kavernen führte. Eine dieser Kammern beherbergte das private Studierzimmer ihres Gemahls. Regale säumten die Wände, gefüllt mit Büchern und Schriftstücken in allen Farben und Formaten. Zwischen den Regalen waren die Felswände mit Steinmetzarbeiten versehen, die himmlische Walküren und andere geflügelte Gestalten zeigten. In der Mitte des Raums ein Steinblock, gestaltet im Stil eines Lesepults, mit klauenartigen Standfüßen an allen vier Ecken. Darauf ein altehrwürdiger Foliant, in den sich ihr Gemahl vertieft hatte.

Im Licht zahlreicher Talgkerzen las Bran-Magnus, konzentriert und ohne Pausen. Von Zeit zu Zeit blätterte er in dem Folianten hin und her, als suche er etwas oder folge einer Eingebung. Wie alle Zeloten erwartete ihr Gemahl die Rückkehr des Erbauers und tat alles, um diesen als vollkommener Streiter in Empfang nehmen zu können. Besonders die geistige und spirituelle Weiterentwicklung war ein Ziel von Bran-Magnus. Er hatte sich in den letzten Jahrzehnten so viel Wissen angeeignet, dass es niemanden gab, der ihm in Bezug auf Gelehrsamkeit das Wasser reichen könnte. Ohne dieses Wissen wäre es ihm nie gelungen, den Orden in den letzten Jahren auf Kurs zu halten. Ohne dieses Wissen wäre es ihnen nie gelungen, die Insel von allen Sündern zu reinigen.

Da ihr Gemahl sie weder sehen noch hören konnte, verließ sie das Studierzimmer zügig und betrat erneut das Tunnel-Gewirr unterhalb des Tempels. Ein Fremder hätte sich hier nie zurechtgefunden, doch sie kannte ihren Weg. Und dieser führte sie geradewegs zu der Kammer, in der Svea festgehalten wurde.

Die Kammer war kahl. Keine kunstvollen Reliefs oder Bücherregale störten die Schlichtheit der kahlen Felswände. Lediglich ein Leitspruch des Ordens war in den Stein gemeißelt:

›Kraft durch Gemeinschaft.
Gemeinschaft bis in den Tod.‹

Madah-Runa empfand den Spruch durchaus passend, wenn sie die Ereignisse auf der Insel in ihrer Gesamtheit betrachtete. Die siebzehnjährige Svea lag auf einer Holzpritsche, die fahle Haut erinnerte an Pergament. Mirte, die Apothekaria, hatte sich über das Mädchen gebeugt und bereitete einen weiteren Aderlass vor.

»Ach, Svea, musste das sein? Nein, das musste es nicht. Warum bist du nur so schwierig? Warum bringst du mich in diese Lage? Was haben wir dir nur getan? Nichts, soweit ich weiß, gar nichts«, murmelte die Apothekaria und in einem Tonfall, der kindischem Quengeln glich.

Die unsichtbare Beobachterin jedoch wusste, warum das Mädchen gegen die Ordensregeln verstoßen hatte. Sie ahnte, weshalb Svea zu den Fremden gehalten und sich gegen ihre Ordensbrüder gewandt hatte. Sveas Geist war voll schlechter Gedanken und ihr Körper voll schlechtem Blut. Durch Sveas beständigen Widerwillen hatten sich krankmachende Säfte in ihren Gliedern angestaut. Diese giftigen Stoffe mussten nun rigoros herausgelassen werden, um Gehirn und Verstand zu reinigen.

Madah-Runa beobachtete, wie die Apothekaria mit kundiger Hand das Aderlass-Messer – die so genannte ›Fliete‹ – auf einer deutlich sichtbaren Vene ansetzte. Mithilfe eines winzigen Schlegels trieb Mirte die Klinge der Fliete durch die Haut des Mädchens, um anschließend das herauslaufende Blut mit einem Becher aufzufangen. Svea schien sehr schwach, zeigte keine Reaktion, wehrte sich nicht.

Ganz leise begann Mirte zu singen, nach der Melodie eines einfachen Kinderlieds:

»SCHWARZES BLUT, KRANKES BLUT,
DAS IST GAR NICHT GUT.
SCHWARZES BLUT, KRANKES BLUT,
MACHT DIR ÜBERMUT.

SCHLECHTES BLUT, BÖSES BLUT,
ZAPFEN WIR JETZT AB.
SCHLECHTES BLUT, BÖSES BLUT,
BRINGT DICH SONST INS GRAB.«

Voller Ärger stellte Madah-Runa fest, dass Mirtes Hände zwar ruhig, ihre Gesichtszüge jedoch alles andere als entspannt wirkten. Gewissensbisse und Selbstzweifel waren der Apothekaria ins Gesicht gemeißelt. Mirtes Augen glänzten feucht, als kämpfe sie beim Singen mit den Tränen. Madah-Runa blickte voll Abscheu auf die Apothekaria herab. Sie war zu weich, zu schwach für diese Welt, verhätschelte Svea förmlich.

Theoretisch wäre sie gegenüber Mirte natürlich zu Dankbarkeit verpflichtet. Ohne sie hätte die Insel nicht gerettet werden können. Praktisch gesehen bedauerte Madah-Runa jedoch, wie viel Mirte wusste, denn die Apothekaria wusste einfach zu viel für solch eine rückgratlose, nachgiebige Person. Madah-Runa hatte ihrem Gemahl bereits vorgeschlagen, die Apothekaria zu beseitigen, doch Bran-Magnus weigerte sich bisher.

Doch nun waren neue Schachfiguren auf ihrem Spielbrett aufgetaucht. Diese würden vielleicht die Situation ändern.

5 DER SCHANDPFAHL

Am nächsten Morgen wurden die Söldner vor Sonnenaufgang geweckt. »Jetzt heißt es, Haltung zu zeigen«, verkündete ein Novize, der hineinstürmte. »Ich soll übermitteln, dass Ihr die Messe besuchen müsst. Ab sofort an jedem Morgen, an jedem Tag.« Der Junge war zwölf oder dreizehn Jahre, wirkte aber – als er mit wehender Kutte loseilte – fast wie ein Erwachsener. Morten, Kjell, Jördis und Jasper folgten dem Novizen. Knochen blieb zurück. Anscheinend legten die Zeloten ohnehin keinen Wert auf Knochens Erscheinen beim Gottesdienst.

Die Söldner betraten die Kapelle des Tempels durch eine eiserne Doppeltür und stellten fest, dass die vorderen Reihen bereits mit zahlreichen Zeloten besetzt waren. Morten und die anderen gesellten sich daher zu den Überlebenden von *Schmelztiegel*, welche in den hinteren Reihen Platz nahmen. Morten hielt Ausschau nach dem Mann, der ihnen das rettende Seil zugeworfen hatte, konnte ihn jedoch nirgends entdecken. Morten fragte nicht nach dem Hünen mit der Prothese aus Stahl, denn im Tempel herrschte Schweigen.

Morten merkte, dass die Zeloten keine Kosten oder Mühen gescheut hatten, um ihre Kapelle imposanter zu gestalten als viele Gotteshäuser auf dem Festland. Und das, obwohl *Skelt* am Ende der Welt lag. Die Architektur lenkte den Blick automatisch zur Stirnseite der Kapelle, wo ein hölzernes Standbild des Erbauers aufragte, das aufgrund seiner Größe durchaus Ehrfurcht erwecken konnte, wenn man ein gläubiger Mensch war. Letzteres traf auf den alten Morten nicht zu, denn er hielt wenig von der Idee eines weisen Schöpfers, der die Welt so konstruiert habe, dass sie für jeden ein vorherbestimmtes Schicksal bereithielt.

Auf allen vier Seiten befanden sich zudem große bunte Bleiglasfenster, welche vom Leben des Erbauers erzählten.

Sie zeigten den Aufstieg und Fall des Schöpfers sowie andere Szenen aus der Heiligen Schrift. Besonders imposant war die Darstellung von Gaahl, dem Sohn des Teufels, welcher – der Legende nach – den Schöpfer persönlich an den Galgen brachte. Gaahls Gesicht war weiß wie Schnee, seine Augen rot wie Blut. Die Ähnlichkeit mit Knochen verblüffte den Alten und er verstand, weshalb der Albino den Gottesdienst gemieden hatte.

Mortens erster Besuch im Tempel war zugleich das erste Mal, dass er Madah-Runa erblickte. Mit ihren grazilen Schultern und ihrem stolzen Gang erinnerte sie ihn sofort an die erste große Liebe seines Lebens. Es schien dem Alten eine Ewigkeit her, dass er damals diese Frau – Irinja hieß sie – auf dem Jahrmarkt getroffen hatte. Es war ihm zu jener Zeit wie ein magischer Moment vorgekommen, als sie sich sofort verstanden hatten, trotz der Standesgrenzen. Obwohl er ein Niemand von niederer Geburt war und sie die Tochter eines namhaften Klans. Bei einem kurzen leidenschaftlichen Abenteuer war es jedoch geblieben. Denn ihre Familie hatte sich letztlich durchgesetzt, natürlich gegen ihn und für einen anderen, was Morten bis heute bedauerte. Und die Herrin des Klosters erinnerte ihn so sehr an Irinja, dass sein altes Herz zu klopfen begann. Er genoss, wie sie elegant durch den Mittelgang schritt, hierhin und dorthin ein freundliches Nicken richtete. Für einen Sekundenbruchteil meinte Morten fast, sie hätte auch ihm einen neckischen Blick zugeworfen. Aber das konnte doch wohl kaum sein? Schließlich verschwand sie aus Mortens Sichtfeld, als sie – anmutig ihre Robe raffend – in der ersten Bankreihe Platz nahm. Kurz darauf begann der Gottesdienst.

»Seid mutig und stark«, begann der Abt. »Vertraut auf den Erbauer und seid euch der Verantwortung bewusst, die daraus erwächst. Die Heilige Schrift ist unsere Richtschnur, die alle Zweifel hinwegfegt wie Blätter im Wind. Ich liebe die Heilige Schrift, denn sie fordert uns auf, in allen Dingen dankbar zu sein, dankbar für die Zuversicht, die in uns schlummert. Diese Zuversicht ist wie ein Baum, am Wasser gepflanzt, der seine Wurzeln zum Bach hin streckt. Und selbst wenn große Hitze kommt, fürchtet er sich nicht. Seine Blätter bleiben grün und er spendet uns Früchte, sogar in Zeiten der Dürre!« Leidenschaftlich illustrierte der Abt seinen Glauben und seinen unbändigen Willen. Seine Kenntnis der Heiligen Schrift wirkte tief und authentisch. Die Predigt war selbst für den alten Morten ergreifend. Bran-Magnus war ein meisterlicher Redner, dem es mühelos gelang, dass die Menschenmenge an seinen Lippen hing. In Verlauf der Predigt verglich der Abt die Insel mit einem Lebewesen und den Orden mit einem Arzt, der sich um das Wohl der Insel sorgte. Deutlich wurde auch der Hass auf die zerstörte Siedlung am Fuße des Vulkans, welche Bran-Magnus als ein ausgebranntes »Krebsgeschwür« beschrieb.

Morten fiel auf, das Jasper der Predigt mit uneingeschränkter Begeisterung folgte. Jaspers Augen, die sonst kalt und ausdruckslos wirkten, erfüllte plötzlich ein fanatischer Glanz. Häufig bewegte sich auch Jaspers schlaffe Unterlippe, als würde er die Worte der Predigt tonlos nachplappern, um sie besser behalten zu können. Als die Zeloten ein Lied über den Erbauer anstimmten, sang Jasper den Refrain voller Inbrunst mit. Woher der Grünschnabel den Text kannte, blieb Morten schleierhaft.

Am Schluss wurde es dem Alten jedoch zu viel, als die Gemeinde dazu angehalten wurde, unzählige Male die immer gleiche Formel zu wiederholen: »Es gibt keinen Gott außer dem Erbauer und wir sind seine Gesandten. Es gibt keinen Gott außer dem Erbauer und wir sind seine Gesandten.« Morten war nach der – gefühlt – hundertsten Intonation dieser Phrasen kurz davor aufzustehen, als der Abt die Messe endlich mit einem Segensspruch beendete.

Nach dem Gottesdienst verschwand Jördis, um nach dem verletzten Feldscher zu sehen. Morten, Jasper und Kjell wurden von Prior Kaltstein zur Arbeit im Hof abkommandiert. Jasper erhielt die Anweisung, im Gemüsegarten des Klosters zu helfen. Morten hackte derweil Holz für die Klosterküche, musste jedoch feststellen, dass der Prior für Kjell besonders unangenehme Aufgaben vorgesehen hatte. Kjell musste den Ziegenstall ausmisten und den gepflasterten Bereich vor dem Tempel vom Kot herumstreunender Tiere und anderem Unrat befreien. Der Prior wollte Kjell wohl demütigen, denn dieser erhielt zur Reinigung des Pflasters nur eine einfache Bürste, sodass die Arbeit auf allen Vieren ausgeführt werden musste. Man brauchte nicht viel Fantasie, um sich auszumalen, welch eine Feindschaft sich zwischen diesen beiden Männern entwickelte.

Beim Holzhacken ließ der alte Morten seine Gedanken schweifen. Das eintönige Einschlagen auf Holzklötze erinnerte ihn stets an das, was nach jeder großen Feldschlacht passierte: Das Erschlagen von tödlich Verwundeten durch die siegreiche Partei. Morten hatte es schon mehrfach miterlebt, hatte sich als junger Mann sogar an diesem blutigen Handwerk beteiligt. Man schaut, wer zwischen all den Leichen noch zuckt oder röchelt. Man sucht diejenigen, die noch nicht krepiert sind, und hackt ihnen mit einer schweren Klinge in den Schädel. Genau wie bei einem Holzklotz.

Unfreiwillig kamen ihm auch andere Bilder in den Kopf, die er nach Gefechten erlebt hatte: Aaskrähen, die schon nach kurzer Zeit über die Gefallenen herfallen. Verwundete, die ersticken, weil man sie nicht schnell genug unter all den Toten finden kann. Große, stinkende Leichenberge, die verbrannt werden müssen. Erwachsene Menschen, die weinen wie kleine Kinder und den Verlust ihrer Angehörigen – oder ihrer Gliedmaßen – nicht verarbeiten können.

Der Alte war bei der Arbeit so tief in Gedanken versunken, dass er die frostige Außentemperatur und den eisigen Wind gar nicht bemerkte. So registrierte er auch nicht, wie sich an der Südmauer des Klosters eine Menschentraube zusammenballte. Erst als Kjell in diese Richtung lief, blickte der Alte auf und folgte dem Rottmeister. Zusammen mit Kjell drängte er sich durch den Pulk, der überwiegend aus Zeloten, aber auch aus Überlebenden aus *Schmelztiegel* bestand.

In der Mitte der Südmauer stand ein hölzerner Pfahl, um den die Gaffer einen Halbkreis gebildet hatten. Der hünenhafte Schmied mit dem rasierten Schädel war an den Pfahl gefesselt. Die Kleidung des Kerls war zerrissen, sodass man Größe und Form der stählernen Beinprothese klar erkennen konnte. Dem Alten war sofort klar, dass hier jemand bestraft oder hingerichtet werden sollte. Disziplinarstrafen und Exekutionen waren beim Militär an der Tagesordnung und nirgendwo gab es mehr Kriegsvolk als in *Steinthor*, seiner Heimat. Das düstere Spektakel wurde vom Prior und einer anderen – recht fülligen – Ordensoberen beaufsichtigt. »Die Dicke mit den blonden Haaren heißt Mirte«, flüsterte Kjell dem Alten ins Ohr. »Sie versorgt das Kloster mit Kräutern und Arzneien.«

»Ich glaube nicht, dass das ein Heilmittel ist«, antwortete Morten und deutete auf einen Lederbecher, welchen die blonde Zelotin in diesem Moment an Prior Kaltstein weiterreichte. Die Schaulustigen verstummten, sodass Kaltsteins Stimme deutlich zu hören war.

»Stahlfuß, mein Freund!« Die Stimme des Priors troff vor Hohn. »So sieht man sich wieder. Und ich freue mich, dass du endlich dein wahres Gesicht gezeigt hast. Einige hielten dich wohl für klug oder für eine Führungsperson. Pah! Dein Verhalten war dumm! Du hättest den Fremden nicht über die Mauer helfen dürfen. Du hättest deine Wünsche nicht über die Regeln des Ordens stellen dürfen. Du bist und bleibst ein geisteskranker Trottel. Ein Krüppel von niederer Geburt.«

Das Publikum hielt den Atem an, doch der Riese reagierte nicht auf die Beleidigungen. Er zitterte am ganzen Körper. Was hatte man ihm nur angetan?

»Dieser Kelch wird nicht an dir vorbeigehen«, brüllte der Prior triumphierend und hielt den Lederbecher in die Höhe. »Diesen bitteren Kelch wirst du in vollen Zügen ausleeren. Er ist ein Vorgeschmack auf das, was wir dir vorsetzen werden, wenn du dich nicht endlich fügst. Gib deinen Hass auf den Orden auf, damit wir hier in Frieden leben können.«

Zorn stieg in Morten auf. Eine solche Verdrehung der Tatsachen hatte er selten erlebt. Die Überheblichkeit dieses Kuttenträgers brachte den Alten zur Weißglut. Seine Rechte wanderte langsam zur Steinschlosspistole an seinem Gürtel. Gleichzeitig trat Prior Kaltstein vor und öffnete Stahlfuß gewaltsam den Mund. Kaltstein flößte dem Gefesselten anschließend die Flüssigkeit aus dem Becher ein. Es dauerte nur einige Momente, bis Stahlfuß anfing zu würgen und zu erbrechen. Wieder und wieder schob er den Unterkiefer vor, würgte und würgte und würgte. Der Brustkorb des Mannes hob und senkte sich dabei in schnellem Rhythmus. Stahlfuß erbrach nur Flüssigkeit, sein Magen war wohl schon leer. Dennoch brachte die verabreichte Arznei seinen Körper dazu, sich wieder und wieder zu übergeben.

»Schneidet das Dreckschwein los«, befahl Kaltstein.

Drei Zeloten führten den Befehl aus. Von seinen Fesseln gelöst fiel Stahlfuß nach vorn wie ein gefällter Baum. Doch auch am Boden würgte er weiter und versuchte, sich erneut zu übergeben. Der Schmied konnte dabei kaum atmen. Speichel rann ihm über Kinn und Wangen.

»Jene, die in die Fußstapfen des Erbauers treten, sollen von ihm belohnt werden. Jene, die sich von seinen Lehren abwenden, müssen bestraft werden«, rezitierte Kaltstein die Heilige Schrift und Mortens Hände verkrampften sich um den Griff der Steinschlosspistole.

Kaltstein – der davon nichts wusste – zückte seinen Kampfstock. Drei Hiebe ließ der Prior auf den Gepeinigten niedersausen. Einer traf das Brustbein, einer den Bauch und einer der Unterleib. Es waren gezielte Stockschläge, die mit Sicherheit ihre Spuren hinterlassen würden.

Der Alte wollte gerade seine Pistole hochreißen und dem sadistischen Prior damit ein Loch in die Brust stanzen, als sich eine Hand auf seine rechte Schulter legte.

»Lass es«, flüsterte Kjell. »Es ist noch nicht an der Zeit, es diesem Arschloch zu zeigen. Man würde dich aus dem Kloster verbannen oder sofort hinrichten.«

Morten schluckte seine Wut hinunter wie giftige Galle. Er verzog angewidert das Gesicht. Er hatte in seinem Leben schon zu viel Grausamkeit erlebt. Vielleicht gab es irgendwo in der Seele ein Gefäß für all die Grausamkeit, die ein Mensch mit ansehen konnte. Und Morten spürte, dass sein Gefäß – wenn es ein solches gab – bis zum Rand voll war. Er biss die Zähne zusammen, dass es nur so knirschte, und bündelte all seine Willenskraft, um die Finger widerwillig von der Schusswaffe zu lösen.

Erleichtert sah Morten, dass auch die füllige Ordensobere von dem barbarischen Schauspiel genug hatte. »Mein lieber Ingvar, es reicht. Das war Strafe genug. Es war einfach furchtbar! Dieser Mann wird es nicht vergessen, niemals, das hoffe ich jedenfalls. Also Schluss damit, auch der Erbauer kannte Gnade. Und auch Vergebung«, murmelte sie mit einem Zittern in der Stimme, raffte ihre Robe zusammen und rannte förmlich davon.

Kaltstein dagegen schritt gemessenen Schrittes – den Kopf königlich stolz erhoben – geradewegs durch die Mitte der Gaffer, welche ihm respektvoll Platz machten. Darauf begann die neugierige Masse, sich schnatternd zu zerstreuen. Stahlfuß ließ man achtlos am Boden liegen, einem zerbrochenen Spielzeug gleich. Außer den beiden Söldnern sah ihn jetzt – nach der Bestrafung – niemand mehr direkt an, als bringe sein Anblick den Menschen Unglück.

Nach wenigen Minuten standen nur noch Morten und Kjell in der Nähe des hölzernen Pfahls. Ein frostiger Wind attackierte die beiden Männer und man spürte, dass der nahende Winter seine eisigen Hände nach der Insel ausstreckte. Die Söldner näherten sich Stahlfuß, der allmählich aufhörte, pausenlos zu würgen. Gemeinsam halfen Morten und Kjell dem Gepeinigten auf die Füße. Der Schlamm zu ihren Füßen war von seinen krampfartigen Zuckungen ganz durchwühlt.

»Ein Grashalm, der sich beugt, bricht nicht«, brummte Morten. Selbst erstaunt über das alte Sprichwort seiner Heimat, das ihm plötzlich in den Sinn kam. »Wir bringen dich irgendwohin, wo du dich ausruhen kannst.«

Mit zittrigem Finger zeigte Stahlfuß den Söldnern den Weg zu einem Unterstand, in dem sich die Werkstatt des Schmieds befand. Sie betteten das Häufchen Elend, das von dem Hünen noch übrig war, auf ein Strohlager in der hintersten Ecke.

Morten hoffte inständig, dass der Mann das Leid dieses Tages irgendwann vergessen könnte, und bedauerte es sehr, dass sein Brandweinfläschchen nicht einen Schluck mehr enthielt, welcher beim Vergessen helfen könnte.

6 BIS IN DEN TOD

Drei Tage lang wurde Svea unter dem Tempel festgehalten. Unzählige Male hatte sie den in die Wand gemeißelten Leitspruch gelesen:

KRAFT DURCH GEMEINSCHAFT
GEMEINSCHAFT BIS IN DEN TOD

Als äußerst makaber empfand sie ihn, wenn man ihre derzeitige Lage bedachte.

Wieder und wieder hatte man sie zur Ader gelassen. Und sie fühlte sich dadurch geächtet, wie eine Ausgestoßene, obwohl sie das rational nicht begründen konnte.

Nur Mirte hatte ihr gelegentlich – und vermutlich heimlich – etwas zu essen oder zu trinken gebracht. Svea verspürte merkwürdigerweise keine Abneigung gegen die füllige Frau, die Becher um Becher von Sveas Lebenssaft entnommen hatte.

Sie hatte in Mirtes Blick gelesen, dass diese nur die Befehle derjenigen ausführte, die in der Hierarchie über ihnen standen. Trotzdem: Machte nicht auch das schuldig? Hätte sich Mirte nicht weigern können, ohne dafür bestraft zu werden? War nicht auch der Kutscher, welcher Menschen zu ihrer Hinrichtung fuhr, verantwortlich für ihren Tod? Wer konnte seine Hände überhaupt noch in Unschuld waschen?

Manchmal überkam Svea das Gefühl, jeder müsse sich schuldig fühlen, auf ewig, dennoch war ihr Wille nicht vollständig gebrochen, obwohl sie selbst nicht wusste, woher sie die innere Stärke nahm. Die Gräueltaten des Ordens ließen sich nun nicht mehr leugnen oder wegdiskutieren. Svea weigerte sich innerlich, weiter zu einem Orden zu halten, der sich von grundlegenden menschlichen Maßstäben verabschiedet hatte.

Sie würde sich äußerlich für eine gewisse Zeit anpassen, aber gleichzeitig nach einem Weg suchen, aus dem Orden zu fliehen. Ihr erschienen mittlerweile alle Mittel recht, um aus dem Kloster auszubrechen. Sie würde den Kontakt zu den Neuankömmlingen suchen und diese notfalls um ihre Hilfe anbetteln. Sie würde überleben und die Insel verlassen, wenn möglich.

›Kraft durch Gemeinschaft, Gemeinschaft bis in den Tod‹, besagte eine Lehre des Ordens. Svea war mittlerweile so weit, dass sie notfalls den Weg des Todes gehen würde, nur um dieser Gemeinschaft zu entfliehen.

All diese Gedanken kreisten karussellartig durch ihren Kopf, als sie die Kerkerzelle nach drei Tagen endlich verlassen durfte. Sie betrat den Hof des Klosters und ließ sich frischen Wind um die Nase wehen. Svea war geschwächt, aber es gab drei Dinge, die sie sofort erledigen musste. Als Erstes suchte sie nach Stahlfuß. Den Schmied fand sie nirgends und machte sich große Sorgen um ihn. Achtfinger fand sie dagegen recht schnell. Die Frau hatte sich schon wieder von den Stockschlägen der Zeloten erholt und war im Klostergarten damit beschäftigt, Beete zu harken und diese für den Winter bereit zu machen. Svea sprach nicht mit ihr, es reichte ihr zu wissen, dass Achtfinger wohlauf war.

Als Drittes schlich sie sich in den Tempel. Sie war dort für den Moment ganz allein und nahm in der ersten Reihe Platz. Svea schloss die Augen. Dann tat sie etwas, was sie zwar oft tat, aber bisher nie für sich selbst getan hatte. Sie betete.

»Erbauer, bitte hilf mir. Ich fühle mich einsam und ratlos. Ich brauche deine Führung. Nur deine und nicht die des Ordens. Schon als Kind sagte mir der Orden, was ich zu tun habe. Nun wage ich einen Neuanfang, auf meinem eigenen Weg. Ich weiß nicht, ob meine Gedanken mit der Heiligen Schrift vereinbar sind, aber ich hoffe jetzt auf deine unendliche Güte. Bitte gib mir die Kraft, meinen eigenen Weg zu finden. Amen.«

7 WINTER

Als Veit erwachte, fiel der erste Schnee. Er sah, im Bett liegend, wie zarte kleine Flöckchen am Fenster vorbeigeweht wurden. Da niemand bei ihm war und er noch zu schwach, um nach Hilfe zu rufen, blieb er liegen und beobachtete die Fensterscheibe, gegen die mehr und mehr Schneekörner getrieben wurden, bis erste Kristalle an der Scheibe festklebten. Er musste kurz eingedöst sein, denn plötzlich beugte sich Jördis über ihn, ohne dass Veit bemerkt hatte, wie sie hereingekommen war.

»Du bist endlich wach!«

In seinen Ohren klang ihre Stimme wie die schönste und reinste, die er je gehört hatte. Sie beugte sich über ihn und strich sich durch die langen braunen Haare. Ihre Augen wirkten groß und sanft. Die Narben im Gesicht schienen ihre Schönheit in diesem Moment nur noch weiter zu betonen.

Ohne Vorwarnung drückte sie ihm einen Kuss auf die Wange, mit dem Veit niemals gerechnet hätte. Ihre Lippen waren weich, kühl. Diese Frau beeindruckte ihn immer wieder: Sonst so hart und auf einmal so zärtlich, stellte Veit beeindruckt fest. Sein Lächeln wurde sofort erwidert.

Sie reichte ihm Wasser, welches er langsam und bedächtig trank. »Danke«, raunte er matt. Es waren die ersten Worte seit vielen Tagen und es schien, als müsse sich seine Zunge erst wieder an das Sprechen gewöhnen.

»Ruh dich aus, ich komm später wieder«, war das letzte, was er hörte, bevor Veit erneut einschlief.

Richtig wach wurde der Feldscher auch in den nächsten Tagen wenig. Dennoch gelang es ihm gelegentlich, aus dem ohnmachtsartigen Schlaf aufzutauchen, um Wasser zu trinken. Das Essen, das Jördis ihm brachte, rührte Veit kaum an und er merkte, dass er sehr dünn geworden war. Dennoch schöpfte er aus den Besuchen der Söldnerin Kraft und hoffte, dass er bald genesen würde.

Veit hatte die Tage nicht gezählt, bis es ihm gelang, sich vorsichtig aus dem Bett zu erheben. Seine rechte Hand war mit Bandagen umwickelt und die geschienten Finger konnte er nur schlecht bewegen. Beim Stehen spürte er ein Ziehen zwischen den Rippen. Auch sein Kiefer schmerzte auf merkwürdige Art und Weise. Langsam schleppte er sich zum Fenster und stütze sich mit der gesunden linken Hand am Rahmen ab. Die Welt draußen war weiß geworden. Die Klosterfestung lag tief eingeschneit vor seinen Augen. Der Schneefall war so dicht, dass das Gebirge jenseits der Klostermauern wie hinter einem weißen Vorhang verborgen blieb. Draußen auf dem Hof waren dick vermummte Gestalten damit beschäftigt, Schnee zu räumen, um die wichtigsten Wege – etwa den vom Haupthaus zum Tempel – einigermaßen freizuhalten. Erst als ein Schneeball vor die Scheibe klatschte und der Werfer seine Kopfbedeckung ablegte, erkannte Veit den Rottmeister, der ebenfalls unter den schneefegenden Männern war. Kjell grinste, sichtlich erfreut über Veits allmähliche Genesung. Der Feldscher hob grüßend die bandagierte Rechte und grinste breit zurück.

Am nächsten Tag – der Schnee fiel immer noch ohne Unterlass – besuchte ihn Jördis zusammen mit einer Novizin, die sich als Svea vorstellte. Dem Feldscher gefiel der Klang dieses kurzen Namens, vielleicht weil er genau so wenig Buchstaben hatte wie sein eigener. Er erfuhr, dass die Novizin schon mehrfach geholfen hatte, ihn während seiner Ohnmacht zu pflegen und zu waschen. Und auch Mirte hatte Jördis bei diesen Tätigkeiten unterstützt. Veit genierte sich ein wenig, dass gleich mehrere fremde Frauen ihn nackt gesehen hatten, insbesondere wegen der seltsamen rot-schwarzen Furunkel, die sich während seiner Ohnmacht im Bereich von Achseln und Leisten gebildet hatten.

Da Veit das Gefühl hatte, viel verpasst zu haben, war er froh, dass man ihn über die letzten Ereignisse informierte.

»Die Menschen des Klosters werden von Tag zu Tag mürrischer«, berichtete Jördis, »und der Winter greift mehr und mehr um sich.«

Svea ergänzte: »Unsere Nahrung wird langsam knapp. Es gibt meist nichts als Suppe, die immer weiter gestreckt wird.«

»Haben wir Neulinge die Situation verschlimmert?«, mischte sich Veit ein.

Jördis dachte einen Moment nach und nickte dann: »Das muss ich leider bestätigen. Wir Söldner sind hier alles andere als beliebt. Nahrungsmangel herrscht hier schon lange, doch seit dem Kälteeinbruch hat sich die Situation weiter verschlimmert.«

Veit verzog das Gesicht, denn er hatte plötzlich einen bitteren Geschmack im Mund. »Kann man die Leute zu mehr Zusammenhalt bewegen?«, fragte er.

Jördis schien ratlos und schwieg. Svea versuchte zu erklären: »Wir, die Zeloten, kommen kaum noch mit den Laien aus. Viele Mitglieder unseres Ordens sprechen nur noch mit anderen Ordensmitgliedern. Die Laien wiederum beschuldigen die Mönche des Ordens, das beste Essen für sich zu bunkern, während alle anderen hungern müssen.«

Veit senkte die Stimme: »Gewalt liegt in der Luft, das spüre ich. Wie schnell kann es eskalieren?« Jördis zögerte so lange, bis Veit begriff, was in ihr vorging. Sie wollte ihn schützen und ihm nicht zu viel auf einmal zumuten. »Raus mit der Sprache«, forderte er, »und behandelt mich bitte nicht wie ein rohes Ei.«

Die Söldnerin nickte: »Nun gut … Es ist so, dass Unbekannte kürzlich den Koch des Ordens niedergeschlagen haben. Nahrung wurde aus der Klosterküche gestohlen. Seitdem gibt es einen Wachdienst für die Küche. Der Orden schottet sich jetzt noch stärker ab als ohnehin schon. Die Stimmung im Orden verschlechtert sich täglich.«

Veit sah nacheinander beiden Frauen in die Augen. Jördis wirkte gefasst, doch in Sveas Blick erkannte er große Angst.

Veit räusperte sich, bevor er sie wissen ließ:»Ich sehe, wie sehr du dich fürchtest. Wie können wir dich unterstützen?«

Sie trat von einem Bein auf das andere. Dann gab die Novizin zu:»Es ist der Prior. Er ist empfindlich wie ein rohes Ei! Selbst kleinste Fehltritte werden brutal bestraft.«

Jördis legte Svea eine Hand auf die Schulter.»Es ist ein seltsames Spiel, dass dieser Prior hier treibt, und du kannst auf mich zählen, falls er grob wird. Ich bin niemand, der sich herumschubsen lässt. Ich werde dir helfen, so stark zu werden ich.«

Veit grinste:»Ich sehe zwar nicht aus wie das blühende Leben, aber auch ich werde dir den Rücken stärken, so gut es geht.«

Die Novizin wirkte gerührt. Ihre Gefühlsäußerung kam von Herzen:»Ich kann es kaum in Worte fassen, aber nur sehr, sehr selten, habe ich so gute Menschen getroffen wie euch beide. Ihr seid für mich keine Söldner, ihr seid für mich wie … wie … wie kleine Helden!«

Veit lachte, auch wenn es wehtat.»Die letzten Helden, wenn es sein muss! Die letzten gottverdammten Helden auf dieser von allen Göttern verlassenen Insel!«

Jördis' Lachen perlte durch den Raum und der Humor hob die Stimmung.»Du hast es geschafft«, schmunzelte sie,»und ich mag deine Art, Menschen zum Lachen zu bringen.«

»Pah«, konterte Veit,»purer Zufall!« Und Jördis versetzte ihm dafür einen freundschaftlichen Knuff.

Svea lächelte breit und ergänzte:»Es ist so schön mit euch, doch meine Arbeit ruft.«

Die beiden jungen Frauen wandten sich zum Gehen, als dem Feldscher noch einfiel:»Was machen eigentlich Kjell und die anderen?«

»Wir sind hier ganz schön eingespannt, alle! Anscheinend gibt es immer was auszubessern. Die Klosterscheune war baufällig und der Hühnerstall undicht. Bevor der erste Schnee kam, waren wir tagelang mit Holzhacken, Sägen und Festnageln beschäftigt. Kjell und Knochen sind zudem in jeder freien Minute auf den Mauern und beobachten diese Kreaturen.

Sie studieren sie wie Jäger das Wild. Knochen behauptet, durch die Kälte wären die Biester etwas langsamer als sonst. Auch der Alte ist nur selten im Haupthaus. Morten sitzt oft mit diesem Schmied zusammen, den hier alle Stahlfuß nennen. Ich glaube, die beiden hecken etwas aus.«

»Und Jasper?«

»Tja, ich glaube er würde am liebsten in den Orden eintreten, wenn man ihn lassen würde. Er versäumt keinen Gottesdienst und betet, was das Zeug hält. Er betet, meiner Meinung nach, mehr als die Mönche selbst.«

»Jasper betet?«

»Ja, dieser Drecksack behauptet, er habe zu Gott gefunden. Meint, er sehe endlich einen Sinn im Leben. Pah! Ich glaube ihm kein Wort. Solch eine Scheinheiligkeit habe ich selten erlebt. Ohnehin geht mir das ewige Beten auf die Nerven: Es gibt keinen Gott außer dem Erbauer. Es gibt keinen Gott außer dem Erbauer. Es gibt keinen Gott außer dem Erbauer. Und so weiter. Immer wieder. Ich kann es nicht mehr hören.«

Svea fuhr erschrocken zusammen. »Lass das«, forderte sie erbost. »Es bringt Unglück, so zu reden.«

»Ist ja gut.« Jördis versuchte, das Mädchen zu beschwichtigen. »Werde mich zurückhalten. Wir müssen jetzt auch los und etwas schlafen, denn wir sind heute mit Nachtwache dran.«

»In Ordnung«, brummte Veit.

Etwas betrübt blieb er allein zurück und verbrachte den Rest des Tages mit Dösen. Die Zeit ohne Jördis kam ihm neuerdings ziemlich trostlos vor.

»Wir brauchen dich!«

Veit schreckte aus dem Halbschlummer auf, dem er sich hingegeben hatte. Es waren einige Tage vergangen und er fühlte sich schon etwas kräftiger.

»Steh auf. Wir brauchen dich.«

Jördis stand im Türrahmen. Sie atmete schwer, als wäre sie gerannt, und Veit fiel die Sinnlichkeit der schlanken Söldnerin auf, die er in den letzten Jahren kaum bemerkt hatte. Ihre

hellbraunen Augen musterten ihn durchdringend und er war
für einen Moment wie hypnotisiert.

»Ich komme.« Der Feldscher kämpfte sich aus dem Bett.
Trotz der bandagierten Hand gelang es ihm, sich recht zügig
anzukleiden. »Was gibt es?«

»Eine Frau ist tot. Eine Frau aus *Schmelztiegel*. Liegt in
ihrem Zelt. Einfach tot. Aber völlig unverletzt. Die Menschen
aus *Schmelztiegel* sind außer sich.«

»Und die Mönche?«

»Reden von der Sünde, von einem Strafgericht Gottes,
von der Macht des Erbauers. Die Menschen aus *Schmelztiegel*
hören das nicht gern. Wenn wir uns nicht beeilen, kommt es
hier noch zu einem Blutvergießen.«

Jördis lief los und Veit hinterher. Seine gebrochenen
Rippen protestierten, doch er hielt Schritt. Raus aus dem
Hauptgebäude, hinaus auf den Hof. Der Wind trieb ihm
Schneeflocken in die Augen. Dann erreichten sie das Zeltlager, das man innerhalb der Klostermauern errichtet hatte.
Jördis hatte ihm davon erzählt. Hier mussten die Flüchtlinge hausen, das Wohngebäude des Ordens durften sie
nicht betreten. Es war ein wild zusammengewürfeltes Lager,
notdürftig stabilisiert mit Seilen und morschen Bretterwän-
den. Schwer lag der Schnee auf den dünnen Stoffbahnen der
Zelte. Man konnte das Elend der Menschen spüren. Veit
fragte sich, warum man die Söldner im Hauptgebäude aufgenommen hatte, aber diese armen Menschen nicht. Was
wollten die Zeloten damit bewirken? Waren ihre Herzen so
kalt und gnadenlos wie dieser Winter?

Grübelnd folgte er Jördis zu einem kleinen Zelt, das an
der südlichen Klostermauer klebte. Davor erblickte er eine
Menschentraube, die Morten gerade verscheuchte. Mit Hilfe von Flüchen und wüsten Beschimpfungen vertrieb der
Alte die zerlumpten Männer und Frauen. Anschließend
umarmte Morten den langsam genesenden Feldscher. Veit
freute sich, auch wenn ihm die Rippen bei der herzlichen
Umarmung wehtaten.

»Hier drinnen liegt sie. Wir warten.«

Veit musste sich bücken, um das Zelt zu betreten. Das Innere wurde nur von einer einzelnen Kerze beleuchtet, sodass sich seine Augen erst an die Lichtverhältnisse gewöhnen mussten. Auf dem Boden lag eine Frau – wahrscheinlich Ende Dreißig – in der Kleidung einer Arbeiterin. Sie wirkte klein, aber zäh und sehnig, als sei ihr Körper harte Arbeit gewohnt. Neben der Toten hockte Svea, die Novizin, die er vor Kurzem kennengelernt hatte. Sie hielt die Kerze.

»Wer ist die Frau?«

»Achtfinger nannten wir sie. Sie hat früher in der Schwefeldestillation gearbeitet, bevor die Hautfresser kamen. War ,ne gefährliche Arbeit. Sie hatte dabei zwei Finger verloren, daher der komische Name. Ich mochte sie, auch wenn sie nur wenig gesprochen hat. Sie hat euch auch geholfen, hier ins Kloster zu kommen. Hat geholfen, das Seil zu verteidigen.«

Er ging in die Knie und betrachtete die Tote. Sie lag in der Mitte des Zelts mit dem Gesicht nach oben und wirkte auf den ersten Blick völlig unversehrt, die Augen geschlossen, als schliefe sie nur. Veit griff nach der Hand der Frau. Sie war kalt und steif. Anschließend zog er der Toten Hemd, Hose und Schuhe aus.

»Was tust du da?«, stammelte Svea.

»Ich muss mir alles genau ansehen. Gib mir mal die Kerze. Und pass auf, dass hier jetzt niemand reinkommt.«

Mit der Kerze in der Hand untersuchte Veit die Leiche gründlich, betrachtete Kopf, Oberkörper, Arme, Hände, Beine, Füße. Er konnte sich ein göttliches Strafgericht, das zum Tod der Frau geführt hatte, nicht vorstellen, auch wenn das Kloster – in jeglicher Hinsicht – ein besonderer Ort war. Er vermutete vielmehr, dass die Frau an irgendetwas erstickt war. Das würde zumindest ihre Unversehrtheit erklären. Doch im Mund oder im Rachen entdeckte er nichts Ungewöhnliches. Auch am Hals fand er – trotz langem Suchen – keine Würgemale. Keinen Abdruck eines Seils oder Würgedrahts. Das Gesicht war nicht aufgedunsen, kein Nasenbluten festzustellen.

Veit hatte mehr Bücher und Schriften gelesen als die meisten Menschen in den Konföderierten Königreichen. Dennoch konnte er sich keinen Reim auf diese Sache machen. Er musste weitersuchen. Gründlicher, akribischer, sorgfältiger als je zuvor. Einen Tod ohne Ursache dürfte es gar nicht geben. Oder war es doch ein Zeichen des Erbauers, sozusagen das Gegenteil der unbefleckten Empfängnis?

Nach einiger Zeit – die Kerze war schon kürzer geworden – bemerkte Veit doch etwas. Unter einigen Fingernägeln entdeckte er winzige Hautreste, an einem Nagel sogar ein wenig Blut. Die Frau schien sich gewehrt zu haben, sie hatte dem Übeltäter wohl einige heftige Schrammen in die Haut gekratzt. Veit suchte weiter.

Als er die Augenlieder der Frau mit Daumen und Zeigefinger auseinanderspreizte, fielen ihm stecknadelkopfgroße Flecken auf der Bindehaut auf. Die winzigen Blutungen waren Hinweise darauf, dass die Frau starb, weil sie nicht genug Luft bekam.

Von diesem Erfolg bestätigt, entschied er sich, die Frau komplett zu entkleiden. Er fürchtete sich vor den Vorurteilen der Kirche, hoffte aber darauf, dass ihm noch etwas auffiel. Nervös blickte er zum Eingang des Zelts. Er glaubte, dass Morten und Jördis – die draußen vor dem Zelt standen – neugierige Gaffer fernhielten. Daher setzte er die Untersuchung fort: Der Unterleib der Frau war ungepflegt und schmutzig, jedoch absolut unversehrt, soweit er dies im Zwielicht erkennen konnte. Die Kerze war schon fast heruntergebrannt, als ihm zwischen den kleinen Brüsten der Toten doch noch etwas auffiel. Hier bildete sich allmählich ein blassblauer, flächiger Bluterguss, der Veit in Bezug auf Form und Farbe seltsam vorkam. Das Hämatom kam wohl nicht vom einem Faust- oder Knüppelschlag. Dann wäre der blaue Fleck dunkler, kleiner oder schmaler. Dieser ovale Bluterguss war mindestens so groß wie ein Fußabdruck oder der Abdruck eines Knies.

Veit verstand noch nicht genau, auf welche Weise die Frau gestorben war, aber es kristallisierte sich heraus, dass der

Todesfall kein göttliches Eingreifen, sondern wahrscheinlich ein Mord war. Veit stellte sich vor, wie etwas Großes – vielleicht ein schwerer Gegenstand – den Brustkorb der Frau zusammengedrückte, bis sie nicht mehr atmen konnte und wie eine Ertrinkende erstickt war.

Er zog die Frau wieder an und verfluchte seine bandagierte Hand, durch die das Ganze elendig lange dauerte. Svea half ihm, wirkte dabei aber zögerlich. Das Mädchen hatte wohl Angst, die kalte Haut der Toten zur berühren. Als sie endlich fertig waren, verlosch die Kerze.

»Svea«, sagte er. »Wenn es hier eine Heilkundige gibt, dann muss sie sich das ansehen. Du musst dich sofort an deinen Orden wenden. Wirst du es versuchen?«

Das Mädchen nickte und gemeinsam verließen sie das Zelt.

Draußen wurden sie schon neugierig erwartet. Jördis und Morten standen erwartungsvoll vor dem Zelt. Svea lief direkt los, entfernte sich in Richtung Hauptgebäude. Die Sonne ging derweil gemächlich unter. Der Himmel färbte sich blutrot.

»Gut, dass du wieder auf den Beinen bist, Veit. Keiner hat eine Ahnung, was der Frau passiert ist. Die Heilerin des Ordens lässt sich bisher nicht blicken. Außer ihr gibt es hier keinen Arzt oder Sanitäter. Konntest du irgendwas finden?«

Veit dachte kurz nach, da er keine falschen Vermutungen nennen wollte. Jördis baute anscheinend auf sein Fachwissen, doch er war kein studierter Medikus, sondern nur ein einfacher Feldscher, der sein Handwerk bei einem zweitklassigen Militärarzt gelernt hatte. Er kannte sich mit dem Ausbrennen von Wunden, dem Herausziehen von Kugeln und Zähnen sowie dem Einrenken von Gliedmaßen gut aus. Ein solcher Todesfall war jedoch etwas ganz anderes. Trotz alledem wollte er Jördis nicht enttäuschen.

»Ich glaube, dass sie erstickt ist. Jemand hat ihr irgendwie die Möglichkeit genommen zu atmen. Wie genau, weiß ich noch nicht. Sie hat jedenfalls einen großen Bluterguss – also einen blauen Fleck – mitten auf dem Brustkorb. Wie eine Quetschung oder so etwas.«

Als der Feldscher die Art des Hämatoms weiter beschrieb, kniff Morten nachdenklich die Augen zusammen. Der Alte blies die Backen auf.

»Das kommt mir irgendwie bekannt vor. Kannst du mir das noch genauer beschreiben.«

Veit war überrascht, doch er berichtete Morten seine Beobachtungen und Vermutungen so genau wie möglich. Ließ kein Detail aus. Währenddessen wurde der Himmel langsam dunkler.

»Das kommt mir bekannt vor«, murmelte der Alte erneut. Misstrauisch sah er sich um, vergewisserte sich, dass niemand lauschte.

»Es ist schon lange her«, begann er mit leiser, belegter Stimme. »Ich war noch ein junger Mann, ein echter Scheißkerl, muss ich zugeben, und es hatte mich nach *Skarsgart* verschlagen. Ein wildes, brutales Land, in dem es aber immer Arbeit für wilde, brutale Männer gibt. In der Hauptstadt des Landes, sie heißt *Felskollm*, ging es besonders rau zu. Dort gab es keine Ausnahmen, für niemanden, du warst entweder Jäger oder Gejagter, wenn ihr wisst, was ich meine. Ein düsterer Ort, an dem ich Arbeit fand. Ein Ort, an dem es in dunklen Gassen nicht heißt: Geld oder Leben, sondern Geld und Leben, wenn man zur falschen Zeit herumstrolcht. Aber das ist eine andere Geschichte.«

Veit wusste nicht recht, worauf der Alte hinauswollte. Morten begann so umständlich, dass man den Eindruck erhielt, er wolle sich für das Kommende entschuldigen.

»Jedenfalls arbeitete ich dort für einen Mann, der sein Geld mit Schmuggel, mit Drogen und Huren verdiente. Ich bin nicht stolz drauf, aber ich gehörte damals zur Truppe seiner Schläger. Zu der Zeit war es so, dass manchmal jemand zum Reden gebracht werden musste. Ich will nicht sagen, dass wir oft Leute gefoltert haben, aber na ja, manchmal ging es eben nicht anders. Dachte ich wenigstens früher.«

Der Feldscher blieb äußerlich ruhig, folgte der Rede des Alten jedoch gespannt. Er hielt Morten durchaus für kaltblütig und skrupellos, nun erfuhr er, wie grausam er als junger Mann gewesen war. Vielleicht war Mortens dunkle Vergangenheit der Grund für seine Trunksucht?

»Na ja, wir hatten dort so einen Spezialisten, Börk hieß er, glaube ich. Er war in der Lage, Menschen zu foltern, sie zum Reden zu bringen, ohne Spuren zu hinterlassen. Versteht ihr? Ohne, dass jemand später irgendwelche Verletzungen oder Wunden hätte vorzeigen können.«

Veit platzte fast vor Neugier. »Und wie hat er das gemacht?«, fragte er. »Nun sag schon!«

»Zuerst hockte oder kniete er sich auf die Brust des armen Würstchens, das er in die Mangel nahm. Dann hielt er der Person Mund und Nase zu. Börk war ein dicker Kerl, so fett, dass sich niemand wehren konnte, so schwer, dass unter seinem Gewicht keiner mehr atmen konnte. Er hat damals, soweit ich weiß, nie jemanden getötet. Aber alle haben nach dieser Quälerei geredet. Es ist schon ewig her, aber ich werde die Bilder von damals nicht los.«

Veit und Jördis sahen dem Alten ins Gesicht. Alle schwiegen für einen Moment. Veit sah in Mortens Gesicht ein gewisses Maß an Verbitterung und auch etwas Reue. Könnte die Frau so gestorben sein? Und wenn ja, war die scheinbare Unversehrtheit der Frau Zufall oder Absicht? Musste der Mörder also groß und schwer sein oder wäre auch ein normal gebauter Mensch dazu in der Lage?

Während sie so dastanden, liefen immer mehr Leute über den Hof und bemannten die Mauern. Je dunkler es wurde, desto mehr bemerkte man die winterliche Kälte. Jördis räusperte sich. »Wir müssen heute Nacht auf die Mauer. Also Morten, Kjell und ich. Auch Jasper. Was jetzt? Was ist mit dir?«

Der Feldscher war unentschlossen. »Werde mich hier noch etwas umhören. Jetzt bin ich ja einmal auf den Beinen. Auf der Mauer bin ich doch kaum eine Hilfe.« Er hob die bandagierte Hand. »Eine Frage hab ich noch«, ergänzte Veit.

»Gibt es hier jemanden, der besonders groß oder sehr schwer ist? Außer Kjell, meine ich.«

Morten antwortete sofort: »Es gibt hier jemanden, aber er würde so was nie tun. Stahlfuß heißt er. Macht hier alle Schmiedearbeiten und ist unter den Menschen aus *Schmelztiegel* ein wichtiger Mann, ein guter Mann. Dort ist seine Schmiede.« Der Alte deutete in die entsprechende Richtung und beteuerte abermals: »Er kann's nicht gewesen sein.«

»Na ja«, entgegnete Veit. »Es kann trotzdem nicht schaden, wenn ich ihn mal kennenlerne.«

Als Jördis, Morten und Svea verschwunden waren, ging er nicht direkt zur Schmiede. Veit blieb noch eine Weile im Zeltlager. Er strolchte ein wenig herum und beobachtete, wie die Menschen Kerzen und Öllampen entzündeten. Als biete das Licht Schutz vor den schrecklichen Kreaturen, die auch heute nach Sonnenuntergang auftauchen würden, wie nächtliche Dämonen aus den Albträumen der Menschen.

In einiger Entfernung war das atonale Stöhnen der Hautfresser bereits zu hören. Die Laute klangen dumpf und unmenschlich. Gelegentlich rief ein Verteidiger auf der Mauer ein Kommando. Veit versuchte, die Gefahr durch die Kreaturen der Nacht – zumindest für den Moment – auszublenden.

Das Firmament wurde jetzt schwarz und die Sterne sichtbar. In den schäbigen Behausungen herrschte Hunger und Elend, wohin das Auge blickte. Eingefallene, schmale Gesichter, vom Nahrungsmangel gezeichnete Frauen, insgesamt nur wenige Männer. Weinende, kranke, frierende Kinder. Die Leute hier hatten – das sah man auf den ersten Blick – zu wenige Decken und zu dünne Kleidung, um einen schneereichen Winter zu überstehen. Und genau der stand ihnen bevor, da war sich Veit sicher.

In einiger Entfernung stritten sich zwei Eltern, ob sie ihren Kindern jetzt oder besser erst am nächsten Morgen etwas zu Essen geben sollten. Dem Feldscher lief ein Schauer über den Rücken. Konnte die Nahrung im Lager bereits so knapp sein?

Langsam ging er hinüber zur Schmiede. Unter einem mit Schiefer gedeckten Vordach sah Veit den Amboss sowie die Esse, die dunkelrot glühte. Das Wasser im Löschbecken wirkte schmutzig. An den Wänden hingen Zangen, Klemmen, verschiedene andere Werkzeuge.

Der Schmied saß auf einem Schemel und war tatsächlich riesig, ein wahres Schwergewicht! Der Schädel kahl rasiert, das Gesicht blieb in der Dunkelheit verborgen. Neben ihm, auf der Werkbank, lag ein schwerer Hammer. Wie geschaffen, um Schädel oder Brustkörbe zu zerquetschen, dachte Veit unfreiwillig.

Der Glatzkopf kaute an einem Kanten Brot, der schon bessere Zeit gesehen hatte. Dieser Kerl hatte – wie er im Halbdunkel so dasaß – etwas Unheimliches an sich. Veit war unbewaffnet. Sein Gegenüber schien ihm an Körperkraft haushoch überlegen. Er hoffte, dass es hier nicht zum Streit kam.

»Bei allen Teufeln.« Der Riese bewegte sich kaum, stand nicht auf, während er sprach. »Wenn ich nicht falsch liege, bist du der halbtote Mistkerl, den ich vor ein paar Wochen über die Mauer gezogen hab. Man sagt, du bist ein ziemlicher Hasenfuß, aber ein ganz ordentlicher Doktor.«

»Da liegst du nicht falsch, jedenfalls bei Letzterem.« Veit betrat die Schmiede und gab sich Mühe, bloß nicht ängstlich oder milchgesichtig dreinzuschauen. »Ich bin Feldscher und hab schon die ein oder andere Wunde ausgebrannt. Und genäht. Im Krieg musste ich auch schon Arme und Beine amputieren, wenn's nicht anders ging.«

»Ein verflucht hartes Geschäft. Ein wenig kenn ich mich damit aus.«

Der Schmied hob ein Bein, sodass man es im Schein der Esse besser sehen konnte. Das halbe Bein fehlte und war durch eine eiserne Konstruktion ersetzt worden.

»Hab's eigenhändig abgesägt. Eine verdammte Schweinerei war das, mit dem ganzen Blut.«

Der Feldscher riss die Augen auf. Weniger vor Schreck, mehr aus Begeisterung. Die Medizin war auf dem Festland in neuester Zeit schon recht fortschrittlich geworden. Das professionelle Abbinden und Kauterisieren hatte sich zur Blutungskontrolle bereits etabliert. Auch individuell angepasste Holzbeine waren keine Seltenheit mehr. In *Vilhelmstad* experimentierte man sogar mit mechanischen Handprothesen, hatte aber noch keinen Durchbruch erzielt.

Gegen viele Prothesen von Festland-Soldaten war das künstliche Bein des Mannes ein wahres Meisterwerk. Fast nahtlos war die Prothese am Oberschenkel-Stumpf befestigt. Das Knie erschien anatomisch korrekt ausmodelliert und wirkte fast natürlich. Der Fuß erinnerte jedoch eher an eine Klaue, mit einer schmalen, spitzen Hacke und drei langen Krallen, die nach vorne zeigten. War dieser Fuß schwer genug, einen Brustkorb zur zerquetschen? Der Riese wog mit Sicherheit deutlich mehr als zwei Zentner. Könnte er die Frau ermordet haben?

»Beeindruckend«, beteuerte Veit. »So etwas hab ich noch nie gesehen. Eine meisterliche Arbeit.«

Stahlfuß grinste. »Mein ganzer Stolz. Ohne bin ich nur ein halber Mann.«

Die Prothese war wirklich erstaunlich, dennoch wollte der Feldscher sein hauptsächliches Anliegen nicht aus den Augen verlieren. Er kam also gleich zur Sache: »Schon gehört? Eine Frau ist gestorben.«

»Hier sterben ständig Leute.« Der Schmied kaute gelangweilt auf dem unansehnlichen Stück Brotrinde. »Entweder man wird von den Hautfressern ums Leben gebracht oder der Hunger gibt einem den Rest. Oder die verdammte Kälte. Die Klosterbrüder lassen uns hier unten einfach krepieren. Im Dreck. Wen kratzt das schon?«

»Achtfinger hieß die Frau jedenfalls.«

Stahlfuß verschluckte sich beinahe an einem Stück Brot. »Achtfinger?«, krächzte er, schwer schluckend. »Tot?«

»Wahrscheinlich ermordet. Hier im Lager.« Während Veit das sagte, achtete er genau auf die Reaktion seines Gegenübers. Der Schmied wirkte geschockt, im Halbdunkel war seine Mimik aber nur schwer zu lesen.

»Wer war es? Sag schon! Den kauf' ich mir.« Polternd fiel der Schemel um, auf dem Stahlfuß gesessen hatte. Er griff sich den schweren Hammer von der Werkbank und Veit hob beschwichtigend die Hände.

»Ich weiß es nicht. Ich dachte, du könntest es mir vielleicht verraten. Könnte es jemand aus *Schmelztiegel* sein? Hatte sie hier im Kloster Feinde?«

»Ich glaub nicht. Sie war eine ehrliche Frau. Angesehen. Hatte das Herz am rechten Fleck. Im Moment geht es hier aber drunter und drüber. Es gibt ständig Streit. Wir haben nichts zu beißen, verstehst du. Meine Leute fressen hier schon den Schnee. Bald fressen sie sich gegenseitig.«

Trotz der derben Wortwahl des Schmieds blickte Veit voll Mitleid auf das Lager. Ein einfacher Streit um Essen? War die Lösung so einfach?

»Hatte sie hier Familie? Irgendjemanden?«

»Keine Kinder. Kein Ehemann. Aber sie teilte manchmal das Bett mit Nadel-Aki. Die Zelte hier sind so dünn, dünn wie Haut. Du kannst hier nichts verbergen. Aki ist unser Schneider. Ist etwas seltsam geworden. Näht nicht mehr vernünftig, seit er seine Familie an die Hautfresser verloren hat.«

»Wo finde ich diesen Nadel-Aki?«

»Jetzt? Ist wohl auf der Mauer.« Veit hatte das Gefühl, dass es eine lange Nacht werden würde.

Es war etwa Mitternacht, als der Feldscher die Mauer mit Hilfe einer morschen Leiter erklomm. Seine Genesung verlief schleppender, als er zunächst gehofft hatte. Gliederschmerzen durchzogen seinen Körper. Die Furunkel, die sich in den Leisten und Achseln gebildet hatten, juckten. Sie stachen bei jeder Bewegung, als wollten sie platzen. Sein Unterkiefer kam ihm auch seltsam vor. Als hätte er zu lange gekaut und die Kaumuskeln übermäßig beansprucht.

Schnaufend kam er oben an. Die Wehrmauer, die er bestiegen hatte, wirkte uralt, glich einem Relikt einer vergessenen Zeit. In den Schutzwall waren mehrere Wachtürme eingelassen, darauf entzündete Wachfeuer in Kohlebecken, welche die Finsternis ein Stück weit zurückdrängten. Fackeln an der Brustwehr taten ihr übriges. Das Bild, das sich ihm bot, glich einer Szene aus der Hölle. Ganze Scharen von dürren, haarlosen, sehnigen Gestalten wimmelten vor den Mauern der Klosterfestung umher. Spitze Zähne, schnappende Kiefer, geifernde Mäuler, wohin man auch schaute. Die graue Haut der Kreaturen schien mit einer Schicht aus Vulkanasche bedeckt und erinnerte Veit an porösen Kalkstein.

Die humanoiden – zugleich jedoch unmenschlichen – Wesen versuchten, mit langfingrigen Händen und scharfen Fingerkrallen die Mauern zu erklimmen. Dabei kletterten sie auf- und übereinander, trampelten ohne Rücksicht auf Gestrauchelte. Die Verteidiger auf den Mauern hielten stand, ruhig, ausdauernd, mit Speeren und langen Stäben. Ein vorwitziger Hautfresser, der nach einem gewaltigen Sprung an einem Riss in der Fassade Halt fand, wurde ohne viel Federlesen herabgestoßen. Trotz der beachtlichen Fallhöhe blieb das Geschöpf nur kurz liegen und war bald wieder auf den Beinen.

Wie viele Monate dauerte dieser Zustand wohl schon an? Wie lange konnte man das Kloster noch halten? Wie war tagsüber überhaupt eine gewisse Normalität möglich, wenn jede Nacht die Hölle ausbrach?

Niedergeschlagen blickte er sich um. Kjell und Knochen hatte er schnell entdeckt. Der Rottmeister war größer als alle anderen auf der Mauer und die weißen Haare des Albinos konnte man ebenfalls kaum übersehen. Er näherte sich den beiden.

»Bin wieder auf den Beinen. Melde mich wieder zum Dienst«, begrüßte Veit den Anführer der stark dezimierten Blutzopf-Rotte. Kjell und Knochen begrüßten ihn mit aufmunterndem Schulterklopfen.

»Gut, dass du wohlauf bist. Einen weiteren Verlust hätte ich nicht ertragen. Erst Kimi, dann Sten, dann Stellan. Falls wir zurückkehren, wird mein Klan mich wohl verstoßen«, brummte der Rottmeister. Veit schwieg. Er hatte sich so sehr mit den eigenen Verletzungen beschäftigt, dass er bisher kaum getrauert hatte. Betreten blickte er auf seine Füße.

»Wir müssen nach vorn sehen«, nahm Kjell den Faden wieder auf. »Schau sie dir an, diese Kreaturen. Studiere sie, wie deine Bücher. Sie sind schneller als jeder von uns und werden niemals müde. Aber«, er tippte sich mit einem Finger an die Stirn, »sie denken nicht wie Menschen, sondern wie Tiere. Sie wollen nachts fressen und tags schlafen. Diese Erbsenhirne haben sonst nichts im Oberstübchen. Das könnten wir ausnutzen.«

»Um zu entkommen?«, vermutete Veit.

Kjell grinste breit. »Um die Insel zu retten. Um unsere Mission zu erfüllen. Weißt du überhaupt noch, warum wir hier sind? Wegen dem verfluchten Schwefel. Dem Schwefel für den Hochkönig. Für ihn und seine Armee!« Er sah Veit direkt in die Augen. »Dann könnte ich zu meinem Klan zurückkehren. Dann könnten wir unseren Familien Ehre machen.«

Veit zögerte zuerst, dann nickte er.

»Um die Insel zu retten«, wiederholte Kjell, »müssten wir ihr Nest finden. Sie müssen irgendwo ein Nest haben und wir müssen es ausräuchern. Und jetzt kommst du ins Spiel.«

Veit wurde nervös. Er war gerade erst auf dem Weg der Besserung und fühlte sich nicht bereit für ein Himmelfahrtskommando.

»Wir kommen nicht gegen sie an, Veit, wenn jeder Kratzer tödlich ist. Wir müssen uns irgendwie schützen. Die Lösung wäre ein Gegengift oder eine Arznei, die uns vor dem Gift der Biester schützt. Das wäre unsere Chance.«

Veit schüttelte den Kopf.

»Das ist doch aussichtslos. Meinst du nicht, die Menschen hier wären nicht auch schon auf die Idee gekommen. Sie schlagen sich schon seit Monaten mit diesen Dämonen herum.«

»Das stimmt, sie wehren sich schon seit Monaten, mehr oder weniger erfolgreich. Aber die Mönche sehen die Mistviecher irgendwie auch als Segen. Sie glauben, dass die Viecher die

Siedlung am Fuß des Vulkans vernichtet haben, weil sie verdorben oder sündig war. Bisher haben sie noch nie ernsthaft etwas gegen die Biester unternommen. Schau dich um! Die meisten Mönche benutzen nur lange Stöcke, um die Biester herabzustoßen. So nimmt der Kampf doch nie ein Ende!«

Kjell hatte recht. Die Geistlichen verwendeten tatsächlich nur stumpfe Stöcke. Lediglich die Laien hatten Speere mit eisernen Spitzen.

»Und keiner redet ernsthaft mit uns«, ereiferte sich der Rottmeister, »als wolle man gar nichts Genaues über die Hautfresser wissen. Nur religiöses Geschwafel. Die Mönche nennen sie Aschebrut. Pah! Als hätte der Erbauer die Biester persönlich mit seiner verdammten Asche gesegnet. Als wäre es nicht völlig normal, dass sie mit Asche bedeckt sind? Wer ist das hier nicht? Das ist einfach lächerlich!«

Kjell stand der Zorn ins Gesicht geschrieben. Veit konnte den Ärger verstehen, blieb aber äußerlich ruhig. Auch der Albino wirkte entspannt, auch wenn er beim Zuhören gelegentlich mit dem exotischen Dolch an seinem Gürtel herumhantierte.

»Nun«, antwortete Veit, »ich werde mein Bestes geben. Werde morgen mal mit dieser Apothekerin reden, von der ich gehört hab. Erwarte aber bitte nicht zu viel. Ich halte das für wenig aussichtsreich. Vielleicht kannst du mir aber im Gegenzug auch weiterhelfen: Wisst ihr schon von dem Todesfall?«

»Jördis hat uns alles erzählt.«

»Es soll einen Mann geben, der die Tote besser kannte. Einen Schneider namens Nadel-Aki.«

»Da hinten. Ganz am Ende der Mauer. Kannst den Typ nicht verfehlen. Ist irgendwie unübersehbar, denn seine ganze Visage scheint sich auf die Nase zuzuspitzen.«

»Danke, Kjell, wir sehen uns.«

Veit machte sich auf den Weg.

8 ENGEL ODER TEUFEL?

Alle Lebensformen der Insel bilden gemeinsam ein komplexes, zerbrechliches System. Das machte sich Madah-Runa bewusst, als sie sich entkleidete und allein ins breite Himmelbett stieg.

Seit der Auslöschung von *Schmelztiegel* gab es im Prinzip nur drei Parteien, die im Machtgefüge der Insel eine Rolle spielten: Die leicht zu kontrollierenden Zeloten, die schwer kontrollierbaren Laien und die scheinbar unberechenbare Aschebrut. Bisher hielten die Zeloten – angeführt von ihrem Gemahl und ihr selbst – das Zepter in den Händen. Die religiöse Bedeutung der Insel schien bis auf Weiteres gesichert. Die Heimstatt des Erbauers war ein spiritueller Ort, der sich auf die Rückkehr des Erbauers vorbereiten konnte. So war es und so sollte es sein.

Nun war eine vierte Partei wie aus dem Erdboden aufgetaucht: Die Söldner der Blutzopf-Rotte und dieser verfluchte Albino. Es waren nur fünf Männer und eine Frau, aber – wie das sprichwörtliche Zünglein an der Waage – konnten sie den Unterschied ausmachen, zwischen dem Heil der Insel und dem spirituellen Untergang ihrer Gemeinschaft. Madah-Runa wusste, dass die Söldner wegen des Reichtums von *Skelt* hier waren, wegen der Bodenschätze des Erbauers und nicht wegen seiner seligmachenden Gegenwart. Erst einmal mussten die Söldner toleriert werden, da blieb keine Wahl. Die See würde in Kürze zufrieren und kein Schiff in den nächsten Monaten einen Weg zur Insel finden. Auch das Boot des Ordens, das sich in der geheimen Grotte unter dem Kloster befand, stellte zurzeit keinen Fluchtweg dar, für niemanden.

Gemeinsam mit ihrem Gemahl wollte Madah-Runa alles wagen, um die Söldner auf ihre Seite zu ziehen. Bisher hatten sie das Wesen des Ordens noch nicht vollends begriffen, nicht durchschaut, wie weit die Zeloten schon in der Perfek-

tionierung ihrer körperlichen und geistigen Fähigkeiten fort-
geschritten waren. Einen vielversprechenden Söldner hatte sie
aber bereits ausgemacht. Jasper, der jüngste der Söldner, war
zwar hässlich wie die Nacht, aber empfänglich für die Lehren
des Ordens. Gerade weil er kaum Anschluss an die anderen
Söldner zeigte, weil er bisher wenig Beachtung im Leben erfahren hatte, war er für Madah-Runa so kostbar. Es würde
nicht mehr lange dauern, bis er ihr und dem Orden völlig
verfallen war. Dann wäre es auch an der Zeit, sich auch um
den verhassten Albino zu kümmern, diesen Scharlatan, der zu
fremden Götzen betete.

Nackt, wie der Erbauer sie geschaffen hatte, lag sie im Bett
und wartete – wie so oft – auf ihren Gemahl, der auch diese
Nacht nicht im gemeinsamen Schlafzimmer auftauchte. Frustriert schloss sie die Augen und ging aus sich heraus, verließ
ihren Körper und machte sich zunächst ziellos auf den Weg
durchs Kloster. Wie in der letzten Nacht zog es sie nach einiger Zeit hinab in das Felslabyrinth unterhalb des Tempels.
Körperlos huschte sie durch die verzweigten Gänge, immer
tiefer in den Berg, immer weiter, bis sie den Berg durch den
Nord-Tunnel verlassen konnte. Madah-Runa hörte das leise
Meeresrauschen, roch die feine Salznote in der Luft, als hätte
sie das Kloster leibhaftig verlassen.

Es trieb sie weiter, ein Stück entlang der Küste, zu der
Höhle, die sie viele Male gepriesen, ihr Gemahl aber auch
schon verflucht hatte. Der Glanz mächtiger Adern, welche
das Gestein durchzogen, hieß sie willkommen. Und da waren
sie schon, die Schutzengel der Insel: die perfekten Beschützer
für die Spiritualität des Ordens, wahre Aschekinder der ersten
Generation, Wegbereiter der Aschebrut.

Die beiden übernatürlichen Wesen, die rechts und links
im Höhleneingang schlummerten, erschienen in den Augen
von Madah-Runa wunderschön. Sie liebte die langgezogene,
geschmeidige Gestalt der Geschöpfe, mit ihren schlanken,
sehnigen Armen und ihren formvollendeten, endlos langen Beinen. Das Antlitz der Wesen war von maskenhafter

Schlichtheit und wie der Rest ihrer Körper von einem Film aus heiliger Asche überzogen.

Die Runenmutter vergötterte beide, war aber von einem der zwei Schutzengel besonders fasziniert. Und zwar von dem Geschöpf, das vor zwei Jahren noch weiblich gewesen war und damals durch ihre Klugheit und ihren Witz jeden begeistert hatte.

Wenn Madah-Runa aus sich herausging, hatte sie in diesem Zustand keinen Körper, keine Hände oder Füße. Im diesem körperlosen Zustand wagte sie es daher, dem Geschöpf von Angesicht zu Angesicht gegenüberzutreten. Konzentriert versuchte sie, ihre mentalen Fühler nach dem Wesen auszustrecken. Sie stellte sich ihre Hand bildlich vor und versuchte, das Wesen damit spirituell zu berühren.

Und tatsächlich. Es schien sich im Schlummer ein wenig zu regen. Madah-Runa vermeinte sogar, die Augenlieder des Schutzengels hätten für einen Moment geflattert.

– ICH BIN ES, versuchte sie zu sagen. WIR GEHÖREN ZUSAMMEN, sendete sie in Gedanken.

In ihr keimte die Hoffnung, sie könnte vielleicht eines Tages mit den Wesen kommunizieren. Sie fragte sich, ob sie schon jetzt in der Lage wäre, einen mentalen Hilfeschrei auszustoßen, um ihre Schutzengel in der Not zu rufen. War sie bereits soweit?

9 EINE HEIKLE ANGELEGENHEIT

Der Morgen kam viel zu früh für den erschöpften Feldscher. Der unerwünschte Quälgeist, der Veit aus seinem Schlummerzustand hervorholte, war die Helligkeit, die durch das Fenster eindrang, die Klosterzelle eroberte und die Granitwände in kaltes, steriles Winterlicht tauchte.

Es war eine lange Nacht gewesen. Fast eine Stunde hatte er sich mit Nadel-Aki unterhalten. Besser gesagt: Versucht, sich mit ihm zu unterhalten.

Aki, der seinen Lebensunterhalt vor der Katastrophe als Schneider verdient hatte, war Mitte Vierzig, wie er Veit gesagt hatte. Er war ein schwieriger, schweigsamer Gesprächspartner gewesen, dessen stechender Blick dem Feldscher unangenehm in Erinnerung geblieben war, ebenso wie das unansehnliche – fast geierartige – Profil des Mannes.

Es stimmte tatsächlich, dass er mit der Ermordeten eine Beziehung gepflegt hatte. Das Schicksal, die gesamte Familie verloren zu haben, hatte die beiden zusammengeführt. Vielleicht hatten sie Trost gesucht beim jeweils anderen. Die Beziehung war, das hatte Veit dem Mann mühevoll aus der Nase ziehen müssen, nicht einfach gewesen. Denn Nadel-Aki war unter den Überlebenden aus *Schmelztiegel* eine Art rebellischer Querdenker, ein kritischer Nachfrager, der wenig von den Zeloten hielt. Über die Tote hatte er, aus seiner Perspektive, nicht nur Gutes zu sagen. Ihm war es ein Dorn im Auge gewesen, dass Achtfinger stets den Ausgleich zwischen den Mönchen und den Laien gesucht hatte, was natürlich mit dem Hass auf die Mönche – den Veit bei Aki gespürt hatte – nicht vereinbar war. Ob der Mann Achtfinger ermordet hatte, konnte Veit nicht sagen. Der Frage, ob er mit Achtfinger im Streit gelegen hätte, war der ehemalige Schneider wiederholt ausgewichen.

Veit erhob sich schwerfällig. Waden, Knie und Hüfte waren seit seinem Sturz wie eingerostet. Das lange Stehen auf der Wehrmauer hatte seinen Gliedmaßen nicht gut getan. Im kalten Licht, das in die Zelle fiel, erschien ihm sein Körper völlig abgemagert. Er blickte beim Anziehen auf blasse Hände, die ihm wie die Hände eines Fremden vorkamen. Er verließ seine Kammer. In dem größeren Raum, den man der Rotte zugeteilt hatte, setzte er sich an den Kamin und löffelte das obligatorische Klosterfrühstück: Getreidebrei mit Ziegenmilch. Veit aß gleich zwei Schüsseln davon, spürte aber kaum ein Sättigungsgefühl. Er aß allein und so leise wie möglich, denn Morten, Kjell und Jördis schliefen noch. Sie sahen erschöpft aus nach der Nachtwache. Ohne sie zu wecken, verließ er den Raum und machte sich auf die Suche nach der Heilkundigen des Ordens. Er fand heraus, dass sie im Westflügel des Haupthauses ein Lazarett betrieb. Ohne Umwege eilte er dorthin.

Im Lazarett roch es nach Salbei, Fenchel, Huflattich und anderen Kräutern der Klostermedizin. Es war angenehm still. Nur ein einziges Bett war belegt, ein Mönch mit einem stattlichen Bierbauch lag darin, wohl wegen einer Kopfverletzung. Der Zelot schien zu schlafen.

Mirte, die Apothekaria, konnte er mit seinem plötzlichen Auftauchen nicht überrumpeln. Sie erwartete ihn bereits im Lazarett, als habe sie den Zeitpunkt seines Eintretens exakt abgepasst. Die Augen in ihrem runden Gesicht funkelten mütterlich – jedoch auch etwas nervös – als sie auf ihn zueilte.

»Ihr müsst dieser Feldscher sein, von dem alle reden. Ein Arzt und zugleich ein Kämpfer? Passt das überhaupt zusammen? Da bin ich mir nämlich nicht sicher. Wie lange wart Ihr jetzt eigentlich außer Form? Fast drei Wochen! Ha! Man dachte schon, Ihr steht gar nicht mehr auf. Ha! Aber jetzt habt Ihr es allen gezeigt. Natürlich! Ihr scheint ein tapferer Kerl zu sein! Aber auch mager. Nur Haut und Knochen. Ich nehme doch an, dass Ihr Platz nehmen wollt. Wo? Na hier, das Bett ist doch frei. Los, setzt euch, nicht so schüchtern. Bitte.«

Der Monolog der Ordensfrau prasselte förmlich auf Veit ein. Derweil trieb sie ihn mit sanfter Gewalt vor sich her, sodass Veit keine Wahl blieb, als sich auf die Kante eines frisch bezogenen Krankenbettes zu setzen. Flink zog Mirte für sich selbst einen Hocker heran. Sie setzt sich ihm gegenüber und zwar so nahe, dass sie sich aus nächster Nähe direkt in die Augen sehen mussten. Ihm war die fehlende Distanz ein wenig unangenehm.

»Nun? Was gibt es? Wo drückt der Schuh? Seid Ihr wegen der Verstorbenen hier? Das nehme ich doch an. Ein armes Ding. Tja! So plötzlich aus dem Leben gerissen. Was für eine Verschwendung! Der Erbauer möge ihrer Seele gnädig sein.«

»Achtfinger nannte man sie. Habt Ihr euch die Tote angesehen?«

Mirtes Augen zuckten nervös. Gehetzt sah sie sich um.

»Natürlich! Selbstverständlich hab ich mir das arme Ding angeschaut. Ihr wart wohl gerade eben weg. Da hab ich sie mir angeschaut. Von Kopf und bis Fuß. Ganz genau. Sie sah noch recht gut aus für eine Tote. Ohne Frage! Nur etwas zu dünn. Wenig Essen, wenig Schlaf, viel Arbeit und so weiter. Aber Ihr kennt das ja, oder etwa nicht?«

»Ich weiß, was Ihr meint. Aber darum geht es mir nicht. Mir geht es um die Frage, woran sie gestorben ist.«

»Bei allen Heiligen. Ihr seid ja forsch. Ganz direkt und so weiter. Na ja, ich weiß nicht. Mal überlegen. Einer Legende nach sind schon Menschen vor Schreck gestorben. Wie durch einen Panikanfall. Wäre das möglich? Oder vielleicht hat sie der Schlag getroffen. Ha! Das könnte es doch sein. Potzblitz! Ein plötzlicher Hirnschlag, wegen Überanstrengung vielleicht, oder wegen Unterernährung.«

»Habt Ihr den Bluterguss gesehen? Mitten auf der Brust. Mindestens doppelt so groß wie meine Faust.«

Die Lippen der Apothekaria wurden ganz schmal. Nachdenklich rieb sie sich den Hinterkopf. »Nun«, setzte sie an, »ich habe das durchaus gesehen. Ist schon merkwürdig. Zweifellos eine komische Sache. Schwer zu sagen, woher der Fleck stammt. Vielleicht hat sie jemand gerammt. Aber wie? Und womit? Oder sie ist auf etwas gestürzt. Sie fiel vielleicht vor einen Balken oder auf einen Felsen.«

»Da war kein Balken, auch kein Felsen. Denkt Ihr, jemand könnte ihren Oberkörper so gequetscht haben, dass sie erstickte?«

»Woher soll ich das wissen? Tja, Ihr kommt ja auf Ideen. Wieso sollte jemand überhaupt? Aber naja, ich denke nicht, dass man jemanden so ins Jenseits schicken könnte. Oder doch? Man müsste schon, naja, man müsste eventuell, tja, demjenigen den Mund zuhalten und sicherlich auch die Nase. Aber, Moment bitte, das ist doch absurd, völlig ausgeschlossen, wirres Zeug. Wer sollte denn so etwas tun, hier, an diesem heiligen Ort?«

»Das ist hier die Frage. Die Tote ist ja keine Zelotin. Kanntet Ihr sie überhaupt?«

»Wenig. Ganz wenig. Vor drei Wochen war sie kurzzeitig hier, im Lazarett. Es war der Tag, als Ihr mit euren Leuten auf einmal aufgetaucht seid. Kurz vor Sonnenuntergang, nicht wahr? Ihr wisst schon, diese Sache auf der Mauer. Bei dem«, die Apothekaria suchte für einen Moment nach dem richtigen Wort, »Streitfall, oben auf der Mauer, da wurde sie von einigen übereifrigen Ordensbrüdern zu Boden geschlagen. Ohne böse Absicht, muss ich hinzufügen. Da bin ich sicher. Sie lag jedenfalls dann hier, im Lazarett, bis sie wieder aufgewacht ist. Waren aber nur ein paar Stunden, mehr nicht, da ging's ihr schon wieder besser. Konnte dann wieder stehen, gehen, und so weiter. Danach sah ich sie nie wieder. Bis gestern, als man mir ihre Leiche zeigte.«

»Schade«, seufzte Veit, »ich hatte irgendwie gehofft, dass Ihr mir weiterhelfen könnt. Wir sind nur Gäste und ich will mich natürlich nicht in die Angelegenheiten des Klosters einmischen. Ich fürchte nur, dass die Tote die Kluft zwischen dem Orden und den anderen Menschen im Kloster vertiefen könnte. Es könnte zu einem Konflikt kommen.«

Mirte blickte ihm ernst ihn die Augen.

»Die Flüchtlinge haben es hier gewiss nicht leicht. Ich
weiß das. Es ist ja nicht so, dass ich kein Herz hätte. Ich würde ja gerne helfen, aber meine Fürsorge, also meine Pflicht,
gilt vor allem dem Orden. Versteht Ihr?«

»Würde Euer Orden denn etwas unternehmen, wenn jemand die Frau ermordet hätte? Wenn ich so etwas wie einen
Beweis erbringen könnte?«

»Ich denke schon. Der Abt ist ein gerechter Mensch. Er
würde schon etwas unternehmen. Ohne Frage. Recht und
Ordnung sind ihm wichtig, sehr sogar.«

»Es gibt da einen Mann, der zu der toten Frau gehörte, aber
ich weiß nicht, ob er es war. Kein Ehemann natürlich, eher so
etwas wie ein Liebhaber, meine ich. Ein unangenehmer Zeit-
genosse mit einem Gesicht wie ein Raubvogel. Eine Nase hat
der Kerl, so lang und krumm, wie ich es selten gesehen habe,
und der starre Blick seiner Augen ist wirklich …«

Auf einmal begann der einzige Patient im Lazarett zu
röcheln. »Der … war … es …«, schnaufte der Dicke. »Der
Mann … mit dem … Knüppel.«

Die Apothekaria sprang auf und wirbelte zu ihrem Patienten herum. Hektisch legte sie ihm eine Hand auf die Stirn,
versuchte, den Mönch damit zu beruhigen. »Ganz ruhig, mein
lieber Wulfrik. Reg dich nicht auf.«

»Riesenrüsselnase, Geiervisage, Stielaugen … das ist der
Mann! Der hat mich niedergeschlagen. Bei den Hufen des Teufels! Der Kerl hat die Vorräte gestohlen.« Der stattliche Bierbauch des Mönchs hüpfte bei jedem Wort.

»Ihr müsst wissen«, erklärte die Apothekaria, »der gute
Wulfrik wurde brutal niedergeschlagen. Hinterrücks! In der
Klosterküche! Bisher konnte er den Unhold nur vage beschreiben. Der Schlag war ja recht heftig, um nicht zu sagen
unsäglich heftig. Nun scheint es, dass wir doch noch erfahren, wer den Orden bestohlen hat. Ha! Ist das nicht geradezu
eine Fügung des Schicksals? Vielleicht ein Zeichen, dass der
Allmächtige will, dass der Unhold gefasst wird?«

Veit war ganz Ohr. Von den gestohlenen Vorräten hatte ihm auch Svea erzählt. Die Informationen der Novizin erschienen ihm mit einem Mal wichtiger als jemals zuvor. Doch was hatte er persönlich mit dem Diebstahl zu tun, selbst wenn dieser Aki tatsächlich der Gesuchte war? Sollte er sich als Fremder, als Gast dieser Gemeinschaft, in der Sache überhaupt einmischen? Veit räusperte sich. »Nun, vielleicht war es wirklich Nadel-Aki, das kann ich nicht sagen. Ihr solltet das jedenfalls dem Orden mitteilen. Ich muss mich erst mit meinen Leuten beratschlagen. Mit der Sache haben wir ja eigentlich wenig zu tun.«

Mirte ließ sich in ihrer Euphorie nicht bremsen. »Gut, gut«, sie nickte mehrmals, »wir werden sehen, was der Orden unternehmen wird. Ha! Dieser Kerl wird nicht ungeschoren davonkommen. Ich werde die Sache gleich dem Abt melden. Sofort? Natürlich.« Hektisch legte sie dem dicken Mönch einen feuchten Lappen auf die Stirn und murmelte: »Ich muss los. Jetzt, sofort. Dringend! Bleibt Ihr bitte noch etwas bei meinem Patienten? Oder könnte man ihn allein lassen? Nein! Besser nicht. Ihr schafft das doch, oder etwa nicht?«

Veit nickte. Sie wandte sich schon zum Gehen, da fasste er sie aufgrund einer spontanen Eingebung beim Arm. »Ich hätte da noch eine Frage. Es hat jedoch nichts mit der Toten oder dem Diebstahl zu tun«, sagte der Feldscher und sie wartete noch einen Moment. »Diese Aschekinder, wie Ihr sie nennt, haben ja Zähne wie Raubtiere. Kann es sein, dass ihr Biss giftig ist, sagen wir, wie ein Schlangenbiss?«

»Das kann sein, aber das ist ein heikles Thema, über das der Orden nicht gerne spricht« warnte sie ihn. Mit einem Mal schien sie es noch eiliger zu haben.

»Wenn es ein Gift ist, gibt es denn vielleicht ein Gegenmittel? Ein Gegengift?«

Mirtes Augen weiteten sich zunächst. Dann funkelte sie ihn erbost an. Veit spürte in ihr eine gewisse Anspannung, als habe er plötzlich einen wunden Punkt getroffen.

»Die Aschekinder sind Geschöpfe des Erbauers. Er salbt sie mit heiliger Asche. Jeden Tag. Sie mit Giftschlagen zu vergleichen, grenzt schon an Blasphemie, aber nun begebt Ihr Euch auf wirklich dünnes Eis.« Ihre mütterliche Art war wie weggewischt. Veit schwieg. Falls er jetzt das Falsche sagte, würde Mirte das vielleicht auch ihrem Orden melden, und Veit hatte keine Ahnung, welche Konsequenzen sich daraus ergeben könnten.

»Ich meine es nicht böse«, lenkte sie zum Glück ein, »aber stellt mir diese Frage bitte nie wieder. Den Plan des Allmächtigen dürfen wir nicht in Frage stellen. Jeder spielt darin seine Rolle, ob wir wollen oder nicht.«

Mit diesen Worten verließ sie das Lazarett. Veit blieb einige Zeit neben dem einzigen Patienten im Raum stehen. Der Dicke schwieg jedoch und blickte an die Decke. Veits Gedanken rasten derweil.

Die Ordensobere hatte sich merkwürdig verhalten. Ihr unruhiges, gehetztes Verhalten mochte Teil ihres Naturells sein, konnte jedoch auch darauf schließen lassen, dass sie etwas verheimlichte. Insbesondere aus den letzten Worten der Apothekaria wurde er nicht schlau. ›Jeder spielt seine Rolle‹, hatte Mirte gesagt. Meinte sie, dass sie eine Rolle einnahm oder eingenommen hatte, die ihr nicht gefiel? Dass sie sich wünschte, sie könnte aus ihrer vorgeschriebenen Rolle heraustreten? Sie hatte gesagt, dass die Menschen das Geschick der Insel nicht hinterfragen dürfen. Sie hatte – bewusst oder unbewusst – nicht gesagt, dass man den Plan des Erbauers nicht hinterfragen sollte. Bedeutete dies, dass ihr jemand verboten hatte, mit Fremden über die Aschekinder zu reden? Und falls ja, wer außer dem Abt wäre dazu in der Lage? Oder interpretierte er in Mirtes Worte zu viel hinein?

Während er nachdachte, war er gedankenlos durch das Lazarett gewandert und durchstöberte nun die verschiedenen Regale. Veit entdeckte Unmengen von getrockneten Heilpflanzen wie Lavendel, Fenchel, Johanniskraut und Schafsgarbe. Dazwischen auch Meisterwurz, welche auf dem Festland als Allheilmittel verehrt wurde. Schwarzes Bilsenkraut, das Jasper oft rauchte und der Volksmund ›Hexenkraut‹ nannte, fand Veit ebenfalls.

In einem Regal standen verschiedene Bücher zur Klostermedizin sowie aus dem Bereich der Alchemie, der Lehre von der Herstellung von Tränken und Pulvern. Alchemisten gehörten in den Hauptstädten der Konföderierten Königreiche zu den bedeutendsten Gelehrten, da sie nicht nur in der Lage waren, dass begehrte Schießpulver zu produzieren, sondern auch allerlei wundersame Elixiere an die Oberschicht verkaufen konnten. Neugierig nahm Veit solch eine Schrift zur Hand und blätterte darin.

Er staunte nicht schlecht, da in dem vorliegenden Werk Wissenschaft, Religion und Mythologie so ineinander verwoben waren, dass man kaum erkennen konnte, wo das eine aufhörte und das andere anfing. So war etwa von Tropfen für die Augen zu lesen, mit denen man im Dunkeln besser sehen und göttliche Zeichen am Nachhimmel leichter entschlüsseln könne. An dieser Stelle war auch von der körperlichen und geistigen Weiterentwicklung des Menschen die Rede, die für die Zeloten ein Grundelement ihres Glaubens darstellte. In späteren Kapiteln ging es um die so genannte Transmutation, also um die Frage, wie niedere Materie alchemistisch aufgewertet werden könne. Der Autor des Werks bezog die Frage nicht nur auf Dinge, sondern auch auf Lebewesen, was Veit irritierte. Wie sollte man die Substanz eines Lebewesens verändern und zu welchem Zweck?

Behutsam stellte Veit das Buch zurück an seinen Platz. Für einen Moment bereute er es ein wenig, im Lazarett herumgeschnüffelt zu haben, aber Mirte hatte ihn ausdrücklich gebeten, noch ein wenig im Lazarett zu bleiben. Der Patient schlief jetzt wieder und Veit machte sich auf die Suche nach den anderen Söldnern.

Er hatte heute viel erfahren, aber ihm blieb noch unklar, wie die verschiedenen losen Fäden zusammenhingen.

An diesem Abend gelang es allen Mitgliedern der Blutzopf-Rotte, sich gemeinsam im Kaminzimmer zu versammeln. Knochen trieb sich irgendwo in der Klosterfestung herum, keiner wusste genau wo, sodass die fünfköpfige Söldnerschar ganz unter sich war. Sie löffelten heiße Suppe. Weil es draußen immer kälter wurde, brannte der Kamin mittlerweile Tag und Nacht. Der Raum, der für diesen Winter ihr Zuhause darstellen musste, war in wohlig warmes Licht getaucht.

Veit berichtete allen in knappen Worten von seinen Ermittlungen. Erzählte von Nadel-Aki, der möglicherweise ein Mörder war. Wie die Apothekaria auf seine Nachfragen reagiert hatte. »Und letztendlich«, schloss er seinen Bericht, »weiß ich nicht, in wieweit wir uns in die Sache einmischen sollten. Ich meine, wir sind hier ohnehin nur so etwas wie Gäste, die gerade eben geduldet werden. Nicht mehr.«

»Heilige Scheiße! Wir müssen uns einmischen« fiel ihm Kjell ins Wort. »Alles andere wäre töricht. Aus mehreren Gründen. Achtfinger war eine ehrliche, aufrechte Frau, die sich auch um Svea gekümmert hat. Ihr Tod kann uns nicht kaltlassen. Außerdem dreht sich im Kloster alles um Macht und Status. Wenn wir den Mord aufklären, haben wir beim Orden was gut. Vielleicht unterstützen sie uns dann bei unserer Mission.«

»Und wenn der Mörder ein Zelot war?«, entgegnete Veit.

»Ja«, nickte Kjell bedächtig, »dann sehen wir weiter. Vielleicht ist der Orden ja froh, wenn ein schwarzes Schaf in den eigenen Reihen enttarnt wird. Jedenfalls hätten wir auf jeden Fall die Flüchtlinge aus *Schmelztiegel* auf unserer Seite.«

»Also, was machen wir?«, fragte Veit niemand Bestimmten.

»Du solltest dir morgen diesen Aki noch mal vorknöpfen und ich komme mit«, brummte Morten. »Wenn er wirklich das Essen geklaut hat, dann wusste auch seine Alte davon. Wer weiß schon, ob sie ihn deshalb verpfeifen wollte. Vielleicht wollte er sie für immer zum Schweigen bringen.«

Jördis berührte Veits Hand. »Aber sei vorsichtig. Du bist noch nicht wieder ganz auf dem Damm. Falls noch mehr Leute hinter dem Diebstahl stecken, kann alles passieren.«

»Keine Sorge.« Morten legte seine Pistole auf den Tisch. »Die alte Dame hab ich ja immer dabei, falls es mal gefährlich wird.«

Jördis verdrehte die Augen. »So hab ich das nun auch wieder nicht gemeint.«

»Wie dem auch sei«, fuhr Kjell dazwischen. »Es gibt noch eine andere Sache, über die wir reden müssen. Ich habe Veit gebeten, nach einem Gegenmittel, einem Heiltrank oder etwas in der Art zu forschen, sodass wir gegenüber den Hautfressern nicht mehr im Nachteil sind. Diese Mirte scheint was zu wissen, aber sie wollte es wohl nicht rausrücken. Können wir da irgendwie nachhelfen?«

»Ich bin raus. Ich frag sie bestimmt nicht noch mal«, stellte Veit klar.

Jördis dagegen meinte: »Ich könnte es probieren. Vielleicht von Frau zu Frau. Mal sehen. Könnte auch Svea mitnehmen. Die beiden scheint irgendwas zu verbinden, aber Svea verrät mir nicht was.«

Morten nickte. »Hört sich gut an. Wir sollten uns aber nicht auf diese Mirte verlassen. Gibt es denn sonst noch einen Kuttenträger, der uns helfen könnte?«

Kurzes Schweigen. Kjell massierte sich angestrengt die Schläfen. »Es gibt hier eine Bibliothek. Ich weiß nicht, ob wir da reindürfen, aber wenn, dann wäre das etwas für unseren Feldscher. Eventuell findet man dort irgendwas.«

Veit war einverstanden. Wenn man ihn in die Ordensbibliothek ließe, würde er sich in Büchern vergraben, bis er endlich mehr über diese mysteriösen Aschekinder herausfand.

Sie saßen noch bis tief in die Nacht beisammen, schmiedeten Pläne und spekulierten über die Identität des Mörders. Jasper schwieg die ganze Zeit. Und niemand ahnte, welche Pläne insgeheim in seinem Kopf Gestalt annahmen.

Am nächsten Morgen machte sich Veit zusammen mit Morten erneut auf die Suche nach Nadel-Aki. Weder im Lager der Flüchtlinge noch auf den Mauern konnten sie ihn finden. Die Menschen aus *Schmelztiegel* reagierten auf Nachfragen wenig hilfsbereit. Die Leute verweigerten wahrscheinlich die Zusammenarbeit, da sie befürchteten, dass die Söldner vom

Abt geschickt worden waren. Morten schlug daher vor, Veit solle zuerst versuchen, Zutritt zur Bibliothek zur erhalten. Morten wollte derweil den Innenhof des Klosters beobachten. Nadel-Aki konnte die Klosterfestung nicht verlassen haben und musste zwangsläufig irgendwann auftauchen. Die Bibliothek befand sich im Ostflügel des Hauptgebäudes. Raik, der Bibliothekar des Ordens, war gerade mit dem Kopieren einer Handschrift beschäftigt, als sich Veit ihm näherte. Der Feldscher bat höflich darum, Einblick in die Schriften der Zeloten zu nehmen, und dies wurde ihm mit einem gemurmelten »Natürlich« auch gewährt.

Die Bibliothek war für einen Ort am Ende der bekannten Welt durchaus umfangreich. Zwei große Räume waren vom Boden bis zu Decke mit Lesestoff gefüllt. Daneben befand sich noch eine Schreibstube. In der Bibliothek war es still, man hörte nur gelegentlich aus der Schreibstube das Kratzen von Federhaltern. Die Luft war unangenehm trocken und roch abgestanden. Das System, nach dem die alten Quellen hier sortiert waren, erschloss sich Veit nicht, doch er wollte auch nicht fragen, denn der Bibliothekar schien schwer beschäftigt und Veit war froh, dass man ihm überhaupt Zutritt gewährt hatte.

Zunächst suchte Veit in Wörterbüchern, Lexika und Enzyklopädien nach dem Begriff ›Aschekind‹. Da er dort nicht fündig wurde, ging nach einiger Zeit dazu über, auch im Bereich der Sagen, Legenden und Volksmärchen nachzuschlagen. In einem Folianten – dessen Einband sich rissig und spröde von Alter anfühlte – entdeckte Veit eine Sage, in der zumindest ein ›Aschekind‹ erwähnt wurde. Er las sorgfältig, damit er später darüber Bericht erstatten konnte.

Tief in einem Tal, umgeben von dicken Mauern und geschützt von hundert Wächtern, lebte vor langer Zeit ein Hexer namens Rogen Rottnagel. Dieser hatte sich schon als junger Mann geschworen, reich zu werden, und mithilfe der schwarzen Kunst sorgte er dafür, dass seine Gewinne von Jahr zu Jahr größer wurden. Doch Reichtum und Überfluss machten ihn nicht glücklich, sondern erfüllten ihn mit Gier und Neid. Sein Misstrauen gegenüber anderen Menschen steigerte sich ins Unermessliche. Der Geist des Hexers war infiziert mit einer Krankheit. Und während die Jahre verstrichen, wuchs dieses Übel weiter und weiter. Im Laufe der Zeit verhielt er sich immer sonderbarer, sein Wille zu besitzen wurde so übermächtig, dass er sein gesamtes Wesen verdarb.

Im dritten Jahr der Herrschaftszeit von Aegir III. geschah das Unvermeidbare: Auf die Krankheit des Geistes folgte ein körperliches Gebrechen, das von allen Kundigen weit und breit als unheilbar eingestuft wurde. Doch Rottnagel war starrsinnig, eifersüchtig und gerissen und so dauerte es ein Jahrzehnt, bis ihn sein Leiden niederstreckte. Die verbliebene Zeit ließ Rottnagel jedoch nicht sinnlos verstreichen. In seinem Wahn übermannte ihn der Wunsch, auch nach seinem Tod im Überfluss zu leben. Und so tauchte er immer tiefer ein in die Geheimnisse der schwarzen Magie. Er befahl, eine Gruft zu erbauen, so tief unter der Erde, dass kein Lichtstrahl sie jemals erreichte. In die Steine der Gruft wurden verbotene Zauberformeln gemeißelt, alt und voller Macht, geschrieben in einer Sprache, wie man heute auf der ganzen Welt keine mehr findet.

Als das Gestein vollends vom Wesen des Bösen durchdrungen war, starb Rottnagel. Er sollte noch am selbigen Tag bestattet werden, zusammen mit goldenen Schätzen und Dingen des täglichen Gebrauchs, sodass es ihm bis in alle Ewigkeit an nichts mangeln möge. Das Testament war unmissverständlich und so verlangte es, dass eine von Rottnagels Leibdienerinnen mit in die Gruft einzog. Die Auserwählte war bildhübsch und blutjung, fast noch ein Kind.

Um Mitternacht begoss man alles in der Gruft mit kostbaren Ölen und entzündete die Grabkammer. Die Dienerin brannte an der Seite ihres Herrn. Der Körper des Hexers zerfiel zu Staub. Nicht so der Körper der Dienerin. Durch die Magie der Gruft verbrannten zwar Haut und Haar, nicht aber ihr Innerstes. Und so verblieb sie dort, halb tot und halb lebendig.

Sie soll die Grabkammer jahrhundertelang bewacht haben, als stummes, niemals alterndes Aschekind. Und keine Menschenseele soll jemals die Ruhe des Toten gestört haben.

Veit war klar, dass sich die Sage nicht direkt auf die Kreaturen bezog, die jede Nacht das Kloster angriffen. Dennoch erkannte er eine Gemeinsamkeit: Ein Mensch verwandelt sich in ein Geschöpf namens ›Aschekind‹ und weist dadurch eine Zähigkeit und Langlebigkeit auf, die man auch den nächtlichen Angreifern nicht absprechen konnte. Als Veit den Folianten zurückstellte, merkte er, dass Raik ihn beobachtete. Der Bibliothekar nickte ihm zu, als wisse er genau, mit welchem Thema sich Veit beschäftigte. Veits Nackenhaare richteten sich auf. Er fürchtete, Raik könne genauso abweisend wie Mirte reagieren, und verließ die Bibliothek zügig. Veit nahm sich vor, die Nachforschungen später fortzusetzen.

Auf dem Hof kam ihm direkt Morten entgegen. »Ich weiß, wo er ist«, brummte der Alte und Veit folgte ihm. Morten ging zielstrebig zu einem Zelt, vor dem einige Überlebende aus *Schmelztiegel* herumlungerten. Am Feuer saßen drei Männer, grobe hässliche Typen mit breiten Schultern und etlichen Narben. Der Zelteingang war sorgfältig verschlossen. Keine Chance, hineinzulinsen.

»Verpisst euch«, schnauzte der Größte der drei, wohl der Anführer der Bande. Er sah Morten direkt in die Augen. Hier wollte ihnen wohl jemand Steine in den Weg legen.

Zwei Dinge passierten nun gleichzeitig. Der Anführer warf sich auf Morten und brachte ihn zu Fall. Die anderen Männer stürzten auf Veit zu. Der Feldscher konnte dem ersten Hieb zwar ausweichen, wurde dann jedoch an der Schulter getroffen und von einem der Typen an der Kehle gepackt. Schwielige Hände zogen ihn in die Höhe und schnürten ihm die Luft ab. Mit dem Mut der Verzweiflung trat Veit dem Würger kräftig in den Unterleib, doch der Griff lockerte sich nur wenig. Erste Schatten begannen vor seinen Augen zu tanzen.

Dann war Morten plötzlich wieder auf den Beinen und scheinbar überall zugleich. Schlug und trat um sich wie ein Wahnsinniger. Er hatte den Lauf seiner Pistole umfasst und schwang sie wie eine Keule. Gegen den kampferfahrenen Veteranen hatten diese Gesellen keine Chance. Ihre Hiebe gingen ins Leere oder prallten an Mortens Lederrüstung ab. In einem Durcheinander aus Armen und Beinen fiel Veit schließlich zu Boden. Und als er wieder zu Atem kam, war schon alles vorbei. Der Anführer der Bande rappelte sich auf und lief davon, die anderen beiden Kerle lagen ohnmächtig am Boden. Morten hatte eine gewaltige Beule auf der Stirn und atmete heftig. »Hab doch gesagt, dass ich auf dich aufpasse«, schnaufte er.

Gemeinsam betraten sie das Zelt. Sie rechneten mit weiterer Gegenwehr. Sie glaubten, dass Aki versuchen würde zu fliehen. Nichts davon trat ein.

Der Gesuchte saß auf dem Boden und war damit beschäftigt, einer mageren Ratte die Haut abzuziehen. Das bereits freigelegte Fleisch des Tiers glänzte feucht. Von der toten Ratte ging ein ranziger Geruch aus. »Habe schon auf euch gewartet.« Aki blickte nur kurz von seiner Arbeit hoch.

Als ihn Veit nach den gestohlenen Lebensmitteln fragte, platzte die Antwort geradewegs aus Aki heraus: »Ja, ich habe in der Küche Essen geklaut. Und ja, ich habe diesen Fettsack niedergeschlagen. Der Orden behandelt uns wie den letzten Dreck, da muss man sich nicht wundern, dass wir uns wie der letzte Dreck verhalten.«

Ausgehend von diesem direkten Geständnis ging der Beschuldigte sofort und selbständig auf den Mord an Achtfinger ein: »Ihr fragt euch sicher, ob ich nur ein Dieb oder auch ein Mörder bin. Alle im Lager kennen mich und Achtfinger. Viele wissen, dass wir uns gestritten haben, weil sie die gestohlenen Sachen zurückgeben wollte. Pah! Einfach zurückgeben. Die Zeloten hätten mich aufgeknüpft! Also wär es doch möglich, dass ich sie umbrachte, nur um meine eigene Haut zu retten, oder?«

»Deswegen sind wir hier«, knurrte Morten. Mit seiner überlangen Nase sah Nadel-Aki mit einem Mal gar nicht mehr geierartig, sondern vielmehr traurig aus. Sein stechender Blick wirkte auf Veit heute gequält. »Ich muss es ja wohl gewesen sein, egal, was ich sage. Wer sonst? Selbst wenn ich behaupte, ich war's nicht, wird mir's keiner glauben. Sagt den verdammten Mönchen, wo sie mich finden. Aber lasst mir noch genug Zeit, meine Henkersmahlzeit zu braten. Eine Ratte für eine Ratte.«

Mit diesen Worten riss er dem toten Tier den letzten Rest seines Fells herunter und spießte es auf einen spitzen Stock. Verwirrt verließ Veit mit Morten das Zelt. Was er gehört hatte, gab Veit zu denken. Hörte sich so das Geständnis eines kaltblütigen Mörders an?

Langsam stapften die beiden Söldner zum Haupthaus. Der Schnee knirschte unter ihren Stiefeln. Veit ging allein zum Amtszimmer des Abtes. Mortens Hilfe brauchte er für das Gespräch mit Bran-Magnus nicht.

Vor der mit Runenzeichen bedeckten Tür wartete der Feldscher noch einen Moment. Dann klopfte er zaghaft. »Herein«, ertönte die Stimme von Bran-Magnus.

Der Herr des Klosters musterte Veit kritisch.

»Ach, Ihr seid es. Der Feldscher. Was gibt es?«

Veit schluckte nervös. Detailliert berichtete er von dem Diebstahl aus der Klosterküche. Der Abt wirkte gelangweilt und murmelte mehrmals »und weiter«, als wisse er bereits alles. Auch die Details über den Mordfall quittierte Bran-Magnus mit einem knappen »und weiter«. Erst als Veit auf Nadel-Aki zu sprechen kam, schien er das Interesse des Abtes ein Stück weit geweckt zu haben.

Letztlich beendete Veit seinen Bericht mit: »Dieser Aki hat den Orden also mit Sicherheit bestohlen, ob er jedoch tatsächlich ein Mörder ist, da habe ich gewisse Bedenken.«

»Ein Dieb und ein Mörder. Natürlich.« Der Abt schien mit einer Handbewegung Veits Zweifel komplett wegzuwischen. »Ein Verbrecher in meinem Kloster. Das ist inakzeptabel.«

»Sein Geständnis war wie gesagt recht …«, versuchte es Veit erneut, doch Bran-Magnus schien ihm nicht mehr zuzuhören. »Ich werde mich um die Angelegenheit kümmern. Ich danke vielmals und mein Dank ist an diesem Ort Gold wert. Genau genommen mehr als Gold. Merk dir das. Und nun darfst du gehen.«

Veit war irritiert, dass er plötzlich wie ein Schuljunge angesprochen wurde, wagte es aber nicht zu widersprechen. Als er das Amtszimmer verließ, war er sich alles andere als sicher, dass er das Richtige getan hatte.

Es dauerte noch einen weiteren Tag, bis sich Jördis bereit fühlte, die Apothekaria des Ordens aufzusuchen. Die Söldnerin wollte nämlich den Eindruck vermeiden, Veit habe sie geschickt.

Jördis hatte ohnehin Zeit gebraucht, Svea zu überzeugen, sie zum Gespräch mit der Ordensoberen zu begleiten. Das Mädchen hatte schließlich eingewilligt, aber erst nachdem ihr Jördis gezeigt hatte, wie man sich nach Art der Nordleute mit Webbänder kunstvolle Zöpfe flechtet. Svea sah nun aus wie die Frauen an den Fjorden von *Steinthor* und ging stolz neben Jördis her. Die Siebzehnjährige sah in der Söldnerin mittlerweile wohl so etwas wie eine große Schwester.

Das Lazarett fand Jördis ohne Probleme, denn Veit hatte ihr den Weg beschrieben. Die Söldnerin trug an diesem Tag keine Rüstung, nur einfache Winterkleidung, und hatte ihren Säbel bewusst zurückgelassen. Sie wollte gegenüber der Apothekaria nicht als Kämpferin, sondern einfach als Frau auftreten. Jördis hatte das schon seit Ewigkeiten nicht mehr getan, denn ihre Heimat war eine kriegerische, von Männern dominierte Seefahrergesellschaft.

Mirte war an diesem Tag allein im Lazarett, alle Betten leer. Die Apothekaria zerkleinerte gerade Kräuter in einem Mörser. Als Jördis mit Svea hereinkam, sah Mirte auf. Sie schien über die Gelegenheit, ihre Alltagsarbeit einen Moment zu unterbrechen, sichtlich erfreut.

»Endlich, Besuch«, jauchzte sie. »Seit ich Wulfrik entlassen habe, ist es hier so still. Schön, dass ihr da seid.«

Jördis nickte ihr freundlich zu. Svea machte eine Vorbeugung, ihre Pflicht gegenüber einer Ordensoberen.

»Aber nicht doch, mein Mädchen. Das ist doch nicht nötig«, bat Mirte verlegen. »Wie geht es dir, Svea? Dein Noviziat ist ja bald vorbei, oder etwa nicht?«

»Ja, bis zu meiner Initiation ist es nicht mehr lange. Ich meditiere jeden Tag, um meinen Körper darauf vorzubereiten. Den Unterricht der Runenmutter besuche ich täglich. Und dank eurer Aderlässe ist mein Geist wieder im Gleichgewicht.«

Jördis ahnte, dass Sveas letzter Satz gelogen war.

Als das Wort Aderlass fiel, sah Mirte schuldbewusst zu Boden. »Na ja«, seufzte sie, »ob das wirklich sein musste, darüber kann man sich streiten. Aber der Abt weiß schon, was richtig ist und was nicht.«

»Bisher hatte ich dieses zweifelhafte Vergnügen noch nicht. Ist so ein Aderlass eigentlich schmerzhaft?«, fragte Jördis. Es war nicht unbedingt moralisch richtig, doch sie hoffte insgeheim, Mirtes Schuldgefühle für ihr Anliegen nutzen zu können.

»Ich hoffe nicht«, platzte es aus der Apothekaria heraus. »Ich versuche immer, die Fliete so vorsichtig wie möglich ins Fleisch zu stoßen. Ich will ja niemanden verletzen. Das fehlte mir noch! Der Aderlass ist aber aus gesundheitlichen Gründen manchmal unumgänglich. Keine Frage! Aber er gehört nicht zu meinen Lieblingsbeschäftigungen.«

»Was gehört denn zu euren liebsten Beschäftigungen?«

Jördis versuchte, Interesse für den Alltag der Apothekaria zu zeigen. Das konnte schließlich nicht schaden.

»Als Apothekaria des Ordens bin ich ja vor allem für die Heilkräuter und Pflanzen im Klostergarten zuständig. Ich mag es zu sehen, wie aus ein paar Samenkörnern neues Leben sprießt. Auch den Geruch frischer Erde genieße ich. Mein wahres Steckenpferd ist aber die Alchemie! Ha! Die Wissenschaft von der Veredelung alles Stofflichen. Schon als Kind war es mein Wunsch, einmal eine große Alchemistin zu werden. Ich stellte mir damals vor, man könnte Zaubertränke gegen alle Probleme dieser Welt brauen, man würde für jedes Wehwehchen das passende Mittel parat haben!«

»Und? Hat sich der Traum erfüllt?«

»Ach, meine Liebe! Viele Zipperlein muss man einfach aushalten. Die Zähne zusammenbeißen und durchhalten! Ha! Und Zaubertränke gibt es natürlich nur im Märchen. Aber ich kenne doch einige Rezepte und Gebräue, die uns Frauen das Leben erleichtern.« Mirte zwinkerte Jördis und Svea bei den letzten Worten verschwörerisch zu. »Als Apothekaria habe ich ja praktisch alle Zutaten zu meiner Verfügung. Die Insel hat uns hier reich beschenkt. Wenn ihr mal etwas braucht, sprecht mich ruhig an. Natürlich im Vertrauen. Ich kenne Mittel gegen Zahnschmerzen, gegen Regelschmerzen und zur Verhütung. Letzteres natürlich nur für die liebe Jördis! Oder vielleicht ein Rezept für Geheimtinte? Falls ihr mal einen verbotenen Liebesbrief schreiben wollt. Na? Wäre das nicht was? Gäbe es denn in eurem Leben jemanden für Liebesbriefe? Als weitgereiste Söldnerin ergibt sich doch sicherlich das ein oder andere romantische Abenteuer?«

Jördis zog die Augenbrauen hoch, war etwas verlegen. Das war ein Thema, über das sie im Prinzip niemals sprach. Sie machte sich wenig aus Sexualität oder gar aus Romantik. Dennoch wollte sie eine Antwort auf die Frage nicht verweigern. Sie hatte nämlich das Gefühl, dass es ihr gerade gelang, einen Draht zu Mirte aufzubauen.

»Na ja«, begann sie vorsichtig, »über so etwas spreche ich nicht gern. Trotzdem hab ich natürlich gewisse Gefühle. Das hat doch jeder, oder?«

»Ihr müsst es mir ja auch nicht sagen, meine liebe Jördis. Haben wir nicht alle unsere Geheimnisse?« Sie lächelte verschmitzt.

Für Jördis war das ein gutes Stichwort, um behutsam das Thema zu wechseln. »Geheimnisse scheint es hier auf der Insel ja viele zu geben. Und über eines denke ich schon seit Tagen nach. Ich weiß zwar aus der Predigt, dass die Aschekinder heilige Geschöpfe des Erbauers sind, aber ich frage mich manchmal, warum er sie uns geschickt hat. Also, warum heute, in dieser Zeit? Oder leben sie schon immer auf der Insel?«

»Ach, herrje, keine einfache Frage, meine Liebe. Ich glaube, dass sich die Insel ohne die Aschekinder zu einer Stätte des Lasters entwickelt hätte. Ich stelle mir vor, dass die Insel früher moralisch gefestigter war. Könnte das sein?«

Jördis zuckte mit den Schultern, sagte nichts und blickte Mirte nur freundlich an. Die Söldnerin hoffte, dass Mirte von sich aus weitersprach und das tat sie auch.

»Sagt es bitte nicht weiter, aber manchmal habe ich natürlich auch Fragen, die ich nicht stelle. Selbst als Oberste dieses Ordens. Das ist doch nur menschlich, oder? Ich frage mich manchmal, wie lange die Aschekinder noch auf der Insel verweilen. Für immer? Sind sie wirklich noch nötig? Aber wer bin ich, dass ich den Willen des Herrn in Frage stelle?«

»Natürlich bin ich keine Gelehrte«, lenkte Jördis ein und senkte ihre Stimme. »Aber diese Fragen hab ich mir auch gestellt. Auch wenn sie eine Schöpfung des Allmächtigen sind, einige der Kreaturen sind wirklich zum Fürchten. Mit ihren spitzen Zähnen und ihren messerscharfen Krallen. Vor zwei Tagen wurde ich auf der Mauer fast gebissen, ich sah mein Leben schon an mir vorbeiziehen.«

Jördis musste kaum schauspielern. Seitdem Sten und Stellan tot waren, hatte sich Jördis schon mehrfach vorgestellt, wie es wohl gewesen wäre, wenn sie dem Grauen nicht entkommen wäre.

»Ach herrje! Die Nächte auf den Mauern müssen ja schrecklich sein. Oh Herr! Ich bin wahrhaft keine mutige Frau, kein Kämpferherz. Ich kann euch nicht beistehen, selbst wenn ich's wollte. Kein Trank der Welt kann einen retten, wenn man gebissen wird. Ich würde gerne mehr tun, aber so wie die Dinge liegen, können wir nur beten. Darum beten, dass eines Tages …«

Hier verloren sich die Worte der Apothekaria in einem Schluchzen. Sie griff sich ein Taschentuch aus ihrer Robe und schnäuzte sich lautstark. Mirte schien mit einem Mal sehr niedergeschlagen und Jördis erkannte, dass sie zumindest heute aus der Frau nichts mehr herausbringen würde. Zumindest hatte sie erfahren, dass wohl kein Mittel gegen das Gift der Hautfresser existierte. Etwas ungelenk nahm Jördis die Apothekaria kurz in den Arm. So etwas hatte sie seit Langem nicht mehr getan und die Bewegung kam ihr fremd vor. »Wenn ihr mal jemanden zum Reden braucht, dann wisst ihr, wo ihr mich findet. Habe immer ein offenes Ohr«, sagte Jördis mit fester soldatischer Stimme.

Gemeinsam mit Svea verließ Jördis das Lazarett. Sie war sich nicht sicher, was sie von Mirte halten sollte. Wahrheiten, Halbwahrheiten und Lügen schienen im Kloster so sehr miteinander verwoben, dass man sie kaum voneinander unterscheiden konnte. Ihr war es beinahe, als tappe sie durch einen undurchdringlichen Nebel aus Geheimnissen.

10 GEDULDSPROBE

»Nur die Macht macht uns frei«, hatte ihre Mutter Madah-Runa zugerufen, kurz bevor sie verbrannt war. Als kleines Mädchen hatte Madah-Runa natürlich nicht verstanden, was das bedeutete. Heute, nach vielen Jahrzehnten, glaubte sie, die Bedeutung dieser Worte verstanden zu haben. Es waren Söldner gewesen, die ihre Mutter in Ketten gelegt hatten. Söldner wie Kjell und Morten. Männer mit militärischer Haltung, in deren Herzen kein Platz war für Gnade oder Mitgefühl. Je länger die Blutzopf-Rotte im Kloster verweilte, desto häufiger musste Madah-Runa an ihre Mutter denken. Und an die Söldner, die sie verhaftet hatten, weil man glaubte, sie stünde mit dem Teufel im Bunde. Der Vorwurf, Zauberei zu praktizieren, war schon immer ein guter Vorwand gewesen, Leben auszulöschen. So war es seit mehr als hundert Jahren in den Konföderierten Königreichen.

Der durch ihre Erinnerungen verstärkte Hass brachte sie dazu, ihren Gemahl mit aller Schärfe anzusprechen: »Die Söldner haben hier nichts zu suchen. Ich kann ihre Gegenwart nicht länger ertragen. Wir müssen sie so schnell wie möglich loswerden.« Ihre Worte hatten das Schweigen durchbrochen, das zwischen ihnen geherrscht hatte, seit sie gemeinsam an dem massiven Kiefernholztisch Platz genommen hatten.

»Ob wir eilen oder langsam gehen, der Weg vor uns bleibt derselbe«, dozierte Bran-Magnus und ergänzte: »So steht es in der Heiligen Schrift.«

Zornig funkelte Madah-Runa ihn an. Sie saßen gerade zu zweit zusammen, beim Abendessen, und sie hätte ihm am liebsten eine Gabel in die Hand gerammt. Seine ruhige Art war an manchen Tagen unerträglich. Versuchte er vielleicht, sie bewusst zu provozieren?

»Meine liebe Gattin, wir werden in dieser Hinsicht im Augenblick gar nichts tun. Nur Geduld. Wir werden Ruhe bewahren und die Söldner für unsere Ziele einspannen. Diesen Nadel-Aki allerdings lasse ich noch heute Nacht in die Grube werfen. Das wird seinen Willen brechen. Er hat lange genug Unruhe gestiftet. Mit seiner Hinrichtung werden wir uns aber Zeit lassen. Die Stimmung im Kloster ist dafür zu aufgeheizt. Außerdem kann ich – solange er lebt – mit seiner Hinrichtung drohen, falls es jemand wagt, mir krumm zu kommen.«

Als sei damit alles gesagt, lehnte er sich auf seinem Platz etwas zurück. Er trank einen kräftigen Schluck Wein und schloss für einen Moment die Augen.

»Das reicht mir nicht«, begehrte Madah-Runa auf. Angespannt umklammerten ihre Hände die Tischplatte und zwar so fest, dass die Fingerknöchel deutlich hervortraten. »Die Söldner fressen unsere Vorratskammern leer. Sie schnüffeln überall herum. Sie fügen sich nicht ein und beleidigen die Autorität des Ordens. Und sie zerstören das spirituelle Gleichgewicht der Insel!«

»Die Not und das Leid, welche die Insel zurzeit im Übermaß erlebt, zeigen mir, dass die Rückkehr des Erbauers näherkommt. Das ist doch wohl offensichtlich! Und dann wird er all die Geduld, die wir jetzt aufbringen, gleich doppelt belohnen.«

»Können wir uns dessen wirklich sicher sein?«, hakte sie ein letztes Mal nach.

Erneut nahm Bran-Magnus einen Schluck Wein aus seinem Glas, bevor er bestimmte: »So sicher wie man in den unsicheren Zeiten, in denen wir leben, nur sein kann.«

Madah-Runa nickte, während sich ihr Gesicht zu einem verkrampften Lächeln verzog. Sie würde darum beten, dass ihr Gemahl recht behielt. Sollte dies jedoch nicht der Fall sein, so wäre sie auch auf diese Situation vorbereitet. Denn einige Männer innerhalb der Klostermauern waren – im Gegensatz zu ihrem Gemahl – wie Wachs in ihren Händen. Und Madah-Runa war willens, sie zu ihren Werkzeugen zu formen.

11 DAS ATTENTAT

Kürzer und kürzer wurden die Tage, bis Jördis das Gefühl hatte, niemals so kurze Tage erlebt zu haben. Seit der Winter da war, war vieles hier zum Stillstand gekommen, was vor allem daran lag, dass alle Arbeiten an der frischen Luft zurzeit vermieden wurden. Mit Kjell, Veit und den anderen gemeinsam zwei Räume zu bewohnen, war weniger kompliziert, als Jördis es erwartet hatte, da sich jeder bemühte, seinen Mitbewohnern gewisse Freiräume zu lassen. So saß Jördis an einem Vormittag ganz alleine im Kaminzimmer, als es plötzlich an der Tür klopfte. Es war ein Novize des Ordens, der ihr einen Brief überbrachte. Jördis faltete das Dokument sofort auseinander. Sie war aufgeregt, da ihr nicht klar war, was sie nun erwartete. Da Jördis wenig Übung im Lesen hatte, benötigte sie eine gewisse Zeit, um die Zeilen der Botschaft zu entziffern:

Liebe Jördis,
seit Tagen kann ich nicht schlafen. Mein schlechtes Gewissen quält mich. Und Albträume habe ich jede Nacht. Ich weiß nicht, ob ich dir das, was ich weiß, verraten darf, aber ich ertrage es nicht mehr zu schweigen. Es lässt mich nicht in Ruhe.
Vielleicht war das, was ich im letzten Jahr tat, nichts als völliger Wahnsinn. Vielleicht ist die Alchemie nicht nur ein Segen, sondern auch ein Fluch für uns Menschen, besonders für solche, die Götter spielen wollen. Da ich das Gefühl habe, dass ich dir trauen kann, will ich mich heute Nacht mit dir treffen. Um Mitternacht! Wir treffen uns hinter dem Ziegenstall. Dort wird uns hoffentlich niemand sehen. Komm allein und erzähle niemandem davon. Und vor allen Dingen: Vernichte diesen Brief so schnell wie möglich!
Mirte

Die Söldnerin las den Brief direkt noch einmal, da sie nicht fassen konnte, dass Mirte endlich zu einem offenen Gespräch bereit war. Nachdem sie sich alle Einzelheiten eingeprägt hatte, warf sie die Botschaft in den Kamin und sah zu, wie diese zu Asche verbrannte. Jördis dachte kurz nach, ob sie vielleicht Kjell oder Veit etwas erzählen sollte, aber sie entschied sich dagegen. Sie wollte kein Risiko eingehen und die Chance, endlich etwas Bedeutsames zu erfahren, nicht verspielen. Es mochte eine Falle sein, aber das Geheimnis der Aschekinder war es sicherlich Wert, ein Wagnis einzugehen.

Als die Sonne unterging, war Jördis froh, dass sie in dieser Nacht keinen Wachdienst auf der Mauer hatte. Dies hätte ihr geheimes Treffen mit Mirte nur unnötig erschwert. Sie musste sich auch keine Mühe machen, das Treffen vor den anderen Söldnern zu verheimlichen. Kjell und Morten hatten Nachtwache auf der Mauer. Veit schlief in dem kleinen Nebenraum. Und Jasper wie auch Knochen hatte sie seit dem Nachmittag nicht mehr gesehen.

Kurz vor Mitternacht schnappte sich Jördis ihren Säbel und verließ das Gebäude. Im Innenhof war es – trotz des Schnees, der überall lag – finster wie in einer Höhle. Da sie niemand sehen sollte, schlich sie geduckt zum Ziegenstall. Vorsichtig sah sie sich um und umrundete den hölzernen Verschlag, aus dem das leise Meckern der Ziegen ertönte. Auf der Rückseite des Ziegenstalls lag etwas weniger Schnee und Jördis ging davon aus, dass hier der vereinbarte Treffpunkt sein sollte.

Nach einer Weile fingen ihre Beine an zu zittern. Die Kälte fuhr ihr schmerzhaft in die Glieder. Sie rieb sich die Hände, blickte zu allen Seiten. Nervosität machte sich breit. Wo blieb Mirte? War nicht längst Mitternacht?

Plötzlich hörte Jördis ein lautes Klappern. Sie erschrak.

– Ein Hinterhalt?

Nein, es war wohl nur eine der Ziegen im Stall. Sie nahm all ihre Ausdauer zusammen und versuchte, sich warme Gedanken zu machen. Doch irgendwann begann ihr ganzer

Körper von Kopf bis Fuß so stark zu zittern, dass sie sich selbst sagte:

– Ich muss jetzt sofort ins Warme, wenn ich hier nicht erfrieren will.

Enttäuscht schlich sie zurück ins Gebäude. Im Eingangsflur war es still und ziemlich dunkel. Jördis begriff nicht, weshalb Mirte nicht aufgetaucht war. Und so beschloss sie, die Apothekaria jetzt zur Rede zu stellen. Durch einen langen Gang erreichte sie die Westflügel des Bauwerks. Dort nahm sie sich aus einer Wandhalterung eine Öllampe. Die Tür des Lazaretts schien auf den ersten Blick verschlossen. Jördis klopfte mit kalten Fingern. Die Tür öffnete sich zwar einen Spalt, aber niemand antwortete. Anscheinend war sie nur angelehnt.

»Mirte?«, rief Jördis in den Türspalt. »Mirte? Bis du hier?«

Sie wartete einige Augenblicke. Dann öffnete Jördis die Tür und erstarrte mitten in der Bewegung. »Oh nein«, entfuhr es ihren Lippen. Entsetzt blickte sie auf den Körper einer Frau, der in einer Lache aus Blut am Boden lag. Und es war tatsächlich Mirte!

Jemand hatte der Heilkundigen die Kehle durchgeschnitten, aber das war nicht das, was Jördis am meisten verstörte. Denn der Anblick von Mirtes Gesicht war einfach unerträglich. Jemand hatte der armen Frau wieder und wieder eine scharfe Klinge über Mund, Nase und Augen gezogen, von rechts nach links und von oben nach unten und in alle anderen erdenklichen Richtungen, bis nur blutig-feuchte Streifen übriggeblieben waren. Der Anblick war so entsetzlich, dass eine nähere Beschreibung die Grenzen des guten Geschmacks überschreiten würde.

Jördis würgte lautstark und näherte sich, ihren Ekel unterdrückend, der Leiche. Das Blut am Boden glänzte noch feucht, begann aber allmählich zu stocken. Und mitten in der Blutlache lag eine Waffe: Ein fremdartiger Dolch, der an einer Seite mit einer markanten Sägezahnung versehen war und dessen Klinge für einen offenen Kampf viel zu kurz wirkte.

Die Söldnerin wusste sofort, wo sie diesen Dolch schon viele Male gesehen hatte: Am Gürtel eines Mannes, der zusammen mit ihr über die Klostermauer geklettert war. Jördis wirbelte herum und stürmte die leeren Flure entlang, hetzte so schnell, dass sie zweimal fast ins Straucheln geriet und erreichte endlich die Tür des gemeinsamen Kaminzimmers. Jördis war außer Atem und ihr Herz klopfte bis zum Hals, doch sie zwang sich, die Tür leise zu öffnen.

Dort lag der Albino. Er schlief auf dem Boden des Zimmers, nahe beim Kamin. Ob er tatsächlich schlief oder sich nur schlafend stellte, war Jördis nicht klar.

Auf Zehenspitzen näherte sie sich Knochen. Sein Atem ging ruhig. Lag hier ein eiskalter Mörder? Was wussten sie schon über diesen fremdländischen Albino?

Außer Jördis und Knochen war niemand im Raum. Daher zückte die Söldnerin ihre Waffe und stieß Knochen mit der Säbelspitze an.

»Aufwachen«, forderte sie, »und keine hektischen Bewegungen! Damit das klar ist!«

Der Albino rieb sich die Augen und murmelte entgeistert: »Was ist passiert? Was soll das?«

Sie fragte sich, ob er tatsächlich geschlafen hatte oder ihr nur etwas vorspielte.

»Wo warst du seit heute Mittag?«, herrschte sie ihn an.

»Ich war auf der Suche. Habe die Geister der Insel um Hilfe gebeten. Meine Okarina war heute Morgen plötzlich verschwunden. Und mein Seelendolch auch. Doch die Geister schweigen innerhalb der Klostermauern. Ich habe alles abgesucht, doch nichts gefunden. Es ist zum Verzweifeln.«

»Ist das wirklich die Wahrheit?«, fragte Jördis, während hundert Überlegungen zeitgleich durch ihr Hirn rasten. Sie dachte an Mirte, an die rote Pfütze auf dem Boden und an den Dolch. Knochen schwieg für einen Moment und Jördis dachte:

– Warum hast du den Dolch nicht mitgebracht? Warum hast du nicht in die Blutlache gegriffen und das Beweisstück an dich genommen?

Laut sagte sie jedoch: »Was nun? Kann ich dir vertrauen?«

»Natürlich. Warum sollte ich lügen? Traust du mir nicht, nach allem, was wir zusammen durchgestanden haben?«

Jördis schnaufte. »Ich will dir trauen, auch wenn das vielleicht ein Fehler ist. Heute Nacht ist jemand ermordet worden: Mirte, die Apothekaria. Und sie wurde mit deinem Dolch ermordet. Mit deinem so genannten Seelendolch!«

Der Albino wurde noch blasser als jemals zuvor, wenn das überhaupt möglich war. Für einen Augenblick stand sein Mund vor Schreck weit offen. »Mein Dolch? Ein Mordwerkzeug? Wer würde denn ... Wer könnte denn überhaupt ...« Die Worte versagten ihm mitten im Satz.

»Die Ordensmitglieder werden ausrasten, sobald sie es merken. Sie werden deinen Kopf fordern. Du musst ihnen zuvorkommen. Du musst sofort zum Abt gehen und dich stellen. Du musst auf seine Gnade hoffen.«

»Nein, niemals. Der Mann wird mir gegenüber niemals Gnade walten lassen. Er wird kein Verständnis zeigen.«

Mit diesen Worten sprang der Albino blitzschnell auf und begann, seine Habseligkeiten zusammenzusuchen. »Ich muss fliehen, jetzt, sofort, ich darf nicht zögern«, murmelte er währenddessen.

»Es ist Wahnsinn, jetzt zu fliehen, mitten in der Nacht. Diese Hautfresser oder Aschekinder, wie auch immer sie heißen, sie sind überall! Sie werden dich kriegen und dann werden sie dich töten.«

»Nein, Jördis, das werden sie nicht. Sobald ich aus dem Kloster raus bin, werde ich die Stimmen der Insel wieder hören. Sie werden mich leiten. Sie werden mir die Flucht ermöglichen. Hör gut zu! Ich habe einen Plan. Die Westmauer des Klosters ist an einigen Stellen spröde. Ich habe gestern entdeckt, dass sich an der Außenseite ein Riss gebildet hat, an dem ich herabklettern könnte. Die Mauer ist an der Stelle aufgesprungen und narbig. Ich komme da schon irgendwie runter, wenn ich diesen Spalt und meine Griffkraft nutze.«

»Ich habe den Riss auch gesehen, aber der ist doch gerade mal zwei Finger breit. Dein Plan ist absoluter Irrsinn. Kann ich dich wirklich nicht davon abbringen?«

Ein Kopfschütteln war seine einzige Antwort.

»Tja, dann heißt es jetzt wohl Abschied nehmen. Daher nochmals Danke, dass du uns im Gebirge das Leben gerettet hast. Das werde ich dir niemals vergessen.«

»Schon gut, ich muss jetzt los. Aber zwei Dinge möchte ich dir noch auf den Weg geben: Lüfte das Geheimnis der Aschekinder, denn das ist vielleicht der Schlüssel zu allem. Und achte auf Veit! Wenn er sich verwandelt, seid ihr hier nicht mehr sicher.«

Mit diesen Worten verschwand Knochen leise und heimlich wie ein Geist in der Nacht. Jördis ließ er völlig verunsichert alleine zurück. Hatte sie einem Kampfgefährten das Leben gerettet oder einen riesigen Fehler begangen? Hätte man die Mordwaffe noch rechtzeitig verstecken können? War der genannte Riss in der Klostermauer ein Vorteil für die Flucht oder ein Nachteil für die Menschen im Kloster?

Am nächsten Morgen war trotz des eisigen Winters alles in Bewegung. Alle Männer, Frauen und Kinder wurden unmittelbar nach Sonnenaufgang in den Tempel gerufen. Dieser war gerammelt voll, bis auf die letzte Bank.

Jördis, Veit, Kjell und Morten saßen nebeneinander. Jasper war in dem überfüllten Tempel nirgends zu entdecken. Jördis war nervös und so ging es wahrscheinlich vielen. Im Gegensatz zum üblichen Schweigen war die große Halle vom Gemurmel der Menschen erfüllt.

»Ruhe«, brüllte auf einmal Bran-Magnus und alle schwiegen. Wie ein zürnender Gott stand er am Rednerpult und seine Augen blitzten vor Wut. »Meine Gemeinde! Heute Nacht ist Schreckliches geschehen. Etwas Ungeheuerliches. Ein Sakrileg!«

Obwohl die Gemeinde den Abt fürchtete, brach an dieser Stelle erneut ein Gemurmel aus, das Bran-Magnus mit seiner alles durchdringenden Stimme schnell wieder beendete.

»Hört mir zu! Heute Nacht wurde eine der Obersten des Ordens brutal ermordet. Die von uns allen geliebte Mirte ist nicht mehr unter uns. Aber der Verbrecher, der dafür verantwortlich ist, wird nicht ungeschoren davonkommen. Dieser Frevel wird nicht ungesühnt bleiben! Das Strafgericht des Erbauers wird auf den Mörder herabfahren!«

Die Gemeinde hatte ihren Abt wohl noch nie so zornig erlebt, denn im Tempel herrschte jetzt eine von Entsetzen geprägte Stille. Jördis wurde unruhig. Immer wieder kamen ihr die Ereignisse der letzten Nacht in den Sinn. Dabei fragte sie sich voller Unbehagen, ob sie einem Mörder Beihilfe zur Flucht geleistet hatte. Was wäre, wenn der Abt erfuhr, dass sie Knochen gewarnt hatte? Schweiß sammelte sich in ihren Handflächen, während sie den weiteren Worten des Abtes lauschte.

»Bei der Toten fanden wir eine fremdländische Waffe, die nur einen Schluss zulässt: Der Mörder ist der Albino, den wir vor einigen Wochen hier aufgenommen haben. Dieses Scheusal hat Mirte kaltblütig umgebracht und versteckt sich seitdem vor meinem Zorn. Während ihr hier sitzt, durchkämmen meine treuesten und fähigsten Ordensbrüder die gesamte Klosterfestung. Die Tatsache, dass dieser Ketzer versucht, sich zu verstecken, ist nur ein weiterer Beweis für seine Schuld. Sobald wir ihn haben, wird er hingerichtet. Und die Hinrichtung wird nicht schnell und nicht schmerzlos sein. Das schwöre ich euch im Namen des Herrn!«

Jördis schluckte. Veit und Kjell waren schockiert. Der alte Morten schüttelte resigniert den Kopf.

Der Abt fuhr fort: »Allen ist nun klar, was für ein Schlächter dieser abscheuliche Albino ist. Daher steht außer Frage, dass er auch die Schwefelarbeiterin auf dem Gewissen hat, die ihr unter dem Namen Achtfinger kanntet. Aus dem Grund werde ich den ehemaligen Schneider Aki aus der Haft entlassen. Das Folgende richtet sich an die Überlebenden aus *Schmelztiegel* und ich sage es nur einmal: Prägt euch meine Großherzigkeit ein! Denn wenn ihr mir die Treue haltet, dann wird allen in diesen Mauern Gerechtigkeit wiederfahren. Jeder wird das erhalten, was er verdient!«

Viele Menschen in den letzten Reihen atmeten erleichtert auf. Jördis hörte ein Raunen der Zustimmung.

»Ich bin mit meiner Ansprache noch nicht am Ende. Denn ich möchte euch noch Einiges in Erinnerung rufen. Zunächst: Der Schmied Stahlfuß war es, der es diesem Ketzer ermöglichte, unser Kloster zu betreten. Hätte Stahlfuß dem Albino nicht geholfen, dann würden Mirte und Achtfinger jetzt noch leben. Weiterhin: Der Ketzer betrat das Kloster zusammen mit den Söldnern in unserer Mitte. War euch das etwa nicht bewusst?«

Jördis hatte das Gefühl, als würden sich schlagartig alle Blicke auf sie und ihre Mitstreiter richten. Viele Blicke waren von Hass oder Misstrauen geprägt. Sie kam sich mit einem Mal wie eine Aussätzige vor.

»Behaltet Kjell Blutzopf und die, welche zu ihm halten, genau im Auge. Achtet darauf, dass sie keinem von euch ein Haar krümmen oder unversehens in den Rücken fallen. Wenn sie auffällig werden, meldet es mir umgehend. Schreibt euch das hinter die Ohren! Und damit genug für heute! Verlasst jetzt den Tempel mit dem Segen des Erbauers. Amen.«

Jördis stürmte aus dem Tempel. Der Rottmeister, der Feldscher und der alte Morten folgten ihr. Gemeinsam eilten sie in das gemeinsame Kaminzimmer und setzten sich zusammen, wie zu einem Kriegsrat. Von Jasper fehlte immer noch jede Spur.

Von den Ereignissen der letzten Nacht berichtete Jördis nun in allen Einzelheiten. Die drei Männer hörten ihr ernst und schweigend zu. Alle Kontakte, welche die Söldner innerhalb der Klosterfestung aufgebaut hatten, schienen mit einem Mal hinfällig. Sowohl die Ordensmitglieder als auch die Flüchtlinge aus *Schmelztiegel* standen den Söldner nun mit Sicherheit kritisch gegenüber. Nur auf Stahlfuß war vielleicht noch zu zählen. Jördis hatte ihren Bericht gerade beendet, als sich bereits die nächste Schreckensnachricht anbahnte, denn ein Mann in einer weißgrauen Ordensrobe betrat plötzlich den Raum. Er trug einen mit Runen verzierten Kampfstock in der Rechten. Sein Schädel war – bis auf wenige Stoppeln – kahl rasiert. Die Söldner blickten ihn fassungslos an. Aufgrund seiner neuen Tracht hatten sie ihn im ersten Moment fast nicht erkannt, aber es war eindeutig Jasper, der dort vor ihnen stand.

»Ich bin nur hier, um meine persönlichen Gegenstände zu holen. Mit meinem Leben als Söldner bin ich durch und mit euch Vieren bin ich fertig.«

Kjell stand auf und blieb dann reglos stehen. Jasper starrte zu Boden. Lange.

Dann erhob Kjell die Stimme: »Wie kannst du uns gerade jetzt in den Rücken fallen? Ich habe dich als Kämpfer der Blutzopf-Rotte angeheuert und nicht als Fähnchen im Wind. Ich habe mich auf dich verlassen. Und der Blutzopf-Klan bezahlt gut für deine Dienste! Was zur Hölle soll das?«

Eine erneute Pause. Jasper stand einfach nur da, mit gesenktem Haupt. Es war für Jördis schwer zu glauben, dass niemand sonst bemerkte, dass Jasper innerlich litt. Jördis konnte im Geiste bis zehn zählen, ehe Jasper weiterredete: »Es reicht mir mit euch. Für euch dreht sich alles nur um Geld und Gold. Die Runenmutter hat mir gezeigt, dass hier auf der Insel höhere Werte zählen. Madah-Runa hat mir die Augen geöffnet für die Schlechtigkeit des Söldnerdaseins. Ihr vier seid in meinen Augen nichts als Abschaum.«

Jasper hob ruckartig den Kopf, sah Kjell und Jördis direkt an, und in seinem entschlossenen Blick war keine Spur mehr von Verbundenheit erkennbar, kein Funke gegenseitigen Verständnisses, nur purer Fanatismus.

Kjell war außer sich vor Wut. Er riss das lange Kampfmesser so abrupt vom Gürtel, dass Jördis innerlich zusammenzuckte. Kjell rammte das Messer mit Wucht in die Tischplatte, sodass die Klinge bis zum Heft ins Holz eindrang. »Mir reicht es auch mit dir«, stieß Kjell zwischen zusammengebissenen Zähnen hervor. »Ich zähle jetzt bis zwanzig. Nimm das, was du unbedingt brauchst, und dann verschwindest du. Die Donnerbüchse bleibt natürlich hier. Sie gehört meinem Klan! Wenn ich bei zwanzig angekommen bin, werde ich das Messer aus dem Tisch ziehen und dir in den Bauch rammen. Deine Zeit läuft.«

Während Kjell langsam und beherrscht zählte, stürzte Jasper schnell und hektisch zu seinen wenigen Habseligkeiten und raffte in der kurzen Zeit so viel wie möglich zusammen. Dann verließ er fluchtartig das Zimmer.

Jasper schaute nicht zurück als er die Tür hinter sich schloss. Jasper würde nie wieder ein Söldner der Blutzopf-Rotte sein. Er war jetzt ein Zelot.

12 SCHWARMINTELLIGENZ

Zeit verging. Wie viel genau, war nicht von großer Bedeutung, denn das Geschöpf, das sich unter dem Berg in der Dunkelheit aufhielt, alterte nicht. Alpha hockte wie immer auf ihrem gewohnten Platz. Ganz still, wie eine Statue. Sie harrte aus, auch wenn der Felsboden unter ihren Füßen gelegentlich vibrierte. Die Menschendinger über ihr registrierten das wahrscheinlich nicht, denn das Zittern des Bodens war so gering, dass man es nur am Rande des Bewusstseins wahrnehmen konnte. Und dennoch: Seit Tagen gab es unmerkliche Erschütterungen, welche die Struktur des Gebirges langsam aber sicher veränderten. Es war ein schleichender Prozess und die Menschendinger konnten nichts anderes tun, als es tatenlos geschehen zu lassen, denn sie waren zu sehr mit kleinlichen Rivalitäten beschäftigt, die bei Alpha und ihrer Brut keine Rolle spielten. Denn ihre Brut agierte wie ein Kollektiv und verfolgte stets die gleichen Ziele.

Sie sog die Gerüche der Umgebung durch ihre Atemlöcher ein und roch den salzigen Ozean, der nicht weit entfernt war. Den beständigen Duft nach Asche und Schwefel, der hier in der Luft lag, genoss sie besonders, denn er hatte eine beruhigende Wirkung auf das Geschöpf.

Alpha spürte die muskuläre Anspannung in ihrem Körper wie eine feine, aber unsichtbare, Vibration. Ihr Körper vibrierte sacht, als würden sich die Bewegungen des Erdbodens auf ihren Leib übertragen. Und ein unbändiges Verlangen durchströmte ihr Hirn.

Die messerscharfen Krallen hätte sie gern bewegt, mit ihren gewaltigen Achillessehnen hätte sie gern zu einem kraftvollen Sprung angesetzt. Und mit ihren nadelspitzen Zähnen würde sie gern einem dieser Menschendinger das köstliche Mark aus den Knochen saugen. Aber es war noch nicht so weit. Ein mächtiger Bannspruch hielt sie an Ort und Stelle fest. Leider! Und sie war momentan nicht kräftig genug, diesen zu überwinden. Im Moment könnte sie ihren Platz nur verlassen, wenn sich ein Eindringling in ihre Höhle verirrte, aber das war seit ewigen Zeiten nicht mehr passiert. Jedenfalls erschien Alpha der Zeitraum wie eine Unendlichkeit.

Nur wenn der Mond nachts nicht zu sehen war, also in Nächten, in denen er voll und ganz verschwand, war sie kräftig genug, den Bannspruch zu überwinden. Doch bis dahin war es nicht mehr lang. Dann würde sie gemeinsam mit Omega die Höhle verlassen und gemeinsam mit ihrer Brut auf die Jagd gehen. Wenn Alpha an die Jagd dachte, verzog sich ihr Gebiss zu einer bizarren Nachahmung eines Lächelns. Alpha wusste nicht mehr, dass sie mal ein Mensch gewesen war, aber in solchen Momenten zeigten sich dennoch letzte Überreste ihrer verlorenen Menschlichkeit.

Sie dreht den Kopf, langsam und nur um wenige Zentimeter. Denn so konnte sie besser lauschen. Und durch die schmalen Schlitze auf den Seiten des Kopfes vernahm sie jetzt deutlich, was ihre Brut von der Außenwelt berichtete. Sie nahm dabei mehr wahr als die einfach gestrickten Menschendinger. Sie hörte nämlich alle Gedanken aller Nestlinge gleichzeitig!

Und aus diesen entschlüsselte sie unzählige Bilder, die in ihrem Kopf Gestalt annahmen. Besonders aufregend war für sie der Blick auf den Bau der Menschendinger, welcher sich ihren Augen zeigte, als wäre sie gerade leibhaftig dort. Seit sie denken konnte, hatten die Menschendinger Vorkehrungen getroffen, um ihren Bau unbezwingbar zu machen. In den Gedanken ihrer Kinder spürte sie jedoch, dass nun etwas anders war: In der letzten Nacht war nämlich eine Schwachstelle entdeckt worden. Ein Riss in der Felswand, welche den Bau der Menschendinger umgab, in der verhassten Felswand, welche ihre Brut davon abhielt, ihren unersättlichen Hunger endlich zu stillen.

Sie konzentrierte ihren Geist auf ihre Kinder und sendete klare Befehle:

– Bestürmt die Mauer! Schwächt den Schutzwall! Erweitert den Riss!

Ihren Ruf konnte kein Mensch hören. Aber Alphas Kinder spürten ihn noch in mehreren Meilen Entfernung und zwar mit jeder Faser ihres Körpers.

Alpha hätte es nicht in Worte fassen können, aber ihr war bewusst, dass der Wall der Menschendinger nicht in der kommenden Nacht brechen würde. Und auch nicht in der darauffolgenden. Aber das war bedeutungslos, denn sie wusste, dass es bald so weit wäre. Und dann würde sie hemmungslos fressen und endlich wieder den köstlichen Geschmack von Menschenfleisch genießen. Bald war es so weit!

13 Tödliche Recherche

Eiskalte Schneekörner flogen Veit ins Gesicht. Der Wehrgang, auf dem er stand, war ebenso verlassen und leblos wie die Gebirgslandschaft außerhalb der Klosterfestung. Apathisch sah Veit in die Ferne, sein Haar war zerzaust und sein Blick starr. Die Söldner wohnten jetzt schon mehrere Wochen im Kloster, doch seit dem gestrigen Tag war alles anders. Jetzt war es schwerer denn je, den Mut nicht zu verlieren und an einen glücklichen Ausgang der Mission zu glauben.

Die Gruppe bestand nur noch aus vier Mitgliedern, ihn selbst mitgezählt. Knochen war geflohen. Jasper war kein Söldner mehr, sondern ein Zelot. Hinzu kam, dass es einen zweiten Mordfall gab, obwohl der erste nicht aufgeklärt war. Die Hoffnung, Achtfingers wahren Mörder zu finden, rückte seit der letzten Nacht in weite Ferne. Und in Bezug auf Mirtes Tod gab es für den Feldscher mehr Fragen als Antworten. Wer hätte einen Grund gehabt, die gutmütige Frau aus dem Leben zu reißen? War es bei dem Mord darum gegangen, das Treffen von Mirte und Jördis zu verhindern?

Der Feldscher war sich ziemlich sicher, dass Knochen nicht der Mörder sein konnte. Hier war Bran-Magnus wohl im Unrecht. Der Albino musste wahrscheinlich als willkommener Sündenbock herhalten. Aber wie war sein Dolch an den Ort der Gräueltat gekommen? Hatte ihn jemand gestohlen? Wem wäre eine solche Tat zuzutrauen und wer wäre dazu überhaupt in der Lage gewesen?

Veit gähnte. Es fiel ihm in den letzten Tagen schwer, klar zu denken. Der heutige Tag war da keine Ausnahme. Er fühlte sich momentan, als sei sein Schädel mit heißem Sirup gefüllt. Ohnehin schwitzte er pausenlos, trotz der winterlichen Kälte. Sein Körper produzierte Tag und Nacht fiebrige Hitze. Er hatte es bisher vor den anderen Söldnern verborgen, doch die Furunkel, die mittlerweile Beine, Bauch und Achseln bedeckten, hatten sich weiter ausgebreitet. Er fühlte die Pusteln und Pickel bei jeder Bewegung, da von ihnen eine klebrige Hitze ausging. Sein Körper schien etwas auszubrüten. Veit betrachtete seine Hände. Die Finger wirkten im Tageslicht länger und magerer als sonst. Sie erinnerten den Feldscher an Spinnenbeine. Seine Fingernägel wirkten dagegen dick und unnatürlich gelblich. Irgendetwas stimmte nicht mit ihm. Konnten diese Veränderungen Folgen einer Mangelernährung sein? Hatte er vielleicht etwas Falsches gegessen?

Diese Gedanken fortschiebend, zwang er sich, den Blick auf die Zukunft zu richten: Auf das, was sie besprochen hatten. Der Rottmeister hatte befohlen, dass man dem Kloster seine Geheimnisse entreißen müsse, koste es, was es wolle. Ein Gespräch mit Mirte war nicht mehr möglich, damit waren aber nicht alle Spuren erkaltet. In dem Brief hatte die Apothekaria ausdrücklich die Alchemie erwähnt und daher war nun der Plan, dass Veit der Bibliothek einen erneuten Besuch abstattete. »Ich zähle auf dich«, hatte Kjell gesagt. »Wir brauchen so schnell wie möglich Ergebnisse.« Das war eine Ansage, die dem Feldscher ganz schön Druck machte. Aber den brauchte er momentan auch, denn er fühlte sich schon wieder, als stünde er neben sich.

Veits Aufenthalt auf dem Wehrgang war genau genommen auch unnötig, er hatte sich aber so fiebrig gefühlt, dass er vor dem Besuch der Bibliothek frische Luft gebraucht hatte. Doch jetzt war es Zeit, sich auf den Weg zu machen. Zeit, zwischen staubigen Wälzern und alten Folianten nach der Wahrheit zu suchen. Der Wahrheit über die Aschekinder.

In der Bibliothek angekommen, war Veit von der Fülle der vorhandenen Werke erneut überwältigt. Einige der Bücherregale waren so voll, dass sich die Bretter bogen. Wie es der Orden der Zeloten zu solch einer Sammlung gebracht hatte, war ihm schleierhaft, denn solch eine Masse von Lektüren war ein Vermögen wert!

Raik, der Bibliothekar, nickte Veit nur kurz zu und beugte sich dann wieder über seine Arbeit. Daher schritt der Feldscher sogleich die verschiedenen Regalwände entlang und suchte nach Werken zur Alchemie. Nachdem er die ersten zehn Bücher vergeblich durchgesehen hatte, war Veit frustriert, aber lange noch nicht bereit aufzugeben. Er durchstöberte nun sogar einige Bände in der Alten Sprache, in der Hoffnung, dort etwas zu finden – und das, obwohl er nur wenige Vokabeln dieser Gelehrtensprache kannte. Es blieb ohne Erfolg, zu den Aschekindern schien es keine Quellen zu geben.

Als er nach einiger Zeit nicht mehr weiterwusste, griff er sich den Folianten, in dem er vor einigen Tagen die Sage von Rogen Rottnagel und dem Aschekind gelesen hatte. Die Legende von der Dienerin, die zusammen mit ihrem Herrn in einer Gruft verbrannt wurde, hatte er zwar noch im Kopf, aber vielleicht hatte er ja genau in diesem Buch noch etwas übersehen. Als er es öffnete und durch die Seiten blätterte, fiel plötzlich ein kleiner Zettel zu Boden. Er hob ihn auf und las ihn. Er dreht ihn zwischen den Fingern und war völlig verblüfft. War die Botschaft an ihn gerichtet? In Gedanken ging er schnell verschiedene Personen durch, die ihn geschrieben haben könnten, aber ihm fielen nur wenige ein. Er sah sich hektisch um. Niemand schien sich für ihn oder den Zettel zu interessieren. Blitzschnell knüllte er das Stück Papier zusammen und steckte es in die Tasche. Den Inhalt hatte er sich ohnehin eingeprägt, er lautete:

REGAL 13, REIHE 2, HANDBUCH DES OKKULTEN.
Ich will hierüber nicht sprechen.
Das Schicksal der armen Mirte will ich nicht teilen.

Ohne zu zögern, machte er sich auf den Weg zum besagten Regal. Die zweite Reihe war so weit oben, dass er sich, auf Zehenspitzen stehend, ganz schön strecken musste. Gespannt glitten seine Finger über die ledernen Einbände der Bücherreihe, bis er das genannte Werk entdeckte. Das ›Handbuch des Okkulten‹

war recht dünn und geradezu winzig. Nicht einmal so groß wie Veits Handfläche. Die gelblichen, fleckigen Seiten waren mit einer verschnörkelten Handschrift in schwarzer Tinte gefüllt. Der anonyme Autor präsentierte einen kurzen Abriss über okkultistische Wundermittel und verbotene Rituale, welche – laut Handbuch – nicht in Vergessenheit geraten sollten. Die exotischen Beschwörungsformeln, die auf den ersten Seiten zu finden waren, wirkten albern und unglaubwürdig. Mehrere Rezepte und Anleitungen, die darauf folgten, stammten zudem eher aus dem Reich der Märchen. Bei genau einem Rezept jedoch stellten sich Veits Nackenhaare schlagartig auf. Aufgrund dessen, was er hier las, begannen seine Finger nervös zu zucken. Waren so vielleicht die Aschekinder entstanden? War so etwas überhaupt möglich? Was würden die anderen Söldner zu seiner Entdeckung sagen?

Er riss die Seite aus dem Büchlein. Das Herausreißen war natürlich nicht geräuschlos, aber niemand schien die Tat bemerkt zu haben. Hoffentlich. Er steckte sich die Buchseite gefaltet in den Stiefel, stellte das Buch zurück in Regal Nummer 13 und verließ die Bibliothek.

Irgendetwas sagte ihm, dass sie dem Mysterium der Insel nun endlich auf die Schliche kamen.

Nassgeschwitzt ließ sich Veit in einen Sessel fallen und hatte dabei das Gefühl, dass der alte Stoff des Möbelstücks einen ziemlich muffigen Geruch abgab. Die Aufregung über seine Entdeckung war ihm anscheinend zu Kopf gestiegen. Ein Schwindelgefühl malträtierte sein Hirn. War es die Aufregung oder lag es an seiner fiebrigen Erkrankung? Er musste sich zusammenreißen.

»Ich hab was entdeckt«, hörte er sich selbst sagen. Seine Stimme klang in seinen Ohren unangenehm schrill. Veit versuchte, den Blick auf Jördis zu fokussieren, aber er sah sie nur verschwommen.

»Ich weiß vielleicht, wie diese Kreaturen geschaffen wurden.« Gebanntes Schweigen. »Ein Buch in der Bibliothek berichtet von so genannten ›Ewigen Wächtern‹ und von einem Präparat, das man angeblich für ihre Erschaffung benötigt. Es klingt nach Okkultismus, aber hier auf der Insel scheint mir alles möglich. Das Präparat ist eine Art Gift, ein absolut tödliches. Der Tod ist in dem Fall aber nur der Beginn einer Metamorphose. Der Verwandelte kann danach nicht mehr sprechen, soll jedoch über unglaubliche Körperkraft und Zähigkeit verfügen. Der Verwandelte benötigt wohl kein Wasser, keine Nahrung. Solche Geschöpfe sollen laut dem Buch mehr als hundert Jahre Wache halten können. Das Sonnenlicht beendet die Wirkung des Präparats sofort, sprich: Es tötet die ›Ewigen Wächter‹ – weshalb sie in antiken Zeiten vor allem in Tempelanlagen und Grabstätten und Pyramiden eingesetzt wurden. Bezeichnet werden sie auch als vollendete Wachposten, denn mit Speeren oder Schwertern können diese Geschöpfe nicht getötet werden. Jedenfalls wird das vom Autor so beschrieben.«

Jördis schwieg. Kjell wirkte als habe er seine Stimme verloren. Der alte Morten blieb völlig unbewegt, erschien aber übellaunig und reizbar. Wann hatte er zuletzt Alkohol getrunken? Forderte der Entzug nun seinen Tribut?

»Ich weiß, das klingt alles weit hergeholt, aber sonst habe ich nichts gefunden. Mensch! Könnt ihr denn die Gemeinsamkeiten nicht erkennen?«

Morten war der erste, der seine Sprachlosigkeit überwand: »In drei Teufels Namen! Es sind doch hunderte dieser Wesen auf der Insel. Sie können doch unmöglich alle so ein Präparat eingenommen haben. Unmöglich! Wer nimmt denn so etwas freiwillig? Ist doch unvorstellbar. Wie soll man so vielen Menschen so ein Mittel verabreichen? Wer sollte denn überhaupt solche Mengen davon herstellen können?«

Das Zimmer schien sich um Veit zu drehen. Und er hatte schon wieder das Gefühl, als wäre sein Schädel voll mit heißem, zähflüssigem Sirup. Er müsste sich eigentlich hinlegen, dachte er. Doch Veit konzentrierte sich mit aller Kraft darauf, den Faden nicht zu verlieren:»Die Herstellung ist tatsächlich ein großes Rätsel. Mehrere der genannten Zutaten kenne ich nicht. Genauer gesagt, ich kenne manche Begriffe in der Beschreibung dieses Wächter-Elixiers gar nicht. Die Worte klingen kryptisch wie bei einer Geheimschrift. Die Zutaten, die klar zu verstehen sind, sind jedoch an sich schon verdammt merkwürdig. Moment mal.« Er zog die herausgerissene Buchseite aus dem Stiefel und fuhr dann fort: »Die Rede ist zunächst von der Wurzel einer Alraune, die ja als Ritualpflanze und Zaubermittel gilt. Zudem braucht man eine gewaltige Menge Arsen und schwarzes Bilsenkraut. Und zwar richtig viel davon! Unter den Zutaten wird auch die Asche von Rabenfedern und von Heuschrecken genannt. Weiterhin Eiter aus einer entzünden Brandwunde. Klingt etwas eklig. Aber dann wird es erst richtig krass. Man benötigt nämlich blutgetränkte Erde von einer Hinrichtungsstätte und Staub aus dem Sarg einer beerdigten Totgeburt.«

Veit räusperte sich. Er hatte das Gefühl, seine Mitstreiter würden ihn missbilligend anblicken. Vielleicht gar ablehnend? Oder bildete er sich das nur ein?

»Die merkwürdigste Zutat kommt aber noch. Die Formulierung ist hier ziemlich unklar. Es heißt, man brauche einen Becher voll mit dem Blut von jemand mit dem zweiten Gesicht. Was mit dem zweiten Gesicht gemeint ist, steht da nicht. Vielleicht so was wie ein Seher, ein Hexer oder ein Schamane? Oder jemand, der mit dem Teufel im Bunde steht? Diese Person muss das Blut aus freien Stücken hergeben und auch beim Brauen des Präparats mitwirken. Wie genau das wiederum gehen soll, wird mir nicht klar. Die Anweisungen sind in einer Sprache formuliert, die ich nicht kenne. Ich kann nicht mal die Schriftzeichen entziffern oder sagen, aus welchem Teil dieser Welt die Sprache stammen könnte. Seht selbst! Vielleicht ist es irgendein obskurer Dialekt?«

Kjell rieb sich nachdenklich die Nase. »Gut ist, dass wir wenigstens etwas herausgefunden haben, einen ersten Anhaltspunkt. Bei den Hufen des Teufels! Vielleicht hat hier tatsächlich jemand mit Mitteln herumexperimentiert, von denen man besser die Finger lassen sollte. Vielleicht ist auf der Insel etwas gewaltig schief gegangen. Ich kann mir nämlich nicht vorstellen, dass irgendjemand eine solche Katastrophe sehenden Auges über diese Insel brachte. Das ist doch völlig krank!«

»Völlig krank« wiederholte Jördis nachdenklich, das Kinn auf die Hand gestützt. »Völlig krank wie dieser Orden der Zeloten. Wie dieser Bran-Magnus. Wie der Fanatismus, der hier herrscht.«

Morten schnaubte zornig: »Jetzt haltet alle mal die Luft an! Das ist doch zu weit hergeholt. Braucht der Orden zusätzliche Wächter? Ja. Wo braucht er sie? Hier, beim Kloster. Sind hier irgendwelche fantastischen Wächter? Nein! Das sind doch Hirngespinste! Und nur damit das klar ist: Ihr seid voll auf dem Holzweg.«

»Es ist mir gleich«, sagte Veit laut, »ob ihr mich für verrückt haltet. Oder für irre. Aber etwas sagt mir, das an der Sache was dran ist. Wenn ihr einem Zwist aus dem Weg gehen wollt, ist es eure Entscheidung. Ich fürchte mich nicht vor den Zeloten. Vor diesen …«

»He«, unterbrach ihn Jördis mitten im Satz. »Wenn wir das durchziehen, dann gemeinsam!«

»Stimmt«, meldete sich jetzt auch Kjell zu Wort. »Hier ist etwas Schlimmes im Gange, womöglich sogar Hexerei. Aber wir sind hierhergekommen, um einen Auftrag zu erfüllen. Die Armee des Hochkönigs braucht den Schwefel dieser Insel dringend. Dringender als alles andere! Wenn wir jetzt erahnen können, wie der kranke Scheiß hier anfing, muss sich doch ein Weg finden, es wieder zu beenden.«

»Hervorragend«, verhöhnte ihn der alte Morten. »Vielen Dank für deine erstklassige Idee. Merkst du denn gar nicht, dass wir hier im Kloster erstmal sicher sind. Wenn wir in der Sache weiter nachbohren, werden wir bald ohne viel Federlesen an die Luft gesetzt. Oder enden gleich am Galgen. Das sollte gerade dir als Rottmeister doch klar sein. Verdammt, Kjell! Du bist ein verfluchter Holzkopf!«

»So weit wird es nicht kommen.« Kjell verzog das Gesicht. »Unsere Nachforschungen sind doch bisher kaum aufgefallen. Wir machen weiter. Wir werden das gemeinsam hinkriegen. Oder etwa nicht, Morten?« Der Alte fixierte Kjell mit kaltem Blick. Er antwortete nicht. Kjell runzelte die Stirn und blickte dem Alten mit zusammengekniffenen Augen ins Gesicht.

»Du hast dich uns angeschlossen, Morten. Du hast mich in *Steinthor* angefleht, dass du dabei sein darfst. Und als ich mich weigerte, hast du mich erpresst, hast gedroht, ein Geheimnis hinauszuposaunen, das mein ganzes Leben zerstört hätte. Aber ich bereue jetzt, dass ich mich habe erpressen lassen. Sollen es doch ruhig alle wissen! Du hast kein Recht, über mein Leben zu entscheiden. Du nicht.«

»Herrje, wie erhaben«, knurrte Morten. »Wie stolz du bist. Junge, wie kannst du es wagen? Wie kannst du dich erdreisten, gerade so mit mir zu reden? Ich war zwar all die Jahre nicht bei dir, aber das ändert nichts an der Tatsache, dass ich …«

Während der Alte sprach, lief Kjell rot an. Und wie ein Ringer ging Kjell auf Morten los, als wollte er die Worte, die nun folgen würden, gar nicht hören. Veit sprang auf und wollte dazwischengehen. Durch das abrupte Aufspringen machte jedoch mit einem Mal sein Kreislauf schlapp. Die Streithähne bemerkten es nicht und stießen den Feldscher einfach zur Seite. Von der Wucht der beiden Kontrahenten herumgeschleudert, knallte Veit mit dem Hinterkopf vor die Tischkante. Ein lauter Knall vertrieb allen Verstand aus seinem Kopf. Dann versank seine Welt in einem schwarzen Loch.

Veit wartete darauf, dass er wieder erwachte. Auf warme Worte. Eine Stimme, die ihn aufweckte. Doch den Feldscher erreichte nichts. Nichts außer Schwärze. Er wollte wach sein. Wollte die Geheimnisse der Insel ergründen. Aber ihm blieb nichts weiter übrig, als in der gnadenlosen Schwärze um ihn herum vor sich hinzudämmern, denn er brachte es für lange Zeit nicht fertig zu erwachen.

Die Tatsachen waren manchmal düsterer als eine mondlose Nacht am Ende der Welt. Man muss da realistisch sein. Wer hätte nicht gern gehört, dass Veit nach wenigen Minuten wieder erwachte? Dass die Fieberschübe, die ihn quälten, nach kurzer Zeit bereits wieder vorbei waren?

Doch dem Feldscher stand ein Schicksal bevor, das kein Mensch erwarten würde: Er sollte nie wieder als ganz normaler Mensch auf Erden wandeln.

TEIL III

ABSTIEG

1 TRANSFORMATION

Hatte sie Veit geliebt? Jördis fragte es sich sicherlich zum hundertsten Mal. Wenn man jemanden gerne an seiner Seite hat, wenn man die gemeinsame Zeit genießt, wenn man das Lächeln einer Person mag, wenn man die Person – trotz ihrer Schwächen – schätzt, wenn man jemanden unter allen Umständen vor dem Schlechten der Welt beschützen will: Ist das Liebe?

Jördis war zu jung, um diese Frage klar zu beantworten, aber sie war sich in manchen Momenten sicher, dass sie Veit geliebt hatte.

Nach einer Woche, in der Veit besinnungslos im Bett lag, hatte sie aufgehört, an ein Wunder zu glauben. Er war kreidebleich und schien mehr tot als lebendig. Er lag in dem Bett in der ehemaligen Mönchszelle und regte sich nicht. Überhaupt nicht! Seine Augen waren blutunterlaufen und sein Kinn ständig nass, da er unter unkontrolliertem Speichelfluss litt. Sogar die Haare waren ihm ausgefallen. Büschelweise. Was war nur los mit ihm?

Für den Moment hatte Jördis alles andere ausgeblendet. Jaspers Verrat. Knochens Verschwinden. Kjells schwieriges Verhältnis zum alten Morten. Sogar das Geheimnis, dem sie auf der Spur gewesen waren, erschien ihr im Moment nicht weiter wichtig.

Es war Mitternacht und sie saß allein auf einem ramponierten Sessel im Kaminzimmer. Sie blickte in die Glut, denn das Feuer war längst heruntergebrannt. Tränen ließen das rötliche Glimmen vor ihren Augen verschwimmen. Sie lauschte dem Knacken im Kamin für einige Momente. Dann begann sie, hemmungslos zu schluchzen.

Wie schön erschienen ihr im Nachhinein die Abende, an denen sie mit Veit und den anderen hier vor dem Kamin gesessen hatte. Und mit diesen Erinnerungen kam die Trauer über

Veits aktuellen Zustand. Sie wollte gar nicht daran denken, wie er im Bett lag und vor sich hinvegetierte. Ihr Mitgefühl für den Feldscher drohte sie förmlich, innerlich zu zerreißen. Jördis vergrub das Gesicht in den Händen und stöhnte: »Warum? Warum musste das passieren? Warum ihm? Was hätten wir nur tun können?«

Jördis lehnte sich zurück und schloss die verheulten Augen. Sie bemühte sich, ruhig zu atmen. Einatmen. Ausatmen. Einatmen. Ausatmen. Müdigkeit übermannte sie.

Auf einmal: Ein Geräusch, nicht einmal laut. Es ließ sich nicht klar zuordnen. Vielleicht ein Knarren des Dielenbodens? Verdammt, sie musste wohl eingedöst sein!

Es war finster im Raum, aber sie hatte das unbestimmte Gefühl, nicht allein zu sein. Bewegte sich dort etwas in der Dunkelheit? Jördis bekam eine Gänsehaut. Sie lauschte angestrengt und verengte die Augen zu Schlitzen, bemühte sich, in der Düsternis etwas zu erkennen. Und tatsächlich: In der dunkelsten Ecke des Raums zeichnete sich unscharf eine Silhouette ab. Müde rieb sie sich die Augenlieder. Es war schwer, mehr als nur einen Schattenriss zu erkennen. Ihre Finger tasteten nach ihrem Säbel, konnten ihn aber nicht finden. Warum hatte sie ihre Waffe bloß auf den Kaminsims gelegt?

»Ist da wer? Kjell, bist du das?«

Eine Gestalt schälte sich allmählich aus der Finsternis und kam mit seltsamen, torkelnden Bewegungen näher. Die Gestalt wirkte orientierungslos, als sei sie betrunken oder verletzt.

»Wer bist du? Bist du das vielleicht, Jasper?«

Wie angewurzelt blieb die Schattengestalt stehen und drehte langsam den Kopf, wie ein Tier, das Witterung aufnimmt. Irgendetwas stimmte hier nicht.

»Sag doch endlich was! Ist alles in Ordnung?« Benommen erhob sich Jördis. Sie hatte ein ungutes Gefühl in der Magengegend. Mit einem Mal war sie hellwach. »Egal, wer du bist. Komm mir nicht in die Quere.«

Die schmale Gestalt setzte sich mit gespenstischer Ruhe in Bewegung und kam der Söldnerin jetzt bedenklich nahe.

»Zurück«, blaffte sie und trat der Gestalt mit voller Kraft vor die Brust. Das Geräusch einer brechenden Rippe war zu hören. Die Gestalt taumelte kurz zurück, kam dann aber mit staksenden Schritten und grotesk ausgestreckten Armen näher.

Jetzt war die Gestalt endlich so nahe an der Glut des Kamins, dass Jördis ihr ins Antlitz sehen konnte. Als sie jedoch das Gesicht erblickte, hatte sie das Gefühl, sie würde den Verstand verlieren. Dort stand – mit einem Ausdruck von Mordlust in den Augen – Veit, dessen Hände nun wie Krallen nach ihr griffen. Er hatte den Rücken zu einem Buckel verkrümmt und schien völlig von Sinnen. Speichel rann unablässig aus seinem weit aufgerissen Mund.

»Ah«, schnaufte Jördis, als er ungestüm auf sie zukam und sie an der Kehle packte. Sein Griff war fest, geradezu brutal. Der Körpergeruch, den er verströmte, war der einer verwesenden Leiche. Schaum trat über seine Lippen wie bei einem tollwütigen Tier, das zubeißen will. Sie zappelte, trat um sich und konnte sich nur unter Aufbietung aller Kräfte aus dem stahlharten Griff herauswinden. Sie wich zurück und bemerkte auf einem Sessel eine Wolldecke. Wie ein Wurfnetz schleuderte sie diese über Veit, dem nicht klar war, was passierte. Ein schauriges Grunzen kam unter der Decke hervor und Jördis suchte fieberhaft nach etwas, mit dem sie sich verteidigen konnte. Schließlich entdeckte sie die Donnerbüchse, welche hinter dem Sessel lehnte, seit Jasper sie zurückgelassen hatte. Die Büchse war etwa so lang wie Jördis' Arm und wog schwer in ihren Händen. Die Mündung der Büchse war trichterförmig erweitert, so dass sie die Feuerwaffe wie eine Keule erheben konnte. Jördis' Hände zitterten leicht. Doch sie spannte die Muskeln, holte Schwung, schob ihr Mitleid für Veit beiseite und hämmerte ihm das Ding so fest auf den Schädel, dass Veit wie ein nasser Sack zu Boden ging.

Kurze Zeit später hatte sie es endlich geschafft. Und das letzte Seil zog Jördis besonders straff.

Es kommt selten vor, dass man den Menschen, den man liebt, knebelt und fesselt, aber Jördis blieb keine Wahl. Da sie keine Zeit gehabt hatte, Kjell oder Morten zu suchen, war ihr nichts anderes übriggeblieben, als den Feldscher ohne Hilfe zurück ins Bett zu schleppen und ihn wie einen Gefangenen zu fesseln. Sie hatte mit mehreren Seilen alles unternommen, um zu verhindern, dass sich Veit bei der erstbesten Gelegenheit losreißen konnte. Die Menschen von *Steinthor* waren eine Seefahrernation, und so beherrschte auch Jördis verschiedene Knotentechniken, die nun Gold wert waren.

Der Feldscher lag auf dem Rücken, beide Arme wurden von Seilen nach außen gezogen. Sein Gesicht war zu einer schrecklichen Grimasse verzerrt. Seine Lippen bewegten sich trotz des Knebels, brachten aber nur tiefe, aus der Kehle kommende Knurrlaute zustande.

Was sollte sie tun? War Veit nun selbst einer der verabscheuten Hautfresser? Ein Aschekind?

Sie fragte sich, wer noch helfen könnte. Kjell und Morten nicht. Stahlfuß sicher auch nicht. Mirte, die einzige Heilkundige des Ordens, war tot. Von unbekannter Hand ermordet.

Helfen konnte – wenn überhaupt – nur ein Mensch mit großem Wissen und großer Weisheit. Bran-Magnus.

Der Abt des Ordens war der Einzige, dem sie in ihrer Verzweiflung zutraute, vielleicht ein Heilmittel zu kennen. Sicher, er könnte den Feldscher auch kurzerhand töten lassen, aber Veits Leben war ohnehin verwirkt, falls man nichts weiter unternahm.

Jördis steckte ziemlich in der Klemme. Sie fürchtete sich davor, den Abt aufzusuchen, da sie nicht wusste, was passieren würde. Sie hatte Angst, ganz allein zu ihm zu gehen, aber was würde es nutzen, sich mit Kjell oder Morten zu beratschlagen. Jördis hasste es, Angst lange auszuhalten. Daher machte sie sich zielstrebig auf den Weg zum Herrn des Klosters.

Wenn man etwas tun muss, vor dem man sich fürchtet, schiebt man es besser nicht auf die lange Bank. Immer ein

Feind nach dem anderen, lautete ein unter Söldnern verbreiteter Sinnspruch. Und der gefährlichste Feind war Gevatter Tod, der seine Klauen in diesem Moment nach Veit ausstreckte. Und Jördis war noch nicht bereit, das zu akzeptieren.

Veits ganzer Körper schmerzte. Der Feldscher wusste nicht, wie lange er ohnmächtig gewesen war. Er konnte sich dunkel an den Streit zwischen Kjell und Morten erinnern, alles andere blieb im Dunkeln, so wie ein diffuser Traum. Er dachte an den Knall, der ihm so plötzlich das Bewusstsein geraubt hatte.

»Ist er wach?«

Eine fremde Stimme. Veit wusste nicht, woher sie kam. Er hörte die Schritte zahlreicher Füße sowie das Rascheln grob gewebter Kutten. Er blinzelte. Die Schwärze vor seinen Augen begann sich aufzulösen, aber Veit konnte nicht viel erkennen. Er befand sich anscheinend in einer Höhle. Um ihn herum war es ungewöhnlich warm. Er schwitzte. Eine klebrige Feuchtigkeit hing in der Luft. Verwirrt merkte Veit, dass er auf dem Rücken lag, auf einer Art Trage, die beständig schaukelte. Mönche trugen die Bahre und er selbst war wohl der Mittelpunkt dieser seltsamen Prozession. Wie war er hierhergekommen?

Veit versuchte, Arme und Beine zu bewegen, doch er spürte seine Gliedmaßen nicht einmal. Veit bewegte die Finger und merkte, dass das Blut langsam wieder den Weg in seine Gliedmaßen fand. Viel konnte er dennoch nicht ausrichten, denn seine Hände waren mit einem Strick zusammengebunden. Es gelang ihm, den Kopf zu bewegen und er erkannte den Abt des Ordens, der die Prozession immer weiter durch das Höhlensystem führte.

»Seid vorsichtig«, befahl er bei einem Tunnel, der besonders steil nach unten führte.

»Wo bin ich?«, versuchte Veit zu murmeln, aber es kam nur ein unverständliches Krächzen über seine Lippen.

»Sei still«, antwortete ein Mönch neben ihm, dessen Gesicht tief unter einer Kapuze verborgen war.

»Streng dich nicht an«, flüsterte der Mönch mit der Kapuze. »Du wirst jetzt der Gnade des Herrn überliefert. Sei ohne Furcht.«

– Das bin ich aber nicht. Lasst mich in Ruhe, dachte Veit. Das wollte er sagen, aber seine Stimmbänder versagten ihm den Dienst. Veit wurde unruhig. Er konnte sich nicht bewegen und nicht reden, wollte hier weg. Er riss an den Fesseln und versuchte, sich aus der Trage herauszurollen. Jemand fasste ihn von hinten an die Schulter und drückte ihn zurück in eine liegende Position. Ohne dass ihm klar war, was er tat, biss er nach der Hand, konnte den Kopf aber nicht so weit drehen. Es war aussichtslos. Man hatte ihn auf der Trage so fixiert, dass er keine Chance hatte zu entkommen.

Nach einiger Zeit hörte er immer häufiger das Tröpfeln von Wasser. Über seinem Kopf erblickte er zahlreiche Tropfsteine. Er roch Schwefel und merkte, wie die Trage abgesetzt wurde. Neben ihm ein Wasserbecken, von dessen Oberfläche warme Dämpfe aufstiegen. Die Mönche lösten ihn von der Trage. Dabei lockerte sich der Strick, der seine Handgelenke zusammenhielt, ein wenig. Er lag jetzt auf dem Höhlenboden und die Mönche bildeten rund um das Wasserbecken einen Kreis. Im Licht unzähliger Fackeln warfen die Tropfsteinformationen geisterhafte Schatten an die Höhlenwände. Auf ein Zeichen des Abtes stimmten die Mönche einen okkulten Gesang in einer fremden Sprache an. Nach den ersten Strophen hatte er das Gefühl, die Umstehenden würden sich durch ihren monotonen Singsang in einen tranceähnlichen, entrückten Zustand begeben. Es war eine schaurige Darbietung!

Bran-Magnus streckte die Arme nach oben und rief voller Inbrunst: »Oh Herr! Hier stehen wir, deine bescheidenen Diener. Einer ist unter uns, dessen Seele für alle Zeiten gereinigt werden muss. Steh uns bei dieser Reinigung bei. Gib uns deine Kraft!«

Während seiner Anrufung schienen sich spirituelle Kräfte um ihn herum zu entfalten. Man hatte das Gefühl, dass sich die Luft in der Höhle erhitzte und verdichtete. Das Licht der Fackeln wurde immer heller und brannte in Veits Augen.

– Was habt ihr vor? Lasst mich doch einfach gehen, Ihr verfluchten Scheißkerle!

Die Gedanken überschlugen sich in Veits Kopf. Er schluckte und versuchte, tief durchzuatmen. Er musste hier so schnell wie möglich weg. Fieberhaft bemühte er sich, seine Fesseln weiter zu lockern, doch diese gaben nicht schnell genug nach.

Der Gesang der Mönche wurde lauter. So laut, dass er in Veits Ohren zu schmerzen begann. Die von dem Gesang ausgehenden Schallwellen brachten allmählich die ganze Höhle zum Beben. Feiner Staub rieselte von oben auf ihn herab.

»Ins Wasser mit ihm«, rief nun der Abt. Wie er den infernalischen Singsang übertönte, blieb Veit ein Rätsel. »Taucht seine schmutzige Seele tief ins reinigende Wasser. Hinein mit ihm! Jetzt!«

Der Mönch mit der Kapuze war mit einem Mal über ihm. Sein Gesicht war unter dem Stoff auch jetzt nicht zu erkennen, aber Veit hatte den Eindruck, dass der Kerl diabolisch grinste.

»Auf Nimmerwiedersehen«, sagte der Mönch höhnisch und in dem Moment erkannte Veit die Stimme: Es war Jasper.

Doch sein Zorn auf Jasper war in dem Moment seine geringste Sorge, denn schon waren seine Beine im Wasser und einen Augenblick später sein ganzer Körper. Und in der nach Schwefel stinkenden Brühe sank Veit sogleich ein. Als würden unsichtbare Hände ihn packen, wurde er wie ein Stein nach unten gezogen. Seine Füße strampelten vergeblich, denn auch sie waren fest zusammengebunden. Atemnot packte ihn. Der Gestank nach Schwefel wurde intensiver und die Luft in seiner Lunge immer knapper. Von oben hörte er weiterhin den anschwellenden Singsang der Mönche und die Beschwörungsformeln des Abtes. Waren hier höhere Mächte am Werk? Obwohl er nun unter Wasser war, kam es ihm so vor, als ob die gesamte Höhle in ihren Grundfesten erbebte.

Veit blickte durch die Wasseroberfläche nach oben, doch was er sah, konnte nur eine Halluzination sein: Die Höhle über ihm wurde immer heller und schien in grellen rotgoldenen Farbtönen aufzuleuchten. Einige Lichtblitze waren so gleißend, dass vor seinen Augen Sterne tanzten. Veit zerrte an den Handfesseln, biss unter Wasser in das Seil, das seine Handgelenke zusammenhielt. Mit einer übermenschlichen Anstrengung gelang es ihm, eine Hand aus den Fesseln zu reißen. Zwei kraftvolle Kraulbewegungen brachten ihn an die Oberfläche und er sog Sauerstoff in seine Lunge. Doch die Mönche hatten anscheinend damit gerechnet.

Der Gesang endete abrupt, aber ein Klingeln blieb in den Ohren zurück. Dennoch konnte Veit hören, dass sich zahlreiche Mönche jetzt ins Wasser stürzten. Er sah vor Augen fast nur Sterne, spürte aber in seinem Innern unglaubliche Körperkräfte wachsen. Adrenalin schoss durch seine Adern. Er hatte das Gefühl, er könne es mit allen aufnehmen. Wie ein Raubtier, das man in die Enge getrieben hatte, drehte sich Veit im Kreis. Auch wenn er wenig sah, war er bereit, jederzeit instinktiv zuzuschlagen.

Den ersten Mönch, der ihn greifen wollte, schleuderte er reflexartig von sich, zurück an den Rand des Wasserbeckens. Dem zweiten schlug er mit krallenartig ausgestreckten Fingern eine klaffende Wunde. Dem dritten war er dann aber nicht mehr gewachsen, da sie sich nun von allen Seiten auf ihn stürzten. Schläge und Tritte prasselten in atemberaubender Geschwindigkeit auf seinen Kopf und seinen Körper ein. Er wurde im Wasser von links nach rechts gewirbelt. Als er sich nicht mehr wehren konnte, wurde er – mit vereinten Kräften – unter Wasser gedrückt und dort festgehalten. Veit bemühte sich, die Luft möglichst lange anzuhalten, kämpfte darum, bei Bewusstsein zu bleiben. In der Höhle wurde es heller und heller und heller.

Alles um ihn herum wurde von blendenweißem Licht überflutet. Dann füllte sich seine Lunge mit Wasser und er sah nur noch grellweiße Lichter. Veit spürte, wie allmählich das Leben aus seinem Körper wich. Das Ganze erschien ihm wie eine Reise in eine andere Dimension und ein befreiendes Gefühl machte sich in ihm breit.

Als sein Körper erschlaffte, endeten auch die Erdstöße, welche die ganze Insel zum Erbeben gebracht hatten.

TOT. TOT. TOT?
BLIND. BLIND. BLIND?
TAUB. TAUB. TAUB?
NACH UNTEN
HINABGESUNKEN?
AUFGESTIEGEN
NACH OBEN?
TAUB. TAUB. TAUB?
BLIND. BLIND. BLIND?
TOT. TOT. TOT?

Die Erfahrung unter dem Berg war der Augenblick in Veits Leben, der am schwierigsten zu begreifen war. Unmöglich zu verstehen, was überhaupt geschehen war. War das Ende nicht auch immer in Neuanfang? Wo gehen wir hin, wenn wir ins Licht gehen?

2 REINKARNATION

»Wieso denn bloß?«, schrie Kjell. »Scheiße, scheiße, scheiße«, stammelte er.

Jördis stand gemeinsam mit Kjell im Tempel und die gigantische Statue des Erbauers ragte neben ihnen auf. Als Jördis seinen vorwurfsvollen Blick sah, überschwemmte sie Übelkeit. Gleichzeit rannen Tränen über ihre Wangen. Seit der Rottmeister gehört hatte, dass sie Veit an den Abt des Klosters übergeben hatte, war seine Miene verschlossen. Diese Idee schien ihr selbst im Nachhinein viel zu leichtsinnig.

»Sag, dass das nicht wahr ist, Jördis. Dir ist doch wohl klar, dass wir ihm nicht trauen können.«

Jördis spürte, dass Kjell all seine Willenskraft aufbot, um nicht vollständig auszurasten. Sie warteten jetzt schon seit Stunden im Tempel, denn von hier aus waren der Abt und seine Mönche in die unterirdischen Tunnel verschwunden. Nicht ohne die Stahltür, welche hinabführte, zu verschließen und drei grimmige Mönche davor zu postieren.

»Ich hätte es nicht gestattet. Ich hätte es nicht zugelassen. Ich bin für ihn verantwortlich«, murmelte Kjell nun sicher schon zum dritten Mal.

»Ich weiß«, gab Jördis kleinlaut zu. »Du fängst langsam an, dich zu wiederholen. Das ändert doch nichts.«

Kjell nickte. Und begann wieder im Tempel auf und ab zu gehen, wie ein Tiger im Käfig.

»Wir können nur warten«, schluchzte Jördis und ließ sich schwer auf eine Holzbank des Tempels fallen.

Zeit verging. Zäh und langsam. Wo, zum Teufel, blieb der Abt? Er war schon eine Ewigkeit dort unten. Waren die Tunnel unter dem Berg vielleicht eingestürzt, als die Erde gebebt hatte?

Jördis begann, am ganzen Leib zu zittern. Sie fror. Aber das lag weniger an der Kälte, die im Tempel herrschte, sondern an ihrer Angst um Veit, welche ihr einen Schauer nach dem anderen über den Rücken jagte. Immer wieder trat ein Bild vor ihr geistiges Auge: Veit lag auf einem schaurigen Altar und wurde vom Abt des Ordens mit einem Dolch durchbohrt. Sie stellte sich vor, wie der Altar mit Blut bespritzt wurde. Jördis malte sich unfreiwillig aus, wie Veit starb, ganz allein, an einem Ort, an dem ihm niemand beistand. Umringt von religiösen Fanatikern, die seinen Tod wahrscheinlich als Exorzismus sahen. Jördis versuchte, tief in sich hineinzuhorchen. Was sollte sie tun, wenn sie Veit ermordet hatten? Sollte sie seinen Tod rächen?

Und auf einmal wurde sie aus ihren düsteren Gedanken herausgerissen. Sie hörte Schritte und quietschend öffnete sich die Stahltür.

Bran-Magnus betrat den Tempel als Erster. Er wirkte noch älter und dürrer, als sie ihn in Erinnerung gehabt hatte. Der Abt schien nur noch aus Haut und Knochen zu bestehen. Er ging gebeugt und sein Blick war matt. Als er auf Jördis zuging, schüttelte er den Kopf.

»Wir haben alles versucht, aber den Mann, den du letzte Nacht zu uns gebracht hast, gibt es nicht mehr Am Ende gingen uns leider die Möglichkeiten aus.«

Jördis brach in die Knie und ein spitzer Schrei entfuhr ihr. Mit den Händen musste sie sich am kalten Boden abstützen. Sie heulte und schluchzte hemmungslos. Dabei merkte sie kaum, dass Kjell ihr eine Hand auf die Schulter gelegt hatte. Er schüttelte sie damit sanft, als wollte er sie aufwecken. Sie schaute Kjell an, doch der blickte fassungslos in Richtung Tür, aus der Bran-Magnus gekommen war. Jördis' Kopf ruckte herum. Hektisch rieb sie sich über die Augenlieder, denn sie sah die Person im Türrahmen nur verschwommen. Der Blick ihrer feuchten Augen klärte sich langsam und ihr Herz setzte für einen Schlag aus. Dort stand tatsächlich Veit: Völlig aufrecht, ohne Schmerzen, mit einem verwirrten, aber entspanntem Gesichtsausdruck.

Jördis sprang auf und rannte auf ihn zu. Sie nahm ihn in die Arme und ihr wurde erst jetzt bewusst, dass er nichts anhatte außer einer einfachen Leinenhose und einem weiten Hemd. Jördis drückte ihn fest an sich und küsste ihn mehrfach auf die Stirn, die Wangen und den Mund. Seine Haut wirkte so frisch und so glatt wie die eines Säuglings. Sie bekam eine Gänsehaut, denn der Feldscher sah von Kopf bis Fuß aus wie neugeboren.

Erstaunt griff sie nach seinen Händen. Sie waren absolut makellos und von den gebrochenen Fingern war nichts zu erkennen. Verblüfft schob sie sein Hemd ein Stück nach oben. Keine Narben! Keine blauen Flecke! Keine Kratzer! Nichts.

Doch ehe sie irgendwelche Fragen stellen konnte, war Kjell schon bei ihnen und zog Veit und Jördis in seine Arme. Schallendes Gelächter brach im Tempel aus. Die drei störten sich nicht an den Umstehenden und hüpften ausgelassen herum. Selbst der sonst so strenge Abt des Klosters konnte es nicht vermeiden, dass sich seine Mundwinkel nach oben bogen.

»Ich habe doch gesagt, der Mann, den du zu mir brachtest, ist nicht mehr unter uns. Er wurde als neuer Mensch wiedergeboren«, fasste er mit einem feinen Lächeln seine Sichtweise des Geschehens zusammen.

Still war es geworden, nachdem Veit alles berichtet hatte. Er hatte den anderen seit dem Nachmittag seine Erlebnisse so detailliert beschrieben, dass es draußen jetzt schon wieder dunkel wurde. Es war erst früh am Abend, doch den Mond konnte man bereits durchs Fenster sehen. Er bildete in dieser Nacht nur eine äußerst schmale Sichel am Himmel. Nicht mehr lange und er würde für eine Nacht ganz verschwunden sein.

Nickend hatte Morten alle Einzelheiten zur Rettung des Feldschers aufgenommen. »Unglaublich«, murmelte Morten mehrfach, »einfach unglaublich.«

Kjell und Jördis stellten hingegen jede Menge Fragen.

»Wie hat es sich angefühlt?«, wollte Kjell wissen.

»Wer hat dich schließlich aus dem Wasser gezogen?«, erkundigte sich Jördis.

»Ich weiß es nicht«, gab Veit zu. Dann ergänzte er: »Die Ereignisse in der Grotte bleiben ein großes Rätsel. Hier könnten wir wohl tausende Theorien entwickeln.«

Kjell rieb sich über den Mund, bevor er nachbohrte: »Herrschen hier auf der Insel, unter dem Berg, vielleicht andere Naturgesetze als auf dem Festland?«

Veit schüttelte den Kopf. Jördis wirkte ratlos. Und auch Kjell hatte keine Antwort auf seine Spekulation. Das Gespräch war für eine Weile wie eingeschlafen, wurde dann von einer Überlegung wieder in Gang gesetzt, die sich der alte Morten wohl bis zuletzt aufgehoben hatte. Es war wahrscheinlich die entscheidende Frage für die Zukunft der Rotte.

»Welchen Preis hat der Abt für seine Dienste verlangt?«

Jördis erhob sich. Langsam ging sie zum Kamin und legte etwas Holz nach, das knisternd in Flammen aufging. Dann blickte sie starr ins Feuer, während sie ihr braunes Haar im Nacken zusammenband. Veit fühlte sich verpflichtet, ihr ein paar Minuten zu geben, um sich zu sammeln. Schließlich hatte sie mit Sicherheit viel riskiert, als sie Bran-Magnus um Hilfe gebeten hatte.

Kjell war da weniger geduldig. »Was soll das?«, hakte er nach. »Warum willst du nicht antworten? Ich bin ja froh, dass der Abt uns geholfen hat, aber ich bin mir sicher: Er hat das nicht ohne Gegenleistung getan.«

Die drei Männer blickten gespannt zu Jördis, die sich plötzlich umdrehte und zu sprechen begann: »Ich habe unter Eid geschworen zu schweigen. Ich werde niemandem erzählen, was genau wir hier erlebt haben. Ich habe versprochen, es auf dem Festland so darzustellen, als sei auf *Skelt* kein Schwefel mehr zu bekommen, als wären alle Quellen versiegt.«

Morten konnte sich eine Anmerkung nicht verkneifen: »Das ist starker Tobak!«

Die Söldnerin fuhr unbeirrt fort: »Ich habe gelobt, die Mission aufzugeben, und alles zu tun, damit ihr drei meinem Beispiel folgt. Finito. Jetzt ist es raus.«

Veit war von Jördis' Einsatz so ergriffen, dass er feierlich sprach: »Wer, wenn nicht du, hat ein Recht auf meine Loyalität? Und bei meinem Leben, ich werde dir in dieser Sache bedingungslos folgen. Das schwöre ich.«

»Dann war's das wohl«, begann Morten. »Dann war zwar alles für die Katz, aber was soll's. Drauf geschissen. Gegen manche Dinge ist man eben machtlos. Ich hab in meinem Leben schon oft nachgegeben und ich denke, ich bin ganz gut darin.«

Kjell schien die Sache anders zu sehen. Mit zusammengekniffenen Augen fixierte er zunächst Jördis, dann Veit, dann den Alten.

»Das soll's jetzt gewesen sein? Ende und aus? Und wie soll's dann mit uns weitergehen?«

Jördis war es, die sofort eine Antwort parat hatte: »Hat mir Bran-Magnus genau erklärt. Zuerst warten wir, bis der Winter zu Ende ist. Halten die Füße still. Bis die See wieder frei ist. Dann müssen wir verschwinden. Unter dem Berg gibt es in einer Grotte eine versteckte Anlegestelle. Dort soll es ein kleines Fischerboot geben. Damit sollen wir die Insel verlassen. Das Ding ist nicht wirklich für die hohe See geeignet, da war Bran-Magnus ziemlich deutlich. Aber sobald der Winter vorbei ist, wird uns der Orden hier nicht mehr dulden. Entweder wir nehmen dann diese verdammte Nussschale und wagen es oder wir werden dann aus dem Kloster verbannt. Nett, nicht wahr?«

»Und was ist mit den zwei ermordeten Frauen? Und mit diesen verfluchten Aschekindern?« Bei Kjells Worten war Veit sofort klar, dass der Rottmeister alles andere als zufrieden war.

»Die Ermordeten sollen wir ein für alle Mal vergessen. Und von dem Thema Aschekinder sollten wir besser auch die Finger lassen.«

Veit sah deutlich, wie es im Kopf des Rottmeisters rumorte. Es war für Veit völlig verständlich, dass sich Kjell als Anführer der Truppe mit der jüngsten Wendung schwer tun musste. Morten wirkte dagegen ziemlich kaltschnäuzig.

»Ich weiß zwar nicht, ob ich es hier ohne Schnaps noch bis zur Schneeschmelze aushalte, aber ich bin mit dem Kuhhandel einverstanden. Unser Veit ist wirklich ein guter Kerl und ich denke, der Preis für sein Leben ist nicht zu hoch. In meinem Leben hab ich schon zu viele Weggefährten verloren. Schön, dass jetzt mal einer dem Sensenmann von der Klinge springen konnte.«

Kjells Blick wirkte leer, als er sagte: »Ich weiß nicht, ob ich mit dem Handel einverstanden sein kann. Bei der Sache habe ich ein ganz mieses Gefühl. Ich muss jetzt erstmal an die frische Luft. Heute hab ich zwar keinen Dienst, aber ich mache trotzdem noch mal einen Rundgang.«

Mechanisch griff er sich seine Muskete und das lange Kampfmesser und verschwand in der Nacht.

Veit lag auf dem Bett und staunte nicht schlecht, als es plötzlich an der Tür klopfte.

Seit seiner Heilung fühlte er sich lebendig und unbesiegbar. Trotz der späten Stunde war er hellwach. In die kleine Klosterzelle – die seit Wochen sein Krankenzimmer gewesen war – hatte er sich nur aus Gewohnheit zurückgezogen. Er fühlte sich seit der merkwürdigen Zeremonie unter dem Berg geradezu jugendlich und hatte ein separates Zimmer eigentlich nicht mehr nötig.

»Herein«, rief er daher munter.

Es war Jördis. Er wusste nicht warum, aber ihm fiel als Erstes auf, dass sie barfuß war. Ihren wilden Haarschopf hatte sie zu einem abenteuerlichen Knoten zusammengebunden und sah damit irgendwie kriegerisch aus. In den Augen erkannte er allerdings ihre sanfte Seite und die tiefe Zuneigung, welche die beiden seit diesem Winter miteinander verband.

»Hab ich einen Fehler gemacht, als ich mich auf den Vorschlag des Abtes eingelassen habe?«, fragte sie und setzte sich auf die Bettkante. Sie roch intensiv nach dem Holz im Kamin, nach Feuer und Eisen.

»Natürlich nicht«, antwortete er unumwunden. »Ich habe nie einen Menschen getroffen, der sich so für mich eingesetzt hat wie du.«

»In dem Moment, als ich vor dem Abt stand, habe ich mich gefragt, was du an meiner Stelle getan hättest. Da war meine Entscheidung längst gefallen.«

Sie war ihm jetzt sehr nah. So nah, dass er im ersten Moment nicht wusste, was er genau sagen sollte. Tausend Dinge gingen ihm gleichzeitig durch den Kopf. »Ich hätte auch dasselbe für …«, setzte er an, doch sie legte ihm mitten im Satz einen Finger auf die Lippen.

»Sei still«, flüsterte sie, »vom Reden habe ich für heute genug.« Er spürte, wie Jördis näherkam und sich eng an ihn schmiegte. Unmöglich wäre es zu beschreiben, wie er sich in dem Moment nach ihrer Nähe sehnte. Er fühlte sich buchstäblich zu ihre hingezogen, denn sie war wie der Inbegriff von Allem, was er so liebte.

Dann trafen sich ihre Lippen. Der Kuss war kurz und leidenschaftlich, ihre Zunge schmeckte etwas salzig. Ihm wurde sofort klar, dass er diese Frau schon viel früher hätte küssen sollen. Veit strich ihr durch das dunkle Haar und es war weicher als erwartet. Ein Knistern schien in der Luft zu liegen, als sollte hier etwas geschehen, das schon lange vorherbestimmt war.

Zunächst berührten sich ihre Hände. Ihre waren rauer als seine, ihre Finger jedoch schmal und für eine Kämpferin erstaunlich feminin. Seine fünf Sinne waren neuerdings so geschärft, dass Veit alles in einer Deutlichkeit wahrnahm, die ihm bisher unbekannt gewesen war. So spürte er sogar durch den Stoff ihrer Wollbluse ganz genau, wie ihre Brustwarzen sich verhärteten als seine Finger darüberglitten. Veit knabberte an ihrem Hals, an ihrem Ohr, dem mit dem kleinen goldenen Ring, und er genoss, dass sie diese Zärtlichkeit erwiderte. Auch sein Gehör schien aufs Höchste sensibilisiert, denn er nahm sofort wahr, dass sich ihr Herzschlag beschleunigte. Für einen weiteren, überwältigenden Kuss trafen sich ihre Lippen.

Dann – als sei mit einem Mal ein Staudamm gebrochen – rissen sie sich gegenseitig die Kleidung vom Leib. Veit war wie elektrisiert, denn Jördis' Körper war einfach atemberaubend: Die glatten Schenkel, der knackige Po, die schmale Taille und die kleinen festen Brüste. Und er zitterte innerlich als sie sich auf ihn hockte und ihre Fingernägel über seine Brust strichen.

Sie brachte ihr Becken in die richtige Position und er durfte in sie eindringen. Sie wollte es. Und er wollte es natürlich auch, mit jeder Faser seines Körpers. Zuerst war er noch etwas vorsichtig, bis sie sagte: »Los. Halt dich nicht zurück.« Darauf gaben sich Veit und Jördis ihrem Verlangen hin. Voll und ganz. Lustvolles Stöhnen erfüllte den Raum. Ihres und seines. Rhythmische Bewegungen brachten beide ins Schwitzen, hinterließen einen unmerklichen Glanz auf der nackten Haut. Seine sensibilisierten Sinne registrierten genau, wie die Zimmertemperatur allmählich anstieg, bis zum gemeinsamen Höhepunkt. Erst danach wurde es wieder ruhiger und etwas kühler im Raum.

Zusammen rollten sie sich in eine Decke. Ganz dicht beieinander. Und während sie so dalagen, schien alles außer ihrer Liebe keine Bedeutung zu haben. Ohnehin hatte Veit mittlerweile das Gefühl, dass die ganze Insel dem Untergang geweiht war. Aber das war nur ein Grund mehr, den Moment in vollen Zügen zu genießen und nicht an morgen zu denken.

Und obwohl Veit versuchte, sich vor seiner inneren Stimme zu verschließen, rauschte ihm eine Frage durch den Kopf: Wie hoch ist die Wahrscheinlichkeit, dass eine Frau nach dem Liebesakt schwanger ist?

3 DER WEG EINES KRIEGERS

Ich bin hier quasi allein am Ende der Welt. So dachte Kjell am Morgen des nächsten Tages, als er verschlafen sein Frühstück zu sich nahm: Getreidebrei mit Ziegenmilch, dazu ein Hühnerei. Er hatte schlecht geschlafen und sich die ganze Nacht mit Alpträumen herumgeplagt. Alpträume von seiner Rückkehr aufs Festland, in denen er vergeblich versucht hatte, das völlige Scheitern seines Auftrags zu rechtfertigen. In seinen Träumen waren auch Mirte und Achtfinger aufgetaucht, die als Untote zurückgekehrt waren, um ihm die Augen auszukratzen.

Kjell hatte an diesem Morgen das Gefühl, dass ihn eine unsichtbare Mauer aus Eis von den Menschen in seiner Umgebung trennte. Jördis, Veit und Morten hatten sich von der ursprünglichen Mission abgewandt und sich bereitwillig auf den Kuhhandel mit Bran-Magnus eingelassen. Hatten sie sich dadurch auch von ihm, von ihrem Anführer, entfremdet?

Es nutzte nichts, immerfort zu grübeln. Er würde jetzt nicht klein beigeben, sondern erstmal alleine weitermachen. Jördis und Veit hatten das Ziel am Ende ihres Pfades vielleicht schon erreicht, aber Kjell hatte das Gefühl, dass sein Pfad noch ein ganzes Stück weiterführte. Und damit hatte er nicht unrecht.

Als er nach draußen ging, nahm er Kampfmesser und Muskete an sich sowie den Beutel mit Bilsenkraut, den Jasper bei seiner Abkehr von der Blutzopf-Rotte zurückgelassen hatte. Auch die dazugehörige Pfeife steckte sich Kjell in den Gürtel. Die schwere Lederrüstung ließ er zurück. Sie würde ihn bei seinem Vorhaben nur unnötig behindern, denn mit seiner Rüstung war er weder schnell noch leise.

Es war Vormittag. Die morgendliche Messe – die immer bei Sonnenaufgang stattfand – war längst vorbei. Bis zur Mittagsmesse waren es auch noch mehrere Stunden, daher war es zu dieser Zeit verboten, den Tempel zu betreten. Dennoch ging Kjell auf direktem Weg dorthin.

Der wachhabende Mönch vor dem Tempeltor schaute Kjell daher fragend an, als dieser auf ihn zukam.

»Bruder Elmar?«, sprach er ihn an. Den Namen des Mönchs hatte Kjell bei einer Nachtwache aufgeschnappt.

»Der bin ich. Was wollt ihr?«

»Mir geht es nicht gut. Der Sinn des Lebens ist für mich in weite Ferne gerückt. Ich brauche die Führung des Erbauers. Ich muss beten. Jetzt sofort.«

»Jetzt? Das ist nicht möglich.«

Kjell nahm den Beutel mit dem Bilsenkraut und drückte ihn dem Mönch in die Hand.

»Jahrelang habe ich diesem Laster nachgegeben«, behauptete Kjell und überreichte dem verdatterten Mönch nun auch die Pfeife. »Aber jetzt habe ich mich endlich entschieden, mich davon loszusagen. Ich lege das Teufelszeug daher in eure vertrauenswürdigen Hände.«

Der Mönch sah in den Beutel und schnupperte am Bilsenkraut. Gier funkelte in seinen Augen. Die Ordensmitglieder waren wohl doch keine absoluten Asketen, wie es der Abt in seinen Predigten darstellte.

»Nun ja«, murmelte der Mönch, »ich werde das Zeug seiner ... äh ... Vernichtung zuführen.«

»Kann ich nun endlich beten?«, hakte Kjell nach. »Es ist sicher verständlich, dass ich nach so einer schweren Entscheidung die Ruhe im Tempel nötig habe.«

Der Mönch zwinkerte ihm zu und öffnete das Portal für einen Moment, sodass Kjell durchhuschen konnte. Im Inneren des Tempels herrschte erhabene Stille. Dadurch dass kein Mensch sich hier aufhielt, wirkte die heilige Halle im Augenblick sehr weitläufig. Kjells Schritte hallten unangemessen laut durch die leeren Bankreihen, während er schnurstracks zu der Stahltür ging, aus der am vorherigen Tag der auf wundersame Weise geheilte Veit aufgetaucht war. Kjell prüfte die Tür. Sie war unverschlossen.

Neben der Tür standen auf einem Tisch mehrere Öllampen. Kjell entzündete eine und ging damit durch die Stahltür. Dahinter führte eine steinerne Wendeltreppe nach unten. Er zählte die Stufen nicht, aber es waren deutlich mehr als einhundert. Unten angekommen wurde sofort klar, warum die Stahltür nicht abgeschlossen wurde: Vor ihm taten sich drei unbeleuchtete Gänge auf, die identisch aussahen. Zudem gab es keinen Hinweis, welcher Gang wohin führte. Hier begann anscheinend ein Tunnellabyrinth, in dem sich der Unkundige leicht verirren konnte. Kjell wählte spontan den mittleren Gang, ohne dass er hätte erklären können, warum. Er führte weiter nach unten und endete in einer Höhle, in welcher jetzt vier weitere Tunnel zur Auswahl standen. Wie sollte man hier unten nicht die Orientierung verlieren? Wie könnte er das Boot finden, von dem Jördis und der Abt gesprochen hatten?

Kjell war unschlüssig. Er verharrte einen Moment, schloss die Augen und lauschte. Aus einem Tunnel hörte er diffuse Geräusche, die er nicht näher zuordnen konnte. Kurzentschlossen folgte er diesem Weg in die Finsternis.

Der Tunnel war lang. Sehr lang. Seine Wände durch Holzbohlen verstärkt, von denen sich einige sichtlich verzogen hatten. Dies lag wohl daran, dass sie hier unten schon seit unzähligen Jahren tausende Tonnen Gestein abstützen mussten. Es war kein Anblick, der einem ein Gefühl von Sicherheit einflößte. Daher versuchte er, nicht daran zu denken, wie tief er sich bereits unter der Erde befand.

Kjell hielt die Lampe vor sich und ging stoisch weiter, bis er einen anderen Lichtschein entdeckte. Schnell drehte er die Leuchtkraft seiner Öllampe so weit wie möglich herunter, um keine Aufmerksamkeit zu erregen. Hier wollte er vom Orden keinesfalls entdeckt werden. Er blieb stehen und spitzte die Ohren. Der Tunnel, in dem er sich befand, ging zwar geradeaus weiter, mündete aber seitlich in einen Raum, aus dem Lichtschein in den Tunnel fiel. Kjell schlich auf leisen Sohlen voran und drückte sich neben der Einmündung an die Wand. Vorsichtig lugte er hinein und sah Bran-Magnus.

Der Abt stand an einem Pult, den Blick auf ein Pergament gerichtet, das zur Hälfte leer war. Mit schwarzer Tinte kritzelte Bran-Magnus jetzt Sätze auf das Blatt. Dabei murmelte er Worte, denen Kjell entnahm, dass hier wohl eine Predigt in Arbeit war. Ohne sich lange aufzuhalten, huschte der Rottmeister auf Zehenspitzen weiter.

Nach einer Weile erreichte er eine breite, gerade Treppe, die weiter abwärtsführte. Sie war sehr grob und geradezu ungeschickt in den Stein gehauen, wodurch manche Stufen viel größer waren als andere. Unten angekommen erreichte er eine Höhle, die unregelmäßig geformt war und in der hohe Luftfeuchtigkeit herrschte. Eine warme Feuchtigkeit, die ihn an Badehäuser und städtische Thermen denken ließ. Es war genau genommen wesentlich wärmer als im Tempel. Kjell hatte zunächst gar nicht gemerkt, dass seine Kleidung bereits durchgeschwitzt war. Sein Hemd klebte ihm wie eine zweite Haut am Körper. Erst hier unten, wo ihm der Schweiß wortwörtlich auf der Stirn stand, bemerkte er diesen immensen Temperaturunterschied. Es roch nach Schwefel und von Zeit zu Zeit hörte er das Tropfen von Wasser.

Er folgte dem Verlauf der Höhle und entdeckte an ihrem Ende einen schmalen Korridor. Kjell musste den Kopf einziehen, um den Korridor zu betreten. Dieser war so eng und niedrig, dass er für einige Zeit nur gebückt weitergehen konnte. Kjell war ein großer, massiger Kerl und befürchtete, er würde in dem sich verengenden Höhlengang bald steckenbleiben wie ein Korken im Flaschenhals. Als dieses Gefühl gerade drohte, überhandzunehmen, mündete der Tunnel unerwartet in eine weitläufige Kaverne. Ein Bassin lag hier zu seinen Füßen. Es war so groß, dass zehn Personen bequem baden könnten und von der Wasseroberfläche stieg heißer Dampf auf. Kjell prüfte die Wassertemperatur und war überrascht, wie heiß das Wasser war. Er musste an die Dekadenz der Zeloten denken, die sich hier zeigte: Im Hof der Klosterfestung ließen sie die Überlebenden aus *Schmelztiegel* fast erfrieren, aber unter ihrem Tempel gönnten sich die Mönche ab und zu ein heißes Bad. War das nicht eine zum Himmel schreiende Ungerechtigkeit?

Während Kjell noch darüber nachdachte, erreichte der Klang eines Musikinstruments unvermittelt seine Ohren. Der Klang war so unverwechselbar, dass sofort klar wurde, um was für ein Instrument es sich hier handelt: Eine Okarina! Kjells Atem stockte, denn er fragte sich: War Knochen den Zeloten gar nicht entkommen? Hatten sie ihn erwischt und hier unten eingesperrt? Saß er hier fest und versuchte nun, sich mit etwas Musik aufzuheitern?

Der Rottmeister lauschte der Musik genauer. Abends vor dem Kamin hatte Knochen mehrfach für die Söldner musiziert und Kjell kannte die schönen fremdländischen Melodien, die dann der Okarina entlockt wurden. Doch die Melodie, die er momentan hörte, klang ganz anders, denn sie wirkte stumpfsinnig und öde. Sie wurde sogar immer wieder von auffällig schiefen Zwischentönen unterbrochen. Hatte sich der Albino vielleicht eine Hand gebrochen oder war er anderweitig verletzt? Wo waren die Kunstfertigkeit und die Musikalität geblieben?

Nervös folgte Kjell einem Höhlengang in Richtung des Okarina-Klangs. Tropfsteine hingen von der Decke und vereinzelt fiel von den herabhängenden Felsformationen ein warmer Wassertropfen auf Kjells Kopf. Die Hitze hier unten wurde langsam so unerträglich, dass Kjell seinen Umhang ablegte und die Ärmel hochkrempelte. Die Luft roch intensiv nach Schwefel. Es war kaum auszuhalten!

Kjell hatte natürlich Schießpulver für seine Muskete dabei, wusste aber nicht, ob man bei der extremen Luftfeuchtigkeit im Höhlensystem eine Feuerwaffe zünden könnte.

Er erreichte eine Höhle, die wie eine Mischung aus einem Aufenthaltsraum und einer Schwitzhütte konzipiert war. Es gab Sitzgelegenheiten aus Holz und Stein sowie einen Korb mit dicken Leinentüchern, mit denen man sich einwickeln oder abtrocknen könnte. Zudem hingen in einer Ecke Wacholderzweige, deren Zweck dem Rottmeister nicht klar wurde. In der Mitte der Höhle war ein handgroßes Loch im Boden, aus dem heiße, feuchte Dampfschwaden aufstiegen. Kjell war dieser menschenleere Raum suspekt.

Er lief weiter und erreichte einen weiteren Tunnel, der sich schließlich gabelte. Da von rechts die Musik erklang, ging Kjell in diese Richtung. Kurz darauf wurde klar, dass er sich einer beleuchteten Kammer näherte. Er stellte seine Öllampe auf den Boden, um sich nicht durch den Lichtschein zu verraten, und schlich voran. Die Kammer vor ihm war künstlich in den Fels gehauen und der quadratische Grundriss glich dem eines Würfels. Im Raum roch es intensiv nach Weihrauch. Auf der Stirnseite brannten zu Füßen einer Statue Räucherstäbchen.

Ein Mann saß in der Kammer, genau in der Mitte, im Schneidersitz. Der Zelot hatte einen kahlrasierten Kopf und spielte auf der Okarina. Obwohl sein Gesicht der Statue zugewandt war, erkannte der Rottmeister sofort, dass es sich um Jasper handelte.

Woher hatte Jasper die Okarina? Wie war er in den Besitz von Knochens Instrument gelangt? Gab es hierfür nicht nur eine mögliche Erklärung?

Ohne nachzudenken, zog Kjell das lange Kampfmesser aus dem Gürtel. »Schämst du dich gar nicht?«, knurrte er.

Erschrocken hörte Jasper auf zu musizieren. Mit einem schiefen Ton verklang die stumpfsinnige Melodie.

»Wer stört?«, fragte er und erhob sich. Den Rottmeister erkannte er natürlich und so nahm Jasper den Kampfstock, der neben ihm gelegen hatte, blitzschnell zur Hand.

»Ich, dein ehemaliger Rottmeister!«

»Du hast hier nichts verloren. Schreib dir das hinter die Ohren. Wenn dich die Zeloten in der Kammer des Dufts erwischen, dann bringen sie dich um. Und das mit Recht.«

»Darauf scheiß ich! Sag mir auf der Stelle, woher du die Okarina hast.«

Jasper grinste frech: »Was für eine blöde Frage! Von dem verfluchten Albino natürlich. Hab sie mir ausgeborgt. Er hatte

sicher nichts dagegen. Ich soll hier unten den ganzen Tag meditieren und wollte mir mit dem Ding die Zeit etwas versüßen.«
Die Ironie triefte förmlich aus den Worten des ehemaligen Söldners. Kjell war außer sich.
»Gestohlen hast du sie. Du Nichtsnutz! Du Hurensohn! Jetzt wird mir alles klar. Hattest du auch seinen Dolch gestohlen?«
Ein spöttisches Lächeln war die Antwort. »Und wenn schon?«, fragte er. »Jetzt brauch ich es nicht mehr geheim halten. Dir wird eh niemand glauben, selbst wenn ich dir jetzt sage, dass ich den Dolch genommen und ihn auch benutzt habe.«
»Benutzt?«, grollte der Rottmeister. Die Frage kam voll Zorn aus der tieferliegenden Kehle. »Hast du etwa die arme Mirte …«
»Die arme? Um die dicke Kuh ist es doch nicht schade. Sie war ein fettes, unzuverlässiges Plappermaul. Und dadurch meine Eintrittskarte in den Orden. Wenn du wüsstest, wie stark die Schmerzen waren, die ich ihr zugefügt habe, es war einfach aufregend.«
Kjell war für einen Augenblick sprachlos. Wie konnte jemand so eiskalt einen Mord gestehen?
Bei Jasper konnte von Sprachlosigkeit keine Rede sein, denn er sprach ungefragt weiter: »Und dabei habe ich nur das getan, was gut für mein Seelenheil ist. Hab alles getan, um dem Erbauer näher zu kommen. Wenn ich irgendwann sterbe, dann werden mich seine Walküren holen und mich in sein Himmelreich führen. So hat es mir die Herrin gesagt. So hat sie mich auf den Weg zum wahren Glauben geführt.«
»Die Herrin? Meinst du Madah-Runa, die Frau des Abts?«
»Die Frau des Abts?«, lachte Jasper überheblich. »Wie einfältig! Du hast überhaupt keine Ahnung. Sie ist viel mehr als das. Viel mehr. Sie ist für mich wie eine Heilige. Wie ein Engel! Die Erste, die je nett zu mir war. Du und Morten und Jördis, ihr habt mich doch nur verachtet. Habt mich herumgeschubst. Mich ausgenutzt. Von Anfang bis Ende. Gerade du hast dich viel zu stark in mein Leben eingemischt, in das Schicksal, das der Erbauer für mich bereithält.« Radikaler Fanatismus glänzte

in Jaspers Augen, während er fortfuhr:»Den Glauben habt ihr Söldner doch mit Füßen getreten. Weißt du noch, als wir in der ersten Nacht auf der Insel neben dem Denkmal des Erbauers gepennt haben? Hat da irgendeiner gebetet? Irgendeiner unserem Schöpfer gehuldigt? Oder denk doch mal an den verdammten Albino. Wir haben mit einem Ketzer gemeinsame Sache gemacht. Mit einem entarteten, ausländischen Dämon!«

Kjells Faust schloss sich so fest um sein Kampfmesser, dass die Knöchel weiß hervortraten.»Hörst du dich eigentlich selbst reden?«, fragte er.»Begreifst du, was du hier über den Mann sagst, der dir das Leben gerettet hat? Ohne Knochen wärst du verreckt und hier im Kloster nie angekommen. Was du dir zusammenspinnst, ist doch Wahnsinn.«

»Wahnsinn? Komm mir bloß nicht mit Wahnsinn! Wenn irgendwer wahnsinnig ist, dann du, Kjell! Du glaubst doch nicht allen Ernstes, dass du den Auftrag deines Klans noch erfüllen kannst. Du machst dich lächerlich. Dein ewiges Geschwafel von der ach-so-wichtigen Mission geht mir schon seit Wochen gegen den Strich. Dank der Herrin hab ich endlich erkannt, dass du nur an dich selbst denkst. Also verpiss dich jetzt mit deiner verfluchten Selbstverliebtheit, sonst schlag ich Alarm und du wirst vom Orden hingerichtet.«

»So leicht wirst du mich nicht los. Selbst wenn tatsächlich jemand in der Nähe ist und das keine leere Drohung war, hab ich dich längst erledigt, bevor deine Ordensbrüder hier sind. Also stelle ich dir eine letzte Frage.« Kjell atmete einmal durch und stellte sie:»Hast du auch Achtfinger umgebracht?«

Jaspers Lippen zogen sich zurück und entblößten ein selbstgefälliges Grinsen.»Das, mein Bester, erfährst du nur über meine Leiche. Oder, falls man mir die Wahl lässt, lieber über deine!«

Kjell spürte, wie der Kampfstock in Jaspers Händen schlagartig vorzuckte wie ein zustechender Skorpion. Der vorstoßende Stab traf Kjell zielsicher auf den Solarplexus, also mitten in den Brustkorb. Der Rottmeister wurde zu Boden geschleudert und der Treffer an dieser empfindlichen Stelle erzeugte sogleich Atemnot. Ein Schwindelgefühl drohte, sich breitzumachen. Seit wann war Jasper so flink? Bei wem hatte er gelernt, so gezielt diesen Punkt des Nervensystems zu treffen? Kjell beobachtete, wie Jasper Kampfhaltung annahm.

Jasper schien hochkonzentriert und erklärte:»Ich bin dein seltsames Spiel leid, Kjell, das Spiel eines dummen Söldners, der sich nach Aufmerksamkeit verzehrt!«

Schwerfällig erhob sich Kjell. Jetzt galt es. Alles oder nichts. Kjell griff sein Kampfmesser und stürmte mit gesenktem Kopf vor wie ein Bulle. Der Kampfstock zuckte erneut vor, doch Kjell wich aus, ließ den Stecken an der Schulter abgleiten. Mit dem Messer stach er zu, doch Jasper war schnell, verdammt schnell.

Als sich die Kontrahenten voreinander lösten, sah der Rottmeister, dass Jasper nur leicht verletzt war. Mit dem Kampfmesser hatte er ihm einen Schnitt im Oberschenkel zugefügt, eine oberflächliche Wunde, nicht sehr tief, aber durchaus schmerzhaft.

»Nun blutet endlich der Richtige!«, schrie Kjell. »Du wirst bluten wie ein Schwein, das verspreche ich dir.«

Jetzt griff Jasper an und war dank der höheren Reichweite des Kampfstabs klar im Vorteil. Kjell wurde mehrfach getroffen und musste zurückweichen. Doch mit einem Mal witterte er seine Chance. Schnaufend warf Kjell das lange Messer, mit dem Ziel, seinen Gegner aus dem Konzept zu bringen. Jasper schlug das Messer in der Luft zur Seite und entblößte dadurch seine Deckung.

Davon ermutigt warf sich der Rottmeister wie ein Ringkämpfer auf seinen Kontrahenten und schleuderte diesen gegen die Steinstatue, die auf der Stirnseite des Raumes stand. Kjell hatte all seine Muskelkraft in diesen Wurf gelegt. Und so kam es, dass Jasper zwar der Statue ausweichen konnte, mit dem Schädel aber vor die dahinterliegende Wand knallte. Der Kampfstock fiel ihm aus den Händen und Jasper ging zu Boden. Ein dünner Blutfaden rann aus seinem Mundwinkel.

»Jetzt wirst du reden«, forderte Kjell und trat den Kampfstab zur Seite, der mit einem hölzernen Klappern am anderen
Ende des Raums zum Liegen kam.

»Nein«, fauchte der am Boden liegende und Kjell sah sich
gezwungen, sein Kampfmesser wieder zur Hand zu nehmen.

»Rede oder du wirst das hier zu schmecken bekommen«,
drohte der Rottmeister.

»Fahr zur Hölle«, kam prompt die Antwort.

Kjell murmelte »Schluss mit Reden«, und rammte das
Messer in Jaspers Schulter. Dieser heulte vor Schmerzen auf
und trat, am Boden liegend, so wild um sich, dass er die Statue des Erbauers umwarf. Diese fiel auseinander und stieß
im Fallen auch die Räucherstäbchen aus ihren Halterungen,
wodurch ein beißender Weihrauchgestank aufwallte.

Blut lief aus der Messerwunde und färbte Jaspers Robe
in Sekundenschnelle dunkelrot. Sein Gesicht wirkte dagegen
weiß wie Schnee.

Kjell ignorierte ihn für einen Moment und betrachtete die
Einzelteile der Steinstatue. Gezielt griff er sich den Kopf der Statue und baute sich damit vor Jasper auf wie ein Racheengel.

»Mir reicht es. Ich bin Söldner und kein verfluchter Prediger.
Schau hier ins Angesicht des Erbauers. Ich werde sein Haupt
aus Stein nutzen, um dir deinen hohlen Schädel einzuschlagen.
Also sag mir endlich, was du Achtfinger angetan hast.«

Jasper zögerte kurz. Er spuckte einen halb-geronnen Blut-
klumpen aus, um daraufhin zu nuscheln: »Ich bin ein Halsab-
schneider in der was-weiß-ich-wievielten Generation. Mein Vater war Zuhälter und meine Mutter Hure. Mein Großvater ein
Dieb und sein Vater war sicher auch kein tugendhafter Mensch.
Da lernt man so einiges. In so einer Familie! Ha! Aber hier am
Ende der Welt hab ich gelernt, wie man solche Methoden für
den wahren Glauben einsetzen kann. Tja, nicht jeder kann ein
verdammter Held sein, so wie du, Kjell. Ein Held! Ha!«

Jasper Augen verdrehten sich und er stammelte unverständliche Worte. Brabbelte unzusammenhängendes, wirres
Zeug, bis seine Worte wieder etwas klarer wurden: »Held des

Tages? Held der Insel? Held des Scheißhaufens? Was bringt dir das schon, ein Held zu sein? Du hast alle verloren, die dir wichtig waren. Du bist schuldig. Du bist am Ende. Und du willst ein Held sein?«

»Nein«, antwortete Kjell und ließ den Statuenkopf auf Jaspers Schädel herabsausen. Mit einem lauten Knacken brach die Schädelplatte wie eine Melone entzwei. Blut und Hirnmasse bespritzten den heiligen Boden der Kammer.

4 BOOT UND BUCH

Weiter, Kjell, weiter! Diese Worte rezitierte er im Geiste immer wieder, um nicht daran denken zu müssen, wie er Jasper erschlagen hatte.

– Weiter, Kjell, weiter!

Ein Zurück gab es ohnehin nicht mehr, und so hatte er das Kampfmesser und die Öllampe genommen und seine Suche nach dem Fischerboot unter dem Berg fortgesetzt.

– Weiter, Kjell, weiter!

Der Rottmeister suchte solange, bis er einen Stollen entdeckte, der steil nach unten führte. Es war nur logisch, dass er immer den Weg abwärts einschlug, denn das Fischerboot, das der Orden angeblich besaß, musste ja auf der Höhe des Meeresspiegels vor Anker liegen. Er war schon seit geraumer Zeit unter der Erde und fragte sich mittlerweile, ob überhaupt solch ein Fischerboot existierte. War das überhaupt möglich? Oder nur eine weitere Hinhaltetaktik des Abtes? Hatte man die Söldner abermals an der Nase herumgeführt?

Nein, dachte Kjell, denn er vernahm plötzlich von irgendwoher Meeresrauschen. Dazu passte, dass es in dem Stollen, dem er folgte, nach Meerwasser, Salz und Fisch roch. Nach einer weiteren Gefällestrecke war er dann endlich am Ziel: einem gewaltigen Felsendom!

Die sich zum Meer öffnende Grotte hatte eine Höhe von wenigstens zehn Mannslängen und war sicherlich genauso breit. Die zerklüftete Höhlendecke aus hellem Gestein wölbte sich weit über Kjells Kopf und wurde von einer natürlichen Felssäule getragen, die ungefähr in der Mitte der Grotte aus dem Wasser aufragte. An der Säule vorbei konnte Kjell das Meer sehen, das heute grau und einförmig vor ihm lag. Was ihn viel mehr faszinierte als der Blick aufs Meer, war der Anblick von zwei Booten, die hier vor Anker lagen. Ja, es waren tatsächlich zwei Boote und nicht eins, wie die Söldner angenommen hatten. Beide konnte man über den schmalen Steg erreichen, der Kjell nun zu Füßen lag. Gespannt lief er los, um beide Boote in Augenschein zu nehmen.

Das erste Boot war ein kleines Ruderboot für bis zu sechs Personen, mit dem man aufs Meer hinausrudern und ein paar Fische fangen könnte. Dazu passte, dass Kjell auf dem Boot unter einer Segeltuchplane vier Angeln fand. Die Nussschale war zwar in die Jahre gekommen, aber zum Angeln sicher gut zu gebrauchen. Völlig ungeeignet wäre sie jedoch, um damit das Festland zu erreichen. Die Tatsache, dass der Abt den Söldnern dieses Boot versprochen hatte, war für Kjell wie ein Schlag ins Gesicht. Es war klar, dass Jördis, um Veit zu retten, jedem Handel zugestimmt hätte. Aber dieses Boot war einfach nur ein schlechter Witz! Niemals hätten die Söldner hiermit das Festland erreicht.

Das zweite Boot, das auf den Wellen dümpelte, war dazu viel eher zu gebrauchen. Es war zwar von schlanker Bauart, aber so groß, dass darauf sicher drei Dutzend Männer Platz gefunden hätten. Der Kahn hatte einen hoch aufragenden Bug und zeugte von der Kunstfertigkeit zahlreicher Generationen, welche dem Meer ihren Lebensunterhalt abgetrotzt hatten.

Kjell griff nach einer mit Seetang überzogenen Strickleiter. Er kletterte hinauf und zog sich über die Reling. Die alten Planken knarrten unter seinen Füßen und sofort fiel auf, dass an Bord alles mit einer dicken Schmutzschicht überzogen war, die aus Algen, Salz und Staub zu bestehen schien. Zudem entdeckte der Rottmeister am Kiel mehrere lose Planken. Er war sicher, dass mit dem Boot seit hundert Jahren niemand mehr rausgefahren war. Insgesamt war der Kahn, soweit Kjell es beurteilen konnte, zwar nicht gut in Schuss, aber durchaus seetüchtig. Es gab backbord fünf lange Ruder und steuerbord ebenfalls. Der Mast war – in Anbetracht seines Alters – nicht so morsch, wie man es erwarten würde, und an seinem Fuß lagen die Segel ordentlich eingerollt, die man auf See benötigen würde. Der Rottmeister grinste. Mit diesem Boot könnte man das Festland höchstwahrscheinlich erreichen. Zumindest so lange es keine allzu großen Brecher in die Mangel nahmen.

Vom Boot aus durchdachte Kjell sein weiteres Vorgehen. Es gab zunächst den Tunnel, durch den er gekommen war und der wieder hinaufführte. Dann gab es am Rande der Grotte einen anderen, ebenerdigen Tunnel, mit dem man wahrscheinlich die Grotte verlassen und sich auf der Insel umschauen konnte. Dieser Tunnel war der einzige Weg, um die Grotte zu verlassen, solange man nicht schwimmen oder rudern wollte. Zum Schwimmen lud das Meerwasser, das in die Höhle drang, allerdings nicht ein. Es wirkte kalt und schwarz und immer wieder schwappten Wellen in die Grotte.

Sein Magen knurrte und er fragte sich, was er hier zu Essen finden könnte, als er auf einmal eine Bewegung wahrnahm. Blitzschnell ging Kjell in die Hocke und kroch zur Reling. Er linste darüber und erblickte eine große, schlanke Person in der Ordensrobe der Zeloten. Suchte man bereits nach ihm? Hatten die Zeloten den toten Jasper bereits entdeckt?

Die Person trug in einer Hand ein ledergebundenes Buch und hatte sich ein aufgerolltes Seil um die Brust geschlungen. Nein, diese Person suchte ihn anscheinend nicht, denn sie ging zielstrebig zu dem ebenerdigen Tunnel. Kjell machte sich klar, dass er mittlerweile nichts mehr zu verlieren hatte, und folgte der Person unauffällig.

Aus einigem Abstand konnte er jetzt erkennen, dass sich am Ende des ebenerdigen Tunnels ein Tor befand. Es war jedoch kein gewöhnliches Tor! Von der Decke bis zum Boden und von einer Wand bis zur anderen versperrte ein Gitter den Durchgang. Die Person vor Kjell kannte die Vorrichtung anscheinend, denn sie zog, ohne zu zögern, eine Kette vom Hals, an deren Ende sich ein Schlüssel befand. Als die Person das Gittertor aufschloss, konnte Kjell endlich das Profil der Person erkennen. Es war Raik, der Bibliothekar des Ordens. Was wollte er hier unten? Hatte er sich heimlich davongeschlichen oder führte er vielleicht einen Auftrag des Abtes aus?

Von der anderen Seite schloss Raik das Tor mit dem Schlüssel ab, doch was er dann tat, war mehr als merkwürdig. Der Bibliothekar steckte den Arm mit dem Schlüssel soweit er konnte durch das Gitter und warf den Schlüssel samt Kette auf den Boden. Und zwar so, dass er den Schlüssel von seiner Seite des Gitters unmöglich erreichen konnte. Kurzum: Er hatte sich mit voller Absicht ausgesperrt!

Kjell hockte hinter einem leeren Fass, um den Zeloten zu beobachten, und zog sich jetzt noch weiter hinter seine Deckung zurück. Der Rottmeister zählte bis hundert, und als er fertig war gleich noch einmal. Erst dann näherte er sich vorsichtig dem vergitterten Durchgang. Das Metall, aus dem das Tor bestand, war matt und an vielen Stellen von Rost durchsetzt. Das Tor musste ein erfahrener Schmied angefertigt haben, aber das war anscheinend schon Urzeiten her. Kjell rüttelte an einigen Stäben. Das Tor war zwar recht fest, aber wenn sechs Männer gemeinsam ziehen würden, könnte man es vielleicht aufbrechen. Das war allerdings momentan nicht nötig, denn Kjell hatte ja den Schlüssel, der vor ihm auf dem Felsboden lag. Er stellte die Öllampe auf den Boden, denn nur zehn Schritte hinter dem Tor endete der Tunnel und man war dann an der frischen Luft. Kjell hörte von weit oben die Tempelglocke läuten und ihm war klar, dass diese die Mittagsmesse ankündigte. Der Klang der Glocke war leise und dumpf, sodass ihm klar wurde, wie weit er sich mittlerweile von der Klosterfestung entfernt hatte.

Das Geläut war gerade verklungen, als Kjell seine Muskete von der Schulter nahm und sie mit Kugeln und Schwarzpulver bestückte. Er hatte keine Ahnung, was ihn draußen erwarten würde, und hatte vor, sich auf alle Eventualitäten vorzubereiten. Als die Muskete geladen war, schloss er das Tor auf, ging durch, schloss ab und hängte sich die Kette mit dem Schlüssel um den Hals. Dann verließ er den Tunnel und fand sich zu Füßen einer Steilklippe wieder. Vor ihm lagen der Strand und – hinter einigen Dünen – das Meer. Kjells Stiefel knirschten als er durch den mit Kieseln durchzogenen Sand stapfte. Die Spuren von Raik konnte man im sandigen Boden leicht erkennen und der Rottmeister folgte diesen langsam. Sie führten eine Sanddüne hinauf, die Kjell auf dem Bauch hinaufkroch, da er von Raik nicht gesehen werden wollte. Oben auf dem Dünenkamm legte sich Kjell flach hin und entdeckte den Bibliothekar des Ordens. Dieser stand an einer Böschung, die steil zum Meer hin abfiel.

Raik, dessen Gestalt sich vor dem Hintergrund des Ozeans als schwarze Silhouette abzeichnete, schien das mitgebrachte Buch nachdenklich zu betrachten. Dann – als folge er einer Eingebung – holte er Schwung und schleuderte das Buch in einem weiten Bogen ins Meer. Dann drehte sich Raik zur Seite und folgte zügig der Küstenlinie.

Kjell verharrte und dachte fieberhaft nach. Was hatte das jetzt zu bedeuten? Wurde hier geheimes Wissen vernichtet? Gab es Geheimnisse, welche die Zeloten unter allen Umständen vor den Söldnern verbergen wollten? Enthielt das Buch vielleicht sogar Hinweise auf das Geheimnis der Aschekinder? Kjell musste jetzt schnell handeln.

Er legte Muskete und Kampfmesser zur Seite. Dann zog er sich Hemd sowie Lederhose aus. Sobald er sich halbwegs sicher war, dass Raik ihn nicht mehr sah, stürmte er los, hetzte den Hang hinab und erblickte das Buch, das im Augenblick noch auf der Wasseroberfläche trieb. Mit einem Hechtsprung stürzte sich der Rottmeister ins Meer. In der ersten Sekunde kam ihm das Wasser zwar kalt vor, doch als er losschwamm, bemerkte er, dass es trotzdem wärmer war, als erwartet. Doch darüber dachte Kjell nicht weiter nach, denn er hatte den Blick starr auf das Buch geheftet, welches gerade zu versinken drohte. Mit kräftigen Kraulzügen zog sich Kjell durch die Brandung, peitschte sich selbst zu Höchstleistungen an. Kleinere Wellen schwappten über seinen Kopf und er verlor das Buch aus den Augen. War es jetzt doch im Wasser versunken?

Gehetzt blickte sich Kjell um, die Augen zusammengekniffen, um sie vor Salzwasserspritzern zu schützen. Er sah das Buch nicht und tauchte kurzentschlossen ab. Als er unter Wasser die Augen aufschlug, konnte er leider nichts entdeckten. Das Meer war unruhig und das Tageslicht so schwach, dass die Sicht unter der Wasseroberfläche schlecht war. Als seine Lunge zu brennen begann, tauchte er enttäuscht auf. Kjell hatte alles versucht, doch das Buch leider aus den Augen verloren. Frustriert schwamm er zurück zu Ufer.

– Weiter, Kjell, weiter!

Das Schwimmen hatte viel Kraft gekostet, doch er zog sich an Land sofort wieder an und nahm seine Waffen.

– Weiter, Kjell, weiter!

Das Buch war für immer im Meer versunken, aber Raik war noch in der Nähe. Vielleicht konnte der ihm etwas über die Geheimnisse verraten, welche der Ozean nun nicht mehr preisgeben würde.

Der Rottmeister folgte der Küstenlinie. Zwischen dem Schwemmsand lagen immer wieder Felstrümmer aus Kalkstein, die im Laufe der Zeit aus den Klippen herausgebrochen waren, die neben ihm aufragten. Über die kleineren Steinbrocken konnte man leicht hinwegsteigen, aber um die großen musste man manchmal einen Umweg machen. Kjell hatte gerade einen besonders großen Kalksteinbrocken umrundet, als er Raik erneute erblickte. Und in der Sekunde, als er Raik sah, stockte Kjell der Atem.

Zwischen Sand und Kies ragte wie auf einem leeren Feld ein einzelner Baum auf, der mehr als hundert Schritte von Kjell entfernt war. Das uralte Gewächs hatte keinerlei Blätter und war völlig kahl. Jetzt wurde dem Rottmeister schlagartig klar, wieso Raik sich heimlich davongeschlichen und ein Seil mitgenommen hatte. Denn aus eben diesem Seil hatte sich der Mönch einen Galgen gebunden, an dem er nun wie ein armer Teufel hing. Kjell bemerkte, dass Raik wohl noch nicht ganz tot war, denn ein Fuß zuckte noch.

Jetzt musste alles schnell gehen. Kjell griff seine geladene Muskete, legte an und beruhigte seine Atmung. Mit der Gewissheit, nur diese eine Chance zu haben, drückte er ab und die Kugel durchschlug das gestraffte Seil. Wie ein nasser Sack fiel Raik zu Boden und blieb dort liegen. Kjell sprintete zu dem Mönch hin. Lebte er noch? Oder hatte er sich das Zucken des Fußes nur eingebildet? Ganz blau wirkte Raiks Gesicht, als der Rottmeister es endlich aus der Nähe betrachten konnte. Das Seil hatte am Hals violette Abdrücke hinterlassen. Der Mönch lag dort still wie ein Toter. Da Kjell am Handgelenk keinen Puls fühlen konnte, verpasste er dem Mönch zwei Ohrfeigen. Da regte sich Raik ein wenig, rollte sich auf die Seite. Mit dem Strick um den Hals gab er einen erbärmlichen Anblick ab. Seinen Lippen entfuhr ein Flüstern, das Kjell erst verstand, als er sein Ohr ganz nah heranbrachte. »Ich bin ein Schlappschwanz«, wisperte Raik.

Fast eine Stunde verging, bis Raik wieder bei klarem Verstand war. Der Mönch musste schon sehr nah an der Schwelle zum Tod gewesen sein, dachte Kjell.

Es war nicht schwer, Raik zum Reden zu bringen und er gab sofort zu, dass er hierhergekommen war, um seinem Leben ein Ende zu setzen.

»Aber wieso?«, fragte Kjell. »Du gehörst zu den Obersten des Ordens. Manch einer wäre froh, wenn er deine Stellung hätte.«

»Ich bin dafür nicht geschaffen. Ich bin ein Buchhalter, ein Bibliothekar, und die Machtkämpfe innerhalb des Ordens sind nichts für mich. Der Abt lebt in seiner eigenen Welt. Der Prior denkt nur an sich. Und vor Madah-Runa habe ich schreckliche Angst. Ihre Anhänger beobachten mich auf Schritt und Tritt. So wie die arme Mirte. Meinst du, ich will auch so enden? Mit zerschlitztem Gesicht?« Tränen standen dem Mönch in den Augen.

»Das ist doch kein Grund, sich den Strick zu nehmen.«

»Nicht allein. Es lag vor allem an der Pflicht, die mir Mirte auferlegt hatte und die ich nicht erfüllen konnte. Vor drei Wochen gab sie mir ihr Tagebuch. Sie sagte, wenn ihr etwas zustößt, soll ich das Tagebuch euch Söldnern geben. Und

was habe ich nach ihrem Tod getan? Nichts habe ich getan!
Nichts, außer in dem verfluchten Tagebuch zu lesen. Und je
mehr ich las, desto weniger wagte ich, es euch zu geben. Was
darin stand, war ungeheuerlich. Und Madah-Runa tat ihr
Übriges, um mich in den Wahnsinn zu treiben. Sie hat große
Kräfte, verstehst du, und sie hätte sie eingesetzt, falls ich mich
dir oder Jördis nur genähert hätte. Es ist einfach grausam.«
»Und da hast du einfach aufgegeben?«
»Urteile nicht zu hart über mich. Ich konnte das Geheimnis nicht länger für mich behalten. Aber ich konnte es auch
niemandem erzählen. Ich fühlte mich so schlecht, weil ich es
der armen Mirte versprochen hatte. Ich bin ein Angsthase,
wollte mich nicht länger quälen und das Geheimnis mit ins
Grab nehmen. Daher habe ich auch Mirtes Tagebuch ins
Meer geworfen. Zum Teufel damit!«
»Was stand denn nun drin? Wenn du es mir verrätst, werde ich alles tun, um dich vor Madah-Runa und ihren Anhängern zu beschützen. Alles!«
Raik zögerte kurz, bevor es dann förmlich aus ihm heraus-
sprudelte: »Du wirst es nicht glauben, aber die Plage, die über
die Insel kam, wurde künstlich erschaffen. Der Abt und seine
Frau waren es, welche dieses Unglück heraufbeschworen haben. Und Mirte hat ihnen dabei geholfen. Diese arme, kluge
und zugleich dumme Mirte. Das war auch ein Grund, warum
ich das Tagebuch vernichtet habe. Niemand sollte je von ihrer
Schande erfahren.«
»Immer langsam, Raik. Ich versteh nicht genau, was du
meinst.«
»Dann ganz von vorn. Zwei Jahre ist es her, dass es im
Kloster zwei Novizen gab, die in Sveas Alter waren. Da war
ein Mädchen namens Anja und sie war Sveas beste Freundin. Und es gab einen Jungen namens Ögmundur, der wohl
in diese Anja verliebt war. Sie waren fast noch Kinder, doch
Anja und Ögmundur konnte man im Vergleich zu Svea kaum
bändigen. Die Zwei stromerten überall herum. Im Tagebuch
stand, dass sie in der Nähe der Anlegestelle eine Höhle mit

Elektrum entdeckten. Elektrum ist eine extrem seltene Mischung aus Gold und Platin, so schwer und so hart, dass daraus die Knochen von Walküren gemacht sind. Elektrum wird von vielen Völkern verehrt und könnte helfen, den Krieg im Osten zu beeinflussen. Der Hochkönig würde es nutzen wollen, wenn man auf dem Festland davon wüsste.«

Kjell knurrte:»Ich kenne Elektrum. Ich weiß, was du meinst. Ich bin nicht dumm. Gäbe es hier Elektrum, würde man eine Mine errichten. Man bräuchte zahlreiche Arbeiter direkt hier vor Ort. Ist es das, was ich denke, was die Sache so brisant macht? Wo ist die verfluchte Höhle überhaupt?«

»Wenn man von hier, wo wir im Moment stehen, losläuft, müssten es ungefähr zwei Meilen sein. Immer am Strand entlang, immer weiter nach Westen. Immer geradewegs nach Westen. Es sollen gewaltige Vorkommen sein. Jede Menge Elektrum, welches man dort ohne großen Aufwand abbauen könnte. Klar? Und das passte dem Abt natürlich nicht, denn es hätte noch mehr Menschen auf die Insel gelockt. Verstehst du? Erst jede Menge Schwefel und dann noch dicke Adern aus Elektrum. Begreifst du, was für den Orden auf dem Spiel stand?«

»Hatte der Abt Angst, dass sein Orden nicht mehr in Ruhe leben kann? Ging es um die Abgeschiedenheit hier auf der Insel?«

»Ihr habt es begriffen. Ihr scheint unseren Glauben langsam zu verstehen! Wir Zeloten leben hier im spirituellen Gleichgewicht. Wir warten auf den Erbauer. Die Insel ist für uns das gelobte Land. So steht es auch in der Heiligen Schrift! Für weltliche Einflüsse ist auf *Skelt* kein Platz. Schon die Siedlung am Fuß des Bergs konnten einige Mönche kaum tolerieren. *Schmelztiegel* war ein Ort der Sünde!« Raik hob einen Finger, um seine Aussage zu betonen.

»Jetzt wird mir vieles klar«, fiel ihm Kjell ins Wort. »Man wollte den Fund des Elektrums mit allen Mitteln verheimlichen. Niemand sollte davon erfahren. Und wenn es hier in der Nähe ist, dann ist es unmittelbar beim Kloster. Und das wird Bran-Magnus bewogen haben, alles Erdenkliche zu tun.

Der Zweck heiligt die Mittel, dachte er wohl. Aber was hat das mit der Katastrophe zu tun, die auf der Insel passiert ist? Zwei Kinder, Anja und Ögmundur, wurden zum Schweigen gebracht. Man machte sie mundtot, aber das führt doch nicht zu so einer Katastrophe. Das stürzt doch keine ganze Insel ins Unglück?«

»Oh doch! Das wurde im Tagebuch erklärt. Um die beiden Novizen für immer zum Schweigen zu bringen, führten der Abt und seine Frau ein okkultes Ritual durch. Ich rede hier von einem schwarzmagischen Ritual und von diesem wussten zu der Zeit nur drei Personen. Der Abt, welcher sein uraltes Wissen einbrachte, Madah-Runa, die ihre besonderen Kräfte in das Ritual einfließen ließ, und Mirte, die das Elixier brauen musste, welches die Transformation der Novizen einleitete. Begreift Ihr es jetzt? Sie hat dieses fürchterliche Wächterelixier tatsächlich hergestellt. Es ging um die Verwandlung von zwei Lebewesen, es ging um Anja und Ögmundur, es ging um eine Metamorphose. Habt Ihr denn meinen Hinweis in der Bibliothek nicht verstanden?«

»Natürlich haben wir den Hinweis kapiert. Aber wir haben nicht geglaubt, dass der Orden so etwas an den eigenen Leuten durchführt. Und diese beiden verwandelten sich dann tatsächlich wie beschrieben? Sie konnten dann also nicht mehr sprechen und wurden zu Wächterkreaturen, noch dazu fast unverwundbar? Das durchschaue ich jetzt. Ja, aber wo wachen sie denn?«

Raik räusperte sich. »Das ist doch klar! Niemand sollte die Adern aus Elektrum je finden. Niemand sollte das Gestein vor Ort untersuchen. Niemand sollte die Ruhe des Ordens stören. Und so war es logisch, dass man die beiden Kreaturen in der Höhle mit dem Elektrum postierte. Zwei Kreaturen, die dort auf ewig Wache halten und darauf achten, dass niemand die Bodenschätze entdeckt. Anja und Ögmundur schwiegen somit für immer und würden jeden zum Schweigen bringen, der sich ihnen näherte. So wurde es im Tagebuch beschrieben. Ein großartiger Plan, nicht wahr?«

»Ich habe schon geahnt, dass da etwas schief gegangen ist. Wenn bei dem Ritual Hexerei im Spiel war, dann wundert es mich nicht, dass es in einer Katastrophe endete.«

»Sei mal nicht so selbstgefällig, Kjell. Im Tagebuch hat Mirte genau beschrieben, dass zunächst alles gut funktionierte. Ich selbst hatte ja bis vor Kurzem nie davon erfahren. Das Verschwinden von Anja und Ögmundur wurde vertuscht und im Kloster ging lange Zeit alles seinen gewohnten Gang.«

»Ja, aber wie kam es dann zur Verbreitung dieser Biester auf der Insel? Ich meine die Aschekinder, die sich nachts auf jeden stürzen, der sich nicht in der Klosterfestung aufhält. Du sprichst die ganze Zeit von zwei Wächterkreaturen. Ich habe auf der Insel aber schon hunderte dieser Monster gesehen!«

»Du verwechselst etwas. Und dieser Unterschied ist unglaublich wichtig. Die beiden Novizen wurden im Tagebuch als ›Aschekinder der ersten Generation‹ bezeichnet. Diese Geschöpfe habe ich bis heute nie gesehen und Ihr Söldner habt sie auch nicht gesehen, denn sie unterliegen einem Bannspruch, der sie auf ihrem Posten in der Höhle festhält. Außerdem scheuen die Aschekinder der ersten Generation – laut Mirtes Unterlagen – das Licht der Sonne genauso wie das Licht des Mondes. Es ist entscheidend, das vollständig zu begreifen. Wenn sie Mondlicht und Sonnenlicht scheuen, können sie die Höhle weder nachts noch tagsüber verlassen, zumindest in der Theorie.« Raik machte eine bedeutungsvolle Pause, damit Kjell nachdenken konnte, und fuhr dann fort: »Sie sind wahrscheinlich für die Katastrophe verantwortlich, aber wie genau das passierte, wusste auch Mirte nicht. Jedenfalls stand es nicht konkret im Tagebuch. Sie hatte aber die Vermutung, dass die beiden Kreaturen trotz des magischen Banns irgendwie doch die Höhle verlassen konnten. Zumindest für kurze Zeit. Ich könnte mir vorstellen, dass sie die Höhle vielleicht bei Neumond verlassen konnten. Und ist es wahrscheinlich, dass sich ihre Mutation dann auf gewöhnliche Menschen übertragen hat. Das schien für Mirte im Bereich des Möglichen, denn sie nannte die verwandelten Menschen im Tagebuch ›Aschekinder der zweiten Generation‹.«

»Aschekinder der zweiten Generation?«

»Vielleicht eine degenerierte Abart der ursprünglich erschaffenen Kreaturen? Diese Biester sind ja so sehr von körperlichem und geistigem Verfall betroffen, dass sie nichts mehr wollen außer zu fressen. Sie sind doch vollständig auf die Stufe von Tieren herabgestiegen. Wenn nicht sogar darunter.«

»Tiere, ja«, brummte Kjell, »aber äußerst gefährliche Tiere. Grausam und tödlich. Jetzt, da ich mehr weiß, stellt sich mir wieder die Frage, die mir schon seit Wochen unter den Nägeln brennt. Wie kann man die Plage eindämmen?«

»Davon stand nichts im Buch. Mirte schrieb aber, dass die beiden ursprünglichen Aschekinder die zweite Generation quasi anführen. Wie Leitwölfe ihr Rudel! Aber es passt nicht dazu, dass die Zwei ihre Höhle kaum verlassen. Vielleicht senden sie aus der Höhle unhörbare Laute? Tun das nicht auch Ameisen oder Bienen? Honigbienen haben doch sowas wie eine Bienenkönigin. Hm, vielleicht sind die beiden Wesen in der Höhle auch so etwas wie … monströse Bienenköniginnen. Eine schaurige Vorstellung, nicht wahr?«

»Sollten wir sie töten?«, kam Kjell sofort zum zentralen Punkt.

»Wer? Wir? Wir zwei? Ich bin Bibliothekar, kein Krieger! Ohnehin sind die beiden so gut wie unbesiegbar, wenn das stimmt, was in Mirtes Tagebuch stand.«

»Ich verstehe, was du meinst, aber ich will trotzdem wissen, ob die zwei Kreaturen, mit denen alles angefangen hat, zurzeit überhaupt noch in der besagten Höhle sind.«

»Das weiß ich nicht. Woher soll ich es auch wissen? Und wir sollten auf keinen Fall nachsehen. Was, wenn sie tatsächlich dort sind? Sie würden uns auf der Stelle töten! Das ist quasi ihre einzige Lebensaufgabe.«

»Du bist wirklich ein Weichei«, entfuhr es dem Rottmeister, obwohl es nicht seine Absicht war, Raik zu kränken.

»Dann werde ich jetzt meine Muskete laden und vorsichtig nachsehen. Kannst du mir den Weg dorthin wenigstens beschreiben?«

»Natürlich«, antwortete der Bibliothekar und beschrieb Kjell den Weg, soweit er sich an die Angaben im Tagebuch erinnerte. »Wenn du diese Beschreibung im Kopf behältst, wirst du die Höhle finden. Orientiere dich dabei vage am Verlauf des Strandes. Dabei wirst du dich immer weiter von der versteckten Grotte entfernen. Ich bin den Weg zwar nie gegangen, vermute allerdings, dass man sich nicht verlaufen kann, wenn man immer am Fuß des Gebirges entlangwandert.«

Kjell nickte, war innerlich aber nicht so überzeugt wie Raik. Daher bohrte er nach: »Sonst noch was?«

»Ja, auf jeden Fall. Ich verspreche dir, dass ich bis Mitternacht am vergitterten Tor auf dich warten werde. Außerdem werde ich keinen erneuten Suizid versuchen. Das musst dir mir glauben!«

Mit großer Ernsthaftigkeit übergab Kjell dem Mönch den Schlüssel zum Gittertor. Dann trennten sich ihre Wege. Raik lief zurück zur Grotte, in welcher der Orden seine Boote versteckte. Kjell lief in die entgegengesetzte Richtung und machte sich auf den Weg zu der Höhle, von der die Katastrophe ausgegangen war. Bei dem Gedanken daran, dass er mutterseelenallein dorthin stapfte, überkam ihn ein ganz mieses Gefühl.

Unscheinbar wirkte die Höhle, in der sich die zwei Kreaturen aufhalten sollten, welche der Mönch als Aschekinder der ersten Generation bezeichnet hatte. Ein unspektakuläres, einfaches Loch im Felshang. Und diese schwarze Öffnung sollte sprichwörtlich in die Höhle des Löwen führen? Hätte ihm Raik den Höhleneingang nicht detailliert beschrieben, Kjell hätte ihn nie gefunden.

Der Rottmeister schaute sich um, ließ seine Umgebung auf sich wirken. Er stand mit den Füßen noch im Sand des Strandes. Einige Fußspuren waren zu erkennen. Vor ihm lag die Höhle. Sie schien totenstill und finster. Über dem Eingang begann unmittelbar das Gebirgsmassiv, das steil vor Kjell aufragte. Der Blick nach oben – in Richtung des Berggipfels – war eindrucksvoll und viel Aufsehen erregender als der Blick ins Innere der Höhle. Wenn man den Kopf in den Nacken legte, bot sich ein großartiger Panoramablick auf die Klosterfestung. Mit den trutzigen Türmen und hohen Mauern wirkte sie wie ein Relikt aus einer älteren Welt. Die Klosterfestung schien uneinnehmbar, wenn da nicht ein kleiner Schönheitsfehler wäre, denn die Westmauer durchzog von oben bis unten ein langer Riss. Kjell staunte, dass er den Einschnitt im Fels von hier unten sehen konnte, denn in seiner Vorstellung war der Riss nur zwei Finger breit. Diese Tatsache erfüllte Kjell mit Sorge. Der Spalt musste sich um ein Zehnfaches vergrößert haben!

– Schwächt das die Stabilität der Mauer?, fragte er sich.

Doch darum konnte er sich zurzeit nicht kümmern, denn das Kloster befand sich unzählige Höhenmeter über ihm. Vom Strand aus konnte Kjell das Kloster und den Bergrücken zwar gut sehen, aber unmöglich erreichen, denn zwischen dem Kloster und ihm lag eine unüberwindbare Steilwand, welche die untergehende Sonne in rosarotes Licht tauchte. Beim Anblick der Farbe des Sonnenuntergangs bekam Kjell eine Gänsehaut. Die Tage wurden in dieser Zeit immer kürzer und der Sonnenuntergang war nicht mehr fern. Bis zur Höhle der Aschekinder hatte der Rottmeister fast eine Stunde laufen müssen und sich stetig von der versteckten Grotte entfernt. Mit der Zeit hatte er sich dabei völlig verschätzt.

– Weiter, Kjell, weiter!

Mit diesem Leitspruch wollte er sich Mut machen und ergriff seine Muskete. Er hatte gerade vor, einen ersten Schritt in Richtung des Höhleneingangs zu wagen, da kam plötzlich alles anders, als die Welt ohne Vorwarnung aus den Fugen geriet.

Die Höhle vor ihm schien sich für eine Sekunde komplett anzuheben. Nein, das komplette Gebirge vor ihm bockte wie ein Wildpferd. Kjell stürzte in den Sand und bemühte sich, seine Muskete festzuhalten. Am Boden liegend wurde ihm klar, was passierte: Ein Erdbeben von solchen Ausmaßen, wie er es noch nie erlebt hatte. Und es war noch nicht zu Ende.

Erneut wurde die Insel von mehreren krachenden Erdstößen in ihren Grundfesten erschüttert. Ein ohrenbetäubendes Donnern brachte Kjells Ohren zum Klingen. Desorientiert blickte er zum Höhleneingang. Darin bewegte sich – abgesehen vom Staub, der von der Decke rieselte – nichts. Aber weiter oben im Gebirge bewegte sich einiges und Kjell hatte bei dem Anblick das Gefühl, als fließe plötzlich Eiswasser durch seine Adern. Der Riss in der Westmauer des Klosters hatte sich erweitert. Wie in Zeitlupe löste sich die rechte Hälfte der Mauer aus ihrer Verankerung. Es knackte und knirschte lautstark. Langsam kippte die Mauer Stück für Stück nach vorn, bis sie gänzlich den Halt verlor. Kjell musste tatenlos zusehen, wie das Mauerstück im Fallen in mehrere Fragmente auseinanderbrach und wie eine Lawine den Steilhang hinunterraste. Ein gewaltiges Krachen erreichte den Strand.

Kjell rannte los, ohne nachzudenken. Weg vom Steilhang. Näher ans Wasser. Der größte Teil der Trümmer fiel nicht in seine Richtung, aber Kjell hatte doch Angst, von kleineren Fragmenten getroffen zu werden, denn selbst die kleineren Fragmente waren größer als Kjells Kopf. Als er das Meeresufer erreicht hatte, blieb er mit klopfendem Herzen stehen. Sein Herz schlug nicht nur schneller, weil er gerannt war, sondern auch, weil ihm klar wurde, dass die Klosterfestung bald fallen würde. Vielleicht schon in der kommenden Nacht. Selbst wenn er sich jetzt in die Höhle wagte, was würde es nützen? Er dachte an Jördis, Veit und Morten. An Svea und Stahlfuß und die Flüchtlinge aus *Schmelztiegel*.

Kjell fällte seine Entscheidung in einer Sekunde. Er machte kehrt und rannte los, in Richtung des vergitterten Tores, an dem Raik auf ihn wartete. Er lief so schnell ihn die Füße trugen, aber die Umgebung veränderte sich unaufhaltsam, während die Schatten immer länger und dunkler wurden. Das Laufen auf sandigem Boden war anstrengend und seine Waden schmerzten. Als er den halben Weg bis zur Grotte zurückgelegt hatte, ging die Sonne unter. Hinter sich hörte er mehrfach ein Rascheln im Sand.

– Weiter, Kjell, weiter!

Dem Drang, sich umzudrehen, widerstand er und lief konstant weiter, selbst als er ein langgezogenes Kreischen hörte. Waren die Hautfresser schon in seiner Nähe? Aus welcher Distanz war das Kreischen ertönt?

– Weiter, Kjell, weiter!

Der Rottmeister fühlte sich wie bei einer Hetzjagd und er selbst war die Beute. Jetzt wurde das Kreischen von einem unheimlichen Heulen aus einer anderen Richtung beantwortet. Unangenehm schlug die Muskete beim Rennen gegen Kjells Rücken, als er versuchte, sein Tempo weiter zu steigern. Er war vom Typ eher ein schneller Sprinter und weniger ein Langstreckenläufer. Daher befürchtete er, dass ihm die Puste ausgehen könnte.

»Schneller!«, hörte er plötzlich einen Ruf. »Beeil dich!«

Auf die Quelle dieser Rufe lief Kjell direkt zu. Seine Füße fanden den Weg wie von alleine. Dann sah er Raik, der mit einer Öllampe im ersehnten Höhleneingang stand.

»Sie sind direkt hinter dir«, brüllte der Mönch.

Kjell mobilisierte letzte Kraftreserven und gemeinsam rannten sie durch das Gittertor. >KRACH!< Tor zu!

Hektisch ergriff Raik den Schlüssel, um abzuschließen. Mit müden Beinen blieb Kjell erst einmal stehen. Er war in Sicherheit. Raik hatte tatsächlich auf ihn gewartet.

»Wir müssen nach oben«, schnaufte Kjell. »Wir müssen die Leute da oben schützen. Die Mauer ist gefallen. Sie brauchen jetzt jeden Mann. Es geht um Leben und Tod.«

Während Raik ihn noch mit weit aufgerissenen Augen anblickte, machte sich Kjell schon wieder auf den Weg. Er wusste, dass ihm seine müden Beine das niemals verzeihen würden.

5 RÜCKZUG

Still war es nicht im Inneren des Tempels. Männer schrieen durcheinander. Frauen weinten. Kinder brüllten. Und das Meckern von Ziegen durchdrang den ganzen Lärm. Kurz gesagt: Im Tempel herrschte pures Chaos. Zwischen den Bänken und vor dem Altar drängten sich die Überlebenden aus *Schmelztiegel* zusammen. Es roch nach Angstschweiß. Nadel-Aki stand am Rednerpult und versuchte, die Menschen zur Zusammenarbeit zu bewegen, aber ihm hörte niemand zu. Es dauerte einige Zeit, bis Kjell in dem Gewirr Svea entdeckte. Die Novizin hielt ein Kleinkind im Arm. Sveas Haar war zerzaust, ihre Augen gerötet, doch sie hielt sich tapfer.

»Kjell, da bist du endlich. Wir brauchen dich. Wir müssen retten, was noch zu retten ist. Die Alten und die Schwachen haben es noch nicht in den Tempel geschafft. Die Menschen wollen, so wahnsinnig es klingt, ihre Vorräte und ihre Tiere in den Tempel bringen. Wir haben keine Zeit mehr. Jördis und Veit können die Bresche kaum noch halten. Ich glaube, wir müssen alle sterben.«

Kjell setzte sich direkt in Bewegung. Reden kostete Zeit und die hatte er im Moment nicht. Der Rottmeister verließ den Tempel und sah sich im Innenhof um. Dort war von den Zeloten nichts zu sehen. Die Eingangstür zum Hauptgebäude des Ordens war fest verschlossen. Die Mönche hatten sich in ihrem Wehrbau verkrochen und überließen die Flüchtlinge aus *Schmelztiegel* ihrem Schicksal. Und diese taten das im Moment einzig Richtige: Sie versuchten, ihre Familien und alles, was man zum Leben braucht, in den Tempel zu schaffen, den einzigen sicheren Ort, den es für sie noch auf der Insel gab. Manch einer hätte sich vielleicht gewundert, dass die Leute versuchten, auch die Hühner zu retten, aber Kjell war der Grund klar. Falls man die Nacht überlebte, dann würde man ohne die Hühner und Ziegen verhungern.

Kjell lief mit der geladenen Muskete zur Westmauer. Die Lücke in der Festungsmauer war fast zwei Mannslängen breit und dort hatte sich ein letztes Aufgebot formiert: Morten, Jördis, Veit und Stahlfuß. Sie kämpften Seite an Seite. Morten stach sein Kurzschwert gerade einem Hautfresser ins Auge, der versucht hatte, in den Innenhof des Klosters vorzudringen. Jördis drängte derweil mit dem Rundschild eine Kreatur zurück, die sich förmlich in ihren Schild verbissen hatte. Stahlfuß stand in der Mitte der Bresche wie ein Bollwerk. Mit seiner eisernen Fußklaue nagelte er einen Hautfresser am Boden fest, während er gleichzeitig einem anderen Untoten mit seinem Schmiedehammer den Schädel zertrümmerte. Veit kämpfte ganz anders, als es Kjell von ihm gewohnt war: aggressiv, offensiv, dynamisch. Der Feldscher schwang seinen Säbel in großen Bögen und trieb damit die Masse der andrängenden Kreaturen immer wieder um einen Schritt zurück. Außerdem warf sich Veit immer dort in die Bresche, wo es am brenzligsten war. Die Zeit im Kloster hatte ihn grundlegend verändert.

Die Masse an Hautfressern, die versuchte, ins Kloster zu stürmen, war furchteinflößend. Man konnte die Bresche vielleicht noch einige Minuten halten, aber ein Zurückwerfen des Ansturms schien aussichtslos. Mit dieser Tatsache musste Kjell erst einmal fertig werden, denn dass die Untoten den Kampf gewinnen würden, ließ sich nicht leugnen, nur ein wenig aufschieben. Die Hautfresser waren wie Tiere, wie Bestien, aber auch ihnen war wohl klar, dass die Menschen auf verlorenem Posten standen. So war es nicht verwunderlich, dass viele der Abscheulichkeiten gierige Kreisch- und Grunzlaute ausstießen. Zudem schoben sie sich in unzähligen Reihen voran, wodurch vor dem Durchbruch in der Mauer ein gewaltiges Gedränge herrschte. Kjell hatte die halb verwesten Kreaturen schon oft gesehen, aber dieser Anblick führte sofort dazu, dass sich sein Herzschlag beschleunigte.

Kjells Blick zuckte nach oben. Dort war ihm eine verdächtige Bewegung aufgefallen. Unbemerkt war eine Kreatur die zerstörte Mauer hochgeklettert und blickte jetzt auf Morten und Veit hinab. Die Untote war weiblich. Die Kleidung, die sie trug, hing ihr in Fetzen am Leib und sie hatte die Zähne entblößt wie ein Raubtier. Kjell zielte mit der Muskete auf das Geschöpf, das sich bereit machte, von oben auf die Söldner herabzustoßen. Kjell betätigte den Abzug. Das Schwarzpulver detonierte und jagte die Kugel aus dem Lauf, welche in die Stirn der Untoten eindrang, worauf diese von der Mauer stürzte.

Durch den sich verziehenden Pulverdampf sah Kjell, dass auch Jördis in Lebensgefahr war. Drei Hautfresser hatten der Söldnerin ihren Schild entrissen und sie damit überrumpelt. Ein anderer Untoter schlang ihr von hinten seine langen Arme um den Hals. Ohne Rücksicht auf sein eigenes Leben hastete Kjell los. Sein Kampfmesser stieß er dem Untoten mit den langen Armen irgendwo in den Leib. Es war ihm egal, dass er ihn damit nicht sofort ausschalten konnte. Mit dem Messer zerrte er den Untoten erstmal von Jördis' Rücken: Das war sein primäres Ziel! Dann riss er das Kampfmesser wieder heraus und trieb es der Kreatur direkt ins Hirn.

»Rückzug!«, brüllte er. »Wir müssen uns geschlossen zurückziehen.«

Die Söldner bildeten rechts und links neben Stahlfuß eine Reihe und entfernten sich Schritt für Schritt von der Mauer. Dabei waren ihre Blicke und ihre Waffen auf den Feind gerichtet. Umdrehen und Wegrennen schien unmöglich. Man hätte sie sofort zerfleischt. Die Hautfresser bemerkten den Rückzug natürlich, aber sie konnten nicht so schnell vordrängen, wie sie wollten. Erstens war die Bresche schmal und zweitens war sie durch die Erschlagenen, welche kreuz und quer auf dem Boden lagen, schwer passierbar. Die Blutzopf-Rotte hatte zusammen mit Stahlfuß mindestens zwei Dutzend der Biester niedergemacht.

Für eine Sekunde drehte sich Kjell um. Soweit er es beurteilen konnte, waren die meisten Menschen endlich im Tempel. Für die anderen war es jetzt ohnehin zu spät, denn nicht alle Kreaturen bedrängten die sich zurückziehenden Söldner.

Einige schwärmten auch im Hof aus. Andere liefen zum weitgehend verlassenen Lager der Flüchtlinge.

Der Rückzug in Verteidigungshaltung ging quälend langsam, aber schließlich erreichten die Fünf den Eingang des Tempels. Svea stand direkt am Eingang und Kjell war erleichtert, die Novizin zu sehen. Er bewunderte Svea für ihren Mut. »Rein mit euch«, rief sie. Das Eisentor verschloss Kjell förmlich in letzter Sekunde. Kaum war es zu, da hörte man schon, wie die Hautfresser mit ihren Fingerkrallen von außen darüber kratzten. Das Schaben am Eisentor klang unangenehm und ging jedem durch Mark und Bein.

Gestresst blickte sich der Rottmeister um. Und wunderte sich. Im Tempel befanden sich ungefähr vierzig Menschen, aber die Anwesenheit einer bestimmten Person hätte Kjell niemals erwartet, denn vom Orden der Zeloten war hier außer der Novizin Svea nur eine weitere Person: Bran-Magnus!

Der Abt wirkte zwischen den einfachen Leuten, zwischen den Hühnern und Ziegen, völlig fehl am Platz. Es überraschte Kjell zudem, dass von der Aura der Macht, welche den Abt sonst umgab, heute nichts zu spüren war. Sein Blick offenbarte stattdessen Niedergeschlagenheit und Desorientierung. Kjell überwand seine Überraschung jedoch recht schnell, denn er musste sich jetzt mit drängenderen Fragen auseinandersetzen.

An erster Stelle stand die Frage der Sicherheit. Das Eisentor war fest verschlossen und auf diesem Weg konnten die Hautfresser nicht in den Tempel eindringen. Die Mauern waren aus schweren Backsteinen und für die Ewigkeit errichtet. Eine Schwachstelle erkannte der Rottmeister allerdings sofort: Die Bleiglasfenster. Glas und Blei schützten den Tempel zwar vor Wind und Wetter, waren jedoch alles andere als stabile Materialien. Die Glasmalereien waren zwar schön anzusehen, würden jedoch niemand vor einer gezielten Zerstörung abhalten. Das Einzige, was an den Fenstern gut war, war die Tatsache, dass man sie so hoch angebracht hatte, dass Kjell sie mit ausgestrecktem Arm nicht berühren konnte. Und wenn er das nicht konnte, dann konnten es die Hautfresser wohl auch nicht. Die Frage, die sich stellte, lautete daher: Wie intelligent sind die Hautfresser?

Eine angreifende Söldnertruppe hätte zuerst Steine und dann Fackeln geworfen, um die Fenster zu zerstören und die Leute auszuräuchern. So schlau waren diese Biester sicher nicht, aber vermutlich könnten sie andere Wege finden, um durch die Bleiglasfenster einzudringen. Doch so lange wollte Kjell nicht erst warten. Das Ziel war, dass die Überlebenden unter dem Tempel Schutz fanden, und daher gab er das entsprechende Kommando.

Da viele recht langsam reagierten, brüllte Stahlfuß, der hinzutrat: »Los, Leute! Ich weiß, dass ihr Angst habt, aber ihr dürft euch davon nicht lähmen lassen. Folgt meinem Beispiel … Los jetzt!«

Das Vorhaben verlief allerdings schleppend.

»Meine ganze Ausrüstung musste ich zurücklassen«, jammerte ein grauhaariger Mann, den Kjell nicht kannte.

»Hier wird nicht verhandelt«, insistierte Stahlfuß, »runter mit dir. Es geht um Leben und Tod!«

Der Mann brummte etwas Unverständliches und machte sich dann auf den Weg zur Treppe, die zu den Höhlen unter dem Tempel führte. Die Treppe war der einzige Fluchtweg und sie wurde zum Problem, denn sie war sehr schmal, sehr lang und sehr dunkel. Zudem befanden sich unter den Überlebenden Kinder, Alte, Kranke und Schwache, die Zeit und Hilfe beim Abstieg benötigten. Auch die Ziegen und Hühner sollten nach unten, doch sie sträubten sich dagegen und das kostete Zeit. Stahlfuß rackerte unermüdlich, um das Ganze zu beschleunigen. Er trug alte sowie schwache Menschen und transportierte die besonders störrischen Ziegen.

Auch Svea half, wo sie konnte. Zu einer alten Frau sagte sie: »Die Tyrannei der Hautfresser wird nicht ewig andauern! Was auch immer nötig sein mag, wir werden ihnen entkommen.« Dann strich sie der Frau durchs weiße Haar, bevor sie sich einem Jungen zuwandte: »Sei mutig wie ein Soldat, halt noch ein wenig durch, auch wenn es unter dem Tempel dunkel sein wird.«

Der Knabe umarmte Svea und sie küsste ihn auf die Stirn. Das sahen viele und es gab den Menschen Hoffnung. Kurzum: Das Engagement der Novizin machte Eindruck. Sie war erst siebzehn Jahre alt und doch tapferer als viele Erwachsene. Bran-Magnus war hingegen keine große Hilfe. Kjell hatte ihn daher als Ersten nach unten geschickt, da er sich im Höhlensystem unter dem Berg am besten auskannte. Schließlich musste dort ja irgendwie Platz gefunden werden für die Flüchtenden.

Während Stahlfuß immer wieder nach unten verschwand und sich der Tempel allmählich leerte, war es Aufgabe der Söldner, die Bleiglasfenster im Auge zu behalten.

Kjell war unruhig und brüllte: »Kontrolliert die Feuerwaffen! Sie müssen gut geladen sein! Uns darf kein Fehler unterlaufen!«

Morten brummte und fügte hinzu: »Wir postieren uns an den vier Seiten des Tempels. Wir müssen jede Bewegung bemerken. So früh wie möglich.«

In Gedanken gab Kjell ihm Recht. Die Söldner mussten ihre Augen überall haben, denn auf das Gehör konnte man sich momentan nicht verlassen. Eine Menschentraube bildete sich vor dem Abstieg nach unten und dort schnatterten die Leute lautstark. Mehrere schimpften, da es ihnen nicht zügig genug ging oder sie nicht einsehen wollten, dass man Frauen und Kindern den Vortritt gewährte.

Während Kjell mit zusammengekniffenen Augen die Bleiglasfenster beobachtete, fragte er sich:

– Hätten wir mehr Menschen retten können? Habe ich den Rückzug zu früh befohlen? Wie viele sind noch im Lager und werden getötet? Wie viele werden heute zu sogenannten Aschekindern?

Dieser Gedankengang wurde abrupt unterbrochen, als das Fenster über ihm regelrecht explodierte. Glassplitter wurden mit ungeheurer Wucht durch die Luft geschleudert und regneten klirrend auf ihn herab. Dann prallte vor Kjell etwas Großes und Schweres auf den Tempelboden. Der Rottmeister riss fassungslos die Augen auf.

Vor seinen Augen erhob sich nun ein Monstrum, wie er es in dieser Form noch nie gesehen hatte. Es ähnelte den anderen Hautfressern, war aber wesentlich eindrucksvoller. Die Kreatur überragte Kjell um mehr als eine Haupteslänge und hatte überlange Arme, wodurch sie noch größer wirkte, als sie ohnehin schon war. Die graue Haut schien dicker als Leder und wirkte auf Kjell wie eine natürliche Panzerung. Ein Gesicht war nicht wirklich zu erkennen, dafür allerdings ein weit aufgerissenes Maul mit messerscharfen Reißzähnen. Und direkt auf dieses Maul richtete Kjell seine Muskete und gab sofort einen Feuerstoß ab. Das Ungeheuer riss allerdings einen Arm hoch und Kjell hatte das Gefühl, dass sein Schuss daran fast wirkungslos abprallte.

Doch jetzt griffen die anderen Söldner ins Geschehen ein. Jördis und Veit feuerten krachend ihre Donnerbüchsen ab. Mündungsfeuer tauchte das unbekleidete Wesen für einen Augenblick in rotes Licht und der Beschuss hinterließ im massigen Oberkörper blutige Spuren. Morten hatte sich etwas Zeit gelassen, um seine Steinschlosspistole aus nächster Nähe abzufeuern. Die Pistolenkugel stanzte ein Loch in den Unterschenkel des Monstrums. Ein cleverer Schachzug, dachte Kjell. Das Monstrum musste nämlich eine gewaltige Sprungkraft haben, denn sonst hätte es nicht durch ein Fenster eindringen können.

Doch jetzt ging es zum Angriff über und Kjell fragte sich: War dies ein Aschekind der ersten Generation? War es tatsächlich unbesiegbar?

Im Tempel hielt sich immer noch ein gutes Dutzend Flüchtlinge auf. Sie waren das unmittelbare Ziel des Monstrums. Und es biss sofort zu und riss einem Mann mit einer fließenden Bewegung einen großen Batzen Fleisch aus der Schulter. Diesen Brocken verschlang es voll Gier, während der Verwundete zusammenbrach und die anderen Flüchtlinge Reißaus nahmen. Panik machte sich bei ihnen breit. Nicht so bei den Söldnern, die ihre Klingen zogen und sich dem Monster näherten. Achtlos drehte es den Söldnern den

Rücken zu, um sich näher mit dem Verwundeten zu beschäftigen. Blut spritzte, als sich riesige Krallen in den Körper des Mannes hineingruben.

Morten hatte von den Vieren die beste Position, da er sich ganz genau hinter dem Monstrum befand. Und er war es, der zuerst angriff, mit dem Kurzschwert. An der Seite des Kopfes hatte das Geschöpf keine Ohren, sondern so etwas wie Atemschlitze und dort hinein wollte der Alte sein Schwert treiben. Doch das Monstrum war von dem Verwundeten nicht so abgelenkt, wie gehofft. Flink drehte es sich zur Seite und entging der zustechenden Klinge. Zeitgleich entfaltete sich die Macht der überlangen Arme, welche denen eines Riesenaffen glichen. Mit einem Rückhandschlag fegte es Morten von sich, welcher mit Wucht über eine Kirchenbank geschleudert wurde und nicht mehr zu sehen war.

Für Morten war das tragisch, für Kjell jedoch eine Gelegenheit zum Angriff. Sein Kampfmesser war annähernd so lang wie eine Machete und dieses stach er in voller Länge durch den Arm, mit dem das Monstrum zugeschlagen hatte. Die Klinge ließ er stecken und sprang blitzartig zurück.

Daraufhin geriet die Bestie in einen Blutrausch. Und wie von Sinnen warf sie sich nicht auf Kjell, sondern auf Veit und Jördis. Der Feldscher konnte sich mit einem Hechtsprung in Sicherheit bringen, aber Jördis war zu langsam. Der Säbel der Söldnerin prallte an der Lederhaut der Bestie ab und wurde ihr durch die Wucht des Aufpralls aus der Hand gerissen. Anschließend packte die Bestie Jördis und hob sie wie ein Spielzeug über ihren Kopf. Kjell wollte gerade einschreiten, als Jördis durch die Luft flog. Direkt auf ihn zu. Die Söldnerin irgendwie zu fangen, war unmöglich, daher wurde der Rottmeister von dem menschlichen Wurfgeschoss schwer getroffen. Gemeinsam gingen Jördis und Kjell zu Boden. Beide waren nun waffenlos.

Jetzt war Veit der einzige bewaffnete Söldner. Er griff an, schlug mit dem Säbel zu. Das Monstrum versuchte, mit einer Krallenhand zu parieren, aber es gelang dem Feldscher tatsächlich, der Kreatur zwei Finger abzuschlagen. Was Veit daraufhin vollbrachte, war gigantisch: Wie ein Säbelfechter umtänzelte er das Monstrum! Kjell staunte über Veits Beweglichkeit, denn er kannte Veit seit Jahren und dieser hatte nie ein Talent für den Nahkampf besessen. Jetzt kämpfte Veit wie ein brillanter Duellant mit gestählten Reflexen. Die Kreatur versuchte zwar mehrfach, den Feldscher mit den Krallenhänden zu erwischen, doch dieser wich mit einer Gewandtheit aus, als würde er zur Seite schweben. Infolgedessen stach er immer wieder mit dem Säbel zu. Die Verletzungen mochten zwar für solch eine gewaltige Monstrosität nur wie Wespenstiche sein, aber Veits Geschick verschaffte Zeit. Einerseits den Flüchtlingen, die mittlerweile alle nach unten verschwunden waren, andererseits Kjell, der sich mit Jördis' Säbel bewaffnen konnte. Die Söldnerin konnte diesen nicht mehr nutzen, da sie das Bewusstsein verloren hatte.

Das Wesen schien völlig außer sich und hatte all seine Wut auf Veit konzentriert, der es wie ein lästiges Insekt umschwirrte. Kjell war für das Wesen momentan wie unsichtbar. Den Griff des Säbels fasste er so, dass die Klinge nach unten zeigte. Auf den richtigen Moment musste er warten. Dann sprintete er los. Das Monstrum hatte ihm den Rücken zugewandt und die Arme nach Veit ausgestreckt. Der Oberkörper war weit nach vorn gebogen. Das nutze Kjell. Er sprang im Laufen ab, stieß sich mit einem Fuß am Steißbein der Bestie ab und rammte ihr den Säbel beidhändig von oben in den Kopf. Mühelos durchdrang die Klinge die Schädelplatte. Reflexartig schlug das Monster um sich, doch Kjell hielt sich mit beiden Händen an der Klinge fest.

»Gib auf«, schrie Kjell und schnaufte. Er hockte halb auf den Schultern und halb auf dem Rücken der Bestie, die nun ins Taumeln geriet. Kjell wusste nicht, ob dieses Wesen tatsächlich sterben konnte. Dunkles Blut lief aus der Schädelwunde und es wurde für den Söldner schwierig, sich in dieser Position zu halten. Jeder Muskel seines Körpers war angespannt, als sich die Kreatur gewaltig aufbäumte.

»Stirb! Stirb! Stirb!« Kjells dreifacher Aufschrei dröhnte durch den Tempel. Ein letztes Mal bäumte sich die Kreatur auf, bevor sie mächtig zu zittern begann und endlich zusammenbrach. Gemeinsam mit der Kreatur schlug Kjell auf dem Tempelboden auf und rollte sich zur Seite. Für einen Moment biss er die Zähne zusammen, dann sah er Veit, der über ihm aufragte. Der Feldscher wirkte zufrieden.

»Ich glaube, wir … haben … gesiegt.«

6 KEIN AUSWEG

Die Nacht hatten die Menschen irgendwie in den Kammern unter dem Berg überstanden. Am nächsten Morgen zählte Kjell die Überlebenden: Vier Söldner, ein Abt, ein Bibliothekar, eine Novizin und dreißig Zivilisten. Er befahl allen, unter der Erde auszuharren, bis die Lage oben geklärt war. Als er die Treppe zum Tempel hochstapfte, nahm er nur eine Person mit sich: Bran-Magnus folgte ihm ohne Widerspruch.

Oben angekommen war es ruhig. Vom Innenhof des Klosters waren keine Geräusche zu hören, nur der Bergwind pfiff durch das zerstörte Fenster. Auf den ersten Blick war der Tempel zwar verwüstet, aber außer dem Bleiglasfenster gab es keine großen Schäden. Daher kam Kjell gleich zur Sache.

»Was stimmt mit Euch nicht? Die ganze Nacht habt Ihr geschwiegen, dabei seid Ihr der Herr des Klosters.« Der Abt schwieg zunächst. Schlecht sah er aus. Wie halb verhungert! Seine Robe wirkte viel zu weit, als müsse er die Kleidung eines großen Bruders auftragen

»Ich glaube, meine Meinung zählt im Orden nicht mehr«, sagte er und man sah dunkle Ringe unter seinen glasigen Augen. Er wirkte wie gelähmt, fast völlig apathisch.

»Was soll das bedeuten?«, fragte Kjell in der Hoffnung, dass Bran-Magnus fortfuhr.

»Ich bin … also … Ich war auf den Hof gelaufen, um zu sehen, was los ist. Wenig später ist das Ungeheuerliche passiert: Meine eigenen Leute haben mir den Zutritt zum Hauptgebäude verwehrt! Völlig unerwartet!«

Kjell erinnerte sich an den Moment, als er den Abt zum ersten Mal gesehen hatte, an die Aura der Macht, welche er ausgestrahlt hatte. Davon war nichts mehr zu spüren. Die Aura war fort.

– Verpufft. Verdampft. Verloschen.

»Wer ist dafür verantwortlich?«, knurrte Kjell.

»Meine Gemahlin führt nun den Orden, nehme ich an.«

Kjell lief es kalt den Rücken runter. – Ein Machtwechsel innerhalb des Ordens! Die Schlange zeigt ihr wahres Gesicht. »Wie ist das möglich?«

»Sie hat besondere Fähigkeiten, kann Menschen ihren Willen aufzwingen. Kaum jemand ist ihr gewachsen. Sie ist eine Intrigantin ohne Gleichen.«

»Und nun?« Es war eine neutrale, sachliche Frage, aber sein Bauchgefühl sagte ihm, dass die Antwort voll schlechter Nachrichten sein würde.

»Die Zeloten werden sich im Wehrbau einigeln, werden niemanden hineinlassen. Sie haben dort getrocknetes Getreide, Nüsse, Zwieback, Käse, Wein und gepökeltes Fleisch. Sie werden überleben und wir verhungern. Die Würfel sind gefallen! Das Ergebnis kann man nicht ändern. Oder wollt Ihr etwa das Gebäude stürmen?«

»Wie denn?«, schnauzte Kjell. »Der Wehrbau ist praktisch uneinnehmbar.« Ein grimmiger Ausdruck zementierte sich im Gesicht des Rottmeisters. »Ich dachte … vielmehr an … das Segelboot unter dem Berg. Das Boot, von dem Ihr uns nichts verraten wolltet.«

Der Abt lächelte müde. »Was soll das bringen? Es wurde seit Jahrzehnten nicht bewegt. Es ist sicher undicht. Und die See wohl zugefroren.«

»Donnerwetter, Ihr könnt einem ja Mut machen«, ätzte Kjell zurück. »Das Boot macht gar keinen schlechten Eindruck. Hab es mir genau angesehen. Und das Wasser in der Nähe der Insel ist wärmer als man glaubt.«

Bran-Magnus blickte zum Gipfel. »Das muss der Berg sein. Er ist unruhig. Er produziert viel Hitze. Vielleicht sind die Gewässer rund um die Insel noch schiffbar. Aber die hohe See?«

»Was spielt das für eine Rolle? Wir müssen hier weg. Momentan haben wir noch Vorräte. Es gibt keine Alternative. Solange Blut durch meine Adern fließt, werde ich für die

Überlebenden kämpfen. Ich werde sie beschützen, als wären sie die letzten Menschen auf dem Erdball!«

»Sie wird uns nicht gehen lassen.«

»In drei Teufels Namen! Wer wird uns nicht gehen lassen?«

»Madah-Runa. Ich bereue mittlerweile, was wir getan haben. Seit Mirtes Tod ist mir klar, dass wir zu weit gegangen sind. Das, was wir Anja und Ögmundur angetan haben, wird der Erbauer nie verzeihen.«

Eiskalt wies Kjell auf das Geschöpf, das in der Mitte des Tempels auf dem Steinboden lag. Es war ein Anblick, der einen mit Abscheu erfüllte.

»Raik erzählte mir davon. Meint Ihr etwa diese Kreatur? Ist das Euer Werk?«

»Wenn ich mich nicht irre, ist das Ögmundur, vor der Metamorphose ein Novize des Ordens. Damals war er sechzehn.«

Die Körperhaltung des Abtes veränderte sich so unerwartet, als hätte man einen Schalter umgelegt. Innerhalb von zwei, drei Herzschlägen entwich jegliche Kraft aus seinem Körper. Die alten Augen schwammen plötzlich in einem Meer aus Tränen.

»Ich war sein Abt. Ursprünglich bedeutet das Wort Vater. Und wie einem Vater vertraute er mir und erzählte sofort von dem Elektrum, das er zusammen mit Anja entdeckt hatte. Doch statt mich um meine Schutzbefohlenen zu kümmern, habe ich sie zu Monstern gemacht. War ich so verblendet? Manchmal frage ich mich, ob nicht letztendlich ich das wahre Monster bin?«

Kjell hatte keinerlei Mitleid für den Mann. »Das ist möglich«, brummte er daher.

Bran-Magnus nickte: »Als ich von dem Elektrum erfuhr, entstand vor meinem inneren Auge ein Szenario des Grauens. Es waren Adern aus reinstem Elektrum in der Höhle, in einem Mischverhältnis aus Gold und Platin, wie wohl noch kein Zweites entdeckt worden ist. Ich sah Heerscharen vom Festland auf die Insel strömen, die unsere Spiritualität mit Füßen traten. Ich malte mir aus, der König könnte direkt neben dem Kloster eine Mine oder einen Frachthafen errichten. Ich sah Seeleute und Minenarbeiter, die uns keine Ruhe mehr zum Gebet ließen. Versteht Ihr mich? Ich hatte damals schreckliche Angst, die Nähe dieser Sünder könne die Heiligkeit des Klosters beschmutzen! Vielleicht hätte ich den Klosterbetrieb einstellen müssen! Versteht Ihr die Furcht, die ich damals hatte?«

»Ich weiß nicht. Angst kann man schon haben, aber man hat Euch doch nicht gezwungen, zu solch drastischen Mitteln zu greifen. Man hat immer eine Wahl. Und Euer Plan war viel zu radikal.«

»Radikal? Das wissen wir jetzt! Aber damals sah alles ganz anders aus. Ich wollte Anja und Ögmundur ja nicht töten. Ich wollte ihr Wesen veredeln. Sie sollten zu Schutzengeln des Ordens werden. Es gehört zum Glauben der Zeloten, dass wir stets danach streben, zu perfekten Instrumenten des Erbauers zu werden, zu ultimativen Verteidigern seiner Heimstatt. Hätten wir die beiden damals gefragt, sie hätten sicherlich zugestimmt.«

»Aber Ihr habt sie nicht gefragt, oder? Sie wussten nicht, was auf sie zukam?«

»Ehrlich gesagt: Nein. Sie sollten schließlich keine Angst vor der Metamorphose haben. Daher haben wir sie in eine Trance versetzt. Sie sollten zu vollkommenen Streitern des Erbauers werden.«

»Vollkommen? Dass ich nicht lache! Irgendwas ist doch gewaltig schief gegangen.«

»Die Erschaffung der Aschekinder wäre ohne die Macht, über welche meine Gemahlin verfügt, nicht möglich gewesen. Es waren große Mengen ihrer geheimnisvollen Kraft, die sie in die Metamorphose einfließen ließ. Vielleicht verstehe ich mittlerweile, warum man sich auf dem Festland vor jeglichen Formen von Hexerei oder Magie fürchtet. Solche Mächte können Großes bewirken, bergen aber auch gewaltige Risiken. Das ist mir jetzt klar.«

»Wie meint Ihr das?«

»Die beiden sollten wie Schutzengel in der Felshöhle schlafen. Und zwar so lange, bis jemand die Höhle betritt. Doch das geschah meines Wissens nie. Dafür habe ich gesorgt. Vielleicht haben sie dadurch diesen abartigen Hunger entwickelt, der sie anscheinend dazu brachte, die Höhle zu verlassen. Das sollte ein mächtiger Bannzauber verhindern, der bei ihrer Erschaffung gewirkt wurde, aber es hat wohl nicht perfekt funktioniert. Ich vermute, dass die beiden in bestimmten Nächten ihre Höhle verlassen konnten.«

»Kann es sein, dass ihre ersten Opfer Schwefelarbeiter waren? Sonst sind ja nicht viele Menschen im Gebirge.«

»Das vermute ich auch. Zum Kloster kamen die Aschekinder der ersten Generation lange Zeit nicht. Ich denke, dass sie die Ordensmitglieder für eine gewisse Zeit noch als eine Art Familie gesehen haben. Jedenfalls so lange, bis sich diese Plage ausgebreitet hatte. So lange, bis *Schmelztiegel* ausgelöscht wurde.«

»Seid Ihr denn da nicht aufgewacht? Eine ganze Siedlung habt Ihr zerstört durch die Erschaffung dieser verfluchten Aschekinder!«

»*Schmelztiegel* war ein Ort der Sünde. Eine Siedlung mit dem Charakter einer Goldgräberstadt. Habgier, Glücksspiel, Alkohol, Brutalität und Hurerei. Alle Arten von Ausschweifungen waren dort an der Tagesordnung. *Schmelztiegel* war mir schon immer ein Dorn im Auge. Trotzdem hatte ich ein schlechtes Gewissen. Ich wollte den Norden der Insel sichern und die Entdeckung des Elektrums verhindern. Aber ich wollte doch niemals die ganze Insel entvölkern. Ich bin ja nicht völlig verblendet. Mir ist klar, dass in *Schmelztiegel* mitunter auch gute Menschen zu Tode kamen. Das ist unverzeihlich.«

»Da habt Ihr allerdings recht«, bestimmte Kjell.

»Madah-Runa sieht das allerdings anders. Sie sieht uns als Heiler, die mit Hilfe einer Reinigungswelle die Krebsgeschwüre der Insel entfernt haben.«

»Eine Reinigungswelle? Das ist doch der größte Scheiß, den ich je gehört habe. Man kann sich viel einreden, doch was Ihr angerichtet habt, lässt sich mit nichts auf der Welt wieder gut machen.«

»Womit Ihr wohl recht habt, Meister Blutzopf«, stimmte der Abt zu.

Nach diesem einstimmigen Urteil kam das Gespräch vorerst zu einem Abschluss. Gemeinsam verließen die beiden Männer den Tempel. Im Innenhof des Klosters hatten die Hautfresser schrecklich gewütet. Alles, was nicht aus Stein war, hatten die Kreaturen zerstört. Kjell betrachtete die Leichen im Innenhof nicht genauer. Zu viel war auf der Insel bisher passiert. Der Rottmeister hatte hier schon mehr als genug Leid gesehen. Für Beerdigungen fehlte ohnehin die nötige Zeit.

Da Nahrung im Winter eine zentrale Rolle spielt, wurde der Hof auch nach Essbarem durchsucht. Ohne Erfolg. Niedergeschlagen stellte Kjell daher fest, dass sie wohl mit dem auskommen mussten, was sie in der letzten Nacht in Sicherheit gebracht hatten. Das war zwar nicht viel, aber es könnte vielleicht reichen, wenn man die lebenden Ziegen und Hühner in die Überlegungen miteinbezog. Genau in der Mitte des Hofes blieb Kjell schließlich stehen. Bran-Magnus sah ihn an. Der Blick war fragend. Kjell wunderte sich, wie sich eine Situation so plötzlich ändern konnte. Der Mann, der wie eine unbezwingbare Leitfigur gewirkt hatte, wartete nun darauf, dass Kjell ihm das weitere Vorgehen erläuterte. Und das tat er auch.

»Wir müssen versuchen, mit den Orden zu verhandeln. Ihr müsst es wagen. Ihr solltet den Zeloten mitteilen, dass wir bereits sind, acht Ordensmitglieder mit an Bord zu nehmen.«

»Und was wird uns das bringen?«, schnaufte Bran-Magnus.

»Sie sollen uns als Gegenleistung Nahrung überlassen. Wir brauchen haltbare Lebensmittel für die Seereise und zwar so viel wie möglich.«

Bran-Magnus nickte zuerst, doch dann schüttelt er den Kopf:»Ich werde sie fragen, doch ich habe jeden Optimismus verloren. Ich kann diese Bitte beim Orden einreichen, doch ich zweifle, dass es viel bringen wird.«

»Tut es«, forderte Kjell und die beiden Worte enthielten eine deutliche Schärfe. Daraufhin trennten sich ihre Wege. Vorerst.

Bran-Magnus machte sich auf den Weg zum Hauptgebäude des Ordens. Und Kjell hatte vor, das Boot so schnell wie möglich für die anstehende Seereise bereit zu machen.

Zehn Stunden dauerte es, sechsunddreißig Menschen, alle Tiere und sämtliche Vorräte in die Grotte zu schaffen. Morten übernahm währenddessen das Kommando auf dem Segelschiff, welches im Felsendom auf den Wellen dümpelte. Er hatte in seinem Leben bereits als Zimmermann, als Seiler und Fischer gearbeitet. In den drei Berufen war er zwar auf dem Festland ohne Erfolg geblieben, aber hier am Ende der Welt machten sich seine Kenntnisse bezahlt. Rumpf und Aufbauten des Kahns wurden genau kontrolliert und die nötigsten Ausbesserungen sofort durchgeführt.

Morten verspürte während der Arbeit eine innere Verbundenheit mit dem Segelboot. So wie das Boot hatte auch er seine Ecken und Kanten, seine Narben und Gebrechen. Wie das Boot waren seine besten Zeiten längst vorbei, aber trotzdem gehörten beide – Mann und Segelboot – noch nicht zum alten Eisen. Beide konnten hier und jetzt beweisen, was noch in ihnen steckte. Sie konnten sechsunddreißig Menschenleben retten, wenn sie über sich selbst hinauswuchsen.

Die Tatsache, dass es bei der Zahl geblieben war, hatte Morten übrigens nicht überrascht, denn die Zeloten hatten sich in keinster Weise dafür interessiert, die Insel zu verlassen oder die Flucht der Überlebenden zu unterstützen. Feige, selbstverliebte Drecksäcke waren diese Zeloten, dachte Morten, während er weitere Kommandos gab.

Er achtete peinlich genau darauf, dass alle Gegenstände an Bord festgemacht wurden, sodass sie bei Seegang keinen Schaden anrichten konnten. Die Überlebenden wies er zudem an, alles Essbare wasserfest zu verpacken. Sollten die knapp bemessenen Vorräte anfangen, vor ihrer Zeit zu verschimmeln, dann würde dies eine kurze Reise mit einem tragischen Ende werden.

Morten war so in seine Arbeit vertieft, dass er gar nicht merkte, dass Bran-Magnus schon seit einiger Zeit neben ihm stand. Er blickte Morten tief in die Augen und sagte: »Ihr Söldner bemüht euch redlich, aber es wird nicht reichen. Glaubt Ihr etwa, das war es nun? Meint Ihr, wir setzen jetzt Segel auf dem Weg ins gelobte Land? Nein! Sie wird uns nicht gehen lassen. Wenn ich versuche, mir unsere Zukunft vorzustellen, sehe ich nur Finsternis. Nichts als Finsternis.«

»Spar dir den prophetischen Scheiß für deine nächste Predigt«, schnauzte Morten ihn an. »Deine Worte sind Gift für die Moral.«

»Madah-Runa beobachtet uns. Sie sieht, was wir tun, jeden Schritt, jeden Handgriff. Ich kann ihre spirituelle Nähe spüren. Sie wird sich uns in den Weg stellen und zwar früher, als es uns lieb ist.«

Morten schaute sich um. Betrachtete erst den Einmaster, auf dem sie standen, und dann vom Heck aus die komplette Grotte. Er sah nichts, aber verspürte dennoch ein Kribbeln im Nacken.

»Bei den Hufen des Teufels! Hier gäbe es schon einige Verstecke für diese falsche Schlange. Soll ich Veit und Jördis losschicken, um hier alles zu durchsuchen?«

»Ihr missversteht mich. Sie ist nicht körperlich hier, sondern geistig. Ich kann ihre Präsenz ganz deutlich fühlen. Sie will, dass niemand die Insel lebend verlässt.«

Was für ein Blödsinn! Geräuschvoll spuckte Morten über die Reling. »Ich muss jetzt weiterarbeiten«, murmelte er und wandte sich von Bran-Magnus und dessen Sorgen ab.

Niemand ahnte, dass dies ein großer Fehler war.

8 DIE LETZTE NACHT

Es war die letzte Nacht auf der Insel. Das machte sich Veit bewusst, während er mutterseelenallein aufs Meer hinausschaute. Obwohl alles ruhig wirkte, war der Feldscher auf der Hut, denn er hatte den eisernen Willen, die Nacht zu überleben, gerade weil es hoffentlich die letzte war, die er auf *Skelt* verbringen musste.

Die meisten Leute waren an Bord und versuchten, sich noch etwas auszuruhen. Die Vorbereitungen zum Aufbruch hatten länger gedauert als erwartet. Leider! Nun musste man auf den Sonnenaufgang warten. Das war zwar nicht erfreulich, aber notwendig, denn allen Beteiligten war eins klar: Den Einmaster aus dem Felsendom zu manövrieren, würde selbst bei Tageslicht schwierig, nachts wäre es Selbstmord. So blieb den Söldnern nichts anderes übrig, als auszuharren und geduldig auf den Moment zu warten, bis man endlich die Taue lösen und zu den Rudern greifen konnte.

Veit war unruhig. Er hatte das Boot verlassen und die gesamte Grotte erkundet. Ihn hatte ursprünglich die Idee geleitet, nach nützlichen Gegenständen für die Seereise zu suchen, er hatte dies aber schnell aufgegeben. Alles, was er fand, waren vermoderte Holzlatten, verrostete Nägel und jede Menge Seetang. Nichts als nutzloser Plunder.

Der Felsendom war mehr als zehn Mannslängen breit und Veit stand am nördlichsten Punkt dieser gigantischen Aushöhlung. Von hier aus hatte man einen guten Blick aufs Meer, das in der Dunkelheit fast schwarz wirkte. Während er seinen Blick über die Wasserfläche gleiten ließ, musste er unfreiwillig an einen Ozean aus Tinte denken.

Müdigkeit spürte er nicht. Er fühlte sich hellwach. Das war jede Nacht so, seit seiner Auferstehung von den Toten, wenn man das so nennen konnte. Beinahe hatte er das Gefühl, er könne nachts geradliniger denken, besser hören und klarer sehen als am Tag. So bemerkte er auch sofort, dass sich seine Umgebung auf einmal veränderte. Nebel stieg aus dem Wasser auf und formierte sich zu einem weißen Schleier, welcher die Wasseroberfläche wie ein Leichentuch zu bedecken schien. Die Nebelschwaden zogen darauf vom Meer kommend in die Grotte. Langsam, still, leise. Ein lautloses Überfallkommando. Veit glaubte zuerst, der Nebel würde sich nun in der Grotte gleichmäßig ausbreiten, doch dem war nicht so. Der weiße Dunst kroch nämlich zielsicher auf das Segelboot zu und ballte sich dort zusammen. Es schien beinahe so, als entwickle er ein Eigenleben. Und nach einigen Atemzügen sah es so aus, als würde das Boot nicht mehr auf dem Wasser liegen, sondern auf einem weißen Bettlaken. Geisternebel!

Das Wort ging Veit immer wieder durch den Kopf, denn es passte zu dem, was sich vor seinen Augen abspielte: Jetzt erhoben sich einzelne Nebelfinger, um sich um den Mast des Kahns zu wickeln und sich dort festzukrallen. Hatte sich nun auch die Natur der Insel gegen die Söldner verschworen? Streckte die Natur hier ihre Klauen aus? Nein, dachte Veit, denn er war sich sicher: Hier war ein Mensch am Werk, der diesen Geisternebel ausgeschickt hatte, um die Flucht der Überlebenden zu verhindern. Auf dieser Insel schien Veit mittlerweile alles möglich.

Der Feldscher stand am nördlichsten Punkt der Grotte und war erleichtert, dass die Nebelschwaden ihn bisher nicht erreicht hatten. Instinktiv spürte er, dass der Nebel gefährlich war. Veit dachte unwillkürlich an giftige Gase, die einem schnell den Atem rauben konnten. Daher spannte er alle fünf Sinne an und erkannte, dass er momentan der Einzige war, welchen der Dunst noch nicht umhüllt hatte.

In der Zwischenzeit war die weiße Suppe, welche in der Mitte des Felsendoms in der Luft hing, so dicht, dass sie jedes Geräusch zu schlucken schien. Kein Sterbenswörtchen war zu hören. Er fühlte sich wie jemand, dem man Watte in die Ohren gestopft hatte. Selbst das Plätschern der Wellen war kaum noch wahrzunehmen.

War es nicht schon zu still? Die meisten Menschen an Bord schliefen wahrscheinlich, aber eins war offensichtlich: Fünfunddreißig Menschen konnten unmöglich so still sein. War hier Zauberei am Werk? Hatte der Geisternebel eine betäubende Wirkung?

Mit einem Mal schrillten in seinen Kopf alle Alarmglocken. Veit ging drei Schritte auf den Bootssteg zu. Er versuchte die weißen Wolken, welche den Kahn einschlossen, mit seinen Blicken zu durchbohren. Er verengte die Augen zu Schlitzen, doch auch das brachte nichts. Die schattenhaften Umrisse von Bug und Heck konnte man zwar ausmachen, allerdings waren keinerlei Bewegungen zu erkennen. Entdecken konnte er auch Niemanden, der zum Beispiel über die Reling schaute.

»Hexerei, schwarze Kunst, Teufelswerk«, murmelte Veit und war frustriert, dass hier finstere Mächte aktiv wurden, gegen die er nichts unternehmen konnte. Er machte einen weiteren Schritt und schnüffelte. Sog die Atemluft in die Nase ein. Es offenbarte sich ein Geruch, so fein, dass ihn ein normaler Mensch kaum wahrgenommen hätte. Es roch nach Fäulnis, nach Tod und Verfall. Ein Geruch, bei dem es ihm ganz eng ums Herz wurde. Sofort ging Veit in die Hocke, nahm sein Halstuch ab und tauchte es ins Meerwasser. Anschließend band er sich den nassen Lappen über Mund und Nase. Seit seiner wundersamen Genesung waren seine Sinne so empfindlich, dass er die widerliche Atmosphäre ohne das Tuch kaum ertragen konnte.

Gebückt schlich er voran und entdeckte Morten, der wie ein Schlafender auf dem Bootssteg lag. Was war hier nur los? Da der Nebel auch den Steg einhüllte, zog Veit den Alten hinaus aus dem Dunstkreis des Geisternebels.

»Wach auf«, herrschte er ihn an. »Was ist los, Morten?«

Keine Reaktion. Der Alte sah aus, als hätte man ihm ein Schlafmittel verabreicht. Veit spritzte Morten eine Handvoll Wasser ins Gesicht. Dann noch eine. Er gab ihm eine Ohrfeige. Dann eine zweite. Aber der Alte rührte sich nicht.

Es war zum Verzweifeln! Morten atmete noch, das sah man, aber Morten konnte anscheinend aus seiner Ohnmacht nicht erwachen.

Veit lief ein Schauer über den Rücken. Er fragte sich, ob er der Einzige war, der sich nicht in diesem Tiefschlafzustand befand. Und es war ein absolut tiefgehender Zustand der Bewusstlosigkeit, das war Veit klar. Dann überlegte er, Mortens Pistole aus dessen Gürtel zu ziehen, doch das ließ er lieber bleiben. Bei dem Kampf in der letzten Nacht hatte er festgestellt, dass er neuerdings über fast übermenschliche Reflexe verfügte. Auf diese wollte er jetzt vertrauen und nicht auf seine armseligen Schießkünste.

Veit wollte gerade noch Mortens Puls fühlen, als er mitten in der Bewegung erstarrte. Was er mit seinen eigenen Augen sah, kam ihm alles andere als normal vor. Es war ein Phänomen, das so unglaublich schien, dass es eigentlich nicht existieren durfte: Ein Geist!

Es klang verrückt, doch die Gestalt, die sich mitten durch den Nebel zum Schiff bewegte, konnte man kaum anders beschreiben. Und dieser halb durchsichtige Nebelgeist erreichte einen Wimperschlag später den Kahn und betrat ihn.

– Niemand wird mir das glauben!, schoss es Veit durch Kopf. Niemand!

War es vielleicht ein Trick oder eine optische Täuschung? Für einen Augenblick fragte er sich, ob er genauso tief schlafen würde wie Morten und das Ganze nur träumte. Aber Alles um ihn herum wirkte absolut real.

Wie in Trance folgte er der Erscheinung. Er konnte selbst nicht glauben, was er soeben gesehen hatte und spürte einen inneren Zwang, sich von der Wahrheit zu überzeugen. Es war egal, wie gefährlich es auf dem Schiff war. Es spielte keine Rolle, welche Spukgestalten im Innern der Nebelbank auf ihn warteten. Er musste jetzt handeln oder es war für Jördis und Kjell vielleicht zu spät.

Mit klopfendem Herzen tappte er durch den ungewöhnlich dichten Nebel. An Bord erblickte er verschiedene Menschen, die am Boden lagen, anscheinend im Tiefschlaf. Man hatte den Eindruck, als hätten die Personen mitten bei ihrer Tätigkeit das Bewusstsein verloren. Was war passiert? Wer steckte dahinter?

Wie aufs Stichwort entdeckte Veit die halbmaterielle Geistgestalt. Sie stand direkt vor dem Mast und dennoch konnte er den Mast sehen. Es war ein gruseliger Anblick. Die durchscheinende Gestalt war ganz weiß, wie von einem wallenden Schleier verhüllt, ihre Konturen völlig unscharf. So dauerte es einige Atemzüge, bis Veit begriff, dass hier eine Frau vor ihm stand, die ihn mit ihren Blicken zu fixieren schien.

– *Hörst du mich?*

Drei Worte waren es, die er vernahm. Eine Stimme mit einem ätherisch hohen Klang. Aber es war sofort klar: Niemand hatte die Worte laut ausgesprochen. Hier waren keine Stimmbänder und kein Kehlkopf im Spiel. Die Worte erschallten nämlich direkt in seinem Kopf. Wie eine mentale Botschaft, tonlos ausgestoßen.

Seit seiner wundersamen Genesung hatte er manchmal nachts gemeint, ein merkwürdiges Rauschen zu hören, aber das hier war neu. Das Ganze stank zum Himmel nach Hexerei oder schwarzer Magie. Trotzdem antwortet Veit mit »Ja« und ging auf die weiße Frau zu.

– *Siehst du mich?*

Wieder diese Stimme in seinem Kopf. Veit trat näher und blinzelte mehrmals. Plötzlich wurden die Konturen schärfer und der Schleier um die Phantomgestalt schien sich zu lüften. Und als Veit das Gesicht erkannte, bekam er Furcht davor, endgültig den Verstand zu verlieren. Das Ganze wirkte wie ein Alptraum, doch es war tatsächlich Madah-Runa, die hier vor ihm stand. Es war die Herrin des Klosters, die da war und doch nicht da war, und deren Gewand nicht bis zum Boden reichte, sondern im Nichts zu enden schien.

Veit konnte nicht anders, als zunächst einmal wie eingefroren stehenzubleiben und sich klarzumachen, was hier gerade passierte. Der Körper von Madah-Runa war zwar halb transparent, aber ihre Haltung strahlte eine gewaltige Autorität aus. Ihre wallende Robe bewegte sich in einem nicht existierenden Wind und blähte sich gespenstisch auf. Veit wollte sich von dieser Frau aber nicht ins Bockshorn jagen lassen und bejahte ihre Frage mit zusammengebissenen Zähnen.

– Ich wage kaum zu glauben, dass du mich siehst. Mein Astralleib ist für gewöhnliche Menschen unsichtbar, ein Schleier verbirgt ihn vor dem Blick der Sterblichen. Siehst du mich tatsächlich vor dir, dann bist du vom Erbauer gesegnet. Augen, die den Schleier durchdringen, können nur als Geschenk des Herrn verstanden werden, ein Geschenk, um das ich dich wahrhaft beneide. Du bist ein wahres Aschekind, eine neue Spezies, die zugleich alle Vorteile des Menschseins bewahrt hat. Hör meine Stimme und schließ dich mir an. Gemeinsam werden wir Großes bewirken. Du wirst das Bindeglied sein zwischen den Menschen und den Kreaturen der Nacht. Du bist dazu auserwählt.

Die Stimme, die in seinem Kopf erklang, war angenehm und drohte, sein Denken einzulullen. Auch wenn man ahnen konnte, dass nicht alles wahr war, was er hörte, fühlte er sich dennoch ein wenig geschmeichelt. Zumindest tief in seinem Inneren. Er wollte dieser Regung entgegenwirken und ballte die Fäuste.

»Du bist eine Hexe«, hielt er dagegen. »Es ist die schwarze Kunst, der du dich verschrieben hast. Es kann nur der Leibhaftige sein, der Teufel, der dir solche Fähigkeiten verleiht.«

– Den Teufel brauchst du nicht mehr zu fürchten. Denn ich bin immer an deiner Seite, solange du zu mir hältst. Gemeinsam kommen wir dem Erbauer so nahe, dass uns nichts auf dieser Insel aufhalten könnte. Kein Mensch wäre stärker als wir. Du kannst dich auf mich verlassen. Alles andere ist unwichtig. Vertrau mir!

Erneut drangen die Worte tief in sein Bewusstsein ein. Daher war es schwer, an etwas anderes zu denken, doch es gelang Veit. Er dachte zuerst an Jördis, dann an Kjell und Morten. Dann an Svea und Stahlfuß.

»Ich vertraue dir nicht«, erwiderte er. »Ich will weg von dieser Insel. Ich will meine Freunde in Sicherheit bringen. Verschwinde von hier!«

Mit diesen Worten zog Veit den Säbel und schlug nach Madah-Runa. Erst einmal. Dann ein zweites Mal. Doch die Klinge glitt mitten durch ihren Körper hindurch, ohne irgendwelche Spuren zu hinterlassen. Es war wie verhext, denn der Säbel traf in keiner Weise auf Widerstand. Unverwundbar schien dieser Nebelleib.

Ein Kichern war die Antwort auf sein unbedachtes Handeln und erst danach folgte die Antwort:

– *Merkst du nicht, dass du dich wie ein kleiner dummer Junge verhältst? Sei lieber vernünftig. Verlass die Grotte und komm zurück zum Kloster. Komm zurück zu mir. Der Orden wird dich mit offenen Armen empfangen. Gemeinsam werden wir den Orden leiten und in ein neues Zeitalter führen. Wenn du dich meiner Führung anvertraust, verfügen wir über grenzenlose Macht.*

Langsam wurde Veit klar, welche Stellung Madah-Runa für ihn vorgesehen hatte. Er sollte wahrscheinlich die Position von Bran-Magnus übernehmen. Meinte sie das überhaupt ernst? Offensichtlich war, dass diese Frau quasi über Nacht zu dem bestimmenden Machtfaktor der Insel geworden war. Wozu brauchte sie also ihn? Es lag im Bereich des Möglichen, dass Veit seit seiner Wunderheilung kein normaler Mensch mehr war. Dennoch konnte er der Behauptung von Madah-Runa nicht folgen: Er sollte das Bindeglied zu diesen menschenfressenden Ungeheuern darstellen? Unmöglich! Er schüttelte den Kopf und warf der Geisterfrau einen bösen Blick zu.

»Meinst du, ich gebe so einfach auf? Es macht keinen Sinn, mit mir zu verhandeln. Wir sind uns bisher nicht grün gewesen und das wird sich auch nicht ändern. Ich gehöre zur Blutzopf-Rotte und werde bis zuletzt zu meinen Leuten halten.«

Ein trauriges Lächeln erschien auf dem Gesicht von Madah-Runa. Sie säuselte:

– Dann wirst du sterben. Verlass das Schiff oder du wirst sterben. Denn alle Menschen auf dem Schiff müssen wohl oder übel sterben. Ich hatte dich auserkoren, eine wichtige Rolle in meinen Plänen zu spielen. Das Pläneschmieden gehört nämlich zu meinen größten Talenten, musst du wissen. Aber wenn du ablehnst, dann ist dein Leben verwirkt.

»Ich weiß nicht, was du bist«, schnauzte Veit, »aber du kannst mich genauso wenig verletzen, wie ich dich. Von deinen Drohungen lasse ich mich nicht einschüchtern.«

– Eines kannst du mir glauben: Ich persönlich werde dir kein Haar krümmen. Das habe ich auch nicht nötig, denn je länger wir reden, desto näher kommt der Todesengel, den ich ausgesandt habe. Ja, es wird nicht mehr lange dauern, bis mein Todesengel erscheint und all die armen Sünder auf diesem Kahn ins Jenseits schickt.

Darauf fiel Veit keine schlagfertige Antwort ein. Und während er grübelte, dröhnte unerwartet ein schrilles Scheppern durch den Felsendom. Was tat sich hier? Hexerei? Wozu nutzte Madah-Runa jetzt ihre Teufelskunst?

Veits Körper wurde mit Adrenalin überschwemmt, doch seine Augen registrierten, dass sich der Nebel ein wenig gelichtet hatte. Es lag im Bereich des Möglichen, dass Madah-Runa so viel von ihrer geheimnisvollen Kraft verbraucht hatte, dass sie nicht mehr reichte, um den Geisternebel zusammenzuhalten.

Dieser Gedanke wurde regelrecht weggepeitscht durch ein metallisches Quietschen, dessen Tonlage ihm unter die Haut ging. Einen Herzschlag später gab es ein Geräusch als schleife Metall über Stein. Und da er die gesamte Grotte erkundet hatte, wurde Veit schlagartig klar, woher der Lärm kam: Von dem schmiedeeisernen Gittertor, welches vom Strand in die Grotte führte.

>Knirsch!< >Rumms!<

Ehe er überhaupt etwas unternehmen konnte, war zu hören, wie das Gittertor aus seiner Verankerung gerissen wurde. Veit bekam im allerersten Moment kalte Füße, doch er zwang sich, einen kühlen Kopf zu bewahren. Er ließ die geisterhafte Erscheinung links liegen und sprintete los. Daher merkte er nicht, dass sich das Abbild von Madah-Runa auflöste wie Rauch im Wind.

– Jördis!

Kein anderer Gedanke, kein anderes Gesicht schoss ihm in diesem Augenblick durch den Kopf. Wenn er auch nur einen Menschen von diesem Schiff retten konnte, dann musste es Jördis sein. Er wollte im Moment nichts mehr als die Liebe seines Lebens vor einem grausamen Tod retten. Und er konnte nur hoffen, dass er sie schnell fand, denn in der nebligen Suppe konnte man nur einen kleinen Teil des Decks überblicken. Zudem lagen hier mehr als dreißig Menschen auf den Planken!

Veit lief zum Heck, dann von einer schlafenden Person zur anderen und sein Atem ging heftig. Bei jeder Frau, die er entdeckte, betete er, dass es Jördis wäre, doch er wurde mehrfach enttäuscht. Verzweifelt rannte er zum Bug. Mit angehaltenem Atem blickte er sich um. Dann stand er plötzlich vor ihr, sah in ihr Gesicht und ihm wurde klar: Ihr Schlafzustand war tief, extrem tief. Er ging in die Knie. Veit fragte sich, wie er Jördis aufwecken könnte. Binnen Sekunden schloss er mehrere Methoden aus: Laute Worte, festes Schütteln, selbst Ohrfeigen brächten keinen Erfolg. Und das, was sich näherte, ließ ihm keine Zeit, Jördis behutsam aufzupäppeln. Daher vertraute Veit seinen neugewonnen Instinkten, legte ihr eine Hand auf die Stirn und schloss die Augen. Es klang absurd, doch eine innere Stimme riet ihm, Jördis nicht verbal, sondern mental zu wecken. Veit versuchte zu spüren, was Jördis augenblicklich sah und dachte, doch er nahm nichts als Dunkelheit war. Dieser Dunkelheit wollte er entgegenwirken, indem er sich die gemeinsame Zeit mit Jördis vorstellte. Vor seinem geistigen Auge sah Veit, wie sie Rücken an Rücken kämpften, wie Jördis ihn in der Klosterzelle pflegte und wie sie einander liebten. Er erinnerte sich auch an ihre allererste Begegnung in einer weit entfernten Hafenstadt, als Jördis jemanden suchte, der ihre Schulter einrenken konnte. Diese Bilder sandte er aus, sandte sie Jördis zu, sandte sie in die Dunkelheit, die ihren Geist vereinnahmen wollte. Er streckte mentale Fühler aus, tastete nach ihrem Geist und versuchte zuzufassen. Als Veit die Augen öffnete, riss auch Jördis die Augen auf. Endlich war sie bei Bewusstsein und begann, sich aufzurappeln! Veit half ihr, so gut er konnte, während er realisierte, dass sie in der Falle saßen, denn exakt in diesem Moment hörte er, wie schwere Schritte die Holzplanken zum Knarren brachten. Und es waren sehr schwere Schritte und ein verdammt lautes Knarren, das ihm einen Schauer über den Rücken jagte.

Veit war kein großer Mann und so wirkte der gigantische Schatten, der ihnen im Nebel gegenüberstand, wie ein Mahnmal des Grauens. Und als sich die finstere Gestalt dann in Bewegung setzte, spürte Veit im Magen einen schweren Klumpen. Und seine Knie zitterten für einige Wimperschläge, auch wenn er sich dafür schämte. Es war kein gewöhnlicher Hautfresser, der sich jetzt aus dem Nebel schälte, sondern ein kolossales Exemplar dieser Spezies. Die langen Beine endeten in Klauenfüßen, deren Nagelspitzen sich regelrecht in die Schiffsplanken gruben.

– Sieht aus, als käme hier die Mutter dieser ungeheuerlichen Brut, dachte Veit.

Das Wesen hatte zwar kleine Augen und darunter schmale Atemschlitze, aber der nahezu dreieckige Schädel wirkte irgendwie gesichtslos. Und gerade diese Gesichtslosigkeit war es, die bei jedem Betrachter eine Gänsehaut auslöste. Auch die Haut der unbekleideten Kreatur war abstoßend, denn die haarlose Oberfläche wirkte verkrustet und dunkel, wie kalte Asche. Zeit, um über die Unnatürlichkeit dieser Hautschicht nachzudenken, blieb Veit nicht, denn die Kreatur ging zum Angriff über.

Mit ausgestreckten Krallenhänden jagte das Monstrum auf Veit zu. Es schien Jördis zu ignorieren, mit dem Ziel, Veits Kehle zu zerfetzen. Die Länge der Arme war furchteinflößend, doch der Feldscher wich der todbringenden Umarmung blitzartig aus. Seit Kurzem hatte er das Gefühl, er könne bestimmte Ereignisse vorhersehen, und zwar etwa einen Wimpernschlag, bevor sie tatsächlich passierten. Dies war so ein Moment.

Doch das Monstrum setzte sofort nach und schlug erneut zu. Veit wurde wieder nicht getroffen, dennoch ging der Prankenhieb nicht ins Leere. Er traf das Geländer des Schiffs. Und durch die Wucht des Schlags wurden faustgroße Holzbrocken aus der Reling gerissen. Dabei krachte es laut und Holzsplitter flogen durch die Luft. Einige der Splitter trafen Jördis und rissen sie endgültig aus ihrer Lethargie.

Mit dem Säbel stach Veit der Kreatur in den Rücken, denn er wollte vermeiden, dass sie Jördis attackierte, doch seine Waffe hinterließ nur einen schmalen Strich, aus dem schwarzes Blut sickerte. Fauchend drehte sich das Monstrum zu ihm herum und ging in die Hocke. Es griff zu und riss eine komplette Planke aus dem Deck. Und Veit befürchtete, dass er die Bestie mit dem Angriff erst richtig wütend gemacht hatte.

»Scheiße«, rief er und rannte in die Mitte des Schiffes. Zum Mast. Er wollte, nein, er musste diese Bestie von Jördis weglocken.

Jördis sah sich nicht als Jungfer in Nöten, sondern als Kriegerin, die nie aufgab. Sie griff ihren Rundschild, während sie wahrnahm, wie die Situation eskalierte. Die Kreatur schleuderte die Holzplanke auf Veit, der sich in Deckung warf. Das Stück Eichenholz wirkte massiv, doch es zerbarst von einer Sekunde auf die andere. Scharfkantige Fragmente trafen Svea, die dort in Ohnmacht gefallen war, wo nun der Kampf tobte. Svea blutete. Und schon ging die Kreatur erneut in die Knie und stemmte eine Eichenholzplanke in die Höhe.

»Dafür wirst du bezahlen!«, schrie Veit und versuchte, im Fokus der Aufmerksamkeit zu bleiben.

Geistesgegenwärtig preschte Jördis los, in Richtung Svea. In dem Moment, in dem die Kreatur das Stück Holz schleuderte, hatte Jördis die liegende Svea so gut wie erreicht. Keine Millisekunde zu früh, dann erneut zerschellte das Geschoss am Mast und trieb verirrte Trümmer wie Hagelschlag in alle

Richtungen. Mit dem Rundschild blockte Jördis ein Bruchstück ab, das fast schwer war wie Svea, und ging zu Boden. Das Trümmerteil hätte die Novizin schwer verletzt!

»Gottverdammter Mist!«, hörte sie Veit rufen und kurz darauf noch lauter: »Hier! Hier! Hier!«

Es wirkte und die Kreatur setzte sich in Bewegung, mit Veit als Ziel. Während das Monstrum auf den Söldner zustürmte, sah Jördis ihre Chance: Sie lief ebenfalls los, um den Weg der Kreatur zu kreuzen, um ihr mit dem Rundschild ein Bein wegzureißen. Alles kam darauf an, in kürzester Zeit möglichst viel Geschwindigkeit aufzunehmen, um so viel Schnellkraft aufzubringen, dass es reichte, das Monstrum aus dem Tritt zu bringen. Innerlich war Jördis optimistisch, bis ein Rückhandschlag der gewaltigen Krallenhand ihr mitten ins Gesicht klatschte und sie spürte, wie ihr Nasenbein brach. Dann wurde ihr der Rundschild so brutal entrissen, dass ihr Handgelenk aus der normalen Position heraussprang. Sie merkte, wie an dieser Stelle Sehnen oder Bänder rissen und wie sie einer Strohpuppe gleich über den Boden rollte.

Veit gefror das Blut in den Adern. Zu sehen, wie diese Kreatur Jördis zurichtete, brachte ihn spontan dazu, erneut seine Stimme zu nutzen.

»Hey, Blutsauger!«, gellte es über das Deck und sein Schrei war lauter als ein Gewehrschuss, fast so laut wie Kanonendonner. Erneut riss Veit den Mund auf: »Komm und stirb!«, schallte es und sein Ruf war sicher eine Meile weit zu hören.

Woher er die Kraft für solch einen Schrei nahm, war ihm dabei völlig gleich. Veits aberwitziger Plan bestand darin, die Kreatur anzulocken und dann den Mast zwischen sich und den Todesengel zu bringen, um somit das Unvermeidliche solange wie möglich hinauszuzögern. Die Bestie folgte tatsächlich seinem Ruf und der Tanz begann.

Mit dem Mast als Mittelpunkt konnte Veit zwischen sich und dem Feind eine gewisse Distanz aufrechterhalten. Es gelang ihm, den Krallenangriffen mehrfach auszuweichen. Der Mastbaum selbst konnte dies selbstverständlich nicht und so

mit erbebte er unter zahlreichen Prankenhieben, die Veit ver-
fehlten, aber das alte Holz voll erwischten. Eine Kerbe nach
der anderen wurde ins Holz geschlagen und kleine Bruchstücke regneten auf die Planken. Der ungleiche Kampf kam
ihm nach einer Weile völlig irrsinnig vor. Und falls er entgegen aller Wahrscheinlichkeiten den Feind besiegen sollte,
war langsam offensichtlich: Dieser Mastbaum würde keine
Seereise mehr aushalten, wenn es so weiterging!
Der Schweiß stand ihm auf der Stirn und rann ihm gleichzeitig den Rücken hinab. Nach unzähligen Ausweichmanö-
vern konnte Veit irgendwann nicht mehr. Seine Konzentrati-
on ließ nach. Und in einem Moment der Unachtsamkeit war
es soweit: Das Monstrum bekam sein linkes Handgelenk zu
fassen und zog ihn zu sich heran, um ihm anschließend einen
Kopfstoß zu verpassen. Veit sah für einen Atemzug nichts außer Sterne und registrierte nicht einmal, dass ihm der Säbel
aus den Fingern glitt. Dann packte ihn eine Krallenhand am
Kinn und zwang ihn, dem Feind ins Gesicht zu blicken. Die
Bestienvisage war nur noch eine Handbreit von seinem Gesicht entfernt. Als das Maul vor ihm aufklaffte, schlug ihm
Pestatem entgegen. Mehrere Reihen von Raubtierzähnen
glänzten im Schlund. Veit fühlte sich schwach und völlig ausgeliefert.

– *Wehr dich nicht. Gib einfach auf. Dein Fleisch wird jetzt
in unsere Gemeinschaft aufgenommen. Dein Leib und deine
Seele werden verschlungen und sie werden den Aschekindern
neue Kraft geben.*

Es war die Geisterstimme von Madah-Runa, die in seinen
Schädel eindrang, doch Veit hörte gar nicht hin. Denn es gab
nur einen Satz, der ihm im Moment durch den Kopf zuckte:

– *Das ist das Ende.*

9 VON MENSCHEN UND MONSTERN

Ein Funke wurde erzeugt. Und zwar in dem Moment, als der eingespannte Feuerstein mit Wucht auf eine Stahlkappe traf. Dieser Funke fiel in eine winzige, mit Schwarzpulver gefüllte Eisenpfanne und erzeugte eine Detonation, die Mortens Herz dazu brachte, schneller zu schlagen. Denn die Detonation katapultierte die Kugel aus Mortens Steinschlosspistole mit dem Ziel, Veit das Leben zu retten. Der Schuss streifte zwar die Schläfe des Feldschers, aber er saß. Perfekt. Und er zerfetzte dem Feind das Handgelenk.

Die Verletzung musste schmerzen, denn das Kreischen, das jetzt ertönte, hinterließ ein Klingeln in Mortens Ohren. Gleichzeitig fiel Veit zu Boden und man konnte erkennen, warum: Die Krallenhand war nur noch lose mit dem Unterarm der Bestie verbunden und hing lediglich an einigen Muskelsträngen und Fleischfasern.

Soweit, so gut, dachte Morten, als die Bestie zum Angriff überging. Darauf war er halbwegs vorbereitet. Er war zwar erst vor zwei Minuten erwacht und noch etwas desorientiert, aber er hatte einen Plan. Der war jedoch mehr als selbstmörderisch und diese Erkenntnis sickerte allmählich in sein Bewusstsein.

– Was, zum Teufel, hab ich mir dabei nur gedacht?

Die Frage drängte sich förmlich auf, als er die blanke Wut in den Augen der Bestie erkannte. Nur richtete sich diese jetzt nicht mehr gegen den Feldscher. Sondern ganz allein gegen Morten. Nur gegen ihn.

Er wurde hektisch und verstaute die Pistole ruckartig im Holster. Sein Plan beinhaltete nämlich keine Pistole, sondern ein langes Seil, das er hastig hervorzog. Mit einem Palstek – dem Seemannsknoten schlechthin – hatte er bereits eine Schlinge geknüpft. Und als sich der Feind näherte, kam die Attacke viel schneller als erwartet. Einen Wimpernschlag lang war Morten selbst überrascht, dass er den irrwitzigen Mut aufgebracht hatte, sich diesem Feind ganz alleine zu stellen. Das Monster hatte den unversehrten Arm hoch erhoben. Die Hand war nicht zur Faust geballt, sondern offen, um alles zu zerfetzen, was zwischen diese Finger geriet. Und jetzt schnellte sie herab, um Morten zu treffen. Vergeblich. Er wich zurück und es gelang ihm mit mehr Glück als Verstand, die Schlinge über das Handgelenk der Bestie zu streifen.

– Geschafft!

Ihm war gelungen, was er fast für unmöglich gehalten hatte. Er hatte das Seil wie eine Handschelle an der Kreatur befestigt. Die Bestie folgte ihm zornig und versetzte Morten einen Faustschlag. Ein Volltreffer, mitten ins Gesicht, so brutal, dass sich einer seiner Schneidezähne aus dem Zahnfleisch löste. Durch das Seil am Handgelenk wurde das Wesen noch aggressiver, als wäre es ein Stachel im Fleisch, welcher das Untier zu Höchstleistungen anspornte.

Morten wollte weiter zurückweichen, aber er wurde von einigen Fässern aufgehalten, die ihm den Fluchtweg versperrten. Die Bestie griff zu. Zerrte ihn in die Höhe und schüttelte ihn so sehr, dass ihm Hören und Sehen verging. Dann, ohne erkennbaren Grund, wurde er zu Boden geschleudert.

»Grrrrrrrrrrrr.«

Ein hässliches Knurren erklang. Hungrig. Endgültig. Siegessicher. Spielte die Bestie mit ihm wie die Katze mit der Maus?

Im Bewusstsein, dass sein Plan noch gelingen konnte, rappelte sich Morten auf. Er lief quer über das Deck. Da an vielen Stellen Menschen auf dem Boden lagen, stolperte er mehr voran, als dass er lief. Einem echten Sturz konnte er jedoch um Haaresbreite entgehen. Die Bestie ließ zu, dass er den Bug erreichte, denn ihr war klar: Sie war ihm haushoch überlegen. Sie war nicht nur größer, sondern auch stärker und schneller als Morten. Mit einem gewaltigen Sprung – so weit wie zehn Schritte von Morten – war sie bereits wieder in seiner Nähe. Immerhin hatte sich das Seil um das Steuerrad gewickelt. Die Bestie spürte den Widerstand, der sie verlangsamte, aber nicht stoppte.

Jetzt war es so weit. Alles oder Nichts. Morten nahm Anlauf und sprang aus dem Lauf auf den Vordersteven, den Punkt des Vorschiffes, an dem sich Backbord- und Steuerbord-Reling treffen. Hier oben war gerade genug Platz für eine Person, keinesfalls für zwei. Nur eine Handbreit hinter ihm endete die Reling. Wenn Morten bloß ein wenig zurückwich, würde er sofort ins Wasser stürzen. Dennoch machte er sich groß, schaute der Kreatur mit breiter Brust direkt in die Augen. Kleine böse Augen erwiderten seinen Blick. Grausamkeit und Hunger lag darin. Durch die panzerartige Lederhaut – die aus tausenden von winzigen Schuppen bestand – wirkte die Kreatur unverwundbar.

»Grrrrrrrrrrrr.« Wieder das hässliche Knurren.

Ein angeborener Fluchtreflex, über den jeder gesunde Mensch verfügt, schoss ihm durch den Kopf, aber für Flucht blieb keine Zeit. Stattdessen griff er unter sich und bekam ein Tau zu fassen. Es war nicht irgendein Tau, sondern das dickste an Bord und Morten schlang es sich in Windeseile um Brust und Taille.

»Komm schon her, du stinkendes Scheusal!«

Mit einem Ruck setzte sich die Bestie in Bewegung. Die Krallenfüße trommelten lautstark über das Deck und zerkratzten die alten Planken. Dann war der Feind fast bei ihm und alles ging unglaublich schnell. Mehreres passierte gleichzeitig. Das Ganze dauerte sicher nicht länger als zwei oder drei Herzschläge. Die Bestie stürmte mit großer Geschwindigkeit auf ihn zu. Sie sprang auf den Vordersteven, um ihn zu ergreifen und zu zerquetschen. In dem Augenblick, als die Bestie gegen ihn prallte, gerieten Mensch und Monster sofort aus dem Gleichgewicht, denn der Vordersteven war so schmal, dass ein Bremsen unmöglich war. Trotzdem schlossen sich die Bestienarme wie bei einer Umarmung um Morten, denn die Bestie begriff nicht, dass sie jetzt durch den Schwung in die Tiefe stürzen würden.

Der freie Fall war kurz. Und als sie einen Atemzug später ins Meerwasser klatschten, hielten sie sich eng umschlungen in den Armen.

Erst unter Wasser merkte Morten, dass sich etwas Spitzes in seine rechte Schulter gebohrt hatte. Es war eine Kralle, die sein Schulterblatt vollständig durchbohrt hatte, und er wollte Gleiches mit Gleichem vergelten. Die Arme riss er hoch und konnte – auch unter Wasser – die Atemschlitze ertasten, welche sich über dem Bestienmaul befanden. Er stieß beide Daumen fest hinein. So tief er konnte. Durch die Kälte des Wassers wurden seine Hände schnell steif, sodass sich die Daumen wie von selbst im Monsterschädel verankerten. Das war zwar widerlich, aber notwendig.

Dann sanken sie tiefer in die Salzwasserdunkelheit. Als sie den Grund erreichten, rauschte es laut in Mortens Ohren. Er sah nur noch verschwommen. Luftblasen trudelten vor seinem Gesicht durch die blaugraue Suppe. Er schloss die Augen. Niemals würde er es schaffen, lange genug die Luft anzuhalten. Er würde ertrinken, denn Mensch und Monster hatten sich völlig ineinander verkrallt. Schiffstaue und Seile saugen sich schnell mit Wasser voll. Sie werden schwer wie Blei. Und auch Morten hing wie ein Bleigewicht an der Kreatur. Steinschlosspistole und Schwert steckten im Gürtel. Seine Lederrüstung war schwer und mit Nieten beschlagen.

Für einen Herzschlag ergriff ihn Panik, beinahe schluckte er Wasser, doch Morten zwang sich, ruhig zu bleiben. Er war die letzte Hoffnung der Überlebenden. Keiner außer ihm konnte die Welt von dieser Kreatur befreien. Seinen Körper durchdrang der Impuls, Wasser einzuatmen, doch er kämpfte gegen diesen Reflex an. Seine Lungen sendeten Schmerzreize durch den gesamten Körper und gierten förmlich nach Sauerstoff. Gleichzeitig glitt sein Geist in ein Delirium und er hieß den Zustand geradezu willkommen. Unwillkürlich fragte er sich: Wer will schon ewig leben?

Es war merkwürdig, doch er spürte keine Angst vor dem Tod. Wahrscheinlich lag es daran, dass Morten bereits mit seinem Leben abgeschlossen hatte. Sein Kopf bewegte sich hin und her, doch die Bewegung fühlte sich seltsam fremd an, als sei es gar nicht sein eigener Kopf, der durchs Meerwasser wirbelte. Plötzlich sah er bunte Lichter und daraufhin Bilder seines Lebens, vor allem schöne, lebenswerte Augenblicke. Er sah die Gesichter von Fin, von Finja und sogar von Kjell. Seine Kinder schienen zu lächeln. Mortens Verstand befand sich schon fast im Nirwana, dem Ort der Seele, an dem Schmerzen keine Bedeutung mehr haben.

Morten hatte endlich seine Bestimmung gefunden. Er war der Anker, welcher die Mutter allen Übels am Meeresgrund festhielt. Er würde Gevatter Tod mit offenen Armen empfangen, wenn der Sensenmann diese Kreatur ebenfalls auslöschte.

Mortens Arme wurden schwer, bleischwer.
Auch seine Beine wurden schwer, bleischwer.
Dann wurden Mortens Arme kühl, angenehm kühl.
Schließlich wurden auch die Beine kühl, angenehm kühl.
Seine Stirn war glatt und kühl.
Gedanken zogen vorbei wie Wolken am Winterhimmel.
Er war ganz ruhig.
Dann schlief er ein.

Morten war längst im Delirium, als die Kreatur endlich begriff, was hier gespielt wurde. Sie bäumte sich auf. Sie riss an den Tauen. Sie versuchte, das menschliche Gewicht vor ihrer Brust von sich zu schleudern. Alles ohne Erfolg. Vergeblich.

Ein Lebewesen, das Vulkanasche liebt, ist für die Hitze geschaffen. Ein Aschekind braucht die trockene, warme Atmosphäre, die Hitze rund um den Feuerberg. Kaltes Meerwasser ist ein ganz anderes Element. Es lähmt die Glieder. Es verlangsamt den Stoffwechsel. Es geht einem gewissermaßen unter die Haut.

Die Kreatur, die sich gedanklich Alpha nannte, hatte ein Gefühl, das für sie völlig neu war: Es war, als würde ihre Wirbelsäule zu Eis gefrieren. Und diese Eiseskälte kroch durch ihr

Skelett bis in die Fingerspitzen, bis in die Zehenspitzen, bis in jede einzelne Zelle ihres Körpers. Da gab Alpha den Überlebenskampf unter Wasser auf. Und sie selbst merkte nicht einmal, dass sie aufgab. In dieser Umgebung zu existieren, liegt nicht jeder Spezies im Blut.

Ein weiser Mann sagte einmal: Die größte Krankheit der Seele – das ist die Kälte. Doch in diesem Fall stellt sich die Frage: War es hier nicht die Kälte, welche die Insel letztendlich von einem Übel erlöste?

10 GEISTERSTIMMEN

Knochen war sein Name. Und es war für andere Menschen schwer, sich in ihn hineinzuversetzen. Er kam aus einer anderen Welt, manchmal meinte er beinahe, er käme aus einem anderen Zeitalter. Und in seiner Heimat waren die Menschen schon immer leise gewesen. Leise und schnell. Da war der Albino keine Ausnahme.

Die Flucht aus dem Kloster hatte er überlebt. Ebenso die folgenden Nächte. Auf die nächtlichen Gefahren konnte man sich vorbereiten. Man konnte die Fährten lesen und die Laufwege der Hautfresser erahnen. Was der Albino nicht geahnt hatte, das waren die Stiefelspuren, die er eines Morgens am Strand unterhalb des Klosters entdeckt hatte. Er hatte gar nicht erst die Geister befragen müssen, sondern sofort erkannt, dass es die Spuren von Kjells Söldnerstiefeln waren, die einmal quer über den Strand und wieder zurückgeführt hatten. Mit Hilfe der Spuren hatte Knochen einen Felstunnel entdeckt und darin eine herbe Enttäuschung: Ein Gittertor hatte den Zugang zum Inneren des Berges versperrt. Die Eisenkonstruktion war so errichtet worden, dass man sie weder mit Gewalt noch mit Geschicklichkeit überwinden konnte.

Doch Knochen war nicht nur leise und schnell, er war auch ausdauernd. Daher hatte er sich in Sichtweite des Felstunnels auf die Lauer gelegt. Einen ganzen Tag und eine halbe Nacht. Ohne Nahrung, aber mit zähneknirschender Verbissenheit und einem gut gefüllten Wasserschlauch.

Und dann war es geschehen. Ein Untier war zum Tunneleingang hinausgestiegen und die Geister hatten begonnen zu flüstern: »Wer gleicht diesem Tier? Wer kann es besiegen? Warum hat es keinen Mund zum Sprechen, aber bezeugt zugleich seine Lästerung gegen die Natur des Lebens? Warum hat es so viel Macht über alle Aschekinder und wird als Königin angebetet? Und warum verführte es die, die auf der Insel wohnen?«

Und während Knochen den Stimmen der Insel lauschte, zerstörte das Untier die Vergitterung im Felstunnel. Der Albino hatte die Zerstörung nicht sehen können, aber es mussten übermenschliche Gewaltkräfte gewütet haben, wie er später feststellte.

Leise und geduldig hatte er gewartet. Dann war er dem Monstrum in die Höhle gefolgt. Genauer gesagt war es ein gewaltiger Felsendom, den er betreten hatte und in dessen Mitte ein Wasserfahrzeug auf den Wellen schaukelte. Das Wasserfahrzeug wirkte im Nebel wie ein urzeitliches Reptil, das sich in der Grotte zur Ruhe gelegt hatte. Und es war größer als jedes Wasserfahrzeug, das Knochen aus seiner fernen Heimat kannte. Er war davon so ergriffen, dass er in keiner Weise darauf vorbereitet war, was jetzt – in diesem Augenblick – passierte: Ein Knäuel, das aus einem Mann und einem Monster bestand, wirbelte über die Spitze des Schiffs und klatschte ins Salzwasser. Unzählige Luftblasen stiegen auf. Es schäumte und blubberte gewaltig. In wieweit sich unter der Wasseroberfläche ein Kampf abspielte, konnte man nicht erkennen. Sichtbar war nur, dass nach einiger Zeit die Blasen weniger wurden und das Wasser wieder recht glatt vor ihm lag. Der Kampf um Leben und Tod hatte anscheinend ein Ende. Aber welches?

Der Albino zog sich die Fellweste aus, die er trug. Auch von dem Ledergürtel, an dem zahlreiche Talismane hingen, entledigte er sich. Zuletzt streifte er die Fellschichten ab, die seine Beine und Füße vor der Winterkälte geschützt hatten.

»Die Geister sind allzeit bei mir«, rief er, holte mit den Armen aus und sprang kopfüber ins Meerwasser. Und zwar unbewaffnet. Knochen tauchte in eine dunkle Welt ein, eine Ebene der Stille, in der sich alles langsamer zu bewegen schien. Der Tauchgang führte immer tiefer, bis zum Grund, wo er zunächst wenig sehen konnte. Erst als er seine Augen zusammenkniff, entdeckte er die beiden Kontrahenten. Ein skurriler Anblick. Der Mann wirkte in den Armen des Monsters klein und schmal, wie eine Puppe. Oder eher wie ein Skelett?

Knochen schwamm näher. Mit sanfter Gewalt löste er den Mann aus dem Todesgriff der Kreatur. Kleine Luftblasen perlten in Richtung der Wasseroberfläche. Der Albino war sich nicht sicher, wie lange die Luft in seinen Lungen noch reichen würde. Daher griff er jetzt zu und paddelte in Richtung Oberfläche, mit dem Mann im Schlepptau. Als er einige Herzschläge später das Ufer erreicht, zog er einen Blutstreifen hinter sich her. Und erst an Land wurde klar, um wen es sich handelte: Morten!

»Deine Seele ist fern«, sagte er zum Opfer der Bestie. »Nur wenn die Geister der Insel mit uns sind, kann deine Seele den Weg zurück zu deinem Körper finden. Denn der Weg ist weit und steinig.«

Der Albino kniete sich hin und stellte fest, dass Mortens Kampf mit der Kreatur der reinste Selbstmord gewesen war. Die Schultern des Alten hatten die Monsterpranken völlig zerfleischt. Dort waren blanke weiße Knochen zu erkennen. Aber auch das Gesicht sah schrecklich aus. Lippen und Kinn waren blutverschmiert. Die Lederrüstung hing Morten nur noch in Fetzen vom Leib.

Vorsichtig öffnete Knochen die Schnallen der Panzerung und suchte in der Mitte des Brustkorbs den Punkt, den man in seiner Heimat ›Sonnengeflecht‹ nannte. Er legte beide Hände darauf und drückte. Erst einmal, dann zweimal, dann dreimal, dann viermal und dann immer so weiter. Rhythmisch. Mit Kraft. Er spürte unter seinen Fingern, dass nach und nach verschiedene Rippen brachen und sich vom so genannten Sonnengeflecht lösten. Er hörte nicht auf, bis die Geister es ihm rieten. Dann hielt Knochen dem Alten die Nase zu und pustete ihm Luft in den Mund. Er blies richtig kräftig hinein, als wollte er auf seiner Okarina einen verdammt lauten Ton erzeugen.

Dann setzte er die Bearbeitung des Brustkorbs fort. Das Brustbein fühlte sich komisch an und schlabberte hin und her. Doch der Albino tat, was die Geister ihm rieten und blieb bei der Sache. Und dann, als er erneut ansetzen wollte, in Mortens Mund zu pusten, geschah es: Der Alte bewegte sich. Hände und Füße zuckten reflexartig. Ein Zittern durchfuhr den ganzen Leib. Doch Morten öffnete die Augen nicht, öffnete sie nicht mehr, nicht einmal mehr, nie mehr. Nie wieder bis ans Ende aller Tage.

Die Magie der Geister hatte nicht gewirkt und die Welt bekam den Alten nicht wieder, niemals wieder. Knochen schüttelte sich verzweifelt und so heftig, dass die Zähne und Glücksbringer, die um seinen Hals baumelten, gegeneinanderschlugen. Dem Albino wurde das Herz ganz schwer. Trauer und Schwermut drohten, ihn zu übermannen. Tränen liefen Knochen über das leichenblasse Gesicht. Tränen, die er seit Jahren zurückgehalten hatte. Er weinte so, als trauere er gleichzeitig um alle Menschen, die er in den letzten Jahren verloren hatte. Kurzum: Der Tod dieses Kämpfers ging ihm unter die Haut.

Dann dachte Knochen an das Positive, denn Morten blieb ruhig liegen. Er mutierte nicht zu einer untoten Bestie mit unstillbarem Hunger. Ihm würden keine Krallen wachsen, keine Fangzähne. Er war und blieb einfach ein toter alter Mann. Nicht mehr und nicht weniger. Das war tragisch, aber erträglich. Daher waren es letztlich auch irgendwie Tränen der Freude, die er hier vergoss.

Mit diesem Gedanken im Kopf wischte sich der Albino über die Augen und blickte dem Verstorbenen ins Gesicht.

»Gute Reise«, murmelte er. »Du warst ein großer Krieger und bist einen Heldentod gestorben. Die guten Geister werden dich jetzt in ihre Mitte nehmen und dir den Weg weisen. Dies ist nicht das Ende. Du wirst noch weiterreisen und viel Neues erleben. Aber nicht hier, sondern an einem anderen, besseren Ort.«

Knochen schloss dem Toten die Augen. Dann sackte er zusammen, als hätten ihm seine Worte und seine Tränen auf einen Schlag alle Kraft geraubt. In dieser Haltung fiel der Blick fast automatisch auf Mortens Hände. Sie waren von einer schwarzen Dreckschicht verschmiert. Und Knochen dachte: Manchmal liegt das Schicksal dieser Welt eben in den dreckigsten Händen.

EPILOG

>KA-WUMM!< Den Himmel erfüllte infernalisches Krachen. In die Höhe schossen gewaltige Feuerlohen. Wie ein Scherenschnitt hob sich der Vulkan vom Horizont ab, sodass man genau sah, wie er qualmte und dicke Lavabrocken spuckte.

Überwältigt von diesem Anblick schloss Kjell für zwei Herzschläge die Augen. Das Ausmaß dieser Naturkatastrophe konnte er nicht ausblenden, denn der gesamte Feuerberg knackte und keuchte lautstark. Als Kjell die Augen wieder öffnete, kam das Gefühl zurück, das ihn schon den ganzen Tag begleitet hatte: Einen Vulkanausbruch mit eigenen Augen zu sehen, war so unvorstellbar überwältigend, dass man es kaum in Worte fassen konnte. Der Mensch kam sich klein vor, unbedeutend wie ein Staubkorn.

– Ja, dachte er, nur ein Staubkorn, das diesem unendlich mächtigen Planeten völlig ausgeliefert ist.

Der Einmaster befand sich schon zwei Seemeilen vor der Inselküste und Kjell sah in die Richtung, in der er das Kloster vermutete. Es regnete zurzeit so viel Asche, dass er die Festung der Mönche nicht entdeckte. Hatte der Ausbruch das Kloster mit den in die Luft geschleuderten Brocken und Feuerbomben zermalmt? Das glaubte Kjell nicht. Hatte der Ausbruch die im Kloster verbliebenen Menschen getötet? Das hielt Kjell für möglich, war sich aber nicht sicher. Ob es etwas mit Gerechtigkeit zu tun hatte, dass der Feuerberg gerade heute explodierte, wagte er nicht zu beurteilen. Madah-Runa hatte ihnen verdammt übel mitgespielt, das musste Kjell zugeben. Er dachte an ihre grazile Gestalt und das einladende Lächeln, das wie geschaffen war, Menschen für sich zu gewinnen. Ihre absolute Attraktivität lag im krassen Kontrast zu ihren Plänen, die perfiden Fanatismus offenbart hatten. Den Feuertod, so dachte Kjell, hatte sie sich redlich verdient. Falls der Vulkan diesen herbeiführte, war es für Kjell ein angemessener Hieb des Schicksals.

Endlich nahm der Einmaster, auf dem sich die Söldner befanden, Fahrt auf und entfernte sich weiter von der Insel. Der Vulkan brodelte heftig, doch Kjell schaute sich auf dem Schiff um und fragte sich, ob es klug gewesen war, zu dieser Insel am Ende der Welt zu reisen. Die Antwort auf diese Frage lag im Auge des Betrachters. Jördis und Veit standen am Bug und hatten sich stumm aneinander gelehnt. Beide sahen übel aus. Zwischen ihnen hatte sich eine ernste Liebesbeziehung entwickelt. Sie hatten in einander einen Seelenverwandten gefunden. Dies war zwar in der Ferne geschehen, aber im Prinzip hatten sie ihre Liebe im Kreis der Menschen entdeckt, in dem sie sich seit Jahren bewegten. Manchmal konnte es so einfach sein, sinnierte Kjell für sich. Und er begriff, was die Menschen in Jördis sahen: Eine starke Frau mit einem unbändigem Geist, unperfekt, vernarbt und doch mit einer Erdverbundenheit beseelt, welche die oberflächliche Schönheit einer Madah-Runa Lügen strafte. Für die Zukunft von Jördis und Veit sah er mehr Licht als Schatten.

Am Heck der ›Erlösung‹ stand Knochen. Der leichenblasse Kämpfer mit den roten Augen wirkte noch sehniger und härter als bei der ersten Begegnung. Knochen blickte zurück zur Insel, aber sein Blick blieb undurchschaubar. Der Mann mit Albinismus kam von einer Inselwelt, die auf keiner Karte verzeichnet war, die Kjell kannte. Falls sie die Schiffsfahrt überlebten, stellten sich weitere Fragen: Wie würde sich Knochen im Königreich *Steinthor* durchschlagen? Wie würde er leben? Wäre er einverstanden, ein Kämpfer des Blutzopf-Klans zu werden? Knochen wäre eine Bereicherung für die Truppe, das hatte er bewiesen. Dennoch umgaben den mysteriösen Albino so viele Rätsel, dass man nie wissen konnte, wie weit ihm zu trauen war.

Die Zivilisten an Bord wirkten munter, denn Svea lief durch ihre Reihen, war mal hier, dann dort, fast überall. Zuversicht und Vertrauen schenkte sie den einfachen Leute aus einer Quelle, die nicht zu versiegen schien. Was hatte das Mädchen durchgemacht? Welche Gräuel waren ihr in den siebzehn Jahren ihres Lebens widerfahren, gefangen im Griff einer Sekte? Svea schien wie der lebende Beweis, dass nach jeder Nacht ein neuer Morgen folgt. Es gibt immer wieder großes Unglück, irgendwann wird jeder Mensch zu Staub, doch dieses Mädchen - diese junge Frau - hatte es vollbracht, in sich Halt zu finden und den Aufbruch gewagt zu neuen Horizonten, neuen Gemeinschaften, zu wahrer Erkenntnis. Svea hatte Lüge und Täuschung durchbrochen. Dafür bewunderte Kjell die ehemalige Novizin, die ab diesem Tag einfach eine junge Frau sein durfte.

Nach einer Person konnte Kjell so lange suchen, wie er wollte, denn diese Person war nicht an Bord: Morten hatte bis zuletzt durchgehalten, aber es dennoch nicht geschafft. Der Gedanke an den Alten versetzte Kjell einen Stich … Ein Söldner. Ein Verzweifelter. Familie. Blendwerk. Verkennung. Innere Dämonen. Schließlich Klarheit.

»Leb wohl, Vater«, flüsterte Kjell in den Wind und blickte zur Insel. Das Wort ›Vater‹ ging ihm schwer über die Lippen, da er Morten nie so genannt hatte, nicht einmal in Gedanken. Er wusste viel zu wenig über den Mann, der ihn vor vierzig Jahren gezeugt hatte. War er ein guter Mann gewesen, vielleicht sogar ein Held? Oder war er als Haudegen gestorben, voll Verbitterung, als altmodische Kampfmaschine, die in der zivilisierten Welt keine sinnvolle Aufgabe mehr fand?

Mutig war Morten gewesen. Und er hatte sich auf der Insel als guter Kampfgefährte gezeigt. Und dennoch: Sein Auftreten vor der Reise hatte Kjell dem Alten nicht verziehen. Morten war plötzlich aufgetaucht, hatte ihm gedroht, seine Vaterschaft öffentlich zu machen und das mit Berechnung! Von dieser Vaterschaft hatten bis zu dem Zeitpunkt nur Morten und Kjells Mutter gewusst. Kjell hatte bis zu dem Augenblick geglaubt, Ansgar Blutzopf, der Kriegsherr des Klans, sei sein leiblicher Vater. Er hatte Ansgar fast vierzig Jahre mit ›Vater‹ angeredet. Hätte Morten seine Vaterschaft offengelegt, wäre der Schaden für das Ansehen des Blutzopf-Klans unabsehbar gewesen. Eine Schande! Das Bekanntwerden, dass er, der Rottmeister des Klans, ein Kuckuckskind war, hätte jegliche Autorität untergraben. Es hätte einen Keil zwischen Irinja und Ansgar getrieben. Unvorstellbar! Und so hatte Kjell sich erpressen lassen. Er hatte Morten mit auf die Reise genommen, auch wenn er von Mortens Fähigkeiten nicht überzeugt gewesen war. Letzteres sah er mittlerweile anders. Mortens Fertigkeiten im Nah- und Fernkampf hatten der Rotte das Leben gerettet. Daher hatte Kjell als Erinnerungsstück die Steinschlosspistole des Alten behalten. Das schmucklose Ding steckte jetzt in Kjells Gürtel. Es war wie ein graues Relikt aus altem Eisen, ein Erbstück von dem Vater, den er nie wirklich kennengelernt hatte und nie wirklich kennenlernen würde. Diese Chance war jetzt vorbei, endgültig vorüber. Egal, was zwischen ihnen gestanden hatte, es ließ sich nicht mehr aus der Welt schaffen. Was gesagt wurde, wurde gesagt. Man konnte es nicht mehr zurücknehmen. Kurz gesagt: Er mochte den Alten. Und gleichzeitig hasste er den Alten. Ein unerträglicher Widerspruch. Es war ein Gefühl, dass einen dazu brachte, zu denken:

– Ach, gleich kommt er wieder. Gleich wird der Graubart vor mir stehen und sich aufplustern.

Doch dann denkt man:

– Irgendwas stimmt hier ganz und gar nicht. Er kommt nicht wieder. Niemals.

Melancholie war ein Gefühl, das Kjell seit Mortens Tod oft verspürte. Er war traurig und dieser Schmerz schnürte ihm in manchen Momenten förmlich die Kehle zu, aber er konnte nicht weinen. Wie gern hätte er wenigstens eine Träne vergossen, aber seine Augen blieben trocken.

Er sollte jetzt Stärke zeigen. Er war die Zentralfigur auf diesem Segelschiff und musste Führungsqualität beweisen. Und falls man die Seereise überlebte, würde er noch mehr Kraft brauchen. Auf dem Festland erwarteten ihn nicht nur seine eigenen Familienmitglieder, sondern auch Mortens

Kinder. Fin und Finja hießen die Zwillinge, doch Kjell wusste nicht einmal, wie sie aussahen. Etwa zehn Jahre waren sie alt, doch mehr konnte er über sie nicht sagen. Das beschämte ihn. Warum hatte er sich so wenig für die beiden interessiert? Er hätten Morten jederzeit fragen können. Viele Gelegenheit für gute Gespräche hatte er versäumt. Wie würden sie auf ihn, ihren großen Stiefbruder, reagieren? Insbesondere wenn er die Botschaft von Mortens Tod überbrachte? Würden sie ihm einen Du-bist-schuld-Blick zuwerfen? Oder sich an ihn klammern, wie Ertrinkende an den letzten Strohhalm? Offensichtlich war, dass er für die Zwillinge eine Vaterrolle übernehmen wollte. Wenn er zum Ziehvater wurde, dann sollte er den beiden ein guter Mentor sein, das schwor er sich in dem Moment. Liebe, Loyalität und Familiensinn würde er vermitteln, denn Härte und Kälte gab es schon genug in dieser Welt. Und er schwor sich noch mehr: Er würde eine Geschichte erzählen, wie man noch nie eine gehört hatte. Die Geschichte würde vom gefährlichen Weg zum Kloster handeln und von den Ereignissen, die sich auf dem Gipfel abspielten. Schildern würde er in bunten Bildern, wie viel Morten geopfert hatte, um viele Menschen zu schützen und den Ungeheuern den Garaus zu machen.

Kann man das alles glauben? Die Zwillinge würden wahrscheinlich fragen: Hast du dir das bloß ausgedacht? Und er würde augenzwinkernd antworten: Eine solche Geschichte darf ausgeschmückt werden. Oder besser gesagt: Sie muss ausgeschmückt werden, sie verdient es, denn die Erinnerung an einen besonderen Menschen muss bleiben. Die Toten können nicht mehr direkt bei uns sein, aber die Welt kann etwas von dem speichern, was die Toten geleistet haben. Man denke an Legenden und Erinnerungen. Man denke an das Motiv eines Menschen, der alle Schwächen überwindet, reift und dann über sich selbst hinauswächst.

Ob solche Geschichten erzählt oder aufgeschrieben werden, spielt keine Rolle, denn unabhängig davon schaffen sie einen Raum, in dem der Mensch weiterexistieren kann: Der Held, der Schurke, der Visionär, der Narr. Und in diesem Raum wird das Wahre und das Erfundene, das Eigene und das Fremde miteinander verschmelzen.

Und dann kann sich die Figur des alten Morten zu unseren Erinnerungen und Einbildungen oder zu unseren eigenen erdachten Figuren hinzugesellen und sie wird fortbestehen. Wie endet eine gute Geschichte? Am besten plötzlich und am besten halb offen. Jeder möge sich selbst ein Bild machen, was davon am Ende bleibt.

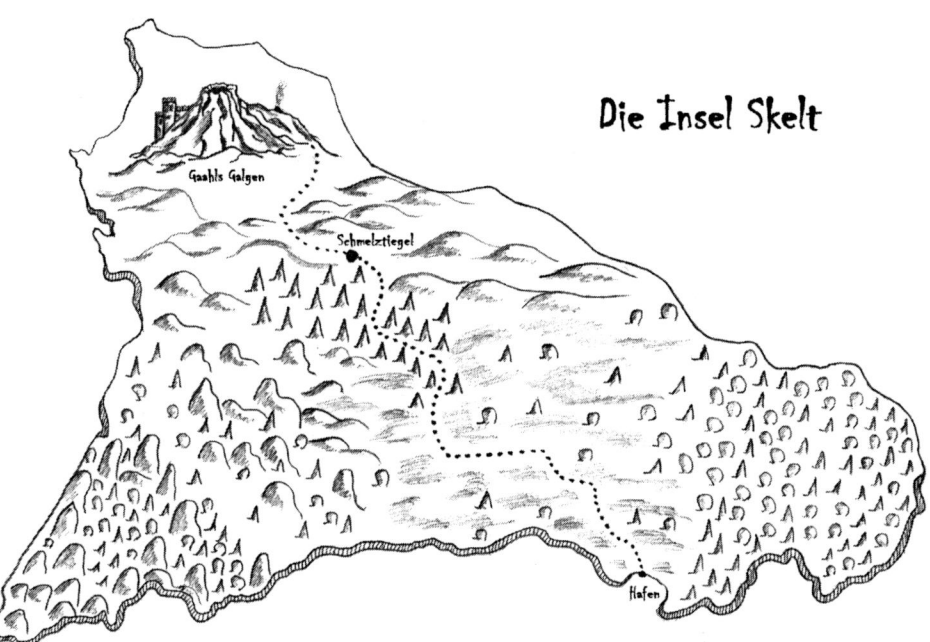

Die Insel Skelt

Gaahls Galgen

Schmelztiegel

Hafen

Personenverzeichnis

Die Söldner der Blutzopf-Rotte

Kjell Blutzopf, der Rottmeister
ehrgeiziger Anführer der Rotte, kompetenter Musketenschütze, vielversprechendster Spross des Blutzopf-Klans

Morten, der Alte
heruntergekommener Veteran vom alten Schlag, gilt als kaltblütig und skrupellos, ein exzessiver Trinker

Veit, der Feldscher
angehender Militärarzt, unerfahrener Kämpfer, wird oft als Hasenfuß betrachtet

Jördis
narbige Säbelfechterin mit schwerer Kindheit, berüchtigt für ihr aufbrausendes Temperament

Sten und *Stellan*
Zwillingsbrüder, altgediente Recken des Klans, hervorragende Schwertkämpfer mit viel Erfahrung

Jasper
verschlagener, von sich selbst überzeugter Neuling der Rotte

Kimi
naiver Grünschnabel, ahnungslos, ebenfalls neu in der Rotte

DIE MENSCHEN IM KLOSTER

Bran-Magnus
Abt, uraltes Oberhaupt der Menschen im Kloster, verbreitet eine Aura großer Macht

Madah-Runa
seine Frau, gilt als gute Seele, organisiert die Verteidigung des Klosters

Ingvar Kaltstein
Prior des Klosters, Spross des Kaltstein-Klans, harter Hund

Mirte
Apothekaria des Ordens, Koryphäe auf den Gebieten Heilkunst, Alchemie sowie Pflanzenkunde

Raik
ängstlicher Bibliothekar, weiß viel über die Interna des Ordens, intelligent und zugleich unterwürfig

Svea
mit Siebzehn die älteste Novizin, aufgeweckt und neugierig

Stahlfuß
kahlköpfiger Anführer der Überlebenden aus Schmelztiegel

Achtfinger
ehemalige Arbeiterin der Schwefeldestillation, wortkarg und zäh

ANDERE

Messer-Peer
Soldat der königlichen Armee, nicht ganz richtig im Kopf

Knochen
mysteriöser Mensch mit Albinismus

DAS KLOSTER DER ZELOTEN

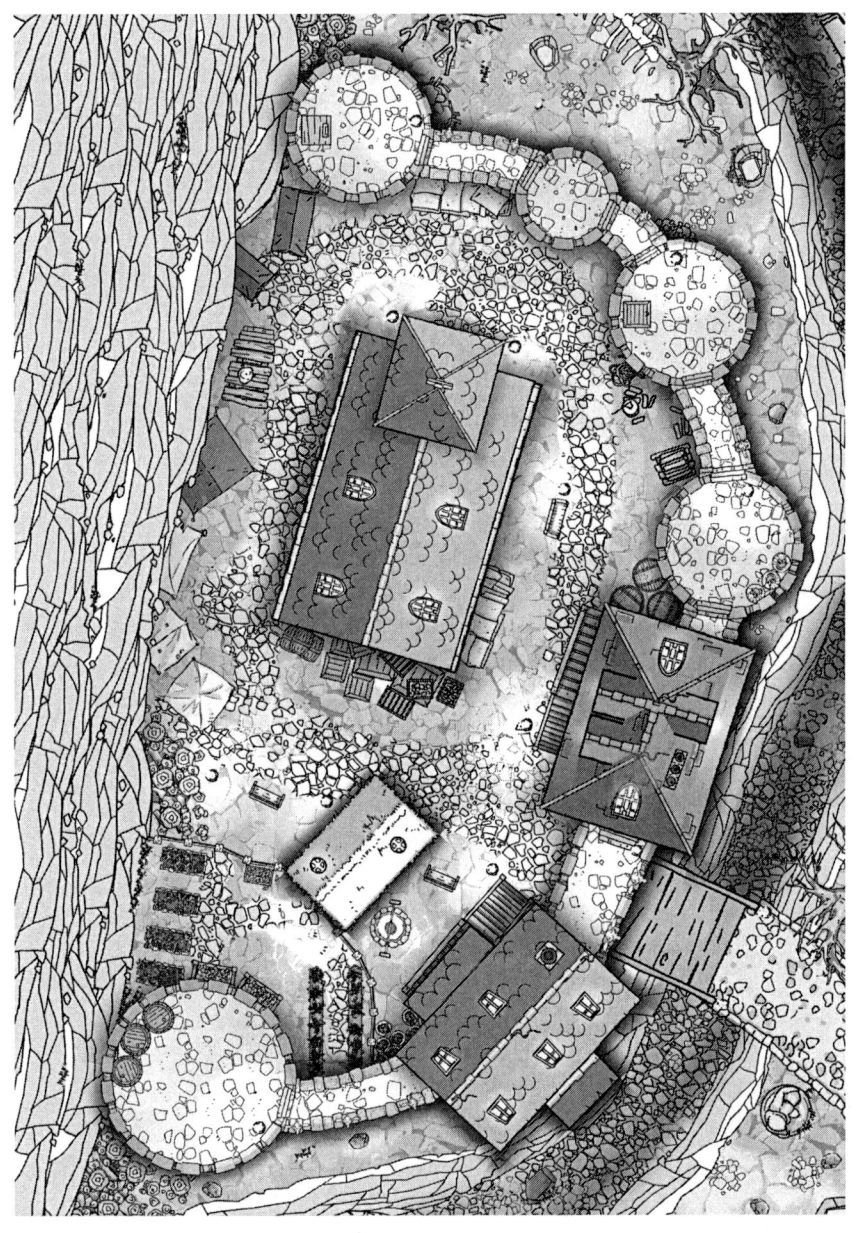

DANKSAGUNG

Wer ein Buch schreibt, muss eigentlich einen Knall haben, denn jedem Menschen ist wohl klar, dass sich hinter jedem Roman verflucht viele Arbeitsstunden verbergen. Warum ich das Projekt 2016 begann, kann ich nicht klar sagen. Ja, es war seit meiner Jugend mein Traum, einen Roman zu veröffentlichen, aber woher diese fixe Idee kam, bleibt diffus und verschwommen. Absolut klar ist mir jedoch, dass ich es ohne Unterstützung nie zu einem fertigen, gedruckten Endprodukt geschafft hätte, das tatsächlich in Buchhandlungen verkauft wird!

Ich möchte mich virtuell verneigen, einerseits bei denen, welche „Die Aschebrut" lesen, andererseits bei denen, die den Roman möglich machten. Meine Roman-Reise wurde immer begleitet von meiner Frau Saskia, die mir stets den Rücken freihält, wenn ich mich in Projekte stürze, und es tapfer erträgt, wenn mich der Freizeitstress plagt. Eine Roman-Reise enthält jede Menge Hürden und Hindernisse. Der Endboss war für mich allerdings, einen guten Titel für das Manuskript zu finden, doch mit den Worten „Nenn's doch einfach Aschebrut" haute meine Frau den Endgegner einfach aus den Latschen! Heldinnen gibt es also nicht nur in fiktiven Welten, sondern auch im realen Leben. Saskia zeichnete zudem die Karte der Insel Skelt, die dieser Roman enthält. Es war mein besonderer Wunsch, dass der Zeichenstil der Karte dem Stil alter Abenteuerhefte gleicht. Damit beziehe ich mich auf „Dungeons and Dragons" sowie „Das Schwarze Auge" und hoffe, dass viele mit dem Begriff „Plan des Schicksals" noch etwas anfangen können. Ansonsten einfach mal nachforschen. Es lohnt sich.

Gleich mehrere Familienmitglieder durften (oder mussten) als Testleser*innen unzählige Manuskriptseiten studieren und korrigieren. Manche nutzten großzügig den Rotstift, manche lasen sich das halbfertige Manuskript sogar gegenseitig vor! Insbesondere der beständige Zuspruch aus der gesamten Familie hat mich immer wieder bestärkt und dafür bin ich sehr dankbar. Meine Mutter malte Feder und Tintenfass auf Leinwand, um das Ganze mit dem Spruch zu signieren: „Was aus eigener Feder kommt, kann zum Flügel wachsen."[1] Das hat Glück gebracht! Doch wer schreibt, braucht nicht nur Glück, sondern einen Fundus an (bescheuerten) Einfällen, quasi eine innere „Ideenmaschine", die Funken sprüht, ohne sich in Klischees zu verlieren. Daher muss ich hier unbedingt erwähnen, dass meine Eltern meine Begeisterung für Literatur immer gefördert haben. Egal ob Comics, Bücher oder Hörspiele, egal ob Fantasy, Science-Fiction, Grusel, Superhelden, Robin Hood oder Sherlock Holmes, ich hatte immer Zugang zu den Themen, die mich faszinierten.

Freundinnen und Freunde lasen ebenfalls das Manuskript und dort gab es auch konstruktive Kritik. Besonders der Hinweis, doch bitte nicht so „blumig" zu schreiben, war Gold wert und hat mir ordentlich auf die Sprünge geholfen. Inspiration gaben mir Spielabende mit guten Freunden, an denen wir „Das Schwarze Auge" spielten. Hier lernte ich, was gut ankommt, was ein knackiges Setting ausmacht, wie man gemeinsam Geschichten erzählt. Meine Mitspieler zeigten immer wieder auf, was lebendige, authentische Charaktere ausmacht, was mir beim Schreiben vielfach weitergeholfen hat. Die Abläufe von Pen-and-Paper-Rollenspielen haben mich geprägt und sind vermutlich im vorliegenden Werk zu spüren.

Es ist mir wichtig, mich nicht nur beim Freundeskreis vor Ort zu bedanken, sondern auch bei den Menschen, die ich virtuell kenne und mit denen ich online Kontakt halte. Bei vielen lieben Menschen bin ich mir sicher, dass wir – trotz geographischer

---

[1]   Marion Gitzel

Distanz – mittlerweile tatsächlich befreundet sind. Über Twitter, Discord, Telegram, Skype und WhatsApp erhielt ich so viel Zuspruch, dass ich es bis heute einfach nicht fassen kann. Über Twitter lernte ich beispielsweise Dorothee Wittstock kennen, welche das fantastische Cover erstellte. Dorothee konzipierte und zeichnete zudem die wunderschönen Innenillustrationen, welche mich wieder und wieder begeistern. Völlig spontan unterstützte mich auch Michael Kirschner und erstellte in Windeseile einen detaillierten Plan der Klosterfestung. Sowohl bei Dorothee als auch bei Michael staunte ich immer wieder, wie schnell die beiden ihre Kunstwerke erschufen. Beide sind in der Pen-and-Paper-Szene verwurzelt. Dorothee ist eine Expertin für Charakter-Design und Michael hat sich auf Encounter-Maps spezialisiert. Falls ihr nicht wisst, was das ist, schaut euch seine Seite bei Patreon an, die den klangvollen Namen trägt: Miks Maps! Auch Dorothee besitzt eine wunderbare Galerie, die auf Artstation zu finden ist.

Dankbar bin ich auch Magnus See. Er ist Chef des Ventura Verlags und war derjenige, der mein Manuskript akzeptiert hat, da er (vermutlich) Potential darin sah. Magnus unterstützte mich in den vergangenen Monaten mit unzähligen wertvollen Ratschlägen. In unseren Gesprächen lernte ich mich auch selbst besser kennen und merkte schnell: Als Schriftsteller bin ich wohl ein Dialog-Muffel! Doch Magnus blieb stets geduldig, so lange bis „Show, don't tell" schließlich auch mein Mantra wurde. Und ohne ihn als Lektor wären Kimi und Jasper niemals so lebendig, naiv und ungehobelt, wie sie es eigentlich sein sollten. Positiv hervorheben möchte ich, dass unsere Kommunikation stets auf Augenhöhe abläuft. Bei unseren Videokonferenzen ist es immer wieder das Gefühl, einen echten Mitstreiter an der Seite zu haben. Zudem hatte ich in Bezug auf die Illustrationen unglaublich viel Mitspracherecht, was in der Buchbranche wohl nicht immer der Fall ist. Das fand ich grandios!

Literarisch erhielt ich insgesamt viel Support! Der bekannte Autor Mike Krzywik-Groß las mein Manuskript in kürzester Zeit und schrieb mir tatsächlich, dass ihn das vorliegende „Worldbuilding" fasziniere. In dem Moment war ich innerlich ergriffen, denn der Weltenbau ist im Fantasy-Genre oft der Kern des Ganzen und nicht einfach zu bewerkstelligen. Und obwohl Mike und ich uns kaum persönlich kennen, haben wir sozusagen eine ähnliche Nerd-Vita: Settings wie „Shadowrun" scheinen uns beide genauso geprägt zu haben wie die guten alten John-Sinclair-Hefte. Zudem verbindet uns eine Begeisterung für düstere Szenarien und Pulp-Horror. Und sogar die Hauptfigur seines Romans „Alter Ego" ist ähnlich abgefuckt wie der alte Morten!

Dankbar bin ich (auch wenn's komisch klingt) meinen literarischen Galionsfiguren, die ich natürlich nie getroffen oder gesprochen habe, die mich als Schreiberling aber gewaltig inspiriert und angetrieben haben. Robert E. Howard zeigte mir, dass Fantasy seit 100 Jahren auch ohne Elfen, Zwerge und Drachen gut funktioniert. Läuft also! Ursula K. Le Guin zeigte mir, wie wichtig starke Frauen und innere Konflikte sind. Michael Moorcock zeigte mir, dass strahlende Helden Schnee von vorgestern sind. Simon Beckett zeigte mir, dass Inseln am Arsch der Welt für eine Storyline einfach nur geil sind. Tobias O. Meißner zeigte mir, dass moderne Fantasy gesellschaftliche Themen nicht vermeiden sollte. Und Joe Abercrombie zeigte mir, dass Dreck, Schmutz, Kälte, Nässe, Blähungen und Pickel zum Leben gehören und ebenfalls zur Literatur. Oder ist euch eines der sechs Themen völlig unbekannt?

Last, but not least: Ich danke allen Menschen, die dieses Buch lesen, genauer gesagt allen, die Fantasy und Science-Fiction lesen und dadurch fördern. Das Genre wird immer wichtiger, weil es unsere Welt aus allen Perspektiven beleuchtet und das problematisiert, was war, was ist und was sein wird. Fantasy kann uns wunderbar vom Alltag ablenken und ist zugleich immer mehr als Eskapismus. Wir reifen daran. Wir können erkennen, was schön ist und was schrecklich. Was gilt es zu fürchten und was dürfen wir hoffen? Wie ein gigantisches Gedankenexperiment. In diesem Sinne hilft uns gerade die Fiktion, das Leben im Jetzt zu ertragen und besser zu begreifen. Zur Fiktion zähle ich hier selbstverständlich auch Computerspiele, Erzählspiele sowie alle Richtungen der Medienkunst. Ich danke daher allen Nerds, Geeks und Gamer*innen sowie allen kreativen Wirrköpfen, die unser Leben etwas bunter machen!

In diesem Sinne: DANKE!

An dich, an euch, an alle!

1. November 2021
Geschrieben zu später Stunde,
an einem finsteren Abend in Waltrop

Euer Moritz

P.S.
Auf der Website **hochleveln.de** habe ich für alle Leser*innen von „Die Aschebrut" einen Bereich eingerichtet, um eure Eindrücke zu sammeln. Bitte besucht die Website, denn Feedback zum Roman ist jederzeit erwünscht!

Besucht mich auch auf Twitter:
twitter.com/mo_boeger

DER AUTOR

Als Nerd, Gamer und Podcaster schreibt Moritz Böger progressive Fantasy, die sich strukturell an Computer- und Erzählspielen orientiert. „Die Aschebrut" ist sein erstes Großprojekt.

Er lebt mit seiner Frau und einem vierbeinigen Mitbewohner im Ruhrgebiet.

Unterwegs erkennt man ihn daran, dass er immer ein gutes Buch dabeihat, das nicht dem Mainstream entspricht.

Neben literarischen Texten schreibt er Blogartikel und Kolumnen zu Nerd-Themen, die auf seinem Blog **hochleveln.de** zu finden sind. Er engagiert sich dafür, Fantasy und Science-Fiction in der Gesellschaft sichtbarer zu machen.

INHALT

Beate Bergau

Quirin
Die Schwerter der Prophezeiung

Fantasy-Roman

Quirin ist ein weiser, alter Magier, der am Fuße des Berges Windfürst lebt. Manche Menschen behaupten, er sei schon über 200 Jahre alt. Quirin hütet eine alte Prophezeiung, die Krieg und Unheil voraussagt. Nur er weiß, wie zwei magische Schwerter den Weg aus der drohenden Dunkelheit weisen können.

Das erste Schwert ist im Besitz der elbischen Kriegerin Syrina, die seit ihrer Kindheit von Visionen geplagt wird und die Gabe der Magie und des Sehens in sich trägt. Das zweite Schwert hütet Ubald, ein starker und unerschrockener Krieger der Sandläufer.

Ihr gemeinsamer Weg führt die beiden Auserwählten nicht ganz freiwillig zusammen. Um die verschollenen Relikte aus alten Zeiten zu finden, die den Frieden zwischen den verfeindeten Völkern bringen können, müssen sie wohl oder übel zusammenhalten. Es gilt, gegen Verrat und Magie anzutreten, denn jemand ist ihnen stets auf den Fersen, um die Erfüllung der Prophezeiung zu verhindern. Doch da erhalten die Auserwählten unerwartete Unterstützung.

Paperback, 390 Seiten
ISBN 978-3-940853-08-0
14,90 Euro

Ventura Verlag Magnus See • Carl-von-Ossietzky-Str. 1, 59368 Werne
Tel. +49–(0)2389–68 96 • www.ventura-verlag.de

Pia Lüddecke

Der schwarze Teufel

Ein Schauermärchen

mit Illustrationen von Vera Möhring

Ein vergessenes, von Wäldern und Sümpfen umgebenes Dorf im westfälischen Nirgendwo. Ein verwittertes Fachwerkhaus am toten Ende der hinterletzten Straße. Eine egozentrische Außenseiterin mit Hang zum Größenwahn.

Im tiefsten Innern sehnt sich Claudia nach Zuwendung, Freundschaft und guten Noten. Doch ihre Eltern, zwei arbeitsscheue Aussteiger, schämen sich für ihre Strebertochter. In der Schule wird sie gehänselt und mit dem Rohrstock drangsaliert. Da schleicht sich eine unheimliche Macht in ihr Leben und unterbreitet ihr ein verlockendes Angebot ...

»Pia Lüddecke schreibt scharfzüngige Märchen für Erwachsene, die man auch dem magischen Realismus zuordnen könnte. Ihre Erzählung einer Kindheit in einem ins Grimmhafte überzeichneten und zugleich deutlich erkennbaren Westfalen ist einerseits übernatürliche Legende und andererseits die böseste und zutreffendste Satire auf die fatalen Auswirkungen eines Aufwachsens unter 68er-Eltern, die seit Sophie Dannenberg eine deutsche Autorin verfasst hat.«
— Oliver Uschmann [„Hartmut und ich"]

Paperback, 200 Seiten
ISBN 978-3-940853-43-1
11,- Euro
Auch als E-Book und Hörbuch erhältlich!

Ventura Verlag Magnus See • Carl-von-Ossietzky-Str. 1, 59368 Werne
Tel. +49–(0)2389–68 96 • www.ventura-verlag.de

Lydia Schmölzl

Liebe(r) am Arsch der Welt

Young Adult-Roman

Wie weit muss man reisen, um sich selbst zu finden?

Linda ist 23, lebt in Köln und findet sich und ihr Leben gerade ziemlich in Ordnung: Job läuft, Wohnung okay, Beziehung einwandfrei – bis ihre unbekümmerte Welt tief erschüttert wird! Die Liebe, das Leben – Linda stellt alles infrage und erkennt: Außer ihrer besten Freundin oder ihrem Mitbewohner hält sie nichts und niemand wirklich in Deutschland!

Aus Trotz und Frust trifft sie eine spontane Entscheidung: Jetzt oder nie! Work and Travel – Australien für ein Jahr!

In Down Under will sie einfach nur jobben, reisen, das Meer und das Nachtleben in Melbourne genießen, in den Tag leben. Das Letzte, was Linda jetzt will oder braucht, sind Männer und Gefühlschaos. Aber dann ...

Erfrischend, frech, authentisch. Willkommen in Lindas Leben.

ISBN 978-3-940853-69-1
Paperback, 340 Seiten, EUR 15,-
Auch als eBook erhältlich!

Ventura Verlag Magnus See • Carl-von-Ossietzky-Str. 1, 59368 Werne
Tel. +49–(0)2389–68 96 • www.ventura-verlag.de